EL ALMA DEL BRUJO

EL ALMA DEL BRUJO

BELÉN MARTÍNEZ

Argentina – Chile – Colombia – España
Estados Unidos – México – Perú – Uruguay

Copyright © 2023 *by* Belén Martínez
All Rights Reserved
© 2023 *by* Urano World Spain, S.A.U.
Plaza de los Reyes Magos, 8, piso 1.º C y D – 28007 Madrid
www.mundopuck.com

ISBN: 978-84-17854-52-2
E-ISBN: 978-84-19029-84-3
Depósito legal: B-4.488-2023

Fotocomposición: Ediciones Urano, S.A.U.

Impreso por: Rodesa, S.A. – Polígono Industrial San Miguel
Parcelas E7-E8 – 31132 Villatuerta (Navarra)

Impreso en España – *Printed in Spain*

A ti, que acabas de abrir este libro.
Ojalá la espera haya valido la pena.

Duerme, bebé, duérmete ya.
O si no, Amon vendrá y con su ira te arrastrará.

Duerme, bebé, duérmete ya.
O si no, llegará Synodai y de un beso sucumbirás.

Duerme, bebé, duérmete ya.
O si no, Leviatán te mirará y de envidia morirás.

Duerme, bebé, duérmete ya.
O si no, Belfegor se enfadará porque tú lo aburrirás.

Duerme, bebé, duérmete ya.
O si no, Mammon se acercará y con él te llevará.

Duerme, bebé, duérmete ya.
O si no, Belcebú te sonreirá y después te comerá.

Duerme, bebé, duérmete ya.
O si no, Lucifer aparecerá y de él jamás podrás escapar.

PRÓLOGO

Número 17 de Fenchurch Street. Londres, 11 de octubre de 1940.

Parecía un ciudadano más hurgando entre los escombros. Pero la verdad es que no lo era.

Yo no buscaba nada que salvar después de otra noche demencial. Trataba de hallar algo en concreto. Algo que mi instinto me decía que encontraría tarde o temprano.

Removí piedras y gruesos trozos de madera con mis propias manos, y de pronto escuché el sonido del motor de un coche al acercarse. Miré por encima del hombro. Sentí cómo la sangre se atascaba en mis venas cuando vi cómo del vehículo salía una joven a la que conocía muy bien.

Estaba a punto de esconderme tras una muralla de escombros cuando, de pronto, un resplandor rojizo llamó mi atención.

Me arrastré por los restos de lo que quedaba de mi antiguo hogar y lo vi.

Y supe que, a pesar de estar medio roto, cubierto de polvo, de no parecer más que una baratija ostentosa, había encontrado lo que llevaba tanto tiempo buscando.

Sin dudar, lo metí en mi viejo abrigo.

Entonces, *ella* me vio.

—¿Señor Martin?

Me giré y, por primera vez en mucho tiempo, le devolví la mirada.

Ya no le tenía miedo.

Con lo que escondía en mi bolsillo, ya no.

Primera parte

TAMBORES DE GUERRA

24-25 DE AGOSTO. AÑO 1940.

Academia Covenant
Principios de junio, dos meses antes

El aire del comedor parecía enrarecido.

Incluso los alumnos de cursos inferiores, de apenas seis años, que tenían a profesores pululando cerca para vigilar que terminaran la cena, estaban más callados que de costumbre.

Los exámenes finales asustaban a cualquiera.

Observé desde una mesa cercana cómo Liang Shelby bufaba y apartaba el plato de sí, aunque apenas lo había tocado. Su amiga Emma, que estaba a la izquierda con la cabeza metida en un libro de Alquimia, se sobresaltó con el ruido de los cubiertos. El Centinela de esta, un pequeño gorrión que dormitaba en su hombro, se despertó de golpe y soltó un gorjeo de enfado.

—¿Te marchas? —le preguntó Emma, sorprendida.

—Después de lo de esta tarde ni siquiera tengo hambre —contestó su amiga, empujando la silla hacia atrás. A Emma se le escapó una carcajada, y los rizos claros de su cabello se movieron al son de las risas. Liang frunció aún más el ceño—. Voy a suspender Alquimia. Ni siquiera sé hacer un maldito Homúnculo en condiciones.

—No seas exagerada —replicó, mientras su Centinela se posaba en la mesa para picotear las sobras—. Creo que el profesor Salow hizo esfuerzos para no reírse también. Fue increíble cuando a tu Homúnculo se le saltó el ojo y cayó al pupitre. O cuando la barbilla se resbaló hasta el pecho y la boca empezó a moverse con una voz extraña.

—No quiero detalles —gruñó Liang. Se puso de pie y agitó la mano con cierta impaciencia—. Nos vemos en el dormitorio.

Yo me apresuré a seguirla cuando comenzó a andar. Sin embargo, apenas llevaba un par de metros recorridos cuando la figura de un profesor se cruzó en su camino.

Aunque ella no se fijó en mí, estaba lo suficientemente cerca para ver cómo se estremecía, incómoda, y tragaba saliva con dificultad.

Era el profesor Salow, el encargado del departamento de Alquimia. Con su cabello gris, ralo, su túnica vieja y sus gafas ridículas.

—Espero que esté abandonando el comedor tan pronto para fabricar unos cuantos Homúnculos, señorita Shelby —comentó, con una ceja arqueada.

Las mejillas de Liang soltaron llamaradas.

—Siento mucho haber faltado a su clase —contestó de inmediato—. Pero mañana tenemos el examen de Magia Defensiva Avanzada y...

—Era una broma, señorita Shelby —la interrumpió el profesor, con una media sonrisa—. Entre usted y yo, sé de sobra que hay alumnos que tienen que esforzarse más que otros solo por no tener el apellido adecuado. Si hubiese estado en su lugar, quizá también lo habría hecho.

A Liang se le iluminaron los ojos.

—Entonces, ¿eso significa que me quita el castigo?

La sonrisa del profesor Salow se ensanchó.

—En absoluto. La espero mañana por la tarde para limpiar unos cuantos calderos. *Sin magia* —añadió, antes de sortearla y seguir su camino.

Liang suspiró, derrotada, y retomó su camino hacia las enormes puertas del comedor. Atravesó las filas de mesas que rellenaban la estancia, repletas de alumnos que variaban su atención de los códices a la comida, y salió al frescor del enorme vestíbulo, donde se comunicaban la mayoría de las galerías principales de la planta baja de la Academia Covenant.

En el exterior todavía quedaban rayos del sol, pero aquí todo estaba en penumbras. Los muros eran demasiado anchos y las ventanas demasiado estrechas para que la oscuridad no ganara.

Me quedé en una esquina, observando cómo atravesaba el recibidor, antes de que una súbita voz la detuviera.

—Shelby.

Ella se volvió de inmediato, sorprendida, para encarar a la alta figura que se le había acercado, cubriendo la escasa luz que se derramaba de los candelabros.

—Kyteler —murmuró.

Adam Kyteler, con sus ojos negros, insondables, la observó durante demasiado tiempo. Yo sabía que era la primera vez que se encontraba a solas con él, a pesar de que llevaban varios años compartiendo clase. Las pocas veces que se había dirigido a ella, había sido por su apellido. Nunca por su nombre.

Existía un abismo entre ellos, y no solo por la enorme diferencia de alturas.

—Quiero que te reúnas conmigo a medianoche. En el límite de los terrenos de la Academia, junto al acantilado.

La boca de Liang se abrió de par en par.

—¿Disculpa?

—Sé que no es la primera vez que sales de la Academia por las noches, así que imagino que no te será difícil —añadió él, con esa voz grave que parecía venir de uno de los Siete Infiernos.

—¿Cómo diablos sabes que…?

—Te esperaré —la interrumpió, a la vez que daba un paso hacia ella.

Vi cómo Liang vacilaba. Sus pies querían retroceder, pero ella se mantuvo erguida, devolviéndole la mirada sin titubear, aunque era evidente que no entendía absolutamente nada.

—Es importante que vengas.

Avancé, y el susurro que produje contra el suelo atrajo la mirada de los dos, que se apartaron de golpe como si los hubiese visto haciendo algo prohibido. Aunque ninguno me dirigió la palabra, verme los hizo reaccionar. Adam Kyteler le dedicó una última mirada a Liang y desapareció por uno de los corredores a toda prisa.

Yo lo seguí, pero me escondí tras uno de los pilares cuando salí del campo de visión de Liang.

Ella no se movió. Todo su cuerpo estaba en tensión. Pero, de pronto, unos brazos cayeron sobre ella. Los rizos de Emma le azotaron la cara cuando se volvió.

—¿Qué diablos haces? —exclamó Liang—. He estado a punto de hechizarte.

—¿Qué diablos haces *tú* hablando con Adam Kyteler? —preguntó Emma, con una sonrisa que pretendía ser traviesa, aunque se quedó solo en una mueca extraña.

Liang no se dio cuenta. Negó con la cabeza y se apresuró a contestar:

—Quiere que me reúna con él. A medianoche.

Emma pestañeó varias veces, mientras su Centinela no hacía más que revolotear alrededor de su cabeza. Intentaba sonreír, parecer curiosa, pero no lo lograba. Su mirada, la tensión que recorría su cuerpo, la delataba.

—*¿Qué?*

—Creo que solo es una broma de mal gusto.

Emma arqueó las cejas y echó un vistazo a la galería por la que había desaparecido el joven.

—No lo he visto hacer una broma en mi vida, Liang. —Ella se encogió de hombros mientras Emma apretaba los labios—. ¿Vas a ir?

Había una súplica escondida en esa pregunta.

Emma no se lo había contado a Liang. Quizá le había dado vergüenza, quizá creía que no tenía ninguna oportunidad (porque era verdad, no la tenía), quizá porque sabía que un chico como él no le gustaba a su mejor amiga.

Siempre había habido muchas miradas siguiendo la alta figura de Adam Kyteler; así había sido desde que había entrado tardíamente en la Academia Covenant. Su apariencia callada, la fama que se escondía tras el apellido, su aptitud ante cualquier manifestación mágica. Algunos lo comparaban con su ancestro: Marcus Kyteler.

Liang apretó los labios y sacudió las manos.

—Ni siquiera me cae bien —replicó. A Emma se le escapó un pequeño suspiro de alivio—. Venga, vámonos ya. Necesito repasar antes del examen de mañana.

Yo salí de mi escondite y las observé desaparecer en la penumbra de un pasillo adyacente. Su voz se convirtió en un eco lejano.

Solté el aire de golpe.

Aún no lo sabían, pero al día siguiente no se celebraría ningún examen en la Academia Covenant.

I

UNA SUPERVIVIENTE

—*Ascenso.*

De un solo impulso, salvé la distancia del número 17 de Fen-church Street hasta la ventana abierta del tercer piso. La había dejado a propósito así la noche anterior, cuando escapé de madrugada.

Intenté no hacer ruido, pero cuando mis pies se apoyaron sobre el viejo suelo de madera, este crujió y atravesó las delgadas paredes de la habitación.

—¿Liang?

—Maldita Sangre —farfullé, antes de abalanzarme sobre mi cama deshecha.

Las sábanas estaban húmedas y frías, pero me cubrí con ellas hasta el cuello. Ni siquiera tuve tiempo de quitarme las botas antes de que mi madre abriera la puerta con brusquedad.

Cerré los ojos, pero creo que lo hice demasiado tarde. Sus pisadas se acercaron a mí, y hasta que no las sentí lo suficientemente cerca, no pestañeé. Observé la rechoncha figura de la mujer con los ojos velados, mientras me desperezaba bajo las sábanas, como si acabase de ser arrancada de un plácido sueño.

—Buenos días —dije, con una sonrisa.

Ella se limitó a arquear una ceja.

—¿Sabes cuántas veces te he llamado? Vas a llegar tarde.

—Estaba teniendo un sueño muy profundo —mentí, mientras me obligaba a soltar otro bostezo más prolongado que el anterior.

Sus ojos pequeños y rasgados se deslizaron por mi desordenada habitación y se clavaron en la ventana abierta. Después, volvieron a posarse en mí.

—Tienes unas ojeras muy pronunciadas como para haber despertado de un sueño tan profundo.

—He tenido pesadillas esta noche —respondí. Al menos, era una verdad a medias. Y ella lo sabía. Vi cómo apretaba los labios en una expresión contrita durante un instante.

Mi madre suspiró y se restregó las manos por el viejo delantal que cubría su vestido de cuadros. Echó un vistazo más a la ventana abierta antes de darme la espalda.

—¿Dónde está ese gato infernal que dice ser tu Centinela?

—Quizás esté ya abajo, esperándome. Es más madrugador que yo —mentí.

—Entonces será mejor que te des prisa —dijo.

Le dediqué una sonrisa llena de dientes que la hizo suspirar de nuevo y cerrar la puerta de un pequeño golpe. En el momento en que lo hizo, eché a un lado la sábana y salté de la cama.

Mi rostro demacrado se reflejó en el espejo. Maldita sea. Esa Sangre Roja me había retrasado demasiado. No tendría que haber cedido a su ruego y menos por unos pocos peniques. Pero, aunque la magia no corría por sus venas, su mirada me clavó al suelo e hizo que fuera imposible que me moviera, como si hubiera sido poseída por el hechizo «Aferra».

«Me han dicho que tú eres la bruja china del East End que habla con los soldados caídos».

En realidad, un Sangre Negra podía hablar con cualquiera que estuviera muerto, pero había decidido decantarme por los hombres que habían fallecido en el campo de batalla de la Gran Guerra. Había miles de viudas, huérfanos, padres y madres que habían perdido a alguno de los suyos durante ese conflicto bélico. Un fantasma no podía hablar de su propia muerte, pero sí podía mantener conversaciones con sus antiguos seres queridos. Siempre quedaban palabras que decir, disculpas que pedir. No me faltaba trabajo. Sobre todo, teniendo en cuenta mi aspecto. Mis ojos rasgados me abrían el camino para algunas cosas, aunque me los cerraban para la mayoría.

Otros Sangre Negra también ofrecían esa clase de servicio a los Sangre Roja, pero no tenían tanto éxito como yo. El espiritismo ya estaba pasado de moda; no estábamos en el siglo XIX, y ahora la brujería y las artes oscuras se relacionaban con los bajos fondos y con mujeres que no tenían el aspecto que solía esperarse de una *señorita* británica. Yo, con mis iris oscuros, mi cabello negro como la brea, los ojos rasgados, mi piel blanca sin mancha alguna y el viejo *hanfu* que había tomado prestado a mi madre sin que ella se diera cuenta, conformaba el prototipo perfecto.

No es que consiguiera demasiado dinero con ello. Podría ganar más, desde luego, si ofreciera mi servicio a algunas familias importantes Sangre Roja. Un duque o una baronesa pagaría por una sola sesión cien veces más que lo me daban en el East End, pero por desgracia, la alta alcurnia estaba demasiado relacionada con la sociedad de los Sangre Negra, y no quería que me atraparan. Al fin y al cabo, estaba prohibido.

Cuando terminó la Gran Guerra, muchos Sangre Negra ofrecieron sus servicios a los que habían perdido a sus seres queridos a cambio de pagos que, en algunas ocasiones, llevaron a familias a la ruina. El Aquelarre lo prohibió. Dijeron que era un comportamiento abusivo, que no casaba con las *políticas cordiales* que reinaban en esos tiempos con los Sangre Roja.

—¡Liang!

La voz de mi madre retumbó en mi dormitorio. Aunque ni una pizca de magia resbalaba por sus venas, cada vez que se enfadaba conseguía hacer temblar el edificio entero.

Aparté la mirada de mi reflejo y me deshice de la ropa que había utilizado la madrugada anterior para ponerme un viejo vestido de color verde, desvaído por el tiempo. No tenía tiempo de peinarme, así que sacudí como pude los mechones con mis dedos mientras me deshacía de las botas a patadas.

—*Atrae* —susurré a un par de mocasines, que se deslizaron de inmediato hacia mí.

Tenían la suela un poco despegada, pero servirían al menos hasta que llegara el otoño. Cuando las lluvias sacudieran Londres, no tendría más remedio que cambiarlos.

En la pequeña estancia que servía de salón y comedor, encontré a mis padres y a mi hermano pequeño, Zhang, que devoraba sin respirar el desayuno, como era habitual.

Mi madre estaba claramente malhumorada y bebía el té humeante a grandes sorbos. Me lanzó una mirada de advertencia por encima del borde desportillado. Mi padre, por el contrario, bajó *The Guardian* y me contempló sobre las páginas impresas. Como a mí, unas largas ojeras se extendían bajo sus ojos, aunque no porque hubiese estado despertando a difuntos para los Sangre Roja. Él debía estar recién llegado de su guardia de noche en la Torre de Londres. Su uniforme oscuro estaba doblado en un rincón, sobre el estrecho e incómodo sofá. A pesar de su agotamiento, se las arregló para dedicarme una sonrisa.

—Hoy se te han pegado un poco las sábanas, ¿no? —Su pregunta fue acompañada con un guiño que me hizo reír.

Me senté al lado de mi hermano, que no dejó de masticar para dedicarme un «buenos días» con la boca llena. Mi padre todavía no había apartado los ojos de mí; su ceño se había fruncido un poco.

—¿Dónde está tu Centinela?

Soporté el deseo de alzar los ojos al techo con exasperación. Y de matar a Tānlan, también. Estaba harta de decirle que no podía separarse mucho tiempo de mí. Si lo hacía, mi familia sospecharía.

—Me espera abajo —me limité a contestar, con la mirada hundida en mi desayuno.

—Ayer me juró que me devoraría cuando durmiese —rezongó Zhang—. Aunque creo que lo dijo porque estaba enfadado por haber perdido de nuevo al *mahjong*.

Decidí que lo mejor era marcharse cuanto antes. Me bebí de un trago la taza de té que habían preparado para mí y le di un beso en la mejilla a mis padres y otro en la raíz del pelo a Zhang, que seguía engullendo sin descanso. Él me devolvió el gesto con un mohín. El pobre tenía unas ojeras parecidas a las mías. Después de lo que le había dicho Tānlan, dudaba de que hubiese podido descansar.

Arranqué del perchero que se encontraba junto a la salida la única chaqueta ligera que tenía para la primavera y los días más húmedos y fríos del verano. Me la puse sobre los hombros y salí al descansillo del tercer piso a tiempo para ver cómo la puerta de enfrente se cerraba.

—¡Buenos días, señor Martin! —dije, con la voz suficientemente alta como para que pudiera escucharme—. ¿Cómo va su espionaje? ¿Ha descubierto algo?

El señor Martin era un Sangre Roja convencido de que en nuestra casa se practicaba alguna clase de brujería. En eso estaba en lo cierto, aunque por desgracia, solo éramos mi madre y yo quienes le interesábamos. Las mujeres, claro. El pobre se llevaría una gran desilusión cuando descubriera que mi madre era tan Sangre Roja como él.

Bajé los escalones chirriantes de dos en dos y paseé los dedos repletos de diminutas cicatrices por la pintura que se caía a trozos de las paredes. Cuando llegase el invierno, el color pálido se vería sustituido por el negro de la humedad.

Junto al portal de mi edificio, el número 17 de Fenchurch Street, había un Demonio esperándome.

Parecía un gato pardo, callejero, muy mal alimentado, pero esos ojos verdes lo delataban. Ningún animal podía tener una mirada así.

Ni tampoco podía cantar.

Duerme, bebé, duérmete ya.
O si no, llegará Synodai y de un beso sucumbirás.
Duerme, bebé, duérmete ya.
O si no, Leviatán te mirará y de envidia morirás.

—Como sigas desapareciendo de esa manera, mi padre descubrirá la verdad. Los Centinelas no se separan de sus compañeros Sangre Negra —le dije, con el ceño fruncido—. Y no deberías hablar en voz alta cuando hay Sangre Roja cerca. Te lo he dicho cientos de veces.

El Demonio ladeó la cabeza.

—La palabra *compañero* implica una proximidad que no estoy dispuesto a compartir contigo, Sangre Negra —escupió. Había un Sangre Roja cerca, pero le daba igual. Como todo.

Levanté la barbilla y pasé por su lado sin dedicarle otra mirada.

—Pues lárgate.

El Demonio soltó un bufido y echó a andar un par de pasos por detrás de mí.

—Como si pudiera hacerlo.

Apreté los labios y dejé escapar un largo suspiro.

Habían pasado más de dos meses desde aquella terrible madrugada, y todavía me preguntaba cada noche que caía sobre la cama, exhausta, si había tomado una buena decisión. Al principio, cuando la soledad me golpeaba con más fuerza, cuando los terribles recuerdos destellaban vívidos tras mis párpados, pensaba que quizás así estaría menos sola. Siempre había envidiado a mis compañeros de la Academia cuando los veía acompañados de sus Centinelas. Incluso había sentido celos de Emma, a pesar de que había sido mi mejor amiga. Contemplaba el vínculo que tenía con su Centinela con anhelo.

Pero ahora daba igual. Los dos estaban muertos.

Y yo estaba acompañada por un Demonio que nunca debió haber salido de su Infierno.

Sacudí la cabeza e inhalé el frescor de la mañana. Me obligué a dejar la mente en blanco durante los diez minutos que tardaría en recorrer el camino hasta la Torre de Londres.

Antes, las inmediaciones estaban repletas de viandantes curiosos. Se acercaban a la edificación para otear algo entre las pequeñas puertas que se mantenían abiertas y observar a los alabarderos, los serios guardias con sus uniformes rojos y negros que las custodiaban.

Ahora, sin embargo, no había nadie. La seguridad del perímetro se había reforzado. Muchos decían que era por la guerra, pero lo cierto era que nadie podía acercarse a los muros, Sangre Roja o Sangre Negra no autorizados, desde que encontraron el cadáver de Agatha Wytte, una antigua Miembro Superior, junto a sus puertas. La misma madrugada de aquella noche en la Academia Covenant; la misma madrugada en la que mi vida quedó unida a la de Tānlan.

Recorrí el puente de piedra bajo la atenta mirada de los alabarderos. La desconfianza seguía allí, a pesar de que me habían visto recorrer ese mismo camino cinco veces a la semana durante los dos últimos meses, a pesar de que mi padre era un guardia del Aquelarre y conocía a la mayoría de ellos. Una parte de mí creía que quizá fuera por mis ojos rasgados y su maldita intolerancia. La otra... sabía la verdad.

Cuando llamé a una pequeña puerta lateral de madera, medio escondida en la Torre Byward, uno de los guardias del Aquelarre me abrió con brusquedad y me pidió mi acreditación. Se la entregué y él la observó con detenimiento, a pesar de que había visto mi fotografía y había leído mi nombre innumerables veces.

—Puede pasar, señorita Shelby —dijo, al cabo de unos segundos que parecieron interminables.

Sacudí la cabeza y me escabullí al interior del pasadizo, con Tānlan siguiéndome a una distancia considerable. Llegué hasta la Torre Wakefield. Al atravesarla, alcancé el patio central. Había algún que otro fantasma, prácticamente transparentes bajo la luz del día. Los miembros del Aquelarre caminaban apresuradamente con sus cinturones de tachuelas afiladas y sus túnicas negras. Yo era de las pocas que no tenía un uniforme especial. Ni siquiera un cinturón. Para mi trabajo en la Biblioteca, no lo necesitaba.

Muchos de ellos llevaban papeles en la mano. Eran folletos de propaganda, de un grupo que se hacía llamar los «Favoritos del Infierno». Cada vez había más. Y cada vez había más gente que los leía, a pesar de que los Miembros Superiores habían prohibido su distribución desde hacía semanas.

Mi padre, cuando veía unos de esos papeles en la calle, los recogía y los arrojaba a la primera papelera que encontraba.

Pisé sin querer uno de aquellos folletos y mi viejo mocasín aplastó el enorme titular que ocupaba casi toda la página:

¿Vamos a dejar que nos masacren?
Reino Unido necesita contraatacar

Alborotadores, resonó la voz de mi padre en mi cabeza. *Lo que menos necesitamos en una guerra Sangre Roja.*

Llegué a las puertas del edificio donde se guardaban las joyas de la Corona británica. El rey Jorge, como sus predecesores, sabía que era el lugar más seguro de todo Reino Unido. Sin embargo, allí no solo se guardaban las coronas, los cetros y los diamantes; bajo tierra, ocupando prácticamente todo el patio central, se encontraba la Biblioteca del Aquelarre. Un lugar fascinante que olía a cera, madera pulida y a páginas amarillentas.

Estuve a punto de entrar, pero tuve que detenerme cuando una figura con el rostro cubierto surgió de pronto del edificio. Me estremecí.

Un Vigilante.

Los Vigilantes eran figuras del Aquelarre que apenas se veían. *Literalmente*, además. Eran la parte oscura de nuestro gobierno, creada por el Miembro Superior Anthony Graves años atrás. Aunque los designaban como «trabajadores especiales», todos sabíamos que hacían de espías, investigadores y asesinos. Cuando trabajaban llevaban siempre un velo que les cubría toda la cabeza, así que se desconocía su identidad. Solo una pequeña rendija dejaba entrever su mirada. Parecían esos antiguos verdugos Sangre Roja, que decapitaban a la monarquía caída en desgracia o perdida en una guerra. Cuando muy de vez en cuando atravesaban los terrenos de la Torre de Londres, muchos fantasmas desaparecían, como Ana Bolena o Jane Seymour.

Nunca me habían gustado.

Los Vigilantes no solían adentrarse en la Biblioteca, ni tampoco detenerse a echar un vistazo. Siempre parecían tener prisa. Pero este que tenía frente a mí giró la cabeza y sus ojos celestes se detuvieron en los míos un instante, antes de seguir su camino.

Me quedé allí, quieta junto a la entrada, y no me moví hasta que lo vi desaparecer rumbo a la Capilla Real de San Pedro ad Vincula, la pequeña iglesia que se encontraba a unos metros de la Biblioteca. Su puerta siempre la había guardado un Vigilante.

Me adentré en el edificio y giré hacia las grandes escaleras que se internaban en las profundidades. No había luz eléctrica, en su lugar un fuego mágico ardía en los cientos de candelabros encendidos.

La Biblioteca del Aquelarre se dividía en siete niveles. El primero era el que se encontraba a menor profundidad; en su mayoría contenía libros de estudio y era el recinto donde estudiantes y aspirantes a puestos importantes solían ir a repasar. Aquel era el lugar donde yo trabajaba como aprendiz, con un sueldo más que ridículo. «Deberías dar gracias por el dinero que vas a recibir», decía la señora Williams, con su tono de voz estridente. «Cuando yo era joven y era aprendiz, no...», jamás supe cómo terminaba la historia, dejaba de escucharla siempre en el mismo punto.

A pesar de que lo había intentado, nunca había bajado de aquella primera planta subterránea. Por lo que había escuchado, a medida que se descendía, los volúmenes y códices que se guardaban en las estanterías tenían más valor y, a su vez, contenían mayor peligro. No todos estaban autorizados a entrar en determinados niveles.

De hecho, los únicos que podían entrar en el Séptimo Nivel eran los Miembros Superiores del Aquelarre y el bibliotecario a cargo, al que nunca había conocido.

—¡Señorita Shelby!

Fue un siseo, pero se extendió por toda la sala del Primer Nivel. Cerré los ojos durante un instante, mientras unos zapatos de tacón se acercaban. Al abrirlos, vi a la señora Williams serpentear entre las mesas, con las gafas peligrosamente cerca de su afilada nariz. Sus pequeños ojos claros tenían un brillo letal.

Llevaba el pelo gris recogido en un moño tan apretado que no sabía cómo la piel de su cara soportaba tanta tirantez.

—Llega tarde. *Muy* tarde.

—No sabe cuánto lo siento, señora Williams —le contesté, con una sonrisa demasiado estirada, quizá.

Detrás de mí, Tänlan no pudo hacer otra cosa en ese momento que soltar un largo eructo. La piel de la bibliotecaria se volvió violeta.

—¿Y por qué no se molesta en peinarse un poco? Parece que ha pasado la noche fuera. —Hice un gran esfuerzo para no poner los ojos en blanco—. Cámbiese, rápido. Los hermanos de la Torre se han dedicado esta noche a hacer de las suyas y han desordenado la mayor parte de los libros de Historia Mágica.

Esos malditos fantasmas, refunfuñé por dentro.

No me contuve en soltar una mueca de desagrado y, antes de recibir otra mirada de censura más, me dirigí arrastrando los pies al pequeño vestidor del que disponíamos. Tänlan no se molestó en seguirme.

En la pequeña sala, dejé la chaqueta y me puse la túnica gris de trabajo que debía utilizar en la Biblioteca. En vez de salir, me quedé un momento, quieta, con los ojos clavados en mi Anillo de Sangre.

Se suponía que haber recibido un puesto de aprendiz en la Biblioteca era un honor, aunque yo hubiese querido estudiar algo distinto. Pero era un *regalo* que los Miembros Superiores nos habían concedido a aquellos que estábamos en último curso cuando sucedió todo aquello. Ni siquiera hicimos los exámenes finales, decían que haber sobrevivido a esa noche era prueba suficiente. Eso fue para los que tenían apellidos como el mío, claro. A los descendientes de las grandes familias los habían colocado como aprendices de otras ramas muy diferentes a la de los Bibliotecarios: Sanadores, Consejeros, Administrativos e, incluso, Vigilantes. Pero esas no eran opciones para la gente como yo.

El granate de mi Anillo de Sangre había perdido buena parte de su punta y tenía que apretar mucho para lograr que alguna gota de sangre brotara de mi piel endurecida. Quizá, con el sueldo de la Biblioteca y lo que ganaba en las calles como médium me permitiría comprar un Anillo mejor, con una piedra más dura y de mayor calidad.

Y de otro color. Porque al observarla, recordaba aquella noche de hacía tres meses, en la que veía camisones empapados en sangre aleteando como fantasmas, escuchaba una voz que me llamaba desesperada y me sentía perseguida por unos ojos negros, anchos y profundos.

RECUERDOS

La sangre me hizo resbalar.

Mis manos se agitaron en el aire, pero cuando caí, conseguí aferrarme a algo metálico que impidió que me golpease contra el suelo. El pomo dorado de una puerta.

—*Ábrete* —susurré.

El pomo giró solo y yo me adentré en la fresca oscuridad de un aula. Quise cerrar la puerta con las manos, pero esta crujió, y el sonido vibró a través del aire.

No insistí. Retrocedí entre los pupitres hasta que mi espalda golpeó con la pared y mis rodillas se doblaron, incapaces de sujetarme más. Tardé demasiado tiempo en percatarme de que acababa de entrar en mi propia clase.

Apreté una de mis manos contra la boca, intentando ahogar la respiración, y la otra la alcé después de haber arañado la palma de extremo a extremo con mi Anillo de Sangre. Intenté pensar en un encantamiento de defensa, en una invocación, en lo que fuera, pero tenía la mente en blanco. Ni siquiera podía volverme invisible, mis brazos estaban demasiado cubiertos de sangre. No quedaba ningún hueco para un símbolo alquímico más.

Solo podía mirar hacia ese resquicio de luz que se colaba por la puerta entreabierta y escuchar esas pisadas lentas que se acercaban a donde me encontraba.

Apreté los dientes, los escuché crujir y una punzada de dolor atravesó mi cabeza. Mis pies desnudos resbalaron por el suelo al no poder empujar más hacia atrás, y ese susurro sonó como un chillido en mitad del silencio.

Los pasos se detuvieron y yo dejé de respirar. Solo tenía que abrir la puerta para verme.

No, por favor, pensé, desesperada. Los ojos se me llenaron de lágrimas, rabiosas y aterrorizadas, pero no llegaron a derramarse. *Vete. Vete. Vete.*

Unos dedos se apoyaron en el borde de madera y la empujaron hacia delante. Notaba los párpados tirantes mientras la luz penetraba en la clase e iluminaba los pasillos de pupitres por los que me había deslizado durante ese curso, las sillas desvencijadas sobre las que mis compañeros y yo nos habíamos dejado caer innumerables veces, los candelabros que colgaban del techo y que alguna vez habíamos hecho caer por culpa de algún hechizo mal ejecutado.

La puerta se abrió por completo y la figura entró en la clase. Solo un paso.

Se había puesto de nuevo aquella extraña máscara que le cubría media cara, pero lo reconocí.

Kyteler, murmuró una voz en mi cabeza.

Todavía no me había visto. Su figura parecía desmesuradamente alta remarcada por la luz que le llegaba desde atrás. Llevaba el pelo peinado a ambos lados de su rostro, y el color ébano de este se fundía con las sombras que lo rodeaban. La piel pálida que la extraña máscara no cubría destacaba sobre su ropa, de un rojo intenso, del color de la sangre.

Entre sus piernas se encontraba Siete, su Centinela, que lanzó un maullido bajo al pisar el aula.

Los ojos de Kyteler, anchos, negros, recorrieron minuciosamente la estancia y se detuvieron de pronto cuando me vieron agazapada en la esquina, con los pies desnudos, mis manos y el camisón sucios por una sangre que no solo era mía.

—*Liang*—susurró.

Era la primera vez que pronunciaba mi nombre. Y sonó frustrado y suplicante. Como si no esperase encontrarme allí.

No sabía que yo sí lo había visto a él.

Antes.

Alcé mis brazos, a punto de pronunciar un «Repele». Él también movió su mano izquierda, pero se detuvo, al igual que lo hice yo, incapaz de susurrar el maldito hechizo.

Nos quedamos quietos, cada uno con la mirada fija en el otro.

Quería decirle algo, pero mi lengua pesaba demasiado. Todo pesaba demasiado, y yo de golpe no parecía tener fuerzas ni para seguir respirando. No dije ni una palabra, pero sus labios gruesos se tensaron.

El mundo pareció congelarse en el espacio que existía entre nuestras miradas, pero de pronto, otras pisadas hicieron eco en el pasillo, y él apartó la mirada.

—Vaya sorpresa —Una voz que había escuchado hacía apenas una hora, terrible, profunda, hizo eco.

El aludido volvió a girar la cabeza en mi dirección y yo me tensé de nuevo. Sin embargo, tras dos segundos eternos en los que mi corazón estuvo a punto de destrozar mis costillas, dio un paso atrás y negó lentamente con la cabeza.

Separé los labios y luché contra el enredo de mi lengua, pero él retrocedió otro paso y cerró la puerta con suavidad, dejándome sola en mitad de la oscuridad.

—¿Qué te ha pasado en la pierna? —oí que preguntaba Kyteler.

Un escalofrío me recorrió. Sabía con quién estaba hablando.

—No es nada. Solo un pequeño incidente con una chica. Ya sabes, siempre traen problemas… —Hubo un largo silencio en el que los latidos de mi corazón contaron los segundos—. Parecía una alumna de último curso. Ni siquiera sé su maldito nombre. Se enfadó cuando el Demonio eligió a su amiga.

Otro silencio, esta vez más pesado que el anterior.

—¿Está muerta? —preguntó Kyteler. Sin rabia, sin pena, con el mismo tono que alguien utilizaría para preguntar qué hora era.

—Pues claro que está muerta. Fue el sacrificio que ofrecí al maldito Leviatán para poder entrar.

El hombre pareció vacilar. Con un estremecimiento, escuché cómo se acercaba un poco más a la puerta tras la que me escondía.

—¿Qué haces aquí? —No podía verlo, pero estaba segura de que esos ojos azules que se ocultaban tras la máscara estaban clavados en la puerta de madera y trataban de ir más allá—. ¿Hay algún problema?

Con el corazón tronando en mis oídos, vi cómo el pomo dorado giraba un poco.

—Por supuesto que no.

La voz pausada de Kyteler reverberó hasta en mis huesos. El pomo detuvo su rotación.

—Vámonos. Ya hemos conseguido lo que necesitábamos.

Aquella había sido la última vez que había visto a Adam Kyteler.

Después, encontré a Tānlan, aunque todavía no se llamaba así.

Y un poco más tarde, llegaron por fin los primeros guardias del Aquelarre, capitaneados por un Vigilante.

Hasta el amanecer, no apareció uno de los Miembros Superiores, acompañado de otro alto cargo.

—¡Señorita Shelby! —la voz aguda de la señora Williams me hizo dar un salto.

Sacudí la cabeza, aparté la mirada de mi Anillo de Sangre y me apresuré a salir de la claustrofóbica sala.

Notaba la lengua pesada después de haber recitado durante tantas horas los mismos hechizos para alzar los libros e introducirlos por orden alfabético en los estantes, uno por uno. Estaba agotada y la cabeza comenzaba a dolerme.

Tānlan podría haberme ayudado, pero había preferido quedarse repantingado en la parte superior de las estanterías, quejándose sin cesar.

Por suerte, solo faltaba media hora para que el reloj diera las seis, mi hora de salida. Generalmente mi turno finalizaba a las cuatro, pero después de mi retraso a primera hora, la señora Williams me había obligado a quedarme hasta tarde, y no hacerlo me colocaba en el afilado borde del despido. Y, aunque una parte de mí se sentía tentada, la otra, que necesitaba el dinero y se conformaba con un sueldo ridículo, la rechazaba.

El repiqueteo de sus tacones bajos me sobresaltó.

La bibliotecaria se dirigía hacia mí con rapidez. Su tono de piel tenía un color más ceroso que de costumbre. Ni siquiera me dio tiempo a separar los labios.

—Puede marcharse ya —dijo, aunque sonó a algo más que a una orden.

Enarqué una ceja. Nunca dejaba que me marchara antes. Ni un solo minuto.

—¿Ocurre algo?

Los rasgos de la señora Williams se contrajeron y sus finas cejas se unieron en un gesto amenazador.

—No debería cuestionar mi amabilidad —contestó, antes de girar sobre las puntas de sus pies—. No suelo regalarla muy a menudo.

—En eso tiene razón —comentó Tānlan, desde lo alto de la estantería, con su voz monstruosa.

La señora Williams miró por encima de su hombro y lo fulminó, después bajó la mirada para hundirla en mí.

—¿A qué está esperando?

Casi tuve la sensación de que la mujer me empujaba hacia el pequeño cuarto donde nos cambiábamos. Me esperó incluso junto a la puerta, mientras yo dejaba el delantal grisáceo en la percha y me colocaba la chaqueta sobre los hombros.

Se le escapó un suspiro de alivio cuando pasé a su lado, con Tānlan a mi espalda.

—Mañana sea puntual.

Estuve a punto de responder, pero entonces un Vigilante apareció de pronto por la puerta de la Biblioteca y tuve que dar un brusco salto para esquivarlo. No fue el único que entró en la estancia. Detrás de él aparecieron una mujer y otro hombre adulto, seguidos por sus Centinelas.

Estuve a punto de farfullar una disculpa, pero las palabras se fundieron en mi lengua.

A apenas un metro y medio de distancia, se encontraba Serena Holford, la líder de los Miembros Superiores del Aquelarre. Iba vestida con una túnica violeta, que realzaba la blancura de su largo cabello. El emblema del Aquelarre bordado con hilos dorados resaltaba sobre su corazón: una estrella invertida de cinco puntas. Además del cinturón de tachuelas afiladas, llevaba en cada mano un Anillo de Sangre de diamante. La piedra afilada resplandecía cuando la luz de las velas se reflejaba en ella.

La persona que la acompañaba era Claude Osman. Después de la muerte de Agatha Wytte, él era el Miembro Superior más joven, con apenas treinta años. Llevaba puesta una túnica de color vino y, al igual que la mujer, lucía varios Anillos de Sangre en sus manos, todos de diamantes. Era apuesto con su cabello peinado a un lado, de un castaño caoba, y sus ojos verdes, del color del pecado capital de la envidia.

Tras ellos se deslizaban sus Centinelas. El de Serena Holford era una serpiente de cascabel, que siseaba y cuyos ojos no dejaban de vigilar su alrededor. La de Claude Osman, una cobra real. Su cabeza más grande, con la piel abierta a los lados, la hacía parecer todavía más impresionante que el Centinela de su compañera.

Pocos años atrás habían sido un total de siete Miembros Superiores, pero cuando Serena Holford se convirtió en la portavoz y la líder, llevó a cabo una serie de reformas en la política de nuestro mundo.

Prohibir los Destierros. Permitir los matrimonios entre Sangre Negra y Sangre Roja. Reducir el número de Miembros Superiores: de siete a tres. Curiosamente, esa medida fue una de las más polémicas. Demasiados sueldos, fue su justificación. Aunque muchos creían que era porque estaba harta del aire de rancio abolengo que impregnaba nuestro gobierno.

Incliné la cabeza, pero no vi a Anthony Graves, el tercer Miembro Superior. Las malas lenguas decían que no tenía una buena relación con sus dos compañeros. Al fin y al cabo, él había sido uno de los cuatro Sangre Negra que había sido expulsado del poder cuando Serena Holford decidió llevar a cabo la reforma. Ahora, con la muerte de Agatha Wytte, había regresado.

—¿Qué están haciendo aquí? —oí que siseaba Tānlan, a mi espalda.

No contesté. Mis ojos no se separaron de ellos, mientras veía cómo avanzaban y se dirigían a la señora Williams. Ahora entendía la prisa que había tenido por que me fuera.

No era la primera vez que los veía tan de cerca, a pesar de que los Sangre Negra como ellos no se aproximaban a Sangre Negra como yo. El encuentro anterior había sido hacía apenas unos meses, durante la mañana siguiente a la Tragedia de la Academia

Covenant. Serena Holford no había venido, pero sí Anthony Graves, que todavía no había sido reasignado como Miembro Superior, y Claude Osman, que había aguantado a duras penas las lágrimas. Todos sabíamos que era amigo íntimo de Harry Wallace, el director de la Academia que había muerto durante el ataque.

En aquella ocasión nos habían dispuesto a todos los alumnos en filas, y ellos habían ido uno por uno estrechando nuestras manos, dándonos el pésame, felicitándonos por haber sido tan valientes.

Yo no creía que haber sobrevivido hubiera sido una cuestión de valentía. Emma siempre había sido mucho más valiente que yo. Más valiosa. Y ahora estaba muerta.

El tacto afilado de las zarpas de Tānlan contra mis piernas me hizo volver a la realidad.

—¿A qué esperas para largarte?

Una parte de mí quería quedarse un poco más, intentar averiguar qué podían querer dos Miembros Superiores del Primer Nivel de la Biblioteca del Aquelarre, pero la señora Williams ya me había fulminado un par de veces con la mirada, y uno de los Centinelas había girado su cabeza aplastada en mi dirección.

Atravesé el arco de piedra y abandoné el edificio para adentrarme en el patio de la Torre de Londres. Estaba desierto, la mayoría de los trabajadores del Aquelarre debían haberse marchado a casa. En una esquina me pareció ver el fantasma de la antigua reina, Catherine Howard, peinando sus largos cabellos con una mano. Tenía la cabeza apoyada sobre sus rodillas.

Tānlan caminaba delante de mí con prisa y tuve que apretar el paso para seguirlo. No disminuyó la velocidad hasta que no atravesamos el último muro que separaba el mundo de los Sangre Negra del mundo de los Sangre Roja.

Para ser jueves, una animación inusual recorría las calles que rodeaban la Torre de Londres. Caminando por ellas, daba la sensación de que la guerra Sangre Roja era algo remoto, casi ajeno a la ciudad. Vi a parejas caminar del brazo, seguidas por carabinas de ojos furtivos, niños Sangre Roja que corrían porque llegaban tarde a casa. También observé varios vehículos caros, que cruzaron la calzada frente a mí a toda velocidad. Carrocerías relucientes, de colores oscuros y elegantes, y tapicerías de piel.

Durante un instante, me pregunté qué se sentiría al ir en el interior de esos vehículos, pero entonces recordé de golpe unos grandes ojos negros y sacudí la cabeza. No, las familias de larga tradición y las riquezas no me interesaban. Prefería mi pequeña casa familiar, con mis padres y mi hermano Zhang, al que solo le preocupaba comer y ganar al *mahjong*, pero que proporcionaba más calidez que cualquier chimenea en invierno.

En vez de ir directo a casa, decidí dar un pequeño rodeo y caminar por Upper Thames Street para subir después por King William Street. Hacía una noche agradable y, por una vez, la brisa que llegaba desde el Támesis no olía a podrido. En momentos así, me parecía imposible creer que esa horrible noche hubiese existido, que Emma hubiese dejado de existir en este mundo.

—Otra vez no —me advirtió de pronto Tānlan.

Me volví hacia él, exasperada.

—No he hecho nada.

—Vas a empezar a llorar. Lo veo en tus ojos —replicó, antes de soltar un bufido de hastío.

Los dedos de mi mano izquierda tantearon mi viejo Anillo de Sangre, deseosos de derramar algo de sangre.

—Eres el peor Centinela que un Sangre Negra podría desear —siseé.

—En eso estamos de acuerdo —contestó. Orientó sus cuartos traseros en mi dirección y flexionó las patas para tomar impulso y echar a correr. Sabía que no lo vería hasta que llegase a casa—. Lástima que no lo sea.

3

LIMEHOUSE

Aquella misma noche, mis pies me llevaron hasta el barrio de Limehouse. Conocía bien el camino, aunque hacía mucho que no lo recorría.

El East End siempre había tenido mala fama. Desde su origen, hasta ahora. Y estaba segura de que, por mucho tiempo que pasara, nunca llegaría a ser como esos barrios como Belgravia ni ostentaría grandes mansiones como Easton Square. Las casas eran bajas y no habían sido bien construidas, las fachadas estaban pintadas de colores sucios, el alcantarillado era nefasto. Había pocas farolas que iluminaran a los escasos viandantes. En su mayoría, borrachos, marineros que apestaban al Támesis y mendigos. La pobreza solo engendraba pobreza, tanto en el mundo de los Sangre Roja como en el mundo de los Sangre Negra.

Limehouse formaba parte del East End, y no tenía mejor fama que los alrededores. Algunos lo llamaban «la Chinatown de Londres». Mi madre había nacido allí. Yo había nacido allí. Mi hermano Zhang ya lo había hecho en el número 17 de Fenchurch Street.

Habíamos vivido allí durante mucho tiempo, pero cuando mis abuelos paternos murieron, mi padre decidió trasladarse junto a mi madre y a mí a la pequeña casa familiar, que llevaba perteneciendo a los Shelby desde hacía casi cien años.

Yo había sido feliz en Limehouse. Mis padres se ocupaban de que lo fuera, de que no me diera cuenta de los problemas que nos rodeaban. Que eran muchos, por cierto.

La poca familia que tenía mi madre no estaba de acuerdo en que se casara con un joven británico que no conocía sus costumbres, sus tradiciones, su religión, así que cortaron todos los lazos con nosotros. Nunca supimos qué pensaban del hecho de que mi padre fuera un *brujo*, porque mi madre nunca llegó a contárselo.

Mi familia paterna tampoco estaba muy contenta con que mi padre se casara con una mujer tan diferente a ellos; de piel pálida, aunque castigada por el trabajo, de cabello negro, fuerte y liso, y de ojos tan rasgados como la luna en cuarto menguante. Tampoco les gustó que recibiéramos unos nombres «tan extraños».

Siempre me había sentido así. No pertenecía ni a un lado, ni a otro. En Fenchurch Street tenía los ojos demasiado rasgados. Y en Limehouse, demasiado redondos.

Tānlan caminaba en algún lugar a mi alrededor. No podía verlo bien, se camuflaba entre las sombras; pero sí lo escuchaba refunfuñar.

Sabía dónde conseguir clientes. Me encontraba no muy lejos de un fumadero de opio que habían desalojado varias veces cuando aún vivía en este lugar, pero que todavía seguía en activo. Con la mente embotada por la droga siempre era más fácil dejarse llevar por los recuerdos. De alguna forma, me aprovechaba de esos pobres Sangre Roja, pero no podía sentirme mal por ello. Eran ellos o mi familia.

Estiré las mangas del *hanfu* de mi madre y aceleré el paso. La ropa me ayudaba a meterme en el papel ante los Sangre Roja. Sobre todo, ante los que no tenían los ojos rasgados como yo.

Se trataba de un traje tradicional de largas mangas y tela ligera, que se agitaba cuando el viento corría por las calles. El vestido se cruzaba en mi pecho y un cinturón grueso me ceñía la cintura. El calzado no era el apropiado, pero nadie solía mirarme los pies. La tela había tenido dibujos, pero había pasado mucho tiempo; el color estaba tan desvaído, que, a la luz de las escasas farolas, yo parecía un fantasma etéreo.

Mi madre se horrorizaría al verme, pero lo necesitaba para crear un personaje.

—Estás ridícula —oí que siseaba Tānlan, en algún lugar que venía desde mi derecha—. Como siempre.

Estuve a punto de contestar, pero entonces el sonido de unos pies que se tropezaban me hizo levantar la cabeza. A apenas unos metros de distancia, había una persona que caminaba tambaleándose. Era un hombre. Incluso desde la distancia que nos separaba, podía oler el hedor del opio que llegaba hasta mí.

Miré a mi alrededor; no había nadie en esa calle apartada además de él y yo.

Sin dudar, me froté con la mano la frente y me emborroné el signo alquímico que me había dibujado para ser invisible.

El grito que dejó escapar el hombre me hizo comprender que me había visto aparecer de pronto. No me preocupaba, aunque hacer magia delante de un Sangre Roja estaba prohibido. Todo formaba parte del papel.

Escuché suspirar a Tānlan. Sabía que la función estaba a punto de empezar.

—Tt… tú, ¿quién…? —preguntó el hombre, mientras levantaba un dedo tembloroso. Estuve a punto de contestar, pero su voz volvió a alzarse antes de que yo llegara a separar los labios—. Ah… he oído hablar de ti. La *bruja* china. La que habla con los muertos. Llevo días buscándote.

Me relajé y asentí. Así era más sencillo. Nada de murmurar hechizos para hacer que mi cabello flotara o mis mangas se agitaran sin viento alguno. Así no tendría que escuchar las burlas de Tānlan después.

Me acerqué mientras el hombre rebuscaba algo en sus viejos bolsillos. Era rubio, y sus ojos eran ahora más rojos que grises. Vestía un traje que le quedaba grande y temblaba tanto que no sabía cómo podía mantenerse en pie.

—¿Necesita que traiga a alguien de la muerte? —pregunté.

—A mi hijo —contestó él, de inmediato. La forma en la que pronunció la palabra hizo que mi estómago se retorciera un poco por dentro—. No sé si será suficiente…

Varias monedas cayeron en mi mano. No necesitaba contarlas para saber que no lo era, pero no podía marcharme ahora, cuando ese pobre Sangre Roja me suplicaba a través de sus ojos. Traería de vuelta a su hijo durante algunos minutos y después me marcharía para buscar otro cliente.

Crees que eres fuerte, pero tu corazón te arrastra demasiado, me solía decir Tānlan. *Así nunca ganarás lo necesario.*

—Señor, necesitamos ir a un lugar tranquilo para poder llamar a su hijo —dije, arrastrando un poco las palabras. Fingiendo un acento que no tenía—. ¿Sabe dónde…?

—¿Lo escuchas?

Fruncí el ceño ante la interrupción. El hombre había alzado la vista al cielo despejado, lleno de estrellas. Demasiado bonito para lo que se escondía debajo de él.

Torcí los labios. Quizás estuviera muy drogado para saber siquiera lo que hacía. Me guardé el dinero en el bolsillo interior que había cosido en el *hanfu* y respiré hondo, con una paciencia que no tenía.

—Señor, si quiere que traiga a su hijo de vuelta…

—Está aquí —me volvió a interrumpir. En sus labios temblorosos se dibujó una enorme sonrisa—. ¿No lo escuchas?

Estuve a punto de replicar, pero mis oídos captaron algo. Un zumbido. Iba incrementándose poco a poco.

Yo también alcé la mirada hacia el cielo.

—No deberíamos estar aquí —siseó de pronto Tānlan. Me volví y lo encontré a apenas medio metro de mí. Él no miraba hacia arriba y su pelaje estaba completamente erizado. El Sangre Roja ni siquiera lo había escuchado, estaba demasiado perdido en las estrellas del cielo—. Va a ocurrir algo.

Quería replicarle, pero mis labios permanecieron quietos. Yo también lo sentía. Algo flotaba en el aire, algo que no parecía magia, pero que vibraba, que me erizaba los vellos de la piel.

El zumbido aumentaba de volumen. Se acercaba a nosotros. Comenzaba a ser ensordecedor. Los cristales de las casas que me rodeaban se tensaron contra los marcos, temblaron. Las luces de las farolas empezaron a parpadear.

Acerqué la palma de mi mano a mi Anillo de Sangre y hundí la piedra en la piel. Un pinchazo de dolor me atravesó y, al instante, sentí la pegajosa calidez de la sangre rodando por mis dedos.

Varias ventanas se abrieron por encima de nuestras cabezas. Nadie nos dedicó ni un vistazo; solo vi barbillas puntiagudas y brazos que se alzaban para señalar algo.

—¡Oh, Dios mío! —gritó alguien.

Entonces lo vi. La luna y las estrellas creaban un cielo demasiado limpio como para que nada pudiera esconderse en él.

El fuselaje de una avioneta.

Jadeé y retrocedí inconscientemente. No era solo un avión. Podía ver por lo menos una decena.

Aquello no tenía ningún sentido. Las sirenas de alarma deberían haber sonado y no lo habían hecho. ¿Cómo era posible que tantos aviones hubieran entrado en el espacio aéreo británico y no hubieran avisado de aquello? Eran demasiados. Alguien tendría que haberlos visto.

—Mi hijo pilotaba uno de esos. —La voz del Sangre Roja me vino desde muy lejos, distorsionada por el terrible zumbido que me destrozaba los tímpanos—. Gracias por haberlo traído de vuelta con sus compañeros.

Dudaba de que su hijo se encontrase en alguno de esos aviones. Volaban demasiado bajo, a una altura casi peligrosa.

Estaba de acuerdo con Tānlan por una vez. Debíamos salir de allí cuanto antes.

—Señor… —comencé, pero antes de que acabara incluso la palabra, él echó a correr siguiendo el rumbo de esos malditos aviones—. ¡Maldición! —masculló, con los dientes apretados—. ¿Qué hace?

Mis pies se movieron solos. Antes de que me diera cuenta de lo que hacía, ya lo seguía a través de las calles medio desiertas que, poco a poco, se iban llenando de gritos.

Maldita Sangre, ni siquiera conocía su nombre. Ya me había hecho perder el tiempo aquella madrugada, no quería que me hiciera perder la vida.

Tānlan se cruzó en mi camino. Se colocó delante de mí, pero yo me limité a saltar por encima. Su rugido de frustración apenas se escuchó. El sonido de las hélices y los motores dilapidaba todo.

—¿Has perdido la cabeza? ¡¿Es que quieres que nos maten?!

Tal vez la había perdido, sí. Si los aviones que sobrevolaban Limehouse decidían soltar su carga, no sabría si los encantamientos de protección me servirían.

La magia se combatía con magia, no con bombas y metralla.

—¡Sé inteligente! —oí que gruñía Tānlan—. Ningún Sangre Negra normal condenaría su vida por un maldito Sangre Roja al que ni siquiera conoce.

Centré la mirada en la espalda escuálida del hombre al que perseguía. Llevaba toda mi vida siendo observada por unos y por otros, por mi sangre y mis rasgos mezclados. Quizá fuera el momento de admitir que yo no era ninguna Sangre Negra *normal*. Quizá prefería no serlo.

Deslicé el dedo índice por la sangre que me empapaba la mano izquierda. Con rapidez, me subí la manga de la chaqueta y garabateé a toda prisa el símbolo alquímico de la sal en mi antebrazo izquierdo. Susurré:

Que los Demonios me guarden.

Sentí cómo el aire vibraba a mi alrededor cuando el encantamiento de protección surtió efecto. Sin embargo, no sabía cuánto aguantaría si los aviones decidían atacar.

El hombre dobló una esquina y yo tuve que esquivar a un par de Sangre Roja que habían salido huyendo de sus casas. Ahora muchos iban en dirección contraria a la que se dirigían los aviones: ancianos, mujeres, hombres y niños, la mayoría vestidos con ropa de dormir. Algunos incluso descalzos.

El sonido era insoportable. Parecía que venía de todos lados, incluso del mismo centro de la ciudad. Todo temblaba, todo rugía.

Estiré la mano en dirección al Sangre Roja, con el hechizo «Atrae» en la punta de la lengua. Ya le borraría la memoria después. No podía perder más el tiempo.

Agité los dedos, pero, en el momento en que mi lengua se movió, él y todos los Sangre Roja que me rodeaban se detuvieron en seco y cayeron al suelo. Como si una maldición invisible los hubiese fulminado de pronto.

Mis pies derraparon en los adoquines y frené, jadeando.

Los aviones no habían soltado ninguna bomba, pero parecía de pronto rodeada de cadáveres. A pesar de ese sonido infernal, solo pude escuchar mis resuellos.

El escudo que había creado con mi encantamiento chisporroteó.

—Magia —susurró Tānlan, al que se le había erizado el lomo.

Me arrodillé junto al Sangre Roja más cercano y posé con suavidad mi mano en su pecho. Lo sentí moverse con calma, mientras un ligero ronquido escapaba de sus labios entreabiertos.

—Un encantamiento de sueño —musité, mientras dejaba la huella de mi sangre en las ropas del hombre. Miré a mi alrededor, con el ceño muy fruncido—. Un encantamiento muy potente.

—¿El Aquelarre? —siseó Tānlan. Unos colmillos descomunales asomaron bajo su hocico.

Pero eso no tenía sentido. Al inicio de la guerra, habían firmado el Pacto de No Intervención. Y eso significaba mantenerse totalmente al margen de las consecuencias que trajera el conflicto a los Sangre Roja. Ningún miembro del Aquelarre se jugaría su vida aquí. Esto no era Belgravia.

—Es mi último aviso —insistió Tānlan—. Debemos marcharnos.

Tenía razón. Una parte de mí deseaba darse la vuelta y regresar a mi hogar, envolverme en esas sábanas gastadas pero suaves, escuchar los crujidos de la cama de mi hermano, los susurros de las voces de mis padres. Tenía unas pocas monedas más que uniría a las otras que escondía en mi escritorio y que podría guardar en el frasco en el que mis padres tenían algo de dinero.

Pero otra parte de mí escuchó de pronto unas voces, gritos que se superponían al ruido de los aviones. Cerca.

A la vuelta de la esquina.

—¡Maldita seas! —siseó Tānlan cuando me vio echar a correr hacia el final de la calle.

El sonido de mi respiración hacía eco en mis oídos. Mi corazón rugía en el pecho. Ladeé la cabeza todo lo que pude cuando alcancé el último edificio.

Mis ojos llegaron a atisbar dos figuras.

Negro y rojo.

Y de pronto, un fogonazo dorado, atronador, inmenso, estalló. El aliento escapó de mis pulmones y una fuerza invisible me lanzó por los aires. El escudo que me protegía se deshizo al instante y no tuve tiempo para recitar otro hechizo de protección. El alarido que escapó de mi garganta se rompió en dos cuando mi espalda y mi cabeza impactaron de lleno contra la fachada más cercana.

Y el rugido de los aviones me engulló.

SANGRE Y RECUERDOS

El cielo se cubrió de un manto gris brillante. Llovieron luces doradas y cascotes sobre mí, pero ninguno me golpeó. No era capaz de recitar ningún hechizo o encantamiento, mi lengua pesaba demasiado.

Era consciente de que algo ocurría en la calle en la que me encontraba. Sentía resplandores, fogonazos, gritos de dolor, el sonido de edificios derrumbándose, el chisporroteo de las farolas al estallar.

Mover la cabeza supuso un esfuerzo insoportable. Y cuando lo hice, solo fue para ver el cuerpo de Tānlan, sepultado entre los escombros. La sangre salpicaba la piedra gris y la esquirla de algún hueso asomaba por su pelaje pardo. Sus ojos verdes estaban clavados en mí, sin luz, sin vida.

Hasta que de pronto parpadeó.

Lo primero que hizo fue fulminarme con su mirada. Después, empezó a retorcerse. Las piedras que estaban a su alrededor se movieron y rodaron hasta mis pies.

Tānlan correteó por encima de ellas y se colocó a mi lado. Se lamió con tranquilidad una pata completamente aplastada. No parecía preocupado por el terrible golpe que había sufrido.

—¿Sigues viva? —me preguntó con desdén.

Le intenté dar un manotazo, pero él se escabulló con agilidad. Conseguí incorporarme con esfuerzo y me quedé sentada durante un instante, mirando a mi alrededor.

Tardé un instante en percatarme de que, de pronto, todo había cesado.

Incluso los aviones Sangre Roja habían desaparecido. De ellos, solo quedaba el sonido distante de los motores que se alejaban y el humo, que flotaba en el aire como nubarrones nocivos.

Tampoco se escuchaban gritos. El silencio era desolador.

La calle se encontraba medio a oscuras porque algunas de las farolas se habían partido por la mitad y yacían sobre la calzada como huesos rotos. Las fachadas de varios edificios amenazaban con caerse a pedazos. Algunos habían desaparecido y se habían convertido en montañas de rocas.

Un escalofrío me estremeció. Hasta Tānlan guardaba silencio.

Con un quejido de esfuerzo, me puse en pie. Mantuve mis manos alzadas, con el Anillo de Sangre rozando la yema de mi pulgar, lista para arañar la piel. Mi cuerpo entero vibraba como un cable en tensión cuando me adentré en la calle que parecía haber sido el epicentro de los aviones, los fogonazos y las explosiones.

Forcé la vista y, entre las sombras, me pareció ver una figura que se movía, o que al menos intentaba hacerlo. Y no parecía ningún Sangre Roja despertando de un encantamiento de sueño.

—Maldita Sangre —boqueé, antes de echar a correr.

Tānlan escupió algo a mi espalda, pero yo ni siquiera lo escuché.

Apenas avancé unos pocos metros. Me tuve que detener en seco cuando vi la sangre. Una farola cercana, que yacía a un costado rota por la mitad, soltaba chispas de los cables que escapaban de la estructura partida y que parecían vasos sanguíneos. La bombilla titilaba y enviaba fogonazos débiles de luz.

Examiné el suelo. A poca distancia de mis zapatos, medio escondido entre las piedras grises, había algo pequeño que resplandecía con un brillo sanguinolento. Me incliné y aparté los escombros. Parecía una esfera de cristal, similar a las canicas que utilizaban los niños Sangre Roja para jugar, pero de mayor tamaño. Sin embargo, nunca había visto que emitieran un resplandor así, tan cálido y atrayente.

Acerqué la mano y enredé los dedos en torno a ella. Era extraño. Parecía vidrio, pero al tacto era cálido. De pronto, palpitó, y yo la dejé caer, asustada. La esfera no rodó como debería haber hecho. No se rompió como lo habría hecho cualquier cristal. Golpeó el suelo y se quedó quieta, emitiendo ese brillo.

Había sido como sostener un corazón humano entre los dedos.

Bajé la mirada hasta mi mano y me estremecí. Estaba llena de sangre. La propia esfera, además de su color, estaba empapada en una sangre que no era mía.

—No… la toques… —balbuceó una voz ronca que provenía de mi izquierda.

Una sensación de ahogo me sacudió de pronto. Estuve a punto de musitar un «Enciende», pero en ese instante, la farola rota chisporroteó y el espacio se iluminó, mostrando a la persona que yacía a mi lado.

Retrocedí con brusquedad.

La luz volvió a apagarse, pero yo continué sintiendo sobre mí esos ojos negros, enormes, que conocía bien. Intenté pronunciar su nombre, pero la voz se me quebró. En vez de eso, alcé una mano temblorosa, y en esa ocasión sí susurré:

—*Enciende.*

Una llama brotó a escasos centímetros de mis dedos y se quedó flotando en el aire, entre nosotros dos. Mis pupilas se dilataron y tuve que apoyar una mano en la pared para sostenerme. Mis brazos, mis piernas… comenzaron a temblar.

—Liang —susurró.

La forma en que pronunció mi nombre me trasladó a otra madrugada mucho más tenebrosa. Y no pareció un recuerdo lejano. El dolor estaba tan fresco que parecía que había sucedido ayer.

La última vez que lo había visto, hacía algo más de dos meses, también había pronunciado mi nombre. Yo había estado espantada y escondida en un aula que habíamos compartido decenas de veces antes, en una noche que se había llenado de gritos y de sangre.

Ahora estaba de nuevo frente a él, Adam Kyteler, mi antiguo compañero en la Academia Covenant. El que de vez en cuando aparecía en pesadillas las raras veces que dormía y me observaba con sus enormes ojos negros, tal y como hacía en este momento.

Aquella vez lo había visto poderoso, rodeado de oscuridad y magia. Había parecido como si con un simple chasquido fuera capaz de hacer desaparecer el mundo. Pero ahora yacía frente a mí, sobre un charco denso de sangre. Sin esa extraña máscara cubriéndole la mitad del rostro. Tenía un brazo extendido y otro lo apretaba contra su pecho, que estaba abierto como los pétalos de una flor. Jamás había visto una herida así. Ni siquiera sabía cómo podía mantener los ojos abiertos, cómo podía seguir vivo.

—Apártate de él —masculló otra voz, esta vez desconocida.

Todavía apoyada en la pared, giré el tronco y alcé la cabeza. A unos cuatro metros de distancia descubrí otra figura. Yacía en la acera, en una zona más iluminada por las farolas que se habían librado de la destrucción. Era otro joven. Parecía de mi edad. Vestía con algo que parecía un traje caro, aunque ya no era más que un harapo destrozado. Tenía una mano y el rostro levantado en mi dirección. Capté un destello de cabello rubio y ojos claros.

Celestes. Hubo algo en su mirada que me resultó familiar, pero no supe encontrar el motivo. Había sangre bajo su cuerpo, estaba malherido, pero no tanto como el joven caído a mi lado.

—¡Aléjate! —insistió el desconocido, esta vez con más fuerza en la voz.

Yo desvié la mirada hacia Kyteler. Él me observaba en silencio. Tal y como había hecho en la Academia.

La sangre empezó a rugir en mis venas. Apreté mi Anillo de Sangre contra la palma de mi mano hasta que la sangre comenzó a brotar. No era capaz de pronunciar palabra, pero no hacía falta. Todo mi cuerpo hablaba por mis labios.

Voy a matarte.

Por la cabeza me pasaron una decena de encantamientos, de hechizos, incluso, que podrían terminar con su vida, dado cómo se encontraba. Quizá, con un simple «Asciende» las tripas terminarían por salir y caerían de su cuerpo como las enredaderas resbalaban por las mansiones victorianas. Quizá, pronunciar un «Impulsa» lo empujaría hasta el otro extremo de la calle y su pecho abierto, lleno de costillas rotas, acariciaría los adoquines afilados y los escombros que los cubrían. Una muerte sucia y dolorosa. La muerte que él se merecía.

Sí, cruzaban muchas ideas por mi cabeza, pero mis manos no se movían, y mi lengua tampoco. Una gota de sangre cayó desde la palma de mi mano hasta el suelo, ya empapado de rojo.

Yo continuaba quieta, sin separar mi mirada de Kyteler, pero incapaz de hacer nada más.

Él separó los labios con lentitud.

—Márchate… de aquí —siseó.

—Te estás muriendo —repliqué, con los dientes apretados.

—Entonces, ¿por qué… no me rematas? —preguntó, con un dejo de sarcasmo que no sabía cómo podía esbozar, con medio pecho abierto.

Eso me gustaría saber a mí, Maldita Sangre, gruñí por dentro. Lo observé durante un instante, pero entonces sus ojos se movieron hacia la izquierda y sus facciones se crisparon.

—*¡Repele!* —gritó mientras alzaba la mano que tenía libre.

¡Que el mundo caiga!

Un escudo nos protegió a los dos en el instante en que el encantamiento cayó sobre Kyteler y sobre mí. El escudo acabó destrozado con un potente crujido.

El joven herido que antes me había advertido estaba ahora de pie, a tan solo unos metros de nosotros. Cojeaba un poco, tenía el cabello revuelto y la cara brillante por el sudor. Sus hermosas facciones estaban contraídas en una mueca de hastío.

Acababa de lanzarnos un encantamiento, pero sus manos alzadas estaban limpias. No había ni una sola gota de sangre.

Me volví hacia Kyteler, pero ahora una de sus manos me apuntaba a mí.

—*Impulsa* —dijo.

El hechizo me golpeó en el estómago y me empujó con tanta fuerza que rodé por los adoquines, dando vueltas sobre mí misma, hasta cruzar la calle por completo. Choqué de costado contra la pared de un edificio medio destruido y ahogué un gruñido de dolor y rabia.

Tānlan se mantenía a una distancia prudencial de la escena que se desarrollaba frente a mis ojos. Su pelaje estaba completamente erizado.

Kyteler ya no tenía la atención puesta en mí, ni siquiera en el joven desconocido que nos había atacado. Una de sus manos estaba anclada en su pecho, y la otra se encontraba estirada, intentando atrapar esa pequeña esfera rojiza que palpitaba como un corazón.

Un relámpago me atravesó.

No lo dudé.

—*¡Atrae!* —grité.

La esfera salió rodando en mi dirección y pasó delante del desconocido, pero él no hizo nada para detener su camino. Kyteler, sin embargo, se estiró y su mano señaló la esfera rodante.

—*¡Atrae!*

La esfera se detuvo de golpe y su resplandor sanguinolento aumentó.

—*¡Atrae!* —volví a gritar.

—*¡Atrae!* —respondió él.

Kyteler era mucho más poderoso que yo. La sangre de su familia corría por sus venas, y los Shelby nunca habían destacado en la sociedad de los Sangre Negra. La esfera tembló y rodó un par de veces en dirección a él hasta detenerse de nuevo.

—Es una imagen preciosa, de verdad. Parecéis dos niños Sangre Roja peleándose por una pistola —comentó el joven desconocido, mientras se acercaba a mí con pasos calculados. Era extraño, pero ya no cojeaba—. Sin embargo, esto tiene que acabar. Ha venido el resto de la caballería.

El maullido de Tānlan me hizo girar un poco la cabeza.

Varias figuras acababan de doblar la esquina. Caminaban resueltas, hacia delante, sin prestar atención al caos que las rodeaban. Como si formaran parte de él.

Otra de las farolas rotas chisporroteó e iluminó durante un instante a los recién llegados.

Yo ahogué un grito y la esfera roja se deslizó un poco más hacia Kyteler.

Conocía a esos individuos. Esas túnicas cortas de color rojo sangre, esos pantalones, ese calzado. Conocía las extrañas máscaras que llevaban, que les cubrían la boca y la nariz, y terminaban justo bajo sus ojos. Cada una era diferente, cada una más monstruosa que la anterior. Sin embargo, había una distinta al resto. Era una máscara completa, de color negro, que cubría los ojos y el cabello del portador. Los labios monstruosos estaban pintados de color rojo sangre y los cuernos eran tan largos como mis brazos, afilados como lanzas.

Al igual que aquella noche, no había Centinelas presentes. De tenerlos, imaginaba que estarían cerca, escondidos en algún lugar. Sabía por qué se ocultaban. Si alguien los veía, el Aquelarre podría identificar al compañero que se ocultaba tras esas terribles máscaras.

Agucé la vista. No, me equivocaba. Sí que los acompañaba un Centinela. Un lustroso gato de angora blanco, que corrió hacia Kyteler.

Lo reconocí con una violenta sacudida. Era Siete. Su Centinela. Sus ojos dorados pasaron por mí antes de que apoyara su cabeza nívea sobre la herida aún abierta del joven.

Apreté los dientes. La esfera roja todavía vacilaba entre los dos.

Con horror, vi cómo uno de los enmascarados alzaba una mano y me señalaba con ella. Entreabrí los labios, pero no fui lo suficientemente rápida.

¡Ahaash!

—*¡Repele!*

Me cubrí el abdomen con el brazo que no tenía alzado. Esperé sentir cómo mi piel se abría, cómo la sangre se derramaba por el viejo *hanfu* de mi madre, pero no ocurrió nada. No estaba herida. Ni siquiera un ligero arañazo surcaba mi piel.

Levanté la cabeza poco a poco y observé al joven rubio, con su traje destrozado. Estaba frente a mí y el escudo que había convocado con su hechizo no se había roto, a pesar de la maldición que acababa de impactar contra él.

Me miró por encima del hombro.

—Será mejor que en esta ocasión no la sueltes —me advirtió.

—¿Qué?

Pero él no se molestó en responderme. Alzó una mano en dirección a las sombras, donde Tānlan se escondía, y con la otra señaló la esfera roja, que ya estaba casi al alcance de la mano de Kyteler. Murmuró:

—*Atrae.*

La esfera y el Demonio salieron disparados en nuestra dirección. Kyteler dejó escapar un rugido de furia y acuchilló el aire con sus manos.

Me puse en pie, atrapé la esfera y la apreté contra mi pecho. El joven rubio sujetó en un puño el pelaje de Tānlan, a pesar de que él se revolvía con furia.

Los enmascarados volvieron a escupir maldiciones, pero el hechizo escudo que había invocado el joven desconocido, de forma imposible, aguantó.

Él se volvió hacia mí e, incomprensiblemente, en mitad de ese caos, esbozó una sonrisa. Se acercó de un salto y sus dedos se cerraron sobre mi brazo.

—Acabas de cometer el peor error de tu vida, querida.

Yo intenté alejarme, pero sus manos no me soltaron. Lancé una mirada en derredor, desesperada y, durante un instante, mis ojos se cruzaron una última vez con los de Adam Kyteler.

De pronto, sentí un fuerte tirón en el estómago y noté cómo la esfera palpitaba entre mis manos como un corazón.

Pero en esa ocasión, no la dejé caer.

5

Big Ben

Todo sucedió muy rápido.

Unas náuseas, un destello, y de pronto, mis rodillas golpearon un suelo duro repleto de plumas y excrementos.

Solté un pronunciado jadeo y me arrastré hacia atrás, hasta que mi espalda golpeó contra algo duro. La brisa nocturna me acarició el pelo. Me froté los ojos y noté de pronto la esfera que sujetaba en la mano. Parecía más cálida que nunca y el resplandor rubí se colaba entre mis dedos apretados.

Miré a mi alrededor. No sabía dónde estaba. Parecía que me encontraba en una pequeña sala cerrada, sin ventanas. Frente a mí se hallaba un complicado mecanismo de engranajes que giraban y traqueteaban a un ritmo calculado. Por encima, en las vigas de madera del techo, había varias palomas que arrullaban y eran las responsables, sin duda, del estado del suelo sobre el que yacía.

Con las piernas temblorosas, conseguí ponerme en pie y me giré hacia la ventana más próxima. Solo que no se trataba de una ventana cualquiera. Con los ojos a punto de saltar de las órbitas, observé los cientos, miles de luces que se extendían debajo de mí, a decenas de metros de distancia. Parecía que estaba viendo el cielo al revés.

—Si tienes vértigo, te recomendaría no acercarte demasiado —dijo una voz a mi espalda—. Podrías perder el equilibrio y caerte.

Me volví en redondo, con la extraña esfera todavía bien aferrada entre mis dedos. Detrás del enorme mecanismo apareció el joven desconocido que me había llevado hasta allí. Todavía sostenía a un erizado Tānlan entre los brazos, aunque este, de forma extraña, ya no se revolvía en ellos.

No había luz suficiente, pero era capaz de vislumbrar su cabello rubio y ligeramente ondulado, sus ojos entornados, que me observaban con una mezcla de curiosidad y tristeza, una expresión que no tenía nada que ver con la mueca sardónica de unos labios que debían estar esculpidos por los ángeles caídos.

—¿Quién eres? —siseé—. ¿A dónde me has traído?

El joven pronunció su sonrisa y avanzó un paso más hacia mí. Yo alcé mi mano a modo de advertencia, que todavía estaba cubierta de mi propia sangre fresca.

—¿No lo reconoces? ¿En serio? Es el símbolo de la ciudad.

Miré por encima de mi hombro, y entonces descubrí el edificio más próximo, gigantesco, de tejados oscuros y afilados. Varias torres surgían en ambos extremos y se alzaban hasta casi la altura de donde yo estaba. Era el Palacio de Westminster, el Parlamento británico.

Maldita Sangre, estábamos dentro del reloj del Big Ben.

No sabía por qué me había traído hasta aquí, pero sí estaba segura de que, por mucho que gritara, nadie podría escucharme. El joven no parecía tener intención de hacerme daño, pero en ese momento no estaba segura de nada. Por su aspecto, debía tener más o menos mi edad, pero no había compartido clases con él en la Academia.

—¿Quién eres? —repetí. Ladeé el rostro. Había algo en su expresión, que me sonaba y provocaba un ramalazo de desconfianza, a pesar de que acabase de salvarme la vida.

El chico alzó la mirada y titubeó. Después, depositó con suavidad a Tānlan en el suelo y se apoyó en una de las columnas de piedra, como si tuviera todo el tiempo del mundo.

—¿Prefieres la historia corta o la larga? —Fruncí el ceño y calculé si sería lo suficientemente rápida como para lanzarle un hechizo y escapar por las escaleras que asomaban tras el inmenso mecanismo—. La corta, entonces.

Avanzó y el Big Ben entero pareció temblar con su pisada. La esfera que tenía entre mis manos se agitó, como si tuviera vida propia y quisiera irse con él. Yo la aferré con más fuerza.

Tānlan, con disimulo, se deslizó por las sombras hasta quedar a mi lado.

—Hace un tiempo hubo un asesino en serie muy célebre entre los Sangre Negra. A pesar de que escapó un par de veces del Aquelarre, terminó en una celda de alta seguridad de Sacred Martyr. Se hizo famoso por sus invocaciones y por haber asesinado a un par de Miembros Superiores del Aquelarre… entre otras muchas cosas.

Mis venas se encendieron. Sabía de quién estaba hablando, no solo porque existían muy pocos Sangre Negra que hubiesen matado a Miembros del Aquelarre desde su misma fundación, sino porque el asesino que describía había sido la perdición de la familia de mi padre, de *mi* familia, muchos años atrás.

—Sé de quién estás hablando —dije, interrumpiendo su ridícula introducción—. El nombre de Aleister Vale está maldito en mi familia.

El joven pestañeó un par de veces, como si esa información lo hubiera tomado desprevenido, y avanzó otro paso más en mi dirección. Sus ojos entrecerrados me recorrieron de arriba abajo y se detuvieron en mi cara, en mis ojos rasgados. Casi podía sentir cómo diseccionaba mi piel, mis músculos, mis huesos.

—Dime, por los Siete Infiernos, que tu apellido no es Kyteler o Saint Germain —dijo, en mitad de un quejido.

Por los Siete Infiernos. Pestañeé. A la última persona que había escuchado pronunciar un juramento así había sido a mi abuelo. Ya nadie decía eso, nunca se lo había oído decir a alguien de mi edad. Mi ceño se frunció todavía más y negué con la cabeza.

—Entonces, ¿quién eres? —insistió él.

—Liang —contesté, antes de añadir—. Liang Shelby.

Las pupilas del desconocido se dilataron de golpe y se tragaron todo el iris de un mordisco. Meneó la cabeza y se llevó una mano a los labios. Contra la palma, limpia de cicatrices, al contrario que la mía, dejó escapar una risa ahogada.

—¿Qué es lo que tiene tanta gracia? —pregunté, con la voz convertida en un siseo.

—Todo… y nada. —Suspiró hondo y levantó la cabeza. De nuevo, sus ojos parecían tremendamente tristes y su boca estaba más estirada que nunca. El conjunto de emociones era tan extraño como desagradable.

—¿Conoces un encantamiento que te permita volar? —me susurró Tānlan con disimulo—. Porque yo no pienso quedarme un instante más con este lunático.

—Esa no es una respuesta. —Avancé con cautela, sin parpadear—. ¿Qué hacías en Limehouse con Adam Kyteler? ¿Formas parte de esos enmascarados que aparecieron? ¿Qué es esta esfera que tengo entre las manos? —Respiré hondo y di un paso al frente—. ¿Quién eres *tú*?

El joven desvió la mirada hasta el objeto ensangrentado que sostenía con firmeza e hizo una mueca con los labios. Después, con mucha lentitud, alzó la cabeza y me miró a los ojos.

—Bueno, siento desmentir una de las grandes celebraciones de los Sangre Negra de la historia, pero Aleister Vale no murió.

Su Homúnculo sí, claro. Ya parecía un anciano, y la verdad, estaba un poco harto de mantenerlo en la celda de Sacred Martyr. —El chico dio una vuelta completa, como si estuviera enseñándome desde todos los ángulos su atuendo elegante y destrozado. Extendió los brazos con aire teatral—. *Voilà*. El maravilloso Aleister Vale a su servicio, señorita Liang Shelby.

Lo miré durante unos segundos que a él se le debieron hacer interminables, porque acabó bajando los brazos con aire decepcionado.

Tānlan soltó un maullido por lo bajo.

—No tiene gracia —susurré.

—Créeme. —Sus ojos celestes relumbraron con un matiz triste—. Lo sé.

—Los Sangre Negra somos algo más longevos que los Sangre Roja. Todo el mundo sabe quién es Aleister Vale, igual que todos los Sangre Roja han oído hablar de El Destripador. Y tú no puedes serlo. Él debería tener ahora…

—Nací el 13 de octubre de 1853, así que, a día de hoy… tengo ochenta y seis años.

Retrocedí el paso que acababa de adelantar.

—Estás loco —murmuré.

—No tengo este aspecto solo por una buena genética, aunque supongo que eso también ayuda. Desde hace algo menos de setenta años, mi apariencia se ha mantenido igual. Ni un solo centímetro me ha crecido el pelo. —Sus dedos se enroscaron en un mechón rubio y tiraron de él—. De verdad, lo he estado midiendo durante los últimos diez años.

Él me observó con esa sonrisa ladeada, pero yo no fui capaz de separar los labios. Lo que decía era una locura. Aleister Vale había muerto hacía muchos años, todo el mundo lo sabía. Habían exhibido su ataúd abierto en la propia Torre de Londres, antes de incinerarlo, aunque nadie pasó frente a él para honrarlo.

De hecho, tuvieron que desalojar a unos pocos porque habían lanzado hechizos incendiarios contra él.

—No tengo tiempo para esto —dije, con lentitud, como si a él le costase entender esas palabras—. Voy a marcharme. Si me lo impides, te atacaré.

Me volví hacia la escalera que descendía en la torre, pero el joven se giró a mi misma vez y caminó en mi dirección. Me detuve, con los nervios al límite. La esfera palpitaba con frenesí entre mis dedos.

—Me temo que no puedo permitirlo, señorita Shelby. O Liang. —El joven arqueó una ceja—. ¿Puedo llamarte Liang? Aunque no sé si me gusta mucho ese nombre. Es exótico, sí, pero no va muy bien con tu apellido. ¿A quién se le ocurrió la idea?

—Escúchame, no sé *quién* eres, no sé *qué* quieres, pero no tienes ni idea de lo que ha pasado antes, en la calle —repliqué. Alcé la voz lo suficiente como para que las palomas que se encontraban sobre nosotros se espantasen y echaran a volar—. Debo avisar al Aquelarre. Ese chico…

—No, querida. Eres tú la que no tienes ni idea de lo que ha sucedido —dijo él. Su sonrisa menguó y su rostro pareció ensombrecerse con su falta—. Sé muy bien quién es ese chico. Tengo el placer de conocer a… su familia materna. La *crème de la crème* de los Sangre Negra. —Miró de pronto a su alrededor, como si se diera cuenta ahora de dónde nos encontrábamos—. Sé que tienes muchas preguntas, pero ahora mismo solo puedo darte una información limitada, porque necesitamos movernos antes de que vengan a buscarte.

—¿Buscarme? —repetí, sin comprender absolutamente nada—. ¿A mí?

Sus ojos celestes bajaron hasta la esfera roja que yo sujetaba con mi mano.

—Ahora les has robado algo que tenían en su posesión.

—¡Yo no he robado nada! —exclamé.

Retrocedí tan de golpe que me clavé el borde de la ventana contra la espalda. El joven no pareció darse cuenta.

—Claro que sí. Aunque el verdadero plan era que yo fuera el ladrón. Llevaba tiempo esperando este momento. Le habían indicado a Kyteler que se escondiera lejos de Londres, pero imagino que la codicia les ganó. —Tānlan se estremeció—. O la desconfianza. Quizá creyeron que él se atrevería a utilizarla… lo que hubiese sido una estupidez, porque de haber sido así, la Piedra habría estado unida a su corazón y, al intentar arrebatársela, él habría muerto y la Piedra se habría hecho pedazos.

—¿La… piedra? —repetí, con un hilo de voz.

—La Piedra Filosofal. Lo que sujetas con tanta fuerza entre tus manos.

Antes de que fuera consciente de lo que hacía, dejé caer la extraña esfera que parecía de cristal. A pesar de que el suelo estaba algo inclinado y era de madera, no giró sobre sí misma. Cayó hacia abajo y se quedó quieta, como si en vez de tener el peso similar a una canica, pesara como el plomo.

Las pupilas estrechas de Tānlan se dilataron, y alargó una zarpa para tocar su superficie limpia y palpitante. El joven, sin embargo, fue más rápido y le arreó un puntapié que lo mandó al otro extremo del lugar.

Tānlan bufó y abrió las fauces, mostrando unos colmillos antinaturalmente largos, tan afilados como puñales Sangre Roja. Su lengua, bífida, ondeó entre ellos.

—No es un objeto que deba tocar algo como tú —dijo el joven, con una ceja arqueada y esa sonrisa perenne en sus labios—. Lo siento, Demonio.

La idea fugaz de que el desconocido hubiera descubierto que Tānlan no era un Centinela cruzó mi mente, pero no se quedó.

Las palabras que había pronunciado hacía un instante flotaban por mi mente, nublándolo todo.

—Eso sí que no tiene sentido —farfullé—. La Piedra Filosofal no existe. Es una leyenda, un cuento para niños.

—Un cuento muy macabro —añadió él, con los ojos en blanco—. Sé que ahora mismo nada tiene ningún sentido. Y te lo explicaré, pero en un sitio seguro. —Señaló la esfera y me hizo un gesto para que me acercara a él—. Recógela y ven conmigo. Sé a dónde podemos ir.

—No pienso tocar *eso* —siseé—. Sea lo que fuere.

Mis ojos descendieron hacia la esfera sanguinolenta. Cuando la había rozado por primera vez, había sentido cómo palpitaba contra mi piel y cómo me había llenado los dedos de sangre. Ahora, esa sangre se había secado y hundido en las decenas de líneas y cicatrices que recorrían mi mano.

—Yo ni siquiera debería acercarme demasiado. Pensé que podría esconderla yo mismo, pero me equivoqué. ¿No has visto en qué estado quedó todo? Aunque no todo fue mi culpa, claro. No sé qué se les ha pasado por la cabeza a esos malditos alemanes para bombardear un barrio civil. Me parece que, a partir de esta noche, muchas cosas van a cambiar... —El joven suspiró y le lanzó al objeto una mirada acusadora—. Sería mejor que la guardases tú. No me fío mucho de ese Demonio tuyo.

—Yo no soy de nadie —siseó Tānlan.

—¿Por qué? —pregunté, en voz baja.

Él me enseñó una mueca llena de dientes.

—Demasiado poder. —Yo separé los labios para replicar, pero él miró la esfera y murmuró—: *Impulsa.*

El objeto rodó hacia mí y se detuvo solo cuando golpeó la puntera de mis viejos zapatos. El resplandor rojizo se reflejó en la piel gastada.

—No ocurrirá nada mientras no uses la magia —dijo él.

—Soy una Sangre Negra. *Necesito* usar la magia —contesté.

—No cuando estés a mi lado. Soy el maravilloso Aleister Vale y tengo más poder del que podrías imaginar. —Era una fanfarronada, casi parecía un eslogan de un falso mago Sangre Roja, pero en sus labios sonó como una verdad absoluta—. En esa calle tú evitaste que la Piedra Filosofal cayera en las manos equivocadas. Quizá cometiste el mayor error de tu vida, el tiempo lo dirá. Pero ahora necesito que la recojas y vengas conmigo a un lugar seguro. —Yo no me moví—. ¿Por qué es tan difícil confiar en mí? —añadió con un resoplido.

—¿Porque te haces llamar como un antiguo asesino en serie y hablas de objetos de leyenda como si existieran? —bufé como respuesta.

—Yo no soy ningún mentiroso —contestó él. Durante un instante, sus ojos se llenaron de oscuridad—. Quizá por eso me ha ido tan mal.

Permanecí quieta, con la extraña esfera palpitando contra la puntera de mi pie. Tānlan la seguía mirando de reojo, incapaz de apartar los ojos de ella.

—Te he salvado la vida antes, lo sabes, ¿verdad? Si no te hubiera protegido, si no te hubiera traído hasta aquí, ahora estarías partida por la mitad, con toda tu sangre mágica empapando los adoquines de Londres.

—También me lanzaste un encantamiento —repliqué.

—Bueno, ese es un detalle que podemos olvidar.

El joven se limitó a arquear las cejas ante mi expresión asesina. Tras un titubeo, se acercó a mí y miró a la esfera que yacía a mis pies.

—*Asciende.*

La Piedra se quedó quieta, flotando en el aire, a la altura de mis ojos. Realmente, su luz palpitaba de forma rítmica, como si fuera un corazón, aunque no era el mío. Dudé durante un instante, pero entonces recordé la desesperación de Kyteler por alcanzarla, la calle destruida, las farolas chisporroteando y las seis máscaras monstruosas. Con los dientes apretados, extendí la mano y volví a aferrarla con fuerza.

—Iré contigo, pero debo regresar a casa antes del amanecer —dije, a regañadientes.

El joven que se hacía llamar Aleister Vale sonrió.

—La noche es joven, todavía. Te devolveré a tu casa como el príncipe de un cuento Sangre Roja.

Chirrié los dientes, pero no me aparté cuando él avanzó hacia mí. Tānlan hizo amago de escabullirse entre las sombras, pero el joven lo vio y susurró un «Atrae», que lo arrastró hasta mí. Me agaché y lo envolví con un brazo, a pesar de que sentí sus garras afiladas sobre mi piel.

Estuve a punto de preguntar a dónde íbamos, pero mi voz se convirtió en un gemido cuando, de pronto, volví a sentir ese violento tirón en el estómago y un destello volvió mi mirada blanca.

HISTORIAS DE PALACIO

Cuando caí de rodillas, lo hice sobre un suelo extrañamente suave y cálido. Me doblé por una súbita náusea mientras el joven que se encontraba a mi lado se limitaba a estirarse. Tānlan soltó un «Asquerosos Sangre Negra» y se alejó todo lo que pudo del extraño joven.

—Al principio es desagradable, pero ya te acostumbrarás —dijo el chico, mientras me retorcía sobre mí misma.

—Maldita… Sangre, ¿cómo hiciste eso? —farfullé.

—Un encantamiento.

—No hay ningún encantamiento que un Sangre Negra…

—Yo no soy cualquier Sangre Negra.

Levanté la cabeza para fulminarlo con la mirada, pero de pronto, me di cuenta de dónde me encontraba. O más bien, de dónde *no* me encontraba.

—Esto no es el Big Ben —susurré.

—No, es un lugar mucho mejor.

Todavía de rodillas, paseé la mirada por mi alrededor. Estaba en el centro de una estancia gigantesca. Abarcaba lo que parecía ser solo una sala de estar, pero era más enorme incluso que mi hogar. El suelo de madera estaba recubierto por una alfombra gruesa, repleta de arabescos pardos y verdes, con flecos más peinados que los propios mechones de mi melena. Frente a un inmenso ventanal que comunicaba con un precioso jardín, repleto de caminos entre matorrales recortados y rosales, había un amplio sofá de cuero y un sillón. Entre ellos, en una mesa de patas doradas y sobre una bandeja que brillaba como los candelabros repartidos por las paredes de la habitación, había una botella de licor y dos copas que esperaban a ser llenadas. Giré la cabeza; tras unas enormes puertas ornamentadas, acerté a ver un ancho pasillo. Los candelabros estaban apagados, pero logré vislumbrar los cuadros que devoraban las paredes. En todos ellos, figuras vestidas con trajes antiguos y suntuosos me observaban con recelo.

Me puse en pie y me acerqué a una inmensa cristalera. Tenía la sensación de que, si extendía los dedos hacia la ventana, ensuciaría los vidrios.

—Parece que estamos en el interior de un palacio —murmuré.

—En el Palacio de Buckingham —me corrigió el joven, que se había repantingado sobre el sofá. Su ropa destrozada contrastaba con el cuero reluciente.

Ahogué una exclamación y me giré rápidamente hacia él.

—Dime que es una broma.

—Es el lugar más seguro en el que podemos hablar ahora… después de la Torre de Londres, claro. Pero no me gustaría toparme con nadie del Aquelarre, si te soy sincero —concluyó. Extendí la mano y me apoyé en una pequeña mesita de madera, en la que había un timbre para llamar al servicio. Tragué saliva con dificultad—. Aunque sea territorio Sangre Roja, ni Kyteler ni esos Sangre Negra enmascarados se atreverían a entrar en él sin más.

—Como has hecho tú —farfulló Tānlan, que se había subido a un sillón cercano.

—Como he hecho yo —corroboró el joven, con una sonrisa—. Aquí podremos hablar tranquilos, al menos durante un rato. Eso sí, te recomendaría no alzar demasiado la voz. Hay guardias Sangre Roja y Sangre Negra, y no me gustaría que se percataran de que estamos aquí. Les podría borrar la memoria, claro, pero...

—Lo entiendo —lo interrumpí, sin aliento.

Nunca había estado en un lugar como este, tan opulento y ornamentado. Lo más parecido a algo así había sido el salón de celebraciones de la Academia Covenant, con sus pesados sofás de terciopelo, sus largos candelabros y enormes chimeneas, pero aun así ni siquiera se acercaba a la majestuosidad de esta estancia.

Sí, me encontraba en un sitio fascinante, pero no pensaba quedarme ni un segundo más. Con brusquedad, dejé la esfera roja sobre la mesita de madera, junto al timbre de servicio, y me dirigí con seguridad hacia la puerta.

El joven rubio chascó la lengua y alzó la mano. Dejé de avanzar al instante. Seguía caminando, pero mis pies patinaban sobre la alfombra, como si esta fuera una capa de hielo resbaladiza, en vez del tejido sedoso que realmente era. Bufé y me giré hacia él, que se estaba sirviendo una de las dos copas que había visto antes.

—¿Cómo lo has hecho? —Traté de avanzar de nuevo, pero mis zapatos resbalaron tanto esta vez, que estuve a punto de perder el equilibrio—. No has pronunciado ningún encantamiento.

—No necesito mover los labios —replicó, mientras hacía oscilar el líquido ambarino en el interior de la copa. Se la llevó a la nariz e inspiró profundamente.

Fruncí el ceño. En su mano derecha (tampoco en la izquierda) no tenía ni una sola cicatriz, y no llevaba un Anillo de Sangre. Lo cual no tenía sentido, porque estaba claro que acababa de usar magia contra mí. Dio un trago a su bebida y, con los labios empapados en alcohol, me dedicó una mirada de soslayo.

—No te molestes en buscar mi Anillo de Sangre. Me lo arrebataron hace muchos años.

—¿Quién? —Dejé de intentar marcharme y me coloqué frente a él.

—El Aquelarre. Fue una decisión unánime de los siete Miembros Superiores —contestó.

Mis ojos se abrieron de par en par. ¿Siete? Hacía años que los Miembros Superiores habían pasado de siete a tres, y este joven no podía tener más de dieciocho.

—Te desterraron —murmuré—. Pero el último destierro se produjo hace más de diez años.

El Aquelarre nunca le habría arrebatado su magia a un niño. No solo por la corta edad. La mayoría de los motivos por lo que habían desterrado a Sangre Negra en el pasado hoy en día eran legales. Pero, si realmente lo habían hecho, ¿cómo era posible que utilizara la magia? Sobre todo, una magia tan poderosa.

—Sí, en mi caso ya han pasado casi setenta años desde aquello. —Los ojos azules del joven observaban la esfera roja que, de alguna forma, se había deslizado hasta el borde de la mesa, hasta mí—. El Sangre Negra más joven de la historia.

—Eso es imposible —repliqué. Me incliné y aferré la esfera, para que ese joven cada vez más extraño me devolviera de una maldita vez la mirada. Mis ojos oscuros se clavaron en los suyos—. Porque el Sangre Negra más joven de la historia al que desterraron fue… Aleister Vale.

—Ya te he dicho que *yo soy* Aleister Vale, aunque te empeñes en no creerme —comentó—. Me alegra que conozcas la historia. *Mi* historia.

Ni siquiera pestañeé. Él depositó la copa de alcohol en la mesa con un gesto de fastidio y empezó a buscar algo en el interior de su chaqueta destrozada. Yo esperaba con las uñas clavadas en la superficie pulida de la esfera. Después, tras lo que parecieron unos segundos interminables, extrajo un rectángulo de algo que se veía como un cartón arrugado, y me lo entregó.

Era una fotografía. Una fotografía muy antigua, de color desvaído y rostros un poco borrosos. En ella aparecían cuatro personas. A las dos primeras las reconocí; al fin y al cabo, llevaba viendo su cara desde que había entrado en la Academia. No solo en algunos de los códices que habíamos usado en clase, también en las paredes del Hall de la Fama, la galería de la Academia Covenant reservada solo a sus alumnos más famosos. No había ningún Sangre Negra que no conociera a Marcus Kyteler y a Sybil Saint Germain. Y, aunque en la fotografía apenas debían tener unos dieciséis años, había algo en sus expresiones, en el aura que los rodeaba, que aseguraba la leyenda en la que se convertirían. Al lado de Marcus se encontraba otro joven; tenía el cabello más claro, rizado, y unos ojos oscuros y cálidos. Conocía muy bien esa sonrisa, la había visto en los labios de mi padre, en los de mi hermano, en mis propios labios. El joven que me observaba, atrapado en esa fotografía, era Leonard Shelby, el hermano mayor de mi abuelo. Su sonrisa también decoraba de manera especial el Hall de la Fama de la Academia Covenant. Por encima de sus hombros, estaba apoyada una mano. Tras ella, un brazo lo rodeaba y terminaba en un cuello esbelto y una barbilla arrogante. Si seguía ascendiendo, unos ojos claros, burlones, me devolvían la mirada de forma extraña; parecían retarme a un desafío. El dueño de esos ojos no sonreía como los demás. Solo tenía la comisura izquierda alzada, como si se estuviera riendo de mí.

Sabía quién era la última persona que aparecía en la imagen. Al igual que Marcus Kyteler y Sybil Saint Germain, no había Sangre Negra que no lo conociera, aunque fuera por motivos diferentes.

Bajé la fotografía y alcé la mirada, y el joven que tenía frente a mí, aun con un traje mucho más moderno, con un peinado distinto, me dedicó la misma expresión que esbozaba en esa fotografía, tomada hacía casi setenta años.

—Aleister Vale —murmuré.

—Es lo que llevo intentando decir desde…

Mis labios se movieron sin que yo se los ordenara.

—*¡Impulsa!*

Fue extraño. En el momento en que pronuncié esa palabra, él articuló un «¡No!» y la esfera desapareció entre mis dedos, que se cerraron y solo sujetaron aire. Una fuerza arrolladora, invisible, que no se correspondía con ningún hechizo, escapó de mí y lo empujó con tanta fuerza que el sofá se partió en dos y atravesó las ornamentadas puertas. Estas quedaron destrozadas y el suelo se cubrió de trozos de madera y de cristal.

Jadeé, mareada momentáneamente, y me llevé las manos al pecho. De pronto, el corazón me ardía. Las rodillas me fallaron y tuve que apoyarme en la mesita de madera, que se rompió por mi peso. El timbre rodó por la alfombra hasta llegar al sillón donde Tānlan observaba crispado la escena.

Levanté un poco la cabeza, solo lo suficiente como para ver la espalda del joven doblada en un ángulo imposible, al menos, para cualquier ser vivo.

Una arcada me sacudió.

—Está muerto —susurró Tānlan, a mi espalda.

Un hechizo no podía matar a nadie. Eran manifestaciones débiles de la magia, no tenían la fuerza de un encantamiento, para el que debía sangrar y, en ocasiones, utilizar símbolos alquímicos, o una invocación, y ni mucho menos el poder de una maldición, cuyas palabras no procedían del mundo de los vivos. Sin embargo, aunque yo lo había formulado correctamente, no había sido un simple hechizo lo que había escapado de mi cuerpo.

De pronto, el joven abrió un ojo, y yo solté un juramento. Después, su espalda volvió a un ángulo normal tras un crujido que me erizó la piel. Poco a poco, el maltrecho Aleister Vale se incorporó. Yo retrocedí hasta que mi cuerpo se golpeó contra la enorme cristalera. La zona posterior de su cabeza tenía una forma extraña, demasiado aplastada. Pero, a medida que se acercaba a mí, la curva iba recuperando su forma original, y se infló de un modo que hizo que mis rodillas temblaran de nuevo.

—Ahora que has intentado asesinarme, ¿me crees? —preguntó, mientras se limpiaba el polvo de su chaqueta.

—*No* he intentado asesinarte —siseé, aunque una parte de mí no estaba tan segura.

Él no respondió; se limitó a observarme fijamente, como si acabara de decepcionarlo.

De pronto, me di cuenta de que la esfera roja había desaparecido. Busqué a mi alrededor, pero no la vi en el suelo, ni perdida entre los escombros, ni en ninguna parte.

—Me temo que no vas a encontrarla —dijo Vale.

—La tenía entre mis manos hace solo unos segundos, ¿dónde…?

—Por eso te dije que no utilizaras la magia. No mientras la sostuvieras. —Aleister Vale sacudió la cabeza y se sentó en el brazo de lo que quedaba del sofá—. Ahora eres como yo.

—Yo no soy como tú —protesté de inmediato.

Él esbozó una mueca y avanzó hasta situarse frente a mí; me obligué a no retroceder de nuevo.

Vale apretó un poco los párpados, como si una punzada de dolor lo recorriera, y de pronto, su pecho comenzó a abrirse. Parecía una pesadilla, una herida que se abría poco a poco, algo que ni siquiera en mi mundo tenía sentido. Las solapas de su chaqueta se apartaron, su camisa se rasgó por la mitad, la piel se escindió sin derramar ni una sola gota de sangre para dar paso a una ligera capa de grasa, y después abrirse todavía más. Tendones, músculos, hueso. Vi el esternón con una arcada en el inicio de la garganta. Mis uñas se hundieron en las palmas de mis manos, pero yo apenas las sentí.

Del esternón veía cómo nacían las costillas, una carcasa perfecta, pero que parecía frágil para proteger todo lo que había tras ellas. El inmenso hueso se dividió en dos mitades perfectas y se abrió, y la caja torácica quedó a ambos lados, como las solapas de un abrigo. Y, tras los pulmones, vi su corazón. Un corazón que no era rojo, sino dorado. Que palpitaba con tanta fuerza que sentía cómo los latidos hacían eco en cada hueco de la estancia. No era solo un órgano. Entre el músculo que se contraía, fundiéndose con su tono, había una esfera dorada, idéntica en forma y tamaño a la que yo había sostenido instantes antes. La única diferencia era el color.

Parecía como si una estrella hubiese crecido en su corazón. No se podía saber dónde empezaba el órgano y dónde terminaba la esfera. Eran uno.

—Esta es la Piedra Filosofal que conseguí hace sesenta y siete años. Una estrella maldita que forma parte de mí. —Aleister Vale me miró. Sus ojos celestes eran ahora dorados—. Si quisiera arrancarla de mí, la destruiría y yo moriría. Por culpa de ella, no envejezco, da igual la herida o la enfermedad que sufra, siempre me recuperaré, soy prácticamente inmortal. Mi poder no conoce límites. Si pronunciara un simple encantamiento, tendría más poder que cualquier maldición.

Un súbito mareo me atacó cuando recordé cómo mi hechizo le había hecho atravesar el sofá, cómo lo hubiese matado si fuera un Sangre Negra normal.

La vista se me emborronó durante un instante.

—La Piedra Filosofal es atraída por la magia. Y cuando se une a un Sangre Negra... —Desvió la mirada hacia el caos de madera y cristal desparramado por el suelo.

—No —musité. Una de mis manos voló hasta mi pecho, y el peso que sentía en él se incrementó tanto que casi no pude respirar.

Aleister suspiró y, con un movimiento fluido de su mano, sus órganos, sus huesos, sus músculos y su piel volvieron a la normalidad, sin dejar ni una sola cicatriz.

—La Piedra se adhiere al corazón —continuó. Sus palabras eran cuchilladas que iban y venían, que me rasgaban por dentro y por fuera—. Cuanto más tiempo transcurra, cuanta más magia uses, más se unirá ella a ti, y más difícil será separarte de ella.

Mi respiración se aceleró. Miré a un lado y a otro. La estancia era inmensa, pero las paredes se cernían sobre mí, el techo se acercaba cada vez más a mi cabeza. El aire resultaba insuficiente. Me iba a asfixiar de un instante a otro.

—Por ahora, es una situación que quizá se pueda revertir. Al menos, mientras te abstengas de usar magia. —dijo Aleister—. Kyteler fue inteligente, y no permitió que la Piedra se uniese a su corazón. Sabía lo que ocurriría de haberlo hecho.

Sacudí la cabeza y una oleada de furia consiguió que mi vista volviera a aclararse.

—¿Y tengo que pedir perdón? ¿Qué pretendías hacer con ella? Ni siquiera podías tocarla —repliqué, sin amilanarme.

Los ojos de Vale se oscurecieron.

—Haría estallar Londres entero si con eso destruyese esta maldita Piedra. —Su mirada oscura titiló y otra sombra diferente volvió a enturbiarla—. Me haría estallar yo mismo si con eso consiguiera algo.

El joven se pasó las manos por su pelo brillante y, tras un suspiro que parecía contener todo el aire del mundo, se dejó caer en la parte del sofá que seguía en pie.

—Pero ahora tenemos un asunto del que preocuparnos. O, mejor dicho, *tú* tienes un asunto del que preocuparte. —De un trago, apuró el alcohol que le quedaba en su copa—. El chico ha sobrevivido y ha visto tu cara. Ahora ellos te buscarán.

Palidecí al recordar las figuras enmascaradas que habían aparecido, idénticas a las que habían causado tanto dolor y muerte en la Academia Covenant hacía unos meses.

—Kyteler me conoce —dije, con un hilo de voz—. Era mi compañero de clase —aclaré, y aparté la mirada, incómoda—. Pero no éramos amigos. Era un... estirado. Y es un asesino.

Aleister Vale ladeó la cabeza y su mirada se atascó en mi ceño arrugado, en mis labios apretados, en la mandíbula tensa y en las manos convertidas en puños.

—Ya veo. —Puso la copa vacía con suavidad sobre la mesa—. Entonces estabas allí el día que comenzó todo, en la Tragedia de la Academia Covenant.

—¿Qué? —susurré. Me llevé la mano al corazón, que todavía me ardía en el interior del pecho—. ¿Lo... lo que ocurrió esa noche tuvo que ver con *esto*?

—Los asesinatos fueron sacrificios. Un precio que pagar para entrar en un lugar que está prohibido incluso para los Sangre Negra.

—El Aquelarre dijo que no había ninguna intención oculta tras la matanza —dije, pero las palabras supieron a cenizas en mi boca.

—Por los Siete Infiernos, ¿y cuándo dice la verdad el Aquelarre? —Vale dejó escapar una carcajada amarga y meneó la cabeza—. No, esas muertes fueron necesarias. Cada una de ellas para abrir seis puertas diferentes. Seis puertas que conducían a seis Infiernos diferentes.

Me dejé caer en la otra parte que seguía en pie del sofá. Odiaba admitirlo, pero mis piernas parecían incapaces de sostenerme de nuevo. Mis ojos, sin que pudiera evitarlo, se escabulleron hasta Tānlan, que permanecía inmóvil.

Unas náuseas subieron por mi garganta, pero no impidieron que murmurara:

—¿Por qué alguien querría visitar el mundo de los muertos?

—Porque sabían que la Piedra Filosofal que llevas ahora en tu corazón estaba allí, escondida en uno de ellos. —Los ojos de Vale me acuchillaron—. Y fue Kyteler quién la encontró.

Giré la cabeza de golpe y no pude evitar recordar esa noche. Yo escondida en nuestra clase, él franqueando la puerta, ocultando la luz de la luna con su figura. Cuando decidió no revelar mi escondite, ¿había conseguido ya la Piedra?

Solté el aire de golpe. Sentía como si un puñal afilado estuviese atravesando mi cabeza poco a poco. Ni siquiera era capaz de pensar, las palabras y los recuerdos se enredaban demasiado.

—Quizá sería mejor dejarlo aquí —dijo entonces Vale, levantándose del sofá destrozado de un salto.

—¿Qué? No, no. Tengo muchas más preguntas —repliqué, imitando su movimiento.

La araña de cristal que colgaba por encima de nuestras cabezas comenzó a moverse con violencia y los enormes ventanales temblaron, como si un fuerte viento los golpease una y otra vez. Vale los observó de soslayo y se acercó un paso más a mí.

—Ahora sabes lo suficiente como para intuir a qué debes atenerte. Todavía tenemos mucho de lo que hablar… —Sus ojos se detuvieron un instante en Tānlan—. Pero ahora tienes que descansar. Me ocuparé de que, en la medida de lo posible, estés a salvo.

—¿*En la medida de lo posible?* —repetí, con un siseo. La araña se zarandeó con tanta fuerza que sus cuentas de cristal acariciaron el techo—. ¿Y qué pretendes qué haga? —exclamé—. ¿Volver con mis padres y mi hermano, fingir que no ha pasado nada?

¿Olvidar que llevo algo peor que una bomba Sangre Roja dentro de mí?

Vale me dedicó una enorme sonrisa.

—Eso es exactamente lo que debes hacer.

—¡Me estás pidiendo algo imposible! —exclamé. Los cristales volvieron a agitarse con violencia. Uno de ellos comenzó a resquebrajarse—. No voy a poner a mis padres en peligro.

—Tus padres no estarán en peligro, al menos por el momento, porque los que desean la Piedra creerán que tú sigues a mi lado. Ellos saben lo que significa la Piedra Filosofal para mí, y creerán que estoy tratando de protegerte a toda costa.

Mis ojos despidieron un veneno lleno de reproche.

—Eso sería lo lógico.

—Lo sé. —Otra sonrisa más, y un nuevo arañazo afeó la preciosa cristalera—. Pero soy Aleister Vale.

Y, antes de que pudiera replicar nada más, él se abalanzó sobre mí y tomó mis brazos con sus manos. Y en ese instante, ese tirón que ya comenzaba a ser familiar me llevó al vértigo y a la oscuridad.

Segunda parte

DUERMEVELA

ÚLTIMA SEMANA DE AGOSTO -
PRIMERA SEMANA DE SEPTIEMBRE.
AÑO 1940.

Liang Shelby debería encontrarse en los terrenos de la Academia Covenant, a salvo. Y, sin embargo, ahora corría desesperada por los pasillos junto a su amiga Emma y al Centinela de esta, en su forma original.

Había sido en la planta donde estaba su dormitorio donde había empezado el ataque.

No eran los únicos. Desde que alguien había dado la voz de alarma, los alumnos corrían de un lado a otro por los pasillos. Los profesores trataban de reagruparlos, de conducirlos fuera del edificio, pero era inútil. La salida principal estaba ocupada por uno de ellos. Hasta que no sacrificase a quien necesitara, hasta que no se derramara sangre, él o ella no se marcharía. Primero debería descender al Infierno.

Otros subían hasta el tejado, pero eso también suponía un error fatal. Aquella había sido la puerta de entrada, donde el escudo que protegía la Academia era más débil. Solo el director Wallace y unos pocos lo sabían. Una parte de mí se preguntaba cómo habían conseguido esa valiosa información.

Quizás, a pesar de quién era yo, a pesar de aquello de lo que formaba parte, nunca lo sabría.

En las paredes había un eco bajo, silente, pero repetitivo y ensordecedor. Casi podía escucharlo, los latidos de cientos de corazones desbocados.

Liang y Emma se toparon de golpe con un grupo de alumnos que descendían por una escalera secundaria. Gritaron al encontrarse de golpe, pero al reconocerlos, se sumaron a ellos y a sus Centinelas, y comenzaron a dirigirse a la planta baja, donde se hallaban las salidas de la Academia. Pero también, donde los aguardaban *ellos*.

Ahora que todo había empezado, no podía permitir que tratara de salir del edificio. Si quería mantenerla con vida, Liang debía permanecer dentro, esquivándolos como fuera. Hasta que todo acabara.

Me concentré, tratando de que mi voz sonase más ronca, más aguda, más desafinada.

—¡NO! —aullé—. ¡No sigáis bajando! ¡Están esperándoos!

Algunos alumnos se detuvieron de golpe. Entre ellos, Liang y Emma. Su Centinela miró alrededor, buscando el origen de mi voz, pero no llegó a verme. El resto siguieron descendiendo.

—¿Quién…? —Emma se volvió hacia su amiga. Aunque ellas no podían verme, yo sí podía observar sus caras pálidas, sus dientes castañeteando—. ¿Qué… qué hacemos?

Liang no llegó a contestar. De pronto, uno de los alumnos gritó, y acto seguido, un destello rojo y una maldición iluminó la escalera desde abajo. Antes de que la luz sanguinolenta se extinguiera, todo se llenó de gritos.

—¡Están aquí! ¡Están aquí!

El grupo cambió de dirección. Se disgregó. La mayoría corrió hacia uno de los corredores, donde estaban las aulas de los cursos inferiores. Liang y Emma, junto a su Centinela, dieron la vuelta y volvieron a ascender.

Yo las seguí, escondido entre las sombras.

—¿Quiénes… quiénes son? —oí que jadeaba Liang—. ¿Por qué están haciendo esto?

—Tranquila —farfulló Emma. Le dio la mano y las dos siguieron avanzando juntas—. El Aquelarre llegará a tiempo.

Cerré los ojos un momento, antes de acelerar el paso y seguirlas hacia los pisos superiores, donde la oscuridad solo se rompía por la luz de la luna que se colaba por las ventanas.

Emma se equivocaba.

No, nadie llegaría a tiempo.

7

El primer sueño

Esta vez no caí sobre los húmedos adoquines de Fenchurch Street, cubiertos con algunos folletos viejos de los Favoritos del Infierno, pero solo porque Aleister Vale tuvo la gentileza de sujetarme a tiempo. Pero, cuando el mundo se estabilizó bajo mis pies, me alejé y tuve buen cuidado en crear una distancia de seguridad entre él y yo.

—No puedes aparecer en cualquier lugar así como así —mascullé—. ¡Podría vernos un Sangre Roja!

Vale me ignoró. Dio un paso atrás y levantó la cabeza en dirección al edificio de ladrillo frente a nosotros; a pesar de que era tarde, había luz tras la mayoría de las ventanas.

—No ha cambiado nada —murmuró, casi para sí mismo.

Fruncí el ceño cuando me di cuenta de que estaba mirando una de las ventanas del tercer piso, la que comunicaba con el pequeño salón de mi casa. No había duda.

—¿Has estado aquí antes? —pregunté, sorprendida.

—Un par de veces. Una fue en Navidad. —Sus ojos azules despidieron nostalgia—. Fueron los mejores días de mi vida. Los Shelby siempre han sido una familia muy acogedora.

—Asesinar a uno de ellos fue una buena forma de agradecérselo —solté, con el veneno latiendo en cada sílaba.

Vale volvió la cabeza en mi dirección. La mirada continuaba siendo nostálgica, pero no parecía enfadado o triste. Sus ojos eran como el agua, pero su rostro era una pieza de mármol, y nada podía astillarlo.

—Quizá tú seas la excepción a la familia —comentó, volviendo la atención al tercer piso—. Yo también era la oveja negra.

No sabía si el imbécil lo había dicho para acercarse a mí, o porque quería enfurecerme, pero no logró ninguna de las dos cosas. Me di la vuelta, lista para llamar a Tānlan, pero entonces me di cuenta de que no estaba allí.

Un escalofrío me recordó que no estaba en contacto con ninguno de nosotros cuando Aleister Vale utilizó ese extraño encantamiento para traernos hasta donde estábamos.

—Mi Centinela —mascullé, antes de dirigirle una mirada rabiosa—. Debes traerlo aquí.

—Si realmente fuera tu Centinela, estarías ahora retorcida en el suelo, con las manos en el pecho, como si alguien te hubiera arrancado parte de tu corazón —dijo Vale, con una ceja arqueada—. Eso es lo que ocurre cuando dos compañeros Demonio y Sangre Negra se separan sin previo acuerdo. —Suspiró—. Creo que no hace falta que sigas fingiendo. Sé que esa cosa que va contigo es un Demonio, pero *no* es tu Centinela —añadió.

Apreté los labios, pero no dije nada más. Él, sin embargo, me dedicó una sonrisa fría.

—No te preocupes, Liang. Todavía nos queda mucho de lo que hablar. A *los dos*. —Mi bufido consiguió que su sonrisa se entibiara un poco—. Vamos a pasar mucho tiempo juntos.

Arqueé una ceja.

—Eso lo dudo.

Vale apartó por fin la mirada de la fachada y esta vez me contempló de frente. Ya no había nostalgia ni burla en su rostro. Solo una seriedad distante.

—Hasta que vuelva a ponerme en contacto contigo, pasa desapercibida. No utilices la magia ni cometas ninguna locura que pueda colocarte bajo la mirada del Aquelarre.

Durante un instante pensé en confesarle que trabajaba en la Torre de Londres, pero mi boca permaneció en silencio. Si él no me proporcionaba más detalles sobre lo que portaba en mi pecho, sobre todo lo que significaba, yo tampoco iba a hacerlo. No podía confiar en él, a pesar de que me hubiese salvado la vida.

Aunque no tuviera sentido alguno, era Aleister Vale. Era un asesino.

—No le cuentes nada de lo que ha pasado a nadie. Yo volveré a ponerme en contacto contigo.

—No voy a esperarte sentada en un banco de Hyde Park —le advertí.

Una de las comisuras de sus labios se retorció. Antes de que pudiera apartarme, sus dedos se enredaron en mi muñeca y me obligó a apoyar mi mano en su pecho. Sentí los latidos de su corazón bajo mi piel, reverberantes de una forma extraña. Mi propio corazón pareció escucharlos y ajustó su ritmo al suyo. Sentí una tirantez incómoda, como si mi corazón quisiera salir de mi pecho y llegar hasta el de él. Con un gruñido, le di un fuerte empujón que lo hizo trastabillar y retrocedí.

Vale no parecía molesto. Se limitó a recolocarse las arañadas solapas de su chaqueta.

—Sabré cómo dar contigo —dijo de una forma que lo creí—. La Piedra que está dentro de un corazón siempre llamará a la otra.

—Qué gran noticia —siseé.

Vale se encogió de hombros y echó un vistazo de nuevo a la ventana de mi hogar.

—Será mejor que entres. Pero antes de que te vayas necesito una última cosa.

No pronunció ningún hechizo o encantamiento, ni siquiera hizo sangrar la palma de sus manos. Simplemente, movió un dedo y yo sentí un ligero pinchazo en mi cabeza. Cerré los ojos durante un instante y, cuando los abrí, vi un mechón de mi cabello entre sus dedos.

Acerqué mi Anillo de Sangre a mi mano por puro reflejo, pero él levantó una mano con advertencia.

—Lo necesito para crear tu Homúnculo —explicó—. Kyteler y esos tipos encantadores estarán buscándote, y tengo que hacerles creer que sigues a mi lado.

Me froté la zona dolorida de mi cabeza y asentí, renuente. No me hacía gracia que una copia perfecta de mí se encontrara junto a él, a su total disposición. Pero, aunque una parte de mí no quería admitirlo, su plan tenía sentido.

Dio un paso atrás, y yo comprendí de pronto que estaba a punto de desaparecer. Esta vez, fui más rápida y lo agarré de la manga de su chaqueta.

Vale alzó la mirada hasta mí.

—Si no apareces, acudiré al Aquelarre.

Sonrió.

—No lo harás. Eres una chica lista.

Mis manos se llenaron de aire cuando él desapareció de pronto y me quedé sola en Fenchurch Street, con el aire húmedo de verano creando nubes doradas alrededor de las escasas farolas de la calle.

Me quedé inmóvil durante unos segundos.

—Maldito imbécil.

Miré a mi alrededor, con una de mis manos todavía apretada contra mi pecho. Aún no había rastro de Tānlan; tardaría un rato en volver a casa.

Mi corazón aceleró el ritmo de sus latidos mientras escudriñaba la calle, las sombras que se formaban tras cada portal, tras cada columna, como si esperase encontrar una de esas horribles máscaras escondidas, dispuestas a caer sobre mí.

Estuve a punto de utilizar un encantamiento para ascender de un salto hasta mi ventana, pero entonces recordé que no debía hacer magia. Que *no podía*. En mi mente todavía estaba fresco el recuerdo de lo que le había hecho a Aleister Vale con solo pronunciar un hechizo.

Utilicé la llave que nunca usaba para adentrarme en el portal del edificio, y luego hice lo mismo cuando llegué al tercer piso, a la puerta de mi hogar. Esta se abrió con un crujido.

Y me encontré a mis padres sentados en la vieja mesa de madera. *Maldita Sangre*. Los dos clavaron sus ojos en mí. La boca de mi madre se abrió con horror cuando me vio vestida con su viejo *hanfu*. *Maldita, maldita Sangre*.

—¿Liang? —Fue apenas un hilo de voz.

—Buenas noches —respondí. Mis labios fueron estúpidos y sonrieron.

—Dentro de poco podremos decir «buenos días» —observó mi padre, con las cejas arqueadas.

—¿Qué hacéis despiertos? —pregunté, mientras cerraba la puerta a mi espalda.

—¿No crees que deberíamos ser nosotros quienes hiciésemos esa pregunta? —Mi madre frunció el ceño y añadió—: ¿Y ese horrible Centinela tuyo?

—Buscando la cena —contesté. Fue lo mejor que se me ocurrió.

Me dirigí a toda prisa hacia la puerta cerrada de mi dormitorio, pero por supuesto no llegué a ella. Mi madre me detuvo antes. No podía pronunciar ningún hechizo, pero se movía a una velocidad verdaderamente mágica.

—¿Qué haces en la calle de madrugada, Liang? Y vestida… *así*.

Me encogí un poco y esquivé su mirada afilada. Intenté buscar una excusa, la que fuera, pero no se me ocurrió ninguna.

Con un suspiro, extraje del bolsillo oculto del *hanfu* las pocas monedas que había conseguido aquella noche. Mi madre, al verlas, palideció e intercambió una mirada desolada con mi padre.

—*Wŏ de nǚ'ér...* —suspiró ella. *Hija mía.*

—Sé que nos hace falta. Y mi sueldo de aprendiz es ridículo —repliqué, antes de pudiera añadir algo más—. Ni siquiera hago nada peligroso. Solo me hago pasar por médium ante los Sangre Roja e invoco a unos cuantos fantasmas.

Mi padre se levantó y caminó hacia nosotras. Negó con la cabeza y me obligó a guardar las monedas en el bolsillo.

—No eres la primera Shelby que busca dinero extra, y sé que eres capaz de defenderte si llegara el momento, pero estamos en mitad de tiempos... oscuros, difíciles. Así que no puedes volver a salir así, ¿de acuerdo? Encontraremos la forma de salir adelante, como siempre hacemos.

Yo me mordí los labios pero terminé por asentir.

—Hace un par de horas nos ha despertado el sonido de varias explosiones. No habían sonado las alarmas —dijo mi madre—. Han sonado lejanas, pero estoy segura de que han sucedido aquí, en Londres.

Sacudí la cabeza y tuve que hacer uso de toda mi fuerza de voluntad para soportar su mirada sin parpadear.

—Sí, yo también las escuché. Pero no sé qué ha ocurrido. Nunca me alejo demasiado de Fenchurch Street.

Los dos permanecieron con sus pupilas inmóviles sobre mí durante casi un minuto entero, pero yo me quedé quieta, sin vacilar, casi sin respirar. Después, tras ese intervalo interminable, los dos volvieron a mirarse entre sí y yo pude volver a inhalar con fuerza.

—Está bien. Será mejor que te acuestes, mañana… no, hoy, tienes que madrugar —dijo mi padre.

Se dirigió hacia la mesa y se derrumbó sobre una de las sillas. Él, al igual que mi madre, no parecía tener intención de acostarse todavía. Les deseé buenas noches y me apresuré a escabullirme hasta mi dormitorio.

Ya encontraría la ocasión para guardar las monedas en el tarro de cristal que mi madre guardaba en uno de los cajones de la cocina.

Sin embargo, cuando mis dedos se enredaron en el picaporte, la voz de mi madre me detuvo.

—No me gusta que mi hija recorra las calles a altas horas de la madrugada, pero… muchas gracias por intentar ayudarnos, Liang. —Volví un segundo la cabeza para observar su sonrisa triste—. Eres una buena hija.

Sacudí la cabeza por toda respuesta y entré a toda prisa en mi dormitorio, frío y oscuro.

Me deshice del *hanfu* y lo dejé por primera vez a la vista, bien estirado sobre los pies de la cama. Solo vestida con la ropa interior, busqué en mi cuerpo algún arañazo o herida causada por el golpe y la explosión, pero no encontré nada.

Fruncí el ceño y elevé las manos hasta colocarlas a la altura de mis ojos. Jadeé. Todas las pequeñas heridas, todas las cicatrices que tenía por culpa de mi Anillo de Sangre, todo había desaparecido. Las palmas estaban recubiertas de una piel tan suave como podía tener una aristócrata Sangre Roja.

Bajé las manos de inmediato, incapaces de mirarlas más, y me abalancé sobre la cama después de haberme puesto el camisón, como si sepultarme bajo la manta y las sábanas pudiera hacerme olvidar esa noche y todo lo que esta había traído consigo… y se había llevado.

Mis ojos se quedaron quietos en la ventana cerrada. Durante un momento pensé en abrirla, pero finalmente no me moví de la cama. Estaba segura de que Tānlan descubriría alguna forma de entrar… y si no, podía dormir en la calle.

Respiré hondo, aunque mis pulmones no se expandieron por completo. Dudaba de que pudiera dormir en lo que quedaba de la noche.

Sin embargo, mis ojos cayeron, y el sueño me arrastró con él antes de que pudiera luchar y resistirme.

Estaba en mitad de una fiesta en el vestíbulo de un lugar que parecía una mansión gigantesca. Yo llevaba puesta la misma ropa con la que me había acostado, mi viejo camisón sin mangas. Nadie, sin embargo, reparaba en mí. Los vestidos elegantes oscilaban con suavidad cuando las mujeres pasaban a mi lado. Todos tenían cortes de cabello similares, enroscados por encima de los hombros, los ojos delineados de negro y los labios muy rojos. Había plumas, cuentas brillantes y esmóquines grises y negros.

Todos los que me rodeaban eran Sangre Negra. La gran mayoría llevaba Anillos de Sangre caros. Zafiros, rubíes y diamantes. Había Centinelas por todas partes. Las garras se confundían con las plumas y las fauces abiertas.

Jamás había estado presente en nada así.

De pronto, algo atrajo mi atención.

Giré la cabeza y me encontré con unos grandes ojos negros observando entre los barrotes de la escalera principal. Su dueño era un niño de unos seis años. Tenía la frente pegada a los barrotes, el pelo negro despeinado, y sus gruesas cejas estaban fruncidas con ferocidad. Un traje a medida cubría su pequeño cuerpo.

Él, como los demás, no me veía.

De pronto, el susurro de una tela me hizo cambiar el rumbo de mi mirada. Una mujer se alzaba a mi derecha. Llevaba puesto un elegante vestido rojo que arrastraba por el suelo y su cabello marrón opaco, recorrido por anchas hebras blancas, lo llevaba recogido en un sencillo moño detrás de la cabeza.

Ese rostro me resultaba familiar. Lo había visto varias veces durante los inicios y los finales de curso en la Academia Covenant, siempre acompañada por su Centinela: un gato blanco y negro de ojos dorados.

Sí, sabía quién era, a pesar de que nunca me había dirigido a ella.

—¿Qué diablos…?

Volví a mirar al niño huraño. Mis pupilas recorrieron de nuevo ese cabello tan negro como las alas de un cuervo, esos ojos tan profundos. *Maldita Sangre*. Era Adam Kyteler. Un Adam Kyteler con muchos años menos.

Él le dedicó una mirada retadora cuando ella, su abuela, se acuclilló para colocarse a su altura.

—¿Por qué no bajas? Todos te están esperando.

—Mentira —replicó él. Sus nudillos estaban blancos sobre los barrotes que representaban enredaderas trepadoras—. Han venido a verlos *a ellos*. —Con un dedo tembloroso, señaló a una pareja resplandeciente que se encontraba junto a la puerta de entrada, todo sonrisas y champán—. Y yo quería que en mi cumpleaños ellos me vieran *a mí*.

Una sombra desolada oscureció la mirada de la mujer. Se acercó a él para apartarle el flequillo rebelde de los ojos.

—Tienes que entenderlo. El trabajo de tus padres es así. Se basa en las relaciones. Un cumpleaños es una buena forma de hacer nuevas amistades. Tampoco es algo que me entusiasme, Adam —añadió, antes de darle un empujón cariñoso que el niño no correspondió—. Pero tenemos que vivir con ello.

El ceño hundido de él se arrugó aún más y levantó la mirada solo para fulminar a su abuela. Me estremecí. Jamás había visto tanta rabia, tanta frustración y tanta impotencia en un niño tan pequeño.

Con un sollozo ahogado, él se puso en pie y bajó las escaleras de dos en dos. Ella alzó la voz para llamarlo, pero las conversaciones, las risas y la melodía de unos instrumentos de cuerda ocultaron su tono alarmado.

Kyteler atravesó como una flecha el vestíbulo de entrada. Apartó con sus pequeñas manos las faldas y los pantalones que lo rodeaban, creando sin saberlo con su andar una división en dos perfecta de toda la estancia. Y yo, sin que pudiera evitarlo, me vi arrastrada por él.

Debía hacer frío en el exterior. La escarcha cubría las inmensas flores y los matorrales de la mansión que había abandonado, los caminos de grava y el césped recortado con cuidado, pero yo no sentí nada, y el niño tampoco, aunque los pantalones cortos de su trajecito solo le cubrían hasta las rodillas.

Kyteler corrió y corrió, y yo corrí con él, a pesar de que mis pies no se movieran. Era como si una fuerza invisible que parecía ir más allá de la magia me empujara hacia él, me obligara a ver, a *verlo*.

Se detuvo al borde de un enorme enrejado de piedra blanca y hierro negro. El final de la finca. Dejó escapar un largo jadeo y cayó de rodillas al suelo. Su pecho subía y bajaba mientras no dejaba de mirar a su alrededor. De pronto, sus ojos se abrieron. Alzó la mano y la apoyó en uno de los bordes de la reja.

Con brusquedad, hirió su palma con el metal.

Ahogué una exclamación. Quise retroceder, pero mis pies permanecieron en el mismo lugar, donde el hielo debía congelarme y, sin embargo, no lo hacía.

El niño se quitó la chaqueta y la arrojó a un lado. Después, se remangó la camisa hasta el codo y mojó el índice en la sangre que no dejaba de brotar de su herida. En cuclillas, utilizó esa tinta roja para dibujar un pequeño círculo. Después, trazó varias líneas rectas que lo cruzaban de lado a lado.

Con sorpresa, reconocí de qué se trataba. Yo había realizado ese mismo diagrama de invocación por primera vez también cuando era una niña no mucho mayor que él, aunque no funcionó.

Iba a invocar a un Centinela.

Kyteler se arrodilló frente al diagrama, demasiado perfecto como para que alguien de su edad lo hubiese dibujado. Lo observó con seriedad unos instantes más antes de susurrar:

Demonio que me guarda, eres mi terrible compañía.
Te ofrezco mi sangre, te ofrezco mi vida.
Acompáñame desde hoy, hasta siempre.
No me dejes solo ni de noche ni de día.

El mundo se aquietó de golpe. La oscuridad creció a nuestro alrededor. La escarcha que brillaba en el césped pareció apagarse de pronto, y una sombra oscura, encogida, surgió del centro del diagrama.

—Adam Kyteler, ¿me has llamado?

Mi vista se emborronó cuando el Demonio estiró sus extremidades y se puso en pie. Era enorme, más blanco que la propia luna. Parecía infinito. Sus alas membranosas, como las de los murciélagos, o las de los dragones, se habían extendido y habían ocultado el cielo centelleante tras ellas.

Kyteler se colocó frente a él, ridículamente minúsculo en comparación.

—¿Eres… mi Centinela? —susurró.

—Solo si lo deseas. Aunque conoces el precio. Mi vida por la tuya —contestó, con una voz que reverberaba hasta en mi propia médula—. Tu muerte por la mía.

Kyteler asintió, solemne. El Demonio ladeó su gigantesca cabeza para verlo mejor.

—¿Por qué me has llamado?

El niño no contestó. Permaneció un instante más quieto, envarado, antes de alzar los brazos y abalanzarse sobre el vientre escamoso de su Centinela y abrazarlo con una ira desoladora. Los ojos dorados del Demonio relumbraron y Adam comenzó a llorar con una desesperación en la que, aunque derramara por sus ojos todos los océanos del mundo, todavía le faltarían lágrimas.

Y entonces, mientras lo observaba, unos dedos que ardían tocaron mi cuello helado.

Me volví con violencia, con la piel erizada y el corazón rugiendo en mi pecho. Detrás de mí, entre las flores nocturnas abiertas y los matorrales tintados de negro, estaba Kyteler. Pero no el niño que lloraba, sino el chico de dieciocho años que había visto esa noche.

—*Tú* —dijo.

Estaba pálido. Su pelo apelmazado resbalaba por sus mejillas y su frente, enturbiando su mirada. Aunque estaba de pie, permanecía algo encogido. Todavía llevaba la ropa con la que lo había visto aquella noche, repleta de rasguños y jirones.

No era como el resto de los personajes de ese extraño sueño. Yo no era un fantasma para él. Me *veía*. Y, además, me había *tocado*.

Mi respiración se aceleró. Mi mano izquierda deseaba alzarse y tocar el mismo fragmento de piel que él había llegado a rozar para comprobar si realmente había ocurrido de verdad.

—¿Por qué estás aquí? —preguntó.

No respondí.

Mis pies obedecieron por fin y pude retroceder. Pero en vez de dar un paso atrás, sentí una súbita ingravidez y un fuerte golpe. Y, cuando abrí los ojos, me encontré en mi vieja cama de Fenchurch Street, con Tānlan a mis pies y la ventana del dormitorio abierta de par en par.

8

EL DÍA SIGUIENTE

A pesar de que la cena había sido escasa, y de que había corrido por las calles de Londres de madrugada (además de haber sido bombardeada y atacada por esos extraños enmascarados que habían causado la Tragedia de la Academia Covenant), apenas probé bocado durante el desayuno.

Zhang se sintió feliz de poder devorar mi parte.

—Tómate al menos el té. Está caliente —insistió mi madre, al observar mi pálido semblante, de reojo.

Titubeó antes de añadir:

—Las explosiones que oímos anoche... Han bombardeado Limehouse. Pero tuvo que ocurrir algo más. Poco después de que te acostaras, un guardia del Aquelarre vino aquí y le dijo a tu padre que habían recibido órdenes de acercarse al East End —dijo en voz baja, para que mi hermano no pudiera escucharlo.

Me limité a clavar la mirada en los posos del té, que yacían en el fondo de la taza desportillada, y asentí.

—La magia y la guerra son cosas que nunca deberían mezclarse —continuó murmurando, para sí misma.

—Los Miembros Superiores firmaron un Pacto de No Intervención —me oí decir, aunque me pareció que mi voz llegaba desde muy lejos.

—Los Miembros Superiores —repitió mi madre, torciendo los labios—. Ellos no son todo tu mundo, Liang, y los Sangre Negra desobedecen a su gobierno tanto como lo hacemos nosotros. Solo tienes que ver a esos alborotadores, a esos Favoritos del Infierno. La gente habla —añadió, con voz sombría—: De cómo unos folletos pueden llover desde el cielo, de cómo pueden aparecer en los buzones de correo si no hay nadie que los reparta.

—Mamá, a los Sangre Roja ya no les interesa la magia. El señor Martin es solo una excepción —dije, mientras echaba un vistazo hacia la puerta—. Todo el edificio cree que está loco.

Ella sacudió la cabeza y su mirada volvió a sobrevolar la estancia.

—En tiempos como estos, las creencias no tienen límites. La desesperación hace tanto daño como esas bombas que han tirado… y deja unas secuelas todavía más horribles.

Yo no respondí, porque Zhang ya había terminado de desayunar y ahora nos prestaba atención. Antes de que pudiera preguntar sobre qué estábamos hablando, me levanté y recogí la taza que había utilizado para dejarla en el fregadero oxidado.

—¿Dónde está ese maldito gato tuyo? —preguntó entonces mi madre, cuando vio que me dirigía a la puerta—. Nunca se encuentra donde debería. —Ella torció el gesto y meneó la cabeza—. Sé que debería alegrarme por el hecho de que la familia de tu padre nunca haya tenido Centinelas… pero no sé si ese Demonio me termina de gustar. Parece… *diferente* a los otros.

Me obligué a forzar una sonrisa.

—Solo llevo unos meses con él —contesté—. Necesitamos todavía tiempo para conocernos.

—Si tú lo dices… *Zàijiàn, qīn'ài de nǚ'ér* —suspiró, antes de despedirse en mandarín.

—*Zàijiàn, māmā. Zàijiàn, Zhang* —contesté yo, mientras mi hermano agitaba la mano en el aire.

Cuando cerré la puerta, apoyé un instante la espalda en ella e inspiré hondo. No me mantuve mucho tiempo así. Con los ojos cerrados, escuché cómo la puerta de enfrente se abría con disimulo.

—¿Encuentra algo interesante, señor Martin? —le pregunté.

Lo escuché mascullar «bruja» entre dientes y cerrar de un portazo, antes de que yo empezase a bajar las escaleras.

Junto al portal, ya en la calle, me esperaba Tānlan. Tenía el pelo de las patas y del hocico empapado en sangre. Un par de niños Sangre Roja que se acercaban con intención de acariciarlo se dieron la vuelta de inmediato cuando él se giró hacia ellos.

—Podrías ser más discreto —chisté, sin detenerme a su lado.

—Y lo dice alguien que lleva en su interior una Piedra Filosofal —respondió él, sin molestarse en bajar la voz. Los niños Sangre Roja echaron a correr con un grito.

Yo lo fulminé con la mirada mientras avivaba el paso hacia la Torre de Londres, aunque todavía era temprano.

—Vale sabe que no eres un Centinela —dije, en voz baja—. Mi madre sospecha y estoy segura de que mi padre también, aunque no me diga nada.

Me mordí los labios con una punzada de culpabilidad. Cuando mi padre llegó a la Academia Covenant, al día siguiente de la horrible tragedia, por encima del dolor y el horror, se sintió orgulloso cuando vio a un gato pardo delgado y con malas pulgas que esperaba junto a mí. Había sido la primera de toda la familia Shelby en invocar a un Centinela.

O eso creía él.

—Fuiste tú la que me lanzaste ese encantamiento para enlazarme a ti —resopló él—. Si tanto te molesta mi presencia, ya sabes lo que tienes que hacer.

Se me escapó una carcajada hueca.

—¿Y dejar suelto a algo tan peligroso como tú? —Mis ojos lo fulminaron—. Olvídalo.

Tānlan echó hacia atrás las orejas y se dio prisa en alejarse de mí. Cuando miró por encima de su lomo, clavó sus pupilas estrechas en mi pecho.

—Ahora no sé quién es el que supone un verdadero peligro para el mundo —contestó.

Los alrededores de la Torre de Londres estaban más concurridos que de costumbre, a pesar de lo temprano de la hora. Alabarderos ceñudos bajo sus sombreros negros se encontraban de rodillas sobre la gravilla y el césped recogiendo algo que parecían folletos publicitarios.

Pisé uno. Se trataba de una de las publicaciones de los Favoritos del Infierno. No me detuve para echarle un vistazo, pero mis ojos leyeron antes de que pudiera detenerlos uno de los titulares enmarcados en la primera página.

Los alemanes bombardean a civiles.
Londres arderá en llamas si no respondemos.

No pude evitar inclinarme y recogerlo. No era la única que lo había hecho; además de los alabarderos, algunos Sangre Negra que se dirigían a la Torre y un par de Sangre Roja leían el papel con atención y el ceño fruncido.

Un escalofrío me recorrió y me apresuré a arrojar el folletín a la papelera más cercana.

Crucé el puente de piedra sobre el foso y atravesé las murallas hasta llegar al amplio patio de la Torre. Cuando lo hice,

Tānlan, que me había seguido desde la distancia, se puso a mi lado, como haría cualquier Centinela.

Al contrario que la mayoría de los días, todavía no había mucho personal. Gran parte eran guardias que tenían aspecto cansado y largas ojeras bajo sus ojos.

—¡Liang!

Me volví al escuchar la voz de mi padre. Él se encontraba cerca de la Torre Wakefield, hablando con un compañero, pero cuando mis ojos se cruzaron con los suyos, se acercó a paso vivo. Parecía agotado. Sus labios se torcieron en una sonrisa débil.

—Hoy quiero que regreses a casa en cuanto termines en la Biblioteca. Y nada de horas extra —añadió, mientras su mueca desaparecía—. Si tienes algún problema, hablaré con la señora Williams.

Asentí y esperé a que él se fuera, pero mi padre permaneció un instante más a mi lado, pasando su mirada de Tānlan a mí. Su boca se apretó un poco más.

—¿Te encuentras bien? —preguntó de pronto.

Noté cómo la boca se me secaba y tuve que sujetar mis manos para que no treparan hasta mi pecho, donde se escondía la Piedra Filosofal. Por si acaso, las oculté a mi espalda, bien unidas entre sí. Sentir la suavidad de las palmas, sin una sola cicatriz, me produjo un estremecimiento.

—Solo estoy cansada —contesté, con los labios estirados en una sonrisa falsa—. Por... lo de anoche. Es solo eso.

Mi padre asintió, pero su mirada seguía siendo inquisitiva. Sus ojos cayeron hacia mi falso Centinela.

—Tānlan, espero que cuides de ella —dijo.

El gato pardo enseñó sus colmillos anormalmente grandes, todavía manchados de sangre.

—Siempre lo hago, señor Shelby.

Mi padre suspiró, pero no tuvo tiempo para añadir nada más. Un compañero lo llamaba con cierta urgencia, así que se despidió a toda prisa y se alejó de mí con rapidez. Yo lo observé alejarse y, hasta que no desapareció tras una pequeña puerta lateral de las murallas, no pude relajar las manos.

—¿Me ves… diferente? —susurré.

Tānlan bufó y echó a andar hacia la Biblioteca.

—Si te preocupa que la Piedra te haya convertido en una belleza digna del Infierno de la Lujuria… *no*, puedes estar completamente tranquila.

Puse los ojos en blanco y le di un puntapié en el trasero que él no pudo esquivar.

Cuando llegué al Primer Nivel de la Biblioteca, la señora Williams pestañeó un par de veces. Sus ojos se desviaron hasta uno de los relojes de las paredes y luego volvieron a posarse en mí.

Ella y yo éramos las únicas presentes en la sala. Al menos, entre las vivas. En un rincón, merodeaba con gesto aburrido Jane Grey, la reina más efímera de Inglaterra.

—Ha llegado temprano, señorita Shelby —observó, antes de dirigirse a la pequeña sala donde nos cambiábamos—. No sé a quién agradecerle esta maldición.

—Solo intento ser una buena aprendiza —repliqué, con una sonrisa tan grande como falsa.

Ella arqueó las cejas y me dio la espalda.

—Si usted lo dice… Cámbiese rápido y venga al mostrador. Le indicaré lo que tiene que hacer hoy.

Mi sonrisa desapareció en cuanto se alejó unos pasos de mí. Me dirigí al pequeño cuarto, pero no me puse de inmediato el feo delantal. Permanecí con él en las manos, pensativa. El gris de la tela me recordaba al color de las piedras que habían volado sobre mí la noche anterior.

Los dedos se me crisparon. Ya no pude controlar mi mente.

Volví a ver los edificios destruidos, las farolas destripadas, el pecho abierto de Adam Kyteler.

Respiré hondo.

Adam Kyteler.

Su rostro pálido, esos ojos negros que contenían noches de luna nueva en su interior, se mezclaron con la expresión destrozada de cuando era un niño pequeño y escapaba entre lágrimas de una fiesta repleta de invitados.

¿Qué había sido aquello? ¿Realmente había sido solo un sueño?

Mis uñas arañaron la tela del delantal. Clavé los dientes en mis labios.

Había sido tan real, tan nítido… podía recordar cada segundo, cada cara que había visto. Casi había podido sentir la desesperación del niño cuando se había abrazado al que sería su Centinela, el mismo que yo había conocido en la Academia años después.

Tú.

Sacudí la cabeza y me giré al recordar esa voz dentro de mí. Pero no había nadie, solo un perchero y Tānlan.

¿Por qué estás aquí?

De todo lo que había visto, él había sido lo más real. No me hacía falta cerrar los ojos para recordar su tacto. Lo había *sentido*. El ardor de las yemas de sus dedos contra mi piel helada. Había soñado muchas veces, pero jamás había notado nada tan real mientras estaba dormida.

Abrí y cerré la mano para convertirla en un puño. Nunca me habría podido imaginar que las manos de una persona tan fría pudieran ser tan cálidas.

—¡Señorita Shelby! —me llegó la voz chillona de la señora Williams—. ¿Cuánto piensa tardar en ponerse un delantal?

Sacudí la cabeza y me amarré la fea tela gris alrededor de mi cintura. Con brusquedad, abrí la puerta del cuarto y salí al Primer Nivel.

Decirle a un Sangre Negra que no usara la magia era como decirle a un Sangre Roja que no usara sus manos.

No obstante, recordaba lo que le había hecho a Aleister Vale con solo pronunciar un simple hechizo. Lo único que había pretendido entonces había sido alejarlo de mí, y en vez de eso, le había hecho atravesar una pared del Palacio de Buckingham y le había partido el cuello y la columna con un golpe brutal.

No podía arriesgarme, así que me mantuve fuera de la vista de la señora Williams todo el día, colocando los libros a mano. Algunos estudiantes Sangre Negra y oficiales del Aquelarre me dedicaban miradas de soslayo, pero ninguno se dirigió a mí.

Como trabajaba con mayor lentitud, no terminé todo lo que tenía que hacer al finalizar la jornada. Temí que la señora Williams me obligara a permanecer hasta que acabara con todo, pero sorprendentemente me dejó marchar puntual.

Hacía un tiempo agradable. Los trabajadores del Aquelarre recorrían los espacios abiertos con calma y hasta los cuervos que siempre vivían en la Torre reposaban bajo el sol de los últimos días de agosto.

Mi padre me había dicho que me fuera directa a casa en cuanto terminara el trabajo, pero caminé con calma, disfrutando del olor casi otoñal que flotaba en el aire. Sin embargo, este se enrareció apenas mis ojos se cruzaron con la Torre Sangrienta.

—Por una vez que podemos salir pronto de este maldito castillo, ¿por qué pierdes el tiempo? —farfulló Tānlan, cuando mis pies cambiaron de rumbo.

—Solo será un momento —me oí contestar.

Los Sangre Negra incinerábamos a nuestros muertos. De las llamas del Infierno nacíamos y a las llamas regresábamos, pero en el interior de la Torre Sangrienta se guardaban placas conmemorativas de muchos personajes ilustres que habían trabajado para el Aquelarre. Una suerte de Hall de la Fama de la Academia Covenant.

Cuando atravesé la pequeña puerta de madera, el calor de las antorchas me abofeteó. Había decenas en toda la estancia, engrandada por algún encantamiento. Además, una vela coronaba cada una de las placas doradas encastrada en las paredes de piedra. Parecía que me encontraba en un mausoleo Sangre Roja, rodeada de nichos. Solo faltaban las flores.

Pasé de largo junto a las placas más antiguas y me detuve frente a una que habían colocado hacía solo unos meses. Era tan dorada, estaba tan lustrada y la luz de la vela se reflejaba de tal forma en el metal, que tuve que entrecerrar los ojos para leer el nombre que estaba escrito en ella.

Agatha Wytte

La Miembro Superior que había muerto la misma madrugada en la que ocurrió la Tragedia de la Academia Covenant. Fue ese el motivo por el que Serena Holford no acompañó a Claude Osman a la Academia al día siguiente, y en su lugar lo hizo Anthony Graves, aunque oficialmente no formaba parte de los Miembros Superiores del Aquelarre en ese momento.

Yo no me enteré de la muerte de Agatha Wytte hasta un par de días después. Cuando el dolor por la pérdida de Emma pudo apagarse un poco. Lo suficiente para ser consciente de lo que ocurría a mi alrededor.

—¿Estás esperando a que se te aparezca su fantasma? —me preguntó Tānlan con sorna. Mis pupilas no se despegaban de la placa.

—La noche de la Tragedia de la Academia Covenant...
—comencé, antes de que se me quebrara la voz. Tomé aire y me
obligué a continuar, aunque mis cuerdas vocales parecían sangrar con cada palabra—. La noche en la que asesinaron a Emma,
vi a cinco enmascarados. El Aquelarre lo confirmó después. Cinco enmascarados y Kyteler, que los ayudó a entrar. En total fueron seis los asesinos.

—Me alegro de que sepas contar, Liang.

Ni siquiera me molesté en mirarlo.

—Pero ayer fueron siete.

Tānlan esperó que añadiera algo más, pero mi silencio le
hizo soltar una carcajada.

—¿Y?

—Había uno más. Había una máscara nueva. Una distinta.

El Demonio puso los ojos en blanco y se derrumbó sobre la
alfombra rojiza que cubría el suelo de piedra, antes de empezar a
lamerse la entrepierna.

—No me puedo creer que una Sangre Negra tan estúpida
me haya enlazado de por vida a ella con un encantamiento
que...

—Esa misma noche también murió Agatha Wytte.

—Una gran pérdida para el mundo de los Sangre Negra
—sentenció Tānlan con dramatismo.

Permanecí un minuto en completo silencio, con los ojos clavados en la placa dorada que tenía frente a mí.

—¿Y si la asesinaron?

—Estaba enferma. Todo el mundo lo sabía. —Los ojos del
Demonio se estrecharon—. Nadie ha mencionado siquiera la po-
sibilidad.

Eso era cierto. Desde niña, Agatha había tenido lesiones pul-
monares. Pero no se habían dado noticias últimamente sobre el
empeoramiento de su estado de salud. Mi padre, como guardia

del Aquelarre, estaba al tanto de todos los rumores y chismorreos que corrían por la Torre, y la noticia de su súbita muerte lo sorprendió tanto como a otros.

—¿Y si… ese enmascarado de más que vi ayer se encontró esa noche con ella, y por eso no estuvo con los demás en la Academia Covenant? ¿Y si fue el que la asesinó?

Tānlan se puso en pie y sacudió su cabeza con algo que parecía hastío.

—No seas idiota. Tú viste una noche seis, otra siete. Puede haber decenas, cientos de enmascarados —bufó.

Negué con vehemencia. Sentía el corazón arder dentro de mi pecho. No sabía si era por culpa de lo que ahora llevaba en mi interior o por los cientos de velas encendidas. Sentía la espalda empapada por ríos de sudor.

—Aleister Vale dijo que iban tras la Piedra Filosofal. Una información así, tan… peligrosa, tan atrayente. —Mis ojos se clavaron con intención en el rostro afilado de Tānlan—. Algo así solo puede estar en conocimiento de unos pocos.

Vi el brillo en los ojos del Demonio, vi cómo su expresión cambiaba, pero él giró la cabeza y resopló.

—Estás desvariando.

Pero yo sabía que no lo estaba. Si sumaba esa última aparición al grupo que había atacado la Academia, conformaban un total de siete.

Como los Siete Pecados.

Como los Siete Infiernos.

Como esa vieja canción de cuna.

Ese número era especial para nosotros. No podía ser una casualidad.

—Tengo que hablar con los Miembros Superiores —murmuré de pronto, con los ojos de nuevo clavados en la placa mortuoria de Agatha Wytte.

—Aleister Vale te dijo que cerraras la boca y pasaras desapercibida —replicó Tānlan. Apoyó una de sus garras en mi pierna. Sentí las puntas afiladas de las uñas sobre mi piel—. Además de creer que te equivocas, pienso que contarle lo que sabes al Aquelarre es una soberana tontería.

Moví la pierna con brusquedad y me alejé de él.

—Tú solo tienes miedo de que descubran quién eres y te devuelvan al lugar al que perteneces —siseé.

—Si lo hacen, tú también estarás en problemas —contestó el Demonio; su hocico torcido en una sonrisa cruel.

Mi labio tembló un poco, pero no vacilé cuando repliqué.

—Eso ahora da igual. Que me castiguen, si creen que hice mal. Pero esto... —Mis dedos se clavaron en la pechera de mi viejo vestido, arrugaron la tela. A través de ella, podía sentir mi piel en llamas—. Esto es mucho más importante que nosotros. Tengo que hablar.

Di dos pasos atrás, y de pronto, mi espalda chocó contra algo.

No.

Contra *alguien*.

Me giré con brusquedad y un joven guardia del Aquelarre me devolvió una mirada vacía.

—Me temo que esa sería una idea nefasta, señorita Shelby —dijo, antes de girar la cabeza. En su cuello, pude ver dibujado el signo alquímico del carbono.

Un encantamiento de posesión, pensé, con un escalofrío.

—Disculpa, Liang. —El guardia torció los labios en una sonrisa que no había dejado de ver la noche anterior—. Decidimos que te podía llamar por tu nombre de pila.

9

MIGAS DE PAN

—Vale —masculle. Ese nombre sabía a veneno.

—*Voilà* —contestó el guardia, haciendo una floritura con la mano.

Mis ojos se clavaron en el símbolo sanguinolento que coloreaba la piel del joven.

—Sabes que los encantamientos de posesión están prohibidos, ¿verdad?

El guardia del Aquelarre suspiró y se apoyó en la pared con gesto trágico. Su espalda cubrió las placas funerarias sin signo alguno de respeto.

—A estas alturas, esos detalles son un tanto irrelevantes, ¿no crees? —Se cruzó de brazos y se inclinó en mi dirección, con un ademán divertido—. Además, es curioso que alguien como tú me lo recuerde.

Mis ojos se estrecharon. Di un paso al frente, recortando la distancia que nos separaba. Estaba tan cerca de él que podía inspirar su aliento.

—¿Alguien como yo?

—Alguien que engaña a los pobre Sangre Roja para conseguir dinero —dijo, con lentitud, paladeando cuidadosamente cada palabra como si se tratara de un manjar—. Alguien que finge que el Dios Demonio responsable del Infierno de la Avaricia es su Centinela.

El corazón se me detuvo. No pude evitar retroceder hasta que mi cuerpo golpeó contra la pared contraria. Las placas tintinearon a mi espalda, mientras Tānlan se erizaba y sus colmillos crecían tras sus labios, hasta casi llegar a acariciar el suelo alfombrado.

El guardia poseído por Vale giró la cabeza para dedicarle una sonrisa luminosa.

—Hola, Mammon. Ese es tu nombre, ¿verdad? Encantado de conocerte. Conozco una canción de cuna en la que apareces, incluso. Dice algo así como: *Duerme, bebé, duérmete ya. O si no, Mammon se acercará y con él te llevará.*

Nadie le contestó. Al guardia no pareció importarle, porque se separó de la pared con un gesto tranquilo sin que su sonrisa disminuyera.

—Te espero junto al Puente de Londres —dijo. Sus ojos vacíos se clavaron en mi rostro desencajado—. Tenemos mucho de lo que hablar, Liang Shelby.

Separé los labios, pero entonces la luz volvió de golpe a las pupilas del joven guardia. Pestañeó y dio una vuelta sobre sí mismo, algo confundido. Tānlan escondió sus colmillos, aunque se escabulló hasta la puerta.

Yo me incliné hacia él.

—¿Te encuentras…?

—¡Apártese inmediatamente! —exclamó el guardia, alarmado.

Giré la cabeza y me di cuenta de que, con el golpe, había doblado algunas de las placas mortuorias. Me apresuré a colocarlas bien, mientras el joven soltaba una perorata a mi espalda sobre el respeto y la falta de cuidado de las instalaciones del Aquelarre.

La lástima que sentía por él desapareció cuando me echó de la Torre Sangrienta. Sentí sus ojos sobre mi nuca durante todo el camino hasta atravesar los muros de la Torre de Londres.

Me quedé quieta junto a la ribera del río, con las punteras en el borde, donde terminaban las piedras y comenzaba la caída hasta las aguas turbulentas. Notaba puñaladas en el interior de mi cabeza, las costillas me apretaban demasiado los pulmones, como hacían los corsés antes con las pobres cinturas de las damas nobles.

Las pisadas de Tānlan a mi espalda sonaron como golpes de tambor.

—¿Vas a ir?

Fruncí el ceño y giré la cabeza para observar el Puente de Londres, situado a unos ochocientos metros de distancia. Al lado del Puente de la Torre, parecía viejo, aunque era la forma más cercana de cruzar a la otra orilla del Támesis ahora que la calzada del Puente de la Torre estaba cerrada a los peatones.

Prefería dar un rodeo a todo Londres con tal de no cruzarme con Aleister Vale.

—¿Crees que tenemos otra opción? —contesté, lúgubre.

—Bueno, tienes una Piedra Filosofal en tu interior. —Tānlan chascó la lengua—. Si con un hechizo ahora eres capaz de matar a alguien, imagínate lo que podrías…

—No voy a utilizarla —lo interrumpí.

Sabía que huir era absurdo. Y plantar cara, un error. Al menos, utilizando la magia que ahora poseía. No quería destrozar calles ni dejar a ningún Sangre Roja sin su hogar. No si podía evitarlo.

Tragué saliva y aparté la mirada para clavarla en el puente que asomaba a lo lejos y cruzaba por encima de las aguas pardas del Támesis.

—Vamos, Tānlan —dije, con una voz que sonó sorprendentemente firme.

Y él, por primera vez en meses, no replicó.

Aleister Vale se encontraba de espaldas a mí, con los brazos apoyados en la pared de piedra del puente, observando el río con un gesto pensativo.

Llevaba puesto un elegante traje gris y, entre las manos, sostenía un sombrero a juego. Sus zapatos estaban tan relucientes que estaba segura de que, si me asomaba, vería mi reflejo en sus punteras.

Un parte de mí quiso empujarlo por sorpresa y arrojarlo al Támesis. Al menos, estaba segura de que sobreviviría a la caída.

No obstante, cuando ya estaba a unos pocos metros de distancia, me miró por encima del hombro y arrastró su cuerpo con él.

—Buenas tardes, Liang —dijo, sonriendo.

—No tengo mucho tiempo —repliqué, sin devolverle el gesto—. Mis padres me esperan después del trabajo, y…

—Calculo que el Homúnculo que creé habrá llegado ya al 17 de Fenchurch Street —me interrumpió él, sin parpadear—. Así que disponemos de todo el tiempo que deseemos.

Le echó un vistazo rápido a Tānlan, que le dedicó un bufido como respuesta, y después se giró hacia mí para ofrecerme el brazo. Yo arqueé una ceja y eché a andar, sin aceptarlo.

Él no pareció molestarse. Se limitó a caminar a mi lado mientras el Demonio nos seguía a una distancia prudencial.

Los Sangre Roja que paseaban o andaban a ritmo rápido a nuestro alrededor no nos prestaban atención. A simple vista, parecíamos una pareja de un joven rico que se había interesado en una chica pobre, o de un señorito acompañado de una criada.

—¿Me has estado vigilando mientras permanecía en la Torre? —pregunté, al cabo de unos segundos.

—Compréndeme, no puedo fiarme de ti. —Vale esbozó una expresión de disculpa y se encogió de hombros.

—¿Y yo sí de ti? —repliqué, haciendo chirriar los dientes—. Eres un asesino. Sé que mataste al hermano de mi bisabuelo, Leonard Shelby, e hiciste cosas atroces. Ni siquiera deberías seguir vivo —añadí, con un murmullo.

Una sombra trémula fue lo único que oscureció durante un instante sus ojos celestes.

—¿Sabes quién era Leo?

—Todos los Shelby conocen lo que le ocurrió —contesté; sentía la mandíbula tan tensa, que me costaba pronunciar las palabras—. Hasta su rostro se encuentra en el Hall de la Fama, en la Academia Covenant.

Vale soltó el aire de golpe por la nariz; algo entre un resoplido y una carcajada.

—¿Han creado un Hall de la Fama? —La sonrisa que tiraba de sus labios se enturbió con una súbita furia—. Leo está ahí solo porque fue asesinado cuando todavía era un alumno. De otra forma, no habría estado nunca.

—Eso no lo sabes —siseé, aunque mi voz falló.

—Por supuesto que lo sé. —Él se giró hacia mí, sorprendido—. Era un Shelby. No tenía un apellido famoso, ni rancio abolengo, ni fortuna. Solo inteligencia y un corazón demasiado grande para un mundo que estaba podrido. Esas cualidades no te ayudaban a conseguir nada —añadió, antes de apartar la vista de mí con brusquedad—. Y siguen sin conseguirlo.

Apreté los labios, porque no podía replicarle ni tampoco darle la razón en voz alta. Recordé la jornada en la Biblioteca, y cómo mis tareas se reducían a ordenar códices día tras día. Al principio, mis ojos escapaban hasta los estudiantes y el corazón me dolía de envidia. Ya había aprendido a ignorarlo.

—¿Te gustaría tomar un té? —preguntó de pronto Vale.

—No, gracias —contesté con frialdad—. Prefiero caminar.

Él suspiró y siguió andando. Giramos un poco hacia la derecha. A mi espalda, noté cómo Tānlan emitía un gruñido bajo, amenazador, y entonces vi las enormes cúpulas de la Catedral de San Pablo. No pude evitar estremecerme, como si mi sangre rechazara ese lugar aunque todavía estaba lejos de pisar suelo sagrado.

—¿A dónde vamos?

—Ya que no quieres compartir unas galletas y un té conmigo, lo cual es un error porque conozco una cafetería maravillosa que... —Vale calló cuando vio mi expresión. Carraspeó y añadió—: Me encanta visitar la catedral. No hay Sangre Negra, y se está fresco en verano y cálido en invierno. El olor del incienso me llena. Y aunque los bancos son algo incómodos, me echo unas siestas maravillosas. —Arqueé las cejas mientras él se inclinaba un poco hacia mí—. Allí podremos hablar con calma.

—Yo no pienso pisar suelo sagrado —advirtió Tānlan, a nuestra espalda.

—Entonces podrás quedarte junto a la puerta y vigilar como un buen Centinela —contestó Vale, con una gran sonrisa que el Demonio no correspondió.

A medida que nos acercamos a las enormes puertas de la catedral, la multitud se multiplicó. Había muchas niñeras Sangre Roja junto a niños que corrían de un lado a otro, utilizando aros y tirando canicas. Algunos ancianos se apelmazaban en los bancos, con los bastones en las manos, y observaban con gesto perdido a la muchedumbre. De vez en cuando, se cruzaban hombres vestidos de negro, con maletines en la mano, que parecían tener mucha prisa. Las palomas revoloteaban por todo el lugar, aunque se concentraban en un punto de las enormes escaleras de mármol que conducían a las enormes puertas de la Catedral de San Pablo.

En un rincón, una anciana, rodeada de palomas, vendía bolsas de papel llenas de migas de pan.

Para mi sorpresa, Vale fue directo hacia ella. Vi cómo le entregaba más peniques de lo necesario y ella le daba a cambio una sonrisa sincera y una pequeña bolsa de papel.

—¿Vamos? —me preguntó.

Fruncí el ceño cuando lo vi guardarse la bolsa en el bolsillo interior de la chaqueta.

—¿Para qué has comprado eso si no le vas a dar de comer a las palomas?

Él se encogió de hombros y echó un vistazo a la anciana mientras subía la escalinata de mármol.

—La verdad es que odio a esos pajarracos. Pero es la única forma de que acepte el dinero.

Fruncí el ceño y, durante un momento, yo también miré por encima del hombro, y me topé con la mirada arrugada de la anciana, que me sonreía y agitaba una de sus bolsas de papel en mi dirección. Sacudí la cabeza y aceleré el paso hasta alcanzar a Vale, que ya había llegado a la puerta principal.

Él me deslizó con disimulo un pequeño atado de mandrágora.

—Pisar suelo sagrado no te mataría ahora, aunque pasaras el resto de tu vida sobre él, pero sí haría que te encontrases mal. Acéptalo.

No me dio opción a responder, porque se giró con rapidez y se adentró en el frescor oscuro del gigantesco edificio.

Apreté los labios, pero me escondí el pequeño atado en el interior de mi vestido, y lo seguí al interior. Tānlan, sin embargo, se quedó al pie de las escaleras.

La Catedral de San Pablo me dio la bienvenida con un intenso olor a incienso. Yo me estremecí, a pesar de que no sentía ningún tipo de dolor. Era la primera vez que atravesaba esas enormes puertas labradas de madera, y ahora me sentía insignificante bajo los grandes techos abovedados, rodeada de oro, piedra y caoba, y vigilada por decenas de los ojos de piedra de los santos. Bajo mis pies, todo eran tumbas y huesos, carne de Sangre Roja convertida en cenizas por el transcurso del tiempo.

—¿No te parece un lugar adorable? —me susurró Vale—. Ven, vamos a sentarnos.

Yo lo seguí a regañadientes hasta uno de los últimos bancos que había frente al altar principal. Sobre un retablo dorado y una vidriera azulada, que resplandecía gracias a los postreros rayos de sol de agosto, el hijo del dios de los Sangre Roja me observaba pintado en la cúpula, con severidad, con las dos manos alzadas, como si estuviese preparándose para lanzarme una maldición.

—Espero que a Mammon no le importe esperar fuera —comentó Vale, mientras se repantingaba en el banco, como si estuviera sobre una otomana—. Aunque lo llamas Tānlan, ¿verdad?

Solté el aire con fuerza por la nariz, pero no contesté.

—Sabes que es el dueño y señor del Infierno de la Avaricia. O al menos lo sospechas —continuó él. No había duda en su voz.

—Está enlazado a mí por medio de un encantamiento —murmuré.

—¿Un encantamiento? —repitió él, con el ceño fruncido—. Qué cosas más extrañas enseñan hoy día en la Academia.

Clavé la vista en el elaborado retablo y vacilé. No quería contarle dónde había aprendido ese tipo de magia. Ni siquiera yo estaba segura de cómo ese encantamiento había llegado a mí. ¿Me creería si le dijera que lo había encontrado hacía años, escondido en un libro que yo siempre retiraba de la Biblioteca?

¿Me creería si le confesara que lo guardé entre mis cosas cuando leí cómo el creador del encantamiento afirmaba que, con él, podías enlazarte a cualquier Demonio?

En esa época, anhelaba tener un Centinela. Anhelaba no sentirme tan sola ni ser tan diferente a los demás. En aquellos años, ni siquiera la amistad de Emma me era suficiente.

Carraspeé y me obligué a contestar; Vale no apartaba la mirada de mí.

—Tānlan fue uno de esos Demonios que los enmascarados invocaron. En ese momento, no sabía qué diablos ocurría —dije; mis pupilas se quedaron atascadas en el rostro de una virgen llorosa—. A todos ellos les prometieron sacrificios de Sangre Negra. Él fue el único que pidió la libertad a cambio de dejarlos entrar en su Infierno. Cuando… lo encontré en mitad de un pasillo de la Academia… tenía que detenerlo. Enlazarlo de por vida a mí fue lo único que se me ocurrió.

Una de las comisuras de la boca de Vale se elevó con sorna.

—Unirte a un Dios Demonio del Infierno de la Avaricia no sé si te convierte en una joven muy valiente, o muy estúpida.

—No tengo que darte explicaciones —repliqué.

—En eso tienes razón. —Vale ladeó la cabeza y se arrimó un poco más a mí—. Por curiosidad, ¿por qué Tānlan?

Bajé la mirada hasta mis manos limpias de cicatrices.

—Es una palabra en mandarín. Significa «avaricia».

Se le escapó una pequeña carcajada que atrajo la mirada censora de un par de Sangre Roja que rezaban arrodillados varios bancos por delante.

—Valiente, estúpida y poco imaginativa.

Un bufido escapó entre mis dientes antes de que me incorporara de golpe. Sin embargo, no llegué a dar ni un solo paso. Su mano se enroscó en mi muñeca y me dejó quieta en el sitio.

—¿A dónde crees que vas? Esto solo era una charla introductoria. —Los ojos de Aleister Vale resplandecieron con un brillo tan dorado como la Piedra Filosofal que se alojaba en su corazón—. Ahora es cuando vamos a comenzar la verdadera conversación.

10

EN LA CATEDRAL

Permanecí de pie durante unos instantes, con su mano todavía enredada en mi muñeca.

—¿Vas a contestar a mis preguntas? —le dije, mientras mis ojos lanzaban encantamientos que mis manos no podían.

—A todas las que pueda —contestó Vale, con esa sonrisa tan suya—. Prometido.

Me sacudí su extremidad y me dejé caer de nuevo en el duro banco de madera. Dirigí mis ojos hacia los ángeles que decoraban el interior de la cúpula; prefería sus miradas acusatorias a los labios estirados de Vale.

—Sabes lo que ocurrió en la Academia Covenant esa madrugada —comencé, con voz ronca—. Me dijiste que esos enmascarados abrieron seis puertas a seis Infiernos diferentes porque sabían que en uno de ellos estaba escondida la Piedra Filosofal.

Él asintió con placidez.

—Aunque me dijiste que fue Kyteler quién la encontró, hay algo que no cuadra. Eran seis Sangre Negra para seis Infiernos, cuando en total son siete. —Clavé mis pupilas en las de él—. ¿Y el séptimo?

En esos ojos celestes que me vigilaban despertó un resplandor.

—Me parece que ya has averiguado cuál fue el sacrificio que se utilizó para abrirlo.

Aleister tomó aire y, esta vez, fue él quien paseó la mirada por toda la nave central, por sus santos de piedra y sus tumbas escondidas en el suelo.

—Para conseguir el acceso a cada uno de los Infiernos, para solicitar el permiso al Dios Demonio responsable, se tuvieron que hacer los sacrificios relacionados con los pecados que estos representaban. Gula, pereza, envidia… —Un escalofrío me recorrió cuando pronunció este último—. La Academia era un lugar difícil en el que penetrar, pero fácil para conseguir esos sacrificios que ellos necesitaban. Sabían que sus víctimas apenas opondrían resistencia. La gran mayoría son alumnos, y los profesores llevan demasiado tiempo acomodados en sus puestos como para utilizar Magia Defensiva Avanzada, más allá de la que impartían en clase.

Tragué saliva.

—Se suponía que la Academia era un lugar seguro —masculé—. Durante la Gran Guerra de los Sangre Roja protegió a los alumnos. El director dijo al inicio de curso que también nos protegería a nosotros.

Vale mantuvo mi mirada sin parpadear.

—Así es, pero recibieron ayuda del interior.

—Kyteler —musité yo.

—Kyteler, quizá —asintió—. La Academia podía proporcionarles todos los pecados capitales, menos uno.

—La soberbia —contesté. La voz se me atragantó.

—Exacto. —Aleister Vale sonrió como si acabara de dar la respuesta correcta a un examen—. El Infierno de la Soberbia no se abre ante cualquier sacrificio. ¿Qué mayor alarde de soberbia que asesinar a una de las Sangre Negra más poderosas?

Agatha Wytte. Una de los Miembros Superiores.

Asentí y permanecí en silencio unos segundos, mientras la melodía del inmenso órgano comenzaba a hacer eco entre las altas paredes sagradas. No era una tonada alegre. Las notas graves sonaban tan tristes como un réquiem.

Mi cabeza parecía una locomotora sin control. Los recuerdos y las dudas se mezclaban sin cesar, devolviéndome a aquella madrugada de una forma distinta.

—Sin embargo, no fue el asesino de Agatha Wytte quien consiguió la Piedra Filosofal —musité, al cabo de unos minutos en silencio.

—No. —Aleister sonrió—. No se hizo con ella porque no era en ese Infierno donde se encontraba.

Tragué saliva, aunque lo que sentí fueron cristales afilados deslizándose por mi garganta. Estaba empezando a marearme. Si Aleister le había conseguido arrebatar a Kyteler la Piedra la noche anterior, eso significaba que él había sido quien había entrado en el Infierno correcto.

Cerré los ojos y recordé unas líneas de sangre pintadas en el suelo dibujando un rostro monstruoso. La cara de un Dios Demonio distinto a Tānlan.

—Por lo que sé, la Piedra llevaba escondida varias semanas en el Infierno de la Ira. El mismo al que accedió Kyteler.

Ira, repetí mentalmente. Sí, había sentido la ira de mi compañero cuando hizo lo que hizo. Lo vi en su rostro, lo sentí en sus palabras.

La letra de aquella canción de cuna regresó a mí.

Duerme, bebé, duérmete ya.
O si no, Amon vendrá y con su ira te arrastrará.

De pronto, giré la cabeza con brusquedad y miré a Vale.

—Espera, ¿sabías dónde se encontraba escondida la Piedra Filosofal?

Él se encogió de hombros con un gesto inocente que no me creí.

—Bueno, digamos que… estoy en contacto con el responsable de moverla por los diferentes Infiernos durante todos estos años.

Las manos se me tensaron sobre el banco de madera y los nudillos se me pusieron tan blancos como las velas votivas de los altares que nos rodeaban.

—¿Y por qué no lo evitaste? —La voz me temblaba de rabia.

Una sombra cruzó el rostro de Vale y su sonrisa desapareció por fin.

—No pensé que los Favoritos del Infierno llegarían tan lejos.

Me quedé durante un momento en blanco.

Los Favoritos del Infierno.

—¿Qué? —jadeé.

Mi cabeza se llenó de las imágenes de los folletos que llevaban circulando desde hacía tiempo. Las palabras resaltadas en negro, siempre relacionadas con la guerra, con la muerte, con la sangre, con la lucha. Y daba igual que sus destinatarios fueran Sangre Negra o Sangre Roja. Las palabras eran siempre las mismas. Siempre tenían la misma finalidad. Sangre con sangre. Muerte con muerte.

—Pero son solo unos alborotadores —me oí decir, repitiendo las palabras que les había escuchado a mis padres alguna vez. Yo ni siquiera tenía una opinión clara, no me había molestado en pensar en ellos.

Hasta ahora.

—Llevan preparando todo desde hace varios años. Desde que el gobierno Sangre Roja de Alemania comenzó a moverse —continuó Vale. Su voz era dura como el acero—. Los folletos que han repartido no eran solo propaganda bélica. Era un caldo de cultivo perfecto, que se ha ido colando entre los Sangre Negra y los Sangre Roja. Creciendo poco a poco. Si lees las publicaciones de ahora y las comparas con las de los primeros días, podrás comprobar cómo han crecido sus palabras y sus intenciones.

Tragué saliva para refrescar mi garganta, que estaba en llamas. Intenté hablar, decir algo, lo que fuera, pero mis cuerdas vocales se negaron a vibrar. Parecían unidas a un encantamiento de silencio.

—Fueron ellos los que atacaron la Academia Covenant —susurró Vale, con una expresión lúgubre que oscureció su mirada.

Continué durante unos minutos más en silencio, con la cabeza llena de esa melodía que llegaba desde el órgano de la catedral. El cielo debió cubrirse en el exterior, porque una súbita oscuridad llenó la nave principal e hizo que los cristales dejaran de centellear.

De súbito, un escalofrío me sacudió.

—Has dicho que no pensaste que llegarían tan lejos. —Me incliné hacia él, con el ceño fruncido—. ¿Desde cuándo conoces sus intenciones?

Vale apretó los labios y giró la cabeza para no mirarme. De pronto, toda su vanidad, toda su arrogancia, desaparecieron de un plumazo. Una palidez enfermiza se extendió por su rostro antes de que separara los labios para hablar.

—Se pusieron en contacto conmigo —masculló.

—¿¡Qué!?

Me puse en pie de golpe y, de pronto, todas las velas votivas de la catedral se apagaron. Las que adornaban las capillas y los altares, las que colgaban de los candelabros de hierro de los altos techos. Todas.

La negrura llenó de pronto el lugar y los Sangre Roja que se encontraban en el interior se quedaron paralizados. Algún grito ahogado hizo eco en las bóvedas, seguido de murmullos que sonaron como truenos de tormenta.

Los dedos firmes de Vale se enredaron en mi muñeca y me obligaron a sentarme con rudeza.

—*Contrólate* —siseó.

—¿Cómo puedes pedirme eso después de lo que acabas de decir? —repliqué, con furia, mientras me sacudía su extremidad.

Él no me soltó. Acercó sus labios a mi oído para murmurarme:

—Llevas en tu interior una magia que podría arrasar una ciudad entera. Si te dejaras llevar por tu enfado, por tu odio, no solo conseguirías que la Piedra se uniera más a tu corazón; también podrías devastar toda la catedral. —Soltó mi mano por fin y volvió a recostarse en el banco—. Y me gusta demasiado este lugar como para permitir que lo destruyas.

Yo me quedé quieta, con mi brazo todavía alzado, respirando ruidosamente. Miré a mi alrededor. El ambiente se había llenado de humo ahora que las velas se habían apagado, y podía ver cómo este se movía con violencia formando extraños arabescos, como empujado por un viento que no podía venir de ninguna parte.

Los monaguillos se apresuraron a encender de nuevo algunos de los candelabros, mientras la mayoría de los Sangre Roja se dirigía hacia las puertas de la catedral. Vale y yo éramos los únicos que no nos habíamos movido de nuestro sitio.

Cerré los ojos e inspiré hondo. Apoyé las manos en mis rodillas y me obligué a estirar los dedos.

Vale me observó durante unos segundos más, antes de volver a hablar.

—No sé cómo averiguaron mi existencia. Solo unos pocos la conocen —dijo con tristeza—. De alguna manera, también sabían que yo portaba una Piedra Filosofal en mi interior. Me pidieron que me uniese a su lucha. Hablaban de lo que había ocurrido en la Gran Guerra, y de cómo podría repetirse en esta, en cómo incluso podría empeorar. Tenían razón en algunas cosas —añadió, torciendo los labios en una mueca—. Los Sangre Roja han avanzado mucho en estos últimos años. Sobre todo, en el arte de matar. La magia puede proteger frente a las balas, pero no ocurre lo mismo con las bombas y los aviones. Tal nivel de destrucción es difícil de impedir.

Asentí, comprendiendo de pronto.

—Quieren usar la Piedra Filosofal como arma.

Vale cabeceó y se llevó las manos a la cabeza, revolviendo su pelo rubio, perfectamente peinado a la moda.

—Su idea puede parecer justa; necesaria, incluso. Pero no se trata de realizar unos pocos encantamientos de protección. Ellos quieren utilizarla en el frente, contra los Sangre Negra y Sangre Roja enemigos. Y eso sería… —Se le escapó un resuello entre los labios—. La magia llama a la magia. La sangre llama a la sangre. Con la Piedra Filosofal como arma de guerra, desencadenaríamos un caos que acabaría con los enemigos, sí. Pero también con nosotros. Quizás incluso con el mundo que ahora todos conocemos.

Las costillas apretaban mi corazón con demasiada fuerza. Parecía que los extremos se clavaban en él y lo hacían sangrar y sangrar. Los pulmones apenas tenían fuerza para expandirse. A pesar de lo altos que eran los techos de la Catedral de San Pablo, los sentía sobre mi cabeza, sobre mis hombros, aplastándome en dirección a los Siete Infiernos.

—No les contesté, así que mi negativa fue clara. No sé si trataron de enviarme más cartas, cambié de lugar de residencia y no lograron encontrarme de nuevo. —Vale apretó tanto los labios que estos se volvieron del color gris de las paredes—. Sabía que mi respuesta no les gustaría, que no los haría cambiar de opinión… así que estuve atento a toda muerte que se produjo en Londres. Sangre Roja, Sangre Negra o Desterrado, me daba igual. Sospeché que tratarían de crear otra Piedra Filosofal.

Los Sangre Roja iban encendiendo las velas poco a poco, pero el ambiente de la catedral seguía siendo lúgubre. Parecía que las sombras que se habían extendido por los recovecos de piedra y habían oscurecido los rostros de santos y vírgenes ya nunca se irían del todo.

—Se suponía que era imposible, que la única manera de saber cómo crearla estaba recogida en un pequeño códice que el Aquelarre debió haber destruido hace muchos años. —Me miró con el ceño fruncido—. ¿Sabes quién es El Forense?

Asentí. Cómo no conocerlo. No solo porque había nacido y vivido años en el East End. Para nosotros, los Sangre Negra, El Forense era como Jack el Destripador para los Sangre Roja.

—La historia dice que Kate Saint Germain se volvió loca. Que asesinó a todos esos Desterrados para experimentar magia prohibida con los órganos sustraídos y crear extrañas pociones alquímicas. Pero eso es solo una leyenda. Con todo lo que sustrajo a los cadáveres y con su último sacrificio, su propia vida, creó la Piedra Filosofal que llevas ahora en tu interior.

Clavé las uñas en mi pecho, y me pareció sentir cómo mi corazón traqueteaba, cómo luchaba por despegarse de esa esfera brillante y maldita que se había unido a él.

—Busqué durante meses muertes extrañas, cadáveres a los que les hubiesen sustraído determinados órganos, pero no hubo nada que me llamara la atención. —La boca de Vale se torció en una sonrisa triste—. Casi tuve la esperanza de que los Favoritos del Infierno hubiesen cambiado de opinión, de que la tarea se hubiese convertido en algo imposible. Pero entonces… una noche asesinaron a Agatha Wytte, y esa misma madrugada sucedió la Tragedia de la Academia Covenant.

Cerré los ojos, mientras mis dedos arrugaban la pechera de mi vestido entre ellos. El enorme candelabro de velas apagadas que pendía sobre nuestras cabezas comenzó a moverse de un lado a otro.

—Ellos no necesitaron invocar una nueva Piedra Filosofal porque supieron cómo encontrar la que ya había sido creada —susurré con un hilo de voz.

Una carcajada seca escapó de los labios de Aleister Vale.

—Ningún Sangre Negra es capaz de pisar los Siete Infiernos si está vivo. Pensaba que era imposible. —Soltó un largo suspiro y apoyó la cabeza en el respaldo del banco. Sus ojos se clavaron en los rostros de esos ángeles rubios que tanto se parecían a él—. No importa los años que transcurran. No importa el poder que posea. Todavía no he aprendido lo suficiente como para comprender que lo imposible siembre acaba siendo posible. Solo se necesita tiempo.

No respondí de inmediato. Me quedé inmóvil, con las manos todavía en mi corazón. Necesitaba pensar, ordenar mis ideas.

—¿No era mejor tratar de ir a por ti antes que ir por los alumnos de la Academia? —pregunté de pronto, al cabo de un par de minutos que supieron a días.

Él se encogió de hombros antes de contestar.

—Habría sido una pérdida de tiempo. Una vez que la Piedra se une a un corazón, es muy difícil separarla sin que el órgano y el objeto sufran daños fatales. Y yo llevo tantos años unido a ella, que, si hubiesen conseguido arrancarme el corazón, la Piedra se habría roto.

Fruncí el ceño.

—¿Cómo estás tan seguro de que ocurrirá algo así?

Una expresión extraña tiró de sus rasgos afilados.

—Porque lo intenté. Muchas veces. Pero ¿qué podía hacer con ella? ¿A quién podía entregársela? Al Aquelarre no, por supuesto. No después de lo que habían hecho. El único que conocía digno de tal poder había muerto. Su propia vida había creado mi Piedra —añadió, con la voz de pronto más ronca—. De todas formas, separarme de ella era imposible. Rompería la Piedra, y con ella, mi vida.

Estuve a punto de replicar, pero algo me retuvo. Vale resolló y me lanzó una mirada de soslayo, antes de inclinarse en mi dirección.

—Sé que te mueres por decirlo. Hazlo.

Yo apreté los dientes y las manos, y no fui capaz de soportar el peso de los ojos.

—No soy quién para hablar de quién se sacrifica —murmuré—. Aunque el que lo haga sea alguien como tú.

Vale negó con la cabeza y se apartó de mí para observar de nuevo a esos ángeles rubios de largas alas blancas.

—Los Shelby tenéis demasiado corazón. Es una maldición que os condena generación tras generación. Si fuerais más desalmados, os habría ido mejor. —Lo fulminé con la mirada, pero él no se giró hacia mí. Siguió con la vista perdida—. Estuve a punto de hacerlo. De sacrificarme.

Sacudí la cabeza y me removí sobre el incómodo banco de madera, molesta. No solo por sus palabras, sino por la sensación que estas me habían producido. No quería sentir lástima por alguien como él. *No podía.*

—Cuando asesiné a Marcus Kyteler y a Sybil Saint Germain, completé mi venganza. Después de aquello, estuve unos años de aquí para allá, pero no sabía realmente qué podía hacer. No tenía ningún objetivo claro. —Suspiró y una sonrisa triste se instaló en sus labios gruesos—. Estaba cansado. Quería reunirme con… —Sus manos se crisparon un poco, pero de inmediato volvieron a relajarse—. Deseaba descansar. Así que decidí que sacrificarme sería algo… correcto. Yo moriría y la Piedra lo haría conmigo.

—¿Y por qué no lo hiciste? —pregunté, antes de que pudiera controlar mi lengua.

—Cometí el error de *visitar* a alguien. La hija de mis mayores enemigos. —Durante un instante, la tristeza desapareció de su boca y sus ojos brillaron. Solo un poco, antes de apagarse—. Ya conocía a Eliza. Al fin y al cabo, la había utilizado como cebo para atraer a sus padres y así poder matarlos. —Se estiró y apoyó los brazos en el respaldo del banco de delante—. No sé por qué quería verla antes de morir. Ella no sabía quién era yo, por supuesto. Me introduje en el cuerpo de un anciano moribundo. Pero cuando hablé con ella... no sé. Despertó algo en mi interior. Y me pregunté si no sería mejor continuar en este mundo terrible unos años más.

Asentí, de pronto muda. El tono de su voz era calculado, casi frío, pero la ternura que hacía vibrar sus ojos no podía esconderla. Giré la cabeza con brusquedad. Jamás habría imaginado que un asesino como él pudiese tener una mirada así.

Sabía de quién estaba hablando. Eliza. La abuela de Adam Kyteler. La había visto alguna vez, durante los inicios de curso de la Academia, en un segundo plano, aunque siempre levantando murmullos velados. La misma mujer que había intentado consolar a Adam en el sueño que había tenido la otra noche.

—Los Kyteler poseen el poder de embrujar a los demás —susurró, con voz queda—. Una vez que cruzan una mirada contigo, estás perdido.

—Habla por ti —contesté, fría. Él se sobresaltó, como si lo hubiese arrancado de una ensoñación—. Adam Kyteler no es más que un monstruo.

A Vale se le escapó una pequeña carcajada que me hizo gruñir entre dientes.

—Lo olvidé. Habéis sido compañeros de clase. —Se cruzó de brazos, de pronto interesado—. ¿Cómo era?

—¿Kyteler? —Solté el aire de golpe por la nariz y mis manos hormiguearon, como si quisieran sangrar para destruir algo con un encantamiento—. Ya te lo dije. No era mi amigo. Ingresó tarde en la Academia, cuando tenía trece años… después de que murieran sus padres.

—Un pasado trágico —suspiró Vale.

—Muchos tienen pasados trágicos y no se convierten en asesinos —repliqué, alzando la voz de golpe. El chirrido del gigantesco candelabro al agitarse por encima de nuestras cabezas me avisó que volvía a descontrolarme, así que respiré hondo y clavé las uñas en las palmas de mis manos. El pinchazo de dolor me ayudó a concentrarme—. La otra noche debí haberlo matado.

—Y, sin embargo, no lo hiciste. —Vale entornó la mirada—. ¿Por qué?

—Es el Aquelarre el que debe juzgarlo —me oí decir, con una voz que no parecía pertenecerme—. No yo.

Él no contestó, aunque conocía la verdad que escondían mis palabras. Todavía no sabía por qué no lo había hecho. Él no significaba nada para mí. Nunca había significado nada para mí.

Aunque me hubiera salvado la vida la noche de la Tragedia de la Academia Covenant.

—¿Qué sabe el Aquelarre de todo esto? —pregunté entonces, deseosa por apartar ese rostro de ojos negros de mi mente.

Vale se encogió de hombros.

—¿Todo? ¿Nada? No deseo tener ningún tipo de contacto con ellos. Ni tú tampoco deberías —añadió, endureciendo su tono de voz—. Serena Holford puede haber hecho muchos cambios en las últimas décadas, pero siguen encastrados en el pasado. Además, ahora que Agatha Wytte ha muerto, Anthony Graves ha regresado como Miembro Superior. Si llega a su conocimiento que una joven posee una Piedra Filosofal en su interior, hará todo lo posible por atraparte y usarte a su antojo. Caer en sus manos sería tan peligroso como hacerlo en las de los Favoritos del Infierno. —Negó con la cabeza mientras se cruzaba de brazos, pensativo—. Serena Holford no me desagrada del todo, tampoco ese otro joven Miembro Superior, Claude Osman. Son el futuro. Pero Graves representa todos esos viejos valores que los Sangre Negra tanto valoran. La mayoría lo seguiría a él.

—Eso no lo sabes —murmuré, aunque mi voz se diluyó con las últimas palabras.

—Claro que lo sé. Anthony Graves proviene de una familia de larga reputación, es rico, es amigo personal del rey Jorge, y es un *hombre*. Eso es algo contra lo que Serena Holford no podrá luchar… al menos hoy en día.

—¿Y Osman?

—Joven todavía, inexperto. Y su familia no es demasiado conocida.

El candelabro volvió a azotarse por encima de nuestra cabeza, pero esta vez Vale no me pidió que me calmara.

—Esto es absurdo —mascullé.

—Siempre lo ha sido —asintió, antes de darme unas palmaditas más antes de levantarse. Yo me giré hacia él, sobresaltada.

—¿A dónde vas?

—Deberías volver ahora. Le dije a tu Homúnculo que antes de caer el sol saliera de Fenchurch Street a hurtadillas.

—Entonces, ¿quieres que todo siga como hasta ahora? —siseé—. Pensaba que tendrías un plan. Algo, lo que fuera.

—Solo quería verte. —Se encogió de hombros—. Comprobar que estabas… bien, dadas las circunstancias.

—¿Estabas preocupado por mí? —pregunté, con los ojos en blanco y los brazos cruzados. La incredulidad resbalaba por cada sílaba—. ¿No vas a decirme nada más? Tenemos que pensar qué diablos hacer ahora.

Vale torció los labios y desvió la vista, dibutativo.

—Estoy atascado en mitad de una… investigación. No es fácil, trato de no levantar sospechas.

—¿Qué investigación?

—Cuanto menos sepas, más a salvo estarás. —Y, antes de que pudiera replicar, añadió—: He creado varios Homúnculos tuyos y los he repartido por todo Londres. Los Favoritos del Infierno tardarán en dar con la verdadera Liang Shelby. Eso nos dará algo de tiempo.

Torcí los labios, pero no contesté. Aleister Vale alzó la mano y luego la bajó, como si dudara en ofrecérmela para ayudarme a incorporarme. Pero finalmente, esta revoloteó por encima de mi cabeza y acabó apoyada en el respaldo del banco siguiente.

—De lo único que debes asegurarte es de no usar la magia bajo ninguna circunstancia. Esa será la mejor forma de mantenerte a salvo.

PESADILLA

Aquella noche me acosté con una punzada aguda en el estómago.

Había cenado mientras escuchaba cómo mi padre le relataba a mi madre el estado deplorable en el que habían quedado algunas viviendas de Limehouse, después de que hubiera ido a visitar la zona aquella mañana. A pesar de que mi madre había roto toda relación con su familia, sus ojos estaban húmedos por unas lágrimas contra las que luchaba. Sus padres, sus tíos, sus antiguos amigos, se habían quedado allí.

Más tarde, en la cama, cubierta con la delgada colcha, miraba al techo con los dientes apretados. Sabía que tenía que controlarme, que no podía dejar salir mis emociones, pero era consciente de cómo una brisa violenta circulaba por la habitación, a pesar de que la ventana estuviera cerrada.

—¿Sabías que habían sido los Favoritos del Infierno? —murmuré de pronto.

Tānlan, que se encontraba aovillado en la vieja silla de madera que había en un pequeño rincón del dormitorio, levantó la cabeza de pronto y sus ojos brillaron como dos brasas en mitad de la oscuridad.

—Me sorprendió descubrir que un Sangre Negra vivo hubiera sido capaz de convocarme, era algo que creía imposible. Pero no le pregunté su nombre, no era algo que me interesara y tampoco qué hacía vestido con una túnica ridícula y una máscara teatral —me contestó.

—No —contesté, con un nudo rabioso apretando mi pecho—. A ti solo te importaba que te concediera lo que más deseabas.

—Soy un Dios Demonio. Reinaba en el Infierno de la Avaricia. Es mi naturaleza. No tengo elección —replicó, al cabo de un instante en silencio.

—Siempre la hay —repliqué, con los dientes tan apretados que no sabía cómo no los hacía pedazos—. Siempre.

Esta vez no me contestó, y yo cerré por fin los ojos, dejándome arrastrar por ese cansancio oscuro que me embargaba por completo.

Pestañeé y me vi de pronto en el centro de un amplio salón. No lo conocía, nunca había estado allí. Había una enorme chimenea apagada en una de las paredes, y en el otro extremo, unos inmensos ventanales daban a un jardín majestuoso. Una gran lámpara de cristal colgaba de un techo altísimo. Podía ser una estancia digna de cualquier palacio, pero los muebles no eran ostentosos, y daban la sensación de ser cómodos y cálidos.

Parecía la sala de estar de una familia adinerada y feliz.

No estaba sola. Había una mujer madura, con el pelo salpicado de canas, en uno de los sofás. Vestía con sencillez y, sobre sus rodillas, se estiraba un gato blanco y negro de ojos dorados. No, no era un gato. Un Centinela. El brillo de su mirada lo delataba.

En el otro lado, cabizbajo, con las manos unidas y la cabeza inclinada hacia delante, había un niño. A pesar de que la cortina de pelo negro ocultaba la mayoría de sus rasgos, lo reconocí. Era Adam Kyteler. A su lado, con la cabeza blanca apoyada en sus rodillas, se encontraba Siete.

Pero no era el mismo Kyteler que había visto en el sueño de la otra noche. No era tan pequeño, ni tampoco tan mayor, con sus dieciocho años actuales. Debía tener quizá doce o trece años.

Otra vez. Maldita Sangre, ¿por qué volvía a soñar con él?

Me incliné un poco. Por la barbilla del niño resbalaban unas lágrimas silenciosas.

—Sé que tú no fuiste feliz allí, abuela. Tampoco mi madre lo fue —lo oí decir, con la voz ronca—. ¿Por qué quieres que vaya?

La mujer suspiró e intercambió una mirada llena de palabras con su Centinela antes de contestar con voz suave.

—Adam, necesitas estar con niños de tu edad. Este lugar es un sitio demasiado grande y solitario para ti.

—No es solitario —replicó de inmediato él, con rabia—. Estás tú y el abuelo Andrei. Y Trece. Y tengo a Siete.

—Sabes a qué me refiero —dijo la mujer, antes de que el Adam del pasado pudiera añadir algo más.

Me acerqué con lentitud al niño. No parecía verme, al igual que la otra vez. Estiré la mano para rozar su cabello, pero mis dedos lo atravesaron, como si mi piel fuera solo aire.

Tragué saliva con dificultad. ¿Qué era aquello? Debía estar soñando. Pero era todo tan nítido, parecía tan real...

—¿Por qué estás aquí?

Un jadeo atragantado se me escapó entre los labios cuando escuché esa voz grave y oscura a centímetros de mi oído. Me di la vuelta con violencia y retrocedí dando traspiés, atravesando una pequeña mesilla y un sillón.

El Adam Kyteler del presente estaba plantado frente a mí. Estaba pálido, casi parecía enfermo, pero al menos ya no había sangre salpicando su piel. Iba vestido con ropa de calle, pero estaba arrugada, como si se hubiese acostado con ella. Eso hizo que fuera consciente de cómo iba vestida. Moví los brazos con rapidez y no pude evitar cruzarlos frente al viejo camisón.

—Déjame en paz —siseé, dando otro paso atrás.

La comisura izquierda de su boca se alzó, solo un poco.

—No puedo —dijo, con calma—. Eres tú la que aparece en mis recuerdos.

Mis recuerdos, repetí en mi cabeza, antes de echar otro vistazo alrededor. Así que no solo se trataba de un simple sueño. Veía todo con la nitidez que Kyteler lo había visto hacía años, cuando había vivido ese momento.

Un escalofrío me recorrió, a pesar de que no sentía frío, ni calor. Ver sus recuerdos era como estar dentro de su cabeza. O de su corazón.

—Sácame de aquí —dije. Esta vez alcé la mirada para fulminarlo—. No quiero estar ni un segundo junto a alguien como tú.

Él no me respondió. Debía encontrarse muy mal, ni siquiera entendía cómo podía seguir en pie después de la herida que Vale le había infligido la noche anterior, pero aparte del color blanco de su piel y las ojeras amoratadas que caían como cascadas de sus enormes ojos negros, una calma fría lo embargaba. La misma que siempre lo había empapado cuando había compartido clase con él.

Se acercó a mí lentamente y yo volví a retroceder. Pensé que atravesaría la pared de la estancia, pero me topé con un muro cálido y vibrante, en vez de con una pared de piedra. Parecía que hasta aquí llegaban los límites de su recuerdo. Golpeé la pared con el talón, pero ese muro extraño ni siquiera vaciló.

Me giré hacia él y levanté las manos. Vale me había dicho que no utilizara la magia, pero pensaba emplearla si Kyteler recortaba la distancia aún más.

No obstante, como si me hubiese escuchado, se detuvo a apenas un par de metros de mí. Con las manos enlazadas tras la espalda, se inclinó un poco en mi dirección.

—Me pregunto si podré tocarte de nuevo si lo intento —susurró, casi para sí mismo.

Mis dedos se arquearon, sacudidos por la magia indómita que me llenaba por dentro.

—Hazlo y perderás las manos —rugí.

Kyteler ni siquiera pestañeó ante mi amenaza, pero dio media vuelta y comenzó a recorrer el enorme salón con tranquilidad, mientras la voz de la mujer y el tono suplicante del niño llenaban las paredes.

—Necesitas salir de aquí, Adam —insistía ella—. Después de lo que ha pasado...

—Mi madre quería que yo estudiase en casa, no en la Academia Covenant —replicó él, una energía oscura impregnaba cada una de sus palabras—. Ella no quería que sufriera mientras estuviese allí.

El Kyteler del presente seguía paseando por la habitación; hacía oídos sordos a lo que decía su yo del pasado, a pesar de que este parecía a punto de romperse por la mitad.

Una magia que no me pertenecía corría a toda velocidad por la estancia. Los cristales se tensaban sobre las ventanas, los visillos se movían, agitados por una violenta brisa, y hasta las patas de un pesado sillón lejano traqueteaban de vez en cuando.

Yo no pude evitar escuchar la respuesta de la mujer.

—Sus circunstancias eran completamente diferentes a las tuyas, cariño. No será igual, te lo prometo.

—¡Tú no puedes prometer nada!

Me agité, sin poder evitar que la incomodidad me calara hasta los huesos. De soslayo, observé al Kyteler del presente, que también se había detenido en mitad de su paseo, distraído. Él, por el contrario, me observaba de frente, sin parpadear.

—Llevas la Piedra Filosofal en tu interior, ¿verdad? —dijo de pronto. Yo me sobresalté, pero apreté los dientes y las manos, intentando controlar mis emociones. No pensaba contestarle—. Desde la misma noche en que Aleister Vale me la arrebató.

—Debería haberte matado —repliqué yo. Las palabras escaparon entre mis dientes con la fuerza de mil maldiciones—. No eres más que un asesino.

Se tomó un par de segundos antes de contestar.

—Él también lo es. No hace falta que te recuerde qué le hizo a tu familia, sé que lo sabes muy bien —dijo, con una calma controlada—. Y, sin embargo, te has aliado con él.

—No, no me he aliado con él. No pienso hacerlo —contesté, de inmediato.

Una pequeña risa grave y burlona escapó de su garganta.

—Ya veremos —murmuró.

—Vale al menos no ha intentado asesinarme —repliqué, alzando un poco el tono de mi voz.

El ceño de Kyteler se frunció un poco y sus labios se tensaron.

—Yo tampoco —susurró.

Un escalofrío me recorrió al percatarme de que decía la verdad. Sí, quizás había dejado entrar a los Favoritos del Infierno en la Academia, pero había intentado alejarme de todo aquello esa misma noche.

Quiero que te reúnas a medianoche conmigo.

Te esperaré.

Es importante que vengas.

Y luego, cuando me había visto escondida en el aula, después de la muerte de Emma, había mentido a uno de los Favoritos. Lo había escuchado perfectamente a través de la puerta cerrada.

¿Qué haces aquí? Recordaba el giro del pomo. Recordaba cómo esperaba que Kyteler me delatara. *¿Hay algún problema?*

Y sin embargo...

Por supuesto que no.

Sacudí la cabeza con energía, intentando alejarme de su voz, que llenaba mi cabeza.

—Deberías unirte a nosotros —dijo de súbito. Regresé de golpe al presente. Sus ojos no se apartaban de mi rostro.

—¿Para qué? —repliqué yo. Una carcajada hueca escapó de mi garganta—. Sé muy bien que los Favoritos del Infierno queréis usar la Piedra en esta guerra. Y sé que sería un gran error.

Él no pareció sorprendido por la mención. Su expresión marmórea no cambió.

—¿Eso te ha dicho Vale? —preguntó. Su voz grave se superpuso a los sollozos de su yo del pasado—. ¿Que sería un error?

—Mezclar la magia con una guerra Sangre Roja produciría mucha destrucción. Más de la que crean ellos mismos.

—¿Incluso aunque eso suponga que perdamos? —Entornó la mirada y sus pupilas brillaron como dos estrellas en un cielo oscuro—. ¿Que un ejército Sangre Roja enemigo nos invada y asesine a cientos, a miles?

Kyteler dio un paso en mi dirección y yo respiré hondo para calmar mi respiración agitada. Las manos me picaban, deseaban que liberara una magia ansiosa por atacar.

—Eso no lo sabes —murmuré. Mi voz sonó ronca—. Nadie puede adivinar el futuro, ni siquiera nosotros.

Él dio dos largas zancadas y acortó en un suspiro la escasa distancia que nos separaba. Esta vez no retrocedí y levanté la barbilla para enfrentarme a aquellos ojos tan negros que parecían cuchillas por el filo que irradiaban.

Había un dicho Sangre Roja que decía que los ojos eran el espejo del alma. Si realmente era así, debía estar asomándome al corazón de alguien incluso peor que Satanás.

—¿Qué pretendes hacer, entonces? ¿Guardar eternamente la Piedra en tu interior, sin utilizarla? —susurró. No pude evitar tragar saliva, pero mis labios permanecieron sellados—. Eso sería un gran error.

Movió su mano izquierda con lentitud y yo me tensé, lista para utilizar un encantamiento de protección, aunque Vale me había dicho que no lo hiciera. Sin embargo, Kyteler se limitó a extender los dedos en mi dirección y a esperar, como si me estuviera invitando a bailar un vals junto a él.

—Ven conmigo —dijo. El tono frío de su voz sonó más suave, casi suplicante—. Acompáñame antes de que te arrepientas.

Mis labios se doblaron en una media sonrisa helada.

—Jamás.

Su ceño se frunció más y su máscara de fría calma se resquebrajó un poco. Por la grieta que se extendió por ella, vi impaciencia y frustración. Eso me hizo sonreír más.

—*Ven* —insistió.

Estiró más la mano. Esta quedó levantada en el aire, con las yemas extendidas a apenas dos centímetros de distancia de mi pecho, donde se escondía eso que tanto deseaba.

Sabía que era imposible, pero podía sentir la calidez de sus dedos llegando hasta mí.

—Déjame en paz —siseé con mucha lentitud.

Las palabras sonaron como maldiciones, superponiéndose a los intentos de la mujer por tranquilizar al desconsolado niño.

Su mano tembló durante un instante y bajó de golpe. Él se separó por fin de mí, con la frustración ganando más terreno en su rostro pálido.

—No puedo hacerlo —contestó. Su voz sonó menos controlada, más rota.

Se alejó un poco más, en dirección a la puerta de la estancia. Posó sus largos dedos sobre el picaporte dorado, pero se detuvo de pronto y se volvió de nuevo en mi dirección.

—Esta noche se producirán cambios, y tú lamentarás no haber decidido unirte a nosotros cuando te he dado la oportunidad de hacerlo.

Sus ojos acuchillaron un momento los míos, y después se posaron en la figura de la mujer, que se había arrodillado junto al niño para abrazarlo. Cuando volvió a hablar, no separó los ojos de ellos.

—Por mucho que te escondas, te encontraré. Y no podrás escapar de mí.

Mis pies se movieron sin mi permiso y me adelanté un par de pasos, con el corazón rugiendo en mi interior.

—Ya veremos —siseé, repitiendo sus propias palabras.

Kyteler movió el picaporte, y con él, toda la habitación se sacudió. Los límites de esta se hicieron borrosos y yo me tambaleé, súbitamente mareada.

—Sí —lo oí murmurar—. Ya veremos.

Abrió la puerta con brusquedad y, de pronto, la oscuridad me engulló de un mordisco. Una ingravidez tiró de mí y floté durante un momento en el aire, hasta que sentí un fuerte golpe contra algo duro y frío.

Grité, y unas voces conocidas me desollaron los oídos.

—¡Liang! *Zǔzhòu!* ¡Liang!

—¿Qué le ocurre, mamá?

Abrí los ojos de pronto. Ya no estaba en ese precioso salón rodeado de jardines, sino que me encontraba en el suelo de mi pequeña habitación, con las sábanas enredadas entre las piernas.

Arrodillada junto a mí, estaba mi madre. Tenía los ojos a punto de saltar de sus órbitas y murmuraba sin cesar palabras en mandarín. Mi padre tenía las manos alzadas, con dos heridas sangrantes en las manos, listo para proferir algún encantamiento. Tānlan, erizado, se había colocado delante de mi hermano menor, conformando un pequeño muro entre él y yo. Zhang parecía a punto de echarse a llorar.

Miré a mi alrededor y me olvidé de pronto de cómo respirar. Mi habitación estaba patas arriba. La pequeña estantería se había volcado, arrojando los pocos libros que contenía al suelo. La lámpara se balanceaba violentamente de un lado a otro, a punto de rozar el techo. El espejo se había hecho pedazos y los fragmentos afilados ahora estaban dispersos por todas partes. El cristal de la única ventana con la que contaba la habitación estaba atravesado por varios arañazos gruesos, afilados, como si un Demonio en su forma original hubiese apoyado ahí sus garras.

Bajé la vista hacia mis manos. Sentía como si me ardiesen. La piel me resplandecía con un tono sanguinolento. Las sacudí y me apresuré a esconderlas bajo mis piernas, como si eso pudiera hacer que el brillo desapareciera.

La mano de mi madre acarició mi nuca empapada en sudor. Tenía el flequillo negro pegado a la frente, enturbiando mi mirada.

—Liang —dijo, con suavidad—. ¿Qué... qué estabas soñando?

Mis ojos buscaron a Tānlan y, por primera vez, él me devolvió la mirada. De verdad.

—Una pesadilla —me oí decir, con una voz débil y quebradiza, que no tenía nada que ver con la mía—. Una horrible pesadilla.

12

EL ANTES Y EL DESPUÉS

Aunque ese día no tenía que trabajar, después de desayunar me dirigí al Primer Nivel de la Biblioteca de la Torre de Londres.

—Deberías quedarte en casa. Descansar —me había dicho mi madre cuando me había visto dirigirme a paso rápido hacia la puerta.

—Estoy bien —mentí, sin mirarla.

Ella arqueó una ceja y masculló algo que no entendí, pero me permitió marchar.

Recorrí el camino hasta el castillo en la mitad de tiempo del que habitualmente utilizaba. De soslayo, me miraba de vez en cuando las manos, esperando ver ese resplandor escarlata bajo la piel. Pero ya no había nada raro en ellas, exceptuando las cicatrices que habían desaparecido de las palmas y los dedos. La luz que las empapaba se había extinguido a los pocos minutos de que yo despertara.

—No vas a encontrar información veraz sobre la Piedra —comentó Tānlan, que caminaba detrás de mí—. Al menos, si solo buscas en el Primer Nivel.

—La información que necesito no es sobre ella —repliqué.

El Demonio aceleró el ritmo y se colocó a mi altura para observarme con curiosidad. De pronto, esbozó una sonrisa que mostró todos y cada uno de sus dientes.

—Estás preocupada por tus sueños, ¿verdad? ¿De qué trataba esa pesadilla tan horrible que has tenido?

Noté como si una piedra afilada se quedara atascada al inicio de mi garganta. Tragué saliva con dificultad, pero no respondí. Aunque no lo estaba mirando, sentí cómo sus pupilas se clavaban en mí como maldiciones.

—La primera noche que dormiste con la Piedra en tu interior, también ocurrieron cosas extrañas.

Me detuve de golpe y me giré hacia él.

—¿Qué? —exclamé—. ¿Por qué no me lo habías dicho?

Tānlan dejó escapar una carcajada fría.

—No soy tu Centinela. No te debo nada.

Como no podía lanzar ningún hechizo, alargué el pie para darle un golpe en el trasero, pero él fue más rápido y escapó de la puntera arañada de mi zapato. Con su risa en los oídos, retomé el paso, furiosa.

—No fue nada del otro mundo. La luz se encendió y se apagó un par de veces. La cama traqueteó. Pero nada más. E inmediatamente después, despertaste —dijo, al cabo de un minuto en silencio—. No es algo extraño. Cuando los Sangre Negra os dejáis llevar por alguna emoción, a veces la magia se descontrola: una brisa empuja alguna lámpara, una silla se mueve… aunque debo admitir que lo de esta mañana ha sido nuevo para mí. Y eso es extraño. Soy un Dios Demonio, al fin y al cabo. He visto más de lo que podrías imaginar.

Apreté los dientes y sentí ganas de darle otro puntapié.

—Qué gran consuelo —rezongué.

Cuando llegamos a la Torre de Londres, él se separó de mí para buscar algo de comer, y yo me dirigí al Primer Nivel de la Biblioteca. Por suerte, estaba prácticamente vacía. La bibliotecaria que estaba a cargo hoy no era la señora Williams, así que no sentí su mirada punzante mientras recorría las estanterías con el ceño fruncido.

Solo estaba autorizada para entrar en el Primer Nivel, y aunque en la sala se acumulaban tantos libros que ni siquiera una vida Sangre Roja sería suficiente para leerlos todos, no encontré nada útil. Nada que me diera una pista de por qué aquellos sueños parecían tan reales, de por qué Kyteler *era* tan real.

No quería admitirlo en voz alta, pero estaba de acuerdo con él en algo. Si hubiese extendido la mano, si lo hubiese tocado, estaba segura de que lo habría *sentido*.

Algo que tenemos en común los Sangre Negra y los Sangre Roja es que los sueños son sueños. No podemos adivinar el futuro a través de ellos, no podemos cambiar el pasado; tras un tiempo se olvidan, como si fueran cuentos de niños o viejas canciones, como esa que le encantaba canturrear a Tānlan sin parar.

Pero estos sueños eran diferentes. *Eran reales.*

Al cabo de un par de horas, salí del edificio de piedra arrastrando los pies. En el césped, junto a la entrada, tumbado bocarriba para que el sol acariciase su barriga hinchada, estaba Tānlan. Tenía el hocico y las garras llenas de sangre. Un par de Centinelas que acompañaban a unos miembros del Aquelarre le dedicaron una mirada de disgusto. Hasta los cuervos y los fantasmas de la Torre se mantenían lejos de él.

—Déjame adivinar —dijo, mientras se estiraba con pereza—. No has encontrado nada.

Torcí los labios, pero no contesté. Estuve a punto de pasar por su lado, pero él estiró una de sus patas delanteras y la apoyó en mi zapato.

—Yo, por el contrario, sí he hallado algo.

Se sentó y bajo su trasero apareció un papel arrugado. Lo reconocí de inmediato. Era uno de los folletos de los Favoritos del Infierno.

—No deberías traer eso aquí —farfullé, mientras me inclinaba para arrebatárselo, con el aliento entrecortado.

—Han empezado a llover cientos por toda la ciudad. Se han colado incluso tras los muros del Palacio de Buckingham. Ha sido divertido ver a esos pobres guardias con sus sombreros ridículos intentando atraparlos. —Tānlan rio mientras yo estiraba el folleto. Tuve cuidado en no tocar las manchas de sangre—. Este parece ser el único lugar en el que los Favoritos no pueden penetrar. Al menos, por ahora.

Mis ojos recorrieron la publicación. Leía tan rápido que apenas era capaz de captar el significado de algunas palabras.

EL GOBIERNO DE LA NACIÓN DECIDE ACTUAR.
PERO ¿SERÁ SUFICIENTE?

Tragué saliva mientras mis ojos recorrían a toda velocidad el texto que seguía a ese titular. Las manos me temblaron tanto que el papel estuvo a punto de escurrirse entre mis dedos.

Tānlan me observaba con atención.

—Han bombardeado Berlín —musité.

Llevábamos un año en guerra, pero hasta ese día, el gobierno británico Sangre Roja no había atacado destacamentos civiles. No habían destruido bases militares, o puertos estratégicos, o almacenes donde guardaban esas terribles armas Sangre Roja. Habían destruido hogares.

Las dedos se me crisparon y el papel que sostenía entre ellos se arrugó.

La voz de Adam Kyteler retumbó en el interior de mi cabeza.

Esta noche se producirán cambios, y tú lamentarás no haber decidido unirte a nosotros cuando te he dado la oportunidad de hacerlo.

Respiré con dificultad. ¿Es que él sabía lo que iba a ocurrir? Que hubiese sucedido algo así marcaba un antes y un después en la guerra. Marcaba una cuenta atrás para la propia ciudad de Londres.

—¿Sabes qué es lo más divertido de todo esto? —comentó Tānlan—. No ha habido ningún anuncio oficial. Ni por parte de los Sangre Roja ni de los Sangre Negra. Los Favoritos se han adelantado a todos.

Arrugué el papel entre mis manos, aunque el último párrafo de la publicación quedó a la vista. Mis ojos no pudieron evitar leerlo por segunda vez.

No obstante, aunque se trata de un avance deseado en la decisión de nuestro gobierno, nosotros, los Favoritos, nos preguntamos si no deberíamos hacer algo más. Si no deberíamos destruir a nuestro enemigo antes de que se atreva a llamar de nuevo a nuestras puertas.

Destrozarlo antes de que él nos destroce a nosotros.

13

EL PRIMER ENCUENTRO

Aquella noche me quedé despierta durante mucho tiempo, y no porque pensara recorrer las calles del East End para buscar algo de dinero.

A pesar de la brisa fría que llenaba la habitación, esperé junto a la ventana abierta a que apareciera Aleister Vale. Después de lo que había ocurrido, estaba segura de que vendría a por mí, de que hablaríamos de lo que debíamos hacer a continuación.

Las estrellas aparecieron y desaparecieron tras unas nubes oscuras, la luna se movió por el cielo, pero él no apareció. En mitad de una cabezada, estuve a punto de resbalar de la silla y caerme, así que decidí arrastrarme hasta la cama, donde dormía Tānlan a los pies, hecho un ovillo con su forma de gato. Por el modo en que se estremecía de vez en cuando, parecía tener frío. Dudé durante un momento, pero finalmente estiré la colcha de la cama y lo cubrí con ella. Yo solo me quedé con una parte que apenas llegaba a cubrirme hasta la cadera.

No quería dormir. No quería soñar de nuevo con Kyteler, pero estaba tan agotada que apenas pude luchar unos segundos contra el sopor antes de que mis párpados cayeran.

No sé cuánto tiempo transcurrió. Estaba sumergida en una oscuridad tibia, plácida, cuando de pronto, comenzó a despejarse.

Un suelo majestuoso de piedra se formó bajo mis pies, y enormes arcos se alzaron por encima de mi cabeza, muy arriba, hasta entrelazarse unos con otros y conformar un techo abovedado en el que colgaba un gigantesco candelabro repleto de velas apagadas. El hierro oscurecido por el paso del tiempo, la forma en que se retorcían los brazos de metal... lo había visto antes.

Miré a mi alrededor con atención. No me encontraba en ninguna mansión, sino en la entrada de la Academia Covenant. Si giraba un poco la cabeza, podía ver el inicio del Hall de la Fama, incluso las primeras fotografías y retratos de antiguos alumnos ilustres.

—Pero ¿qué...? —comencé a decir, cuando mi voz se extinguió de pronto.

Mis ojos se cruzaron con un reflejo idéntico, aunque, de alguna forma, diferente. Su forma rasgada, sus pupilas anchas y negras, un flequillo liso y negro que los coronaba. Aunque el brillo de esa mirada era más infantil, más soñador.

Parpadeé. Me estaba viendo a mí misma con varios años menos.

No estaba sola. A mi lado, apoyada en mi hombro y espiando sobre él, estaba Emma junto a su Centinela. Al igual que yo, no debía tener más de trece años.

Unas manos invisibles se aferraron a mi garganta y me costó inhalar la siguiente bocanada de aire. Parecía tan viva que daba la sensación de que, si estiraba la mano, podría tocar su cabello rubio. Pero ni siquiera lo intenté. Sabía que mis dedos la atravesarían.

Miré a mi alrededor, pero no vi a Kyteler por ninguna parte. Ni el del pasado, ni el del presente. Los ojos me ardieron un poco más. ¿Qué era aquello entonces?

—Esto es una tontería —dijo la Liang de trece años—. Deberíamos seguir durmiendo. Hoy no hay clases.

Giré la cabeza hacia la puerta de entrada, desde donde podía ver parte del patio de la Academia. Todavía era temprano, el sol que caía sobre las baldosas grises las hacía resplandecer con un brillo plateado.

Fruncí de pronto el ceño. El patio no estaba vacío. A lo lejos, había aparcado un coche. Era un vehículo caro, hasta mi yo del pasado lo sabía por la forma en que abrió los ojos cuando lo observó.

De él salieron tres personas.

—Debe ser el nuevo alumno —susurró Emma al oído de mi yo de trece años, rota por la emoción. Su Centinela gorjeó y agitó sus pequeñas alas a toda velocidad, contagiado por su entusiasmo—. ¿A quién crees que dejarían entrar así como así a mitad de curso? Y en nuestra clase —añadió, con una sonrisa divertida.

—Alguien muy diferente a nosotras, te lo aseguro —resopló la antigua Liang, aunque sus ojos se entornaron con una curiosidad que no podía contener.

Yo misma di un paso adelante y asomé la cabeza por uno de los enormes arcos de piedra. Agucé la vista. Parecía un matrimonio acompañando a su hijo, aunque por las canas grises que salpicaban sus cabelleras, se los veía demasiado mayores para ser sus padres.

—Parece que compartimos un recuerdo —dijo de pronto una voz a mi espalda.

Me volví con brusquedad. En una de las esquinas de la entrada, salvaguardado por la oscuridad de una de las columnas, se encontraba el Adam Kyteler del presente. No iba vestido con ropa de dormir. Daba la impresión de que se hubiese echado una siesta casual, a pesar de que en nuestro mundo debía ser bien entrada la madrugada.

Pareció a punto de decir algo más, pero entonces su ceño se frunció y sus ojos recorrieron de arriba abajo mi rostro. Me llevé las manos a las mejillas en un acto reflejo, y sentí la humedad de unas lágrimas que no había notado derramar al ver a Emma con vida otra vez.

—No tengo ganas de hablar contigo —dije, dándole la espalda—. Lárgate.

Él extendió con lentitud una de sus manos y rozó algo que yo no era capaz de ver. Me pareció que los límites de mi visión temblaban y el mundo se sacudía un poco.

—No sé si podría —dijo, pensativo—. No estoy seguro de si esto lo viví yo, o lo viviste tú.

Sus ojos se desviaron hasta clavarse en la gigantesca puerta abierta de la Academia. Ahora, las tres figuras eran perfectamente visibles.

Una de ellas, la de menor estatura, pertenecía a un Kyteler de trece años. Vestía con el uniforme de la Academia y mantenía la vista en sus pies. Una maleta enorme flotaba por encima de su cabeza. A su lado caminaba con majestuosidad un lustroso gato blanco, que debía ser su Centinela, y más atrás, otro de color blanco y negro, cuyos ojos dorados parecían vigilarlo todo.

Los que caminaban tras él eran sus abuelos. Reconocí a la mujer, la había visto en el primer sueño que habíamos compartido, y también en el segundo. Eliza Kyteler. Aunque sonreía, se la notaba insegura. A su lado había un hombre de su misma edad, de cabello rubio oscuro y unas gafas metálicas. Mantenía sus manos apoyadas sobre los hombros del niño. A pesar de la distancia, vi que sus dedos estaban limpios, que no portaba ningún Anillo de Sangre.

—Es un Sangre Roja —murmuró mi yo del pasado, sobrecogido.

La vi dar un paso adelante, con los ojos resplandecientes. No sabía a quién pertenecía ese recuerdo, pero hice de pronto memoria de ese fragmento que había vivido. La primera vez que había visto a Adam Kyteler.

Yo era la única de mi curso que descendía de una Sangre Roja y un Sangre Negra. Y ver a otro chico de mi edad, cuya sangre era como la mía, me hizo sonreír. Mucho.

—Parecías emocionada —observó Kyteler. No se había movido de su sitio, aunque observaba la escena con interés.

—Fue Emma la que me sacó de la cama a rastras —me oí contestar, con la mirada perdida en mi yo de trece años—. Pero cuando vi que ese extraño chico nuevo que se incorporaba a mitad de curso descendía, como yo, de un Sangre Roja, me hizo tener la esperanza de que quizá no estaba tan sola. De que podría hacer otro amigo.

Miré por encima del hombro al Kyteler actual, y siseé:

—Me equivoqué, por supuesto.

Él no respondió.

El matrimonio llegó junto al chico a la entrada, y a la mujer se le escapó una sonrisa cuando nos descubrió a Emma y a mí a un lado, pegadas a la pared, de puntillas por la excitación.

—Oh, vaya. Buenos días. —Al sonreír, sus ojos se cubrieron de arrugas diminutas—. Qué madrugadoras.

Emma le devolvió la sonrisa y, de un empellón, hizo que la Liang de trece años se colocara frente a ese otro Adam Kyteler que no había despegado los ojos de sus pies. Ella también había reconocido al hombre como un Sangre Roja. Sabía que era importante para mí encontrar a alguien que remotamente tuviera alguna similitud conmigo, aunque nuestros rasgos fueran tan diferentes. Que eso me haría sentirme menos sola, menos distinta a los demás.

Me dio un ligero puntapié.

—Ho… hola —dijo mi yo del pasado, con la voz ronca por los nervios—. ¿Cómo te lla…?

Pero él ni siquiera levantó la mirada. Pasó por mi lado y su hombro golpeó contra el mío, desestabilizándome. Emma tuvo que sujetarme para que no tropezara.

—¡Adam! —exclamó la mujer, escandalizada.

Pero el niño no se giró. Siguió arrastrando los pies hacia el Hall de la Fama.

El matrimonio intercambió una rápida mirada, mientras yo recordaba cómo el frío y el calor libraban una batalla mortal en el interior de mi pecho. Me mordí los labios cuando vi cómo unas lágrimas gruesas se escapaban de mis ojos infantiles.

—Lo siento mucho —murmuró la mujer, antes de seguir al Kyteler del pasado.

El hombre rozó sus dedos sin cicatrices con mi espalda, como si quisiera reconfortarme, pero apenas fue un segundo antes de retomar el paso.

Mi yo de trece años se encogió sobre sí mismo cuando Emma se colocó a su lado y lo abrazó. Murmuraba cosas al oído que yo no podía escuchar y que tampoco recordaba.

El Kyteler del pasado avanzó unos metros más, a punto de desaparecer en la oscuridad del Hall de la Fama. Pero, antes de que las sombras lo envolvieran como un abrigo, se detuvo y miró atrás.

Observó a la Liang que tenía cinco años menos. Y en sus ojos vi algo que no supe interpretar. Sin embargo, ella no se dio cuenta del escrutinio. Tenía el rostro enterrado en el hombro de Emma.

—No sabía que te haría tanto daño —oí decir al Kyteler actual, a mi espalda—. Me sentía tan enfadado que ni siquiera pensaba en los demás.

Me volví hacia él con brusquedad. Odiaba verlo tan cerca, contemplar su expresión que parecía tan fría, tan calmada. Casi deseaba que intentase atacarme, arrancarme la Piedra Filosofal del pecho. Mis ojos ardían, pero no por las lágrimas derramadas.

—Oh, cuánto lo siento. Supongo que debió ser terrible abandonar tu preciosa mansión para entrar en una Academia donde todos, profesores y alumnos, e incluso el director, lamían el suelo que pisabas. Tanto agasajo debía ser incómodo. No puedo comprender cómo lo soportaste.

Kytéler me observó en silencio, mientras los sollozos de la Liang de trece años comenzaban a calmarse bajo los brazos de Emma.

—No estaba planeado que yo estudiase en la Academia Covenant. Mi madre no lo deseaba. Pero, cuando murió, mis abuelos creyeron que sería lo mejor para mí. Y no tuve más remedio que obedecerles —dijo, con frialdad, como si él nunca hubiera sido ese chico del que hablaba—. Entré en la Academia el día en el que se cumplía un mes desde la muerte de mis padres.

Separé los labios para decir algo cruel. Se me cruzaron decenas de frases por la cabeza, pero por alguna razón estúpida, mis cuerdas vocales se negaron a vibrar. Apreté los puños y seguí con los ojos fijos en los suyos, sin parpadear.

Él ladeó la cabeza y avanzó un poco hacia mí. Su mirada oscura descendió hasta mis manos temblorosas de rabia.

—¿Has usado magia desde que llevas la Piedra dentro de ti?

Estreché la mirada.

—Yo no soy como tú —repliqué—. No pienso utilizar un poder así por un motivo egoísta.

—¿Egoísta? —resopló. Por una vez, un relámpago de crispación hizo temblar sus labios gruesos—. ¿Viste lo que hicieron esas bombas Sangre Roja a Limehouse? Sé que viviste allí. Piensa en los que conocías. Si no están muertos o gravemente heridos, lo han debido perder todo. ¿Te parece egoísta usar tu poder para protegerlos?

Me sobresalté ligeramente. Nadie sabía que yo había vivido en Limehouse, aparte de Emma, quizá. Y de Tānlan, claro. Sacudí la cabeza, apartando ese pensamiento a un rincón de mi mente, y repliqué:

—Los Favoritos no queréis la Piedra para proteger a nadie. Sino para atacar. Para destruir.

—En una guerra, atacar y proteger es lo mismo —susurró Kyteler.

—No sé cómo puedes estar tan equivocado —contesté.

Mi yo del pasado ya no lloraba y miraba con rabia al Hall de la Fama, por el que había desaparecido el chico con sus abuelos. Después, con la cabeza bien alta, echó a andar hacia el sentido contrario, en dirección a los terrenos de la Academia.

Los límites de mi visión temblaron. Me tambaleé, mareada. Extendí las manos para sujetarme a algo, pero mis dedos atravesaron la pared más cercana. Levanté la cabeza y vi a Kyteler con los brazos ligeramente extendidos y el ceño fruncido, como si él también estuviese intentando encontrar el equilibrio.

Mi yo del pasado iba a abandonar la entrada de la Academia. El sueño estaba a punto de terminar.

Las paredes de piedra parecían derretirse a mi alrededor. El candelabro dorado que oscilaba sobre mi cabeza se había convertido en un borrón amarillento. El suelo estaba cubierto ahora por la niebla espesa que invadía todas las mañanas las calles de Londres.

Adam Kyteler se había convertido en una sombra trémula, pero sus palabras llegaron nítidas hasta mí.

—Usa la magia, Shelby. Te arrepentirás si no lo haces.

Se me escapó una carcajada helada.

—¿Es un consejo o una amenaza?

Ya no era capaz de vislumbrar nada. Todo se había cubierto de un manto grisáceo y vaporoso. Me sentía a punto de despertar. Podía notar el tacto del colchón delgado en mi espalda, el roce suave de la colcha gastada sobre mis brazos. Pero, aun así, la respuesta me llegó clara y tan cerca como si Kyteler se hubiera inclinado sobre mí y me hubiera susurrado en el oído:

—Yo jamás te he amenazado.

Y de pronto, abrí los ojos.

14

VÍNCULO

Mi padre había tenido que utilizar un encantamiento de protección para que mi dormitorio no se viniera abajo. Cuando desperté, me encontré en el suelo, con las piernas enredadas en las sábanas. Tānlan estaba frente a la puerta abierta del dormitorio, con el pelaje erizado y los colmillos sobresaliendo de sus fauces. Tras él, se agazapaban mi madre y mi hermano Zhang, que observaba la escena, aterrorizado.

Mi padre estaba en mitad de la estancia, con los brazos alzados, sin dejar de murmurar «Repele».

No solo había vuelto a poner mi cuarto patas arriba. Una de las paredes estaba surcada por una gruesa grieta, que serpenteaba desde el suelo hasta el techo.

—Deberíamos hablar con un Sanador —murmuró mi padre, cuando ya nos habíamos sentado frente a unos tés que se enfriaban.

—Los Sanadores son muy caros —repliqué de inmediato.

—Eso no importa —intervino mi madre. Miró de soslayo a mi hermano Zhang, que estaba echado en el viejo sofá, jugando con Tānlan al *mahjong*. La mano de mi hermano corcoveaba cada vez que alzaba una ficha—. Tenemos algo de dinero ahorrado, Liang. Y sabemos que parte es tuyo.

Un escalofrío me recorrió la columna y levanté la mirada de golpe. Mi padre me dedicó una sonrisa agridulce.

—Pero son solo pesadillas —repliqué, deseando cambiar de tema—. No necesito a un Sanador, solo la poción alquímica correspondiente. Una que me impida soñar. Compraré los ingredientes cuando regrese de la Torre de Londres.

Una voz oscura llegó desde el sofá, sobresaltándonos a todos.

—No deberías ir a ningún sitio.

Abrí la boca de par en par y observé a Tānlan. Había vuelto a perder, aunque por primera vez, no parecía furioso por ello. Se había sentado y se lamía perezosamente las garras de una pata, pero sus pupilas afiladas estaban clavadas en las mías.

—¿Ahora te preocupas por mí? —siseé.

—Es tu Centinela y es su deber. Coincido con él. —Mi padre se inclinó y apoyó sus manos en mis hombros—. Liang, no… no pareces encontrarte bien. Quédate hoy en casa. Puedo hablar con la señora Williams. Lo entenderá.

Por supuesto que sí, pensé, con los ojos en blanco.

—Estoy bien, de verdad. —Me puse en pie con brusquedad y bajé la mirada hasta el suelo. Me obligué a no mirar a mis padres de nuevo—. Vamos, Tānlan. Llegaremos tarde si no salimos ya.

—Liang… —insistió mi madre, pero hundí todavía más la cabeza entre los hombros.

Pasé junto a Zhang y le revolví su cabello negro con suavidad. Él giró la cabeza para dedicarme una sonrisa, pero su gesto no fue idéntico al de todos los días. Vi vacilación en sus pupilas, en cómo se quedaban mirando mis manos demasiado tiempo.

Apreté la mandíbula y murmuré entre dientes una rápida despedida antes de abandonar mi hogar a paso vivo. Sin embargo, me quedé quieta cuando cerré la puerta a mi espalda y respiré hondo.

A través de la vieja madera, pude escuchar a mis padres.

—Ha cambiado. Lo veo en ella. —La voz de mi madre sonó entrecortada—. Desde que aquellas horribles bombas cayeron en Limehouse.

—¿Y quién no lo ha hecho?

Sacudí la cabeza y eché a andar. No quería oír nada más. Sorprendentemente, Tānlan me siguió en silencio, sin soltar ni un solo comentario.

Había salido tan rápido que me había olvidado de agarrar una chaqueta. El cielo estaba plagado de los mismos nubarrones que llenaban mi cabeza, pero agradecí el aire frío que colmó mis pulmones cuando inspiré. Aun así, eché a andar rauda por Fenchurch Street. La calle estaba prácticamente desierta y mis pies hacían eco en la calzada húmeda por el rocío de la mañana.

Solo había un joven apoyado en una farola, leyendo un periódico. El papel le cubría el rostro. Entorné la mirada. No, no era un periódico. Era la publicación de los Favoritos del Infierno. La misma que el día anterior había caído como lluvia por las calles de Londres.

Aparté la vista con rabia y pasé junto al muchacho, sin mirarlo.

—Cada vez son más persuasivos, ¿no crees?

El timbre de esa voz me hizo detenerme en seco. Giré la cabeza a la vez que Tānlan emitía un resoplido de hastío.

Aleister Vale se limitó a dedicarnos una amplia sonrisa.

Vestía con un traje gris sencillo, pero de buena calidad. Y, al contrario que yo, llevaba una chaqueta para resguardarse de la humedad. El sombrero que cubría su cabello rubio era lo suficientemente amplio como para que ocultase parte de su rostro si así lo quería.

—Imagino que te diriges a la Torre de Londres, ¿verdad? —Ni siquiera me dejó responder—. Déjame acompañarte.

Echó a andar, y Tānlan y yo intercambiamos una mirada antes de seguirlo. Las palabras me supieron a hielo cuando escaparon de mis labios.

—Ayer te estuve esperando —le informé—. Después de que el gobierno Sangre Roja atacara Berlín...

—Lo sé —me interrumpió él. Se giró para dedicarme una mirada de disculpa—. Sabía que tenía que hablar contigo, pero estuve un poco ocupado con tus Homúnculos... entre otros asuntos.

—¿Con mis Homúnculos? —repetí, con un murmullo.

Él soltó un suspiro dramático antes de continuar.

—Te dije que crearía algunos para mantener distraídos a los Favoritos. Sabía que tratarían de ir a por ti. Y, por supuesto, no me equivoqué. —Me dedicó una mirada de triunfo—. De los cincuenta Homúnculos que creé, veintidós han sido asesinados y otros trece secuestrados... e imagino que posteriormente eliminados también, cuando se dieron cuenta de que eran simples copias de ti.

Tānlan dejó escapar un silbido mientras mi boca se abría por completo.

—¿Cincuenta Homúnculos?

—Bueno, ahora solo quedan quince. —Intenté responder, pero las cuerdas vocales no me obedecieron. Se habían vuelto de hielo, como todo mi cuerpo. Vale me observó de soslayo y tuvo la decencia de rebajar su expresión de autosuficiencia—. Sé que estás preocupada.

Lo fulminé con la mirada.

—Sí, es una forma de decirlo.

Tānlan soltó una risa estrangulada, que hizo fruncir el ceño a Vale. Yo estuve a punto de lanzarle un hechizo y hacerlo saltar por los aires.

—Nos preocuparemos realmente cuando derrumbe el número 17 de Fenchurch Street —farfulló Tānlan.

Yo respiré hondo, mientras el ceño de Vale caía todavía más y giraba por completo su cuerpo hacia mí.

—¿De qué está hablando? —Su voz se endureció—. ¿Has usado magia? Te dije que cuanto más la utilizaras, más se uniría a tu corazón la Piedra.

—Lo sé —lo interrumpí, chirriando los dientes. Miré a mi alrededor, pero nadie nos prestaba atención. Las personas que llenaban las calles eran en su mayoría Sangre Roja que se dirigían a sus puestos de trabajo con premura—. Así que no he pronunciado ni un solo hechizo desde aquella madrugada.

Tragué saliva y la calle adoquinada que se extendía frente a mí, flanqueada por árboles oscuros, desapareció por completo. Durante un instante, solo vi una figura alta, vestida de color rojo sangre, que me observaba con unos ojos tan negros como las alas de un cuervo.

—Sueño con Adam Kyteler.

Vale se detuvo en seco y parpadeó un par de veces, como si no hubiera escuchado bien.

—¿Disculpa?

—No… no son sueños exactamente —corregí, tras una vacilación—. Son recuerdos. *Sus recuerdos.* Es… casi como si pudiera meterme en el interior de su cabeza.

Los labios de Vale se separaron un poco y, por primera vez desde que lo conocía, su verborrea pareció quedarse atascada.

—Entiendo —susurró.

—No solo vivo sus recuerdos. Lo veo a él, al Adam Kyteler de hoy en día, con la misma claridad con la que te veo a ti. —No pude evitar estremecerme cuando recordé el tacto de sus dedos en mi cuello—. No sé lo que me ocurre, pero mientras sueño pierdo el control. —Miré mis manos y recordé ese brillo sanguinolento que había brotado de ellas—. La magia escapa de mí. Hoy mi padre ha tenido que utilizar encantamientos de protección para que no echase mi dormitorio abajo.

—O el propio edificio —añadió Tānlan, con voz burlona.

Vale cabeceó y sus ojos se perdieron en las construcciones que nos rodeaban, pensativo.

—¿Has hablado con él dentro del sueño? —Apreté los labios mientras su mirada regresaba a mí para escudriñarme—. ¿Se ha intentado comunicar contigo de alguna manera?

Torcí los labios con enfado, pero no pude hacer otra cosa que asentir. Él soltó un largo bufido entre dientes.

—El sueño no termina hasta que el recuerdo no lo hace. Y eso significa que puedo estar junto a él varios minutos, incluso horas, si el recuerdo es largo —repliqué, incómoda—. No puedo hacer que termine antes. Es como si estuviéramos encerrados en una jaula de barrotes invisibles. Ninguno puede escapar de ella. Creo que ni siquiera él puede, aunque sean sus recuerdos los que veo yo. O sea al revés.

Vale sacudió la cabeza y desvió la vista hacia la Torre de Londres, que ya asomaba en el horizonte. Sin embargo, era como si no la viera. En su cabeza parecía haber estallado una tormenta.

—Los Sangre Negra no tienen sueños así. Hay pociones alquímicas que te hacen soñar con la persona deseada, pero imagino que ese no es tu caso. —Me tomé un instante para fulminarlo con la mirada, aunque él ni siquiera me prestó atención—. Está claro que la culpa de todo ello la tiene la Piedra. Él la tuvo consigo durante un par de meses. Al fin y al cabo, la Piedra Filosofal no solo es un objeto mágico. Es una estrella maldita, es el alma de un Sangre Negra. Procede de un cuerpo muerto, pero ella está en cierta parte... *viva*. Quizá ni haga falta que se una a ningún corazón para que establezca algún tipo de vínculo con lugares que ni siquiera son físicos, que ni siquiera son tangibles.

Aunque hacía fresco, un helor incontrolable caló de pronto hasta la médula de mis huesos. Me estremecí con violencia y me abracé a mí misma; mis dedos acariciaron mi pecho, bajo el que sentía un latido descontrolado.

—Ahora, pegado a tu corazón, tienes algo que perteneció a Kyteler, que fue testigo de sus mayores anhelos, sus peores miedos, sus más ansiados deseos. Algo de ese calibre no puede hacer sino crear un puente, un lazo entre vosotros dos que se manifiesta en vuestros sueños, cuando estáis dormidos y perdéis el control de la conciencia.

Negué con la cabeza. La sangre helada en mis venas se había convertido en un fuego abrasador. Tenía ganas de gritar. La magia chisporroteaba, rabiosa, en mi interior. Con cada paso que daba, las pocas hojas quebradizas que habían empezado a caer de los árboles caducos salían despedidas, antes de que mis pies llegaran a pisarlas.

—Yo no quiero tener ningún vínculo con él. —Mi voz sonó ronca, arañó mi garganta, aunque en un rincón de mi mente vi a un niño pequeño de cabello negro, abrazando desconsolado a su Centinela en la esquina de un gran jardín—. Haz que desaparezca.

—Eso es imposible. —Un viento abrasador surgió de mí, y zarandeó a Vale y a Tānlan, que soltó un maullido estrangulado. Vale levantó una mano antes de que volviera a separar mis labios y esa brisa ardiente que escapaba de mí se detuvo al instante—. Pero puedo proporcionarte una poción alquímica que te impida soñar. El lazo que os une seguirá intacto, pero Kyteler no podrá llegar hasta ti, porque tú serás incapaz de soñar.

El calor que me invadía descendió un poco, aunque todavía sentía las manos tensas, llenas de una magia que deseaba ser liberada.

—¿Crees que con una poción funcionará? —Respiré hondo, intentando calmarme.

—No es *una poción*, sin más. La haré yo. El poder de la Piedra Filosofal estará en ella.

Él se detuvo entonces, la Torre de Londres se alzaba frente a nosotros con su muro inmenso de piedra y sus altas torres cuadradas. La bandera del reino se balanceaba con suavidad, empujada por la brisa fresca. Los alabarderos permanecían en sus puestos; parecían aliviados de que, por una vez, no tuvieran que recoger los folletos que llovían de vez en cuando del cielo.

No había miedo en los ojos de Aleister Vale, pero sí tensión cuando esas piedras grises se reflejaban en sus pupilas.

—Hay algo que no entiendo de todo esto —masculló—. Él no se lo ha dicho a los Favoritos.

—¿Qué? —Fruncí el ceño y me volví hacia él.

—¿No te has percatado? Si él le hubiese dicho al resto de los Favoritos el vínculo que establecéis durante esos sueños, ya te habrían encontrado. Existen muchas formas de aprovecharse de una cercanía así. —Separé los labios para replicar, pero nada salió de ellos. Me había quedado en blanco—. Pero, por alguna razón que desconozco, no lo ha hecho.

Vale no me miró, pero sí intercambió una mirada con Tānlan, como si fuese su Centinela. El Demonio no dijo nada; muchas palabras se escondían en sus pupilas afiladas.

—Creo que tenemos algo más de tiempo —murmuró Vale de pronto, para sí—. Al menos, antes de que todo empeore.

—¿Tiempo? —repetí, con las manos convertidas en puños—. Están masacrando a mis Homúnculos. En apenas dos días acabarán con todos ellos y… ¿¡Qué estás haciendo!?

Abrí los ojos de par en par cuando vi cómo Vale soltaba uno a uno los botones de su chaqueta, como si pensara desnudarse ahí mismo, frente a las puertas del Aquelarre. Él, sin embargo, se limitó a ofrecérmela.

—No has traído chaqueta y esta tarde refrescará. —Como no la aceptaba, agregó—: No me puedo morir de frío, al fin y al cabo. La Piedra me lo impediría.

Dio un paso al frente y depositó su chaqueta gris entre mis manos. Yo parpadeé y bajé la mirada hacia el tejido suave que ahora me acariciaba la piel.

—Yo tampoco —farfullé.

Vale no me respondió.

Alcé la cabeza, pero al único que vi delante de mí fue a Tānlan, que ponía mucho cuidado en lamerse el trasero. Arrugué la chaqueta entre mis manos y dejé escapar un aullido de furia. Había desaparecido.

—Maldita Sangre, ¿dónde diablos se ha metido?

—Se ha marchado —contestó el Demonio, con la pata todavía levantada.

—Eso ya lo veo, Maldita Sangre. Pero no puede desaparecer así, sin más. Tengo… tengo demasiadas preguntas. —Dejé escapar todo el aire de golpe y miré hacia las turbulentas aguas del Támesis, que rugían a unos metros de mí, tan grises como el enorme castillo que tenía a mi espalda—. ¿A qué se refería con «tenemos algo más de tiempo»? Porque se equivoca, no lo hay. Los Favoritos me encontrarán y…

—Yo también creo que dispones de más tiempo, antes de que den contigo —me interrumpió Tānlan, que pasó a lavarse una de sus zarpas, sucias de sangre seca—. Quizá deberías confiar en nosotros.

—¿En vosotros? —Se me escapó una carcajada sarcástica—. Vale es un asesino. Y tú, un Dios Demonio del Infierno de la Avaricia. No puedo confiar en vosotros.

—Los Demonios sabemos mucho. No por nuestra naturaleza, sino por nuestra edad. —Tānlan bajó la pata por fin, y esbozó una sonrisa que no podría realizar ningún gato normal—. Vale y yo somos unos malditos viejos.

Dejé escapar el aire de golpe y clavé la mirada hacia la chaqueta gris que sostenía sin fuerzas entre mis manos. Maldije por décima vez a Aleister Vale y, con un movimiento brusco, me la coloqué sobre los hombros y me encaminé hacia el interior de la Torre de Londres.

Ese día trabajé con mucha mayor lentitud, porque seguía sin utilizar la magia. Pero por suerte, la señora Williams estaba enferma y su sustituta decidió ignorarme durante toda la jornada. Ni siquiera dijo nada cuando me marché cinco minutos antes de la hora.

Aquella tarde, encontré la ventana de mi dormitorio abierta de par en par. Apoyado en el alféizar había un pequeño estuche antiguo, repleto de viales de cristal, rellenos de un líquido azulado del color del anochecer. Había por lo menos una docena.

Cuando me acosté, dudé un instante, pero finalmente dejé que aquel líquido amargo y desagradable se deslizara por mi garganta y me condenara a una noche a oscuras.

Y, por primera vez en varias noches, no soñé con Adam Kyteler.

15

Equilibrio roto

Los días transcurrieron con una lenta monotonía.

Agosto llegó a su fin y, con él, el verano. Los primeros días de septiembre fueron más fríos, más nublados. Parecía que el otoño anhelaba extender sus brazos de hojas caducas por toda la ciudad.

No volví a ver a Aleister Vale, pero tampoco a Adam Kyteler. Sin embargo, aunque me dormía con rapidez cada vez que me desplomaba sobre la cama, agotada, y solo veía negrura cuando cerraba los ojos, me despertaba con la respiración agitada, nerviosa. Como si acabase de atravesar Londres en una carrera desesperada.

No había vuelto a destrozar mi dormitorio inconscientemente, pero cuando abría los ojos, a menudo sentía mis manos rígidas, a veces brillantes, llenas de un resplandor rojo que terminaba apagándose al cabo de unos minutos. Tānlan no dejaba de mirarlas hasta que no se apagaban por completo, como si temiera que fuesen bombas Sangre Roja.

No hubo más bombardeos en Londres capital, ni tampoco en Berlín, a pesar de que las batallas aéreas siguieron sucediéndose. Extrañamente, tampoco hubo más noticias sobre los Favoritos del Infierno. Las calles estuvieron limpias de esos folletos que llovían del cielo.

—Es como si estuvieran esperando a que ocurriera algo —musité una mañana, asomada a la ventana de mi dormitorio.

El qué, no quería imaginarlo.

A pesar de que mis estallidos de magia estaban controlados, mis padres no apartaban la vista de mí. Hasta mi hermano Zhang me vigilaba a escondidas. Yo trataba de ignorar su atención continua, no salía de casa más que para ir a la Torre de Londres y regresaba en cuanto terminaba mi turno. Pero ellos sabían que sucedía algo.

En casa, mi padre y yo no solíamos utilizar mucho la magia. Nos habíamos acostumbrado a usar nuestras manos para realizar tareas que con un sencillo encantamiento hubiesen sido mucho más rápidas. Había sido un acuerdo silencioso y tácito. Sin embargo, alguna vez se nos escapaba un hechizo sencillo. Un «Ascenso», un «Enciende», un «Clausura». Pero, desde que guardaba en mi interior la Piedra Filosofal, no había pronunciado ni uno solo. Absolutamente ninguno.

Era imposible que mis padres no se hubiesen percatado de ello.

La señora Williams, en el Primer Nivel de la Biblioteca, no lo había hecho. Aunque sí se había dado cuenta de que era mucho más lenta a la hora de colocar los libros, de buscar ciertos pedidos de los Sangre Negra que acudían al mostrador. Si jamás había recibido una palabra amable por su parte, su trato había empeorado en los últimos días.

Intentaba mantenerme alejada de ella al efectuar las tareas, pero ese día no podía quitármela de encima. Me seguía como una sombra, sin dejar de parlotear a mi espalda. Yo no cesaba de ir de un lado a otro, pero llegado el momento, no tuve más remedio que detenerme y empezar a colocar los libros que los fantasmas de los Príncipes de la Torre se habían dedicado a revolver en sus juegos nocturnos.

Y, en vez de usar mi sangre, me vio utilizar mis manos.

—¿*Qué* está haciendo, señorita Shelby?

Me encontraba de espaldas a ella para no ver su expresión. Aun así, notaba sus ojos hundidos en mi nuca, como las palabras afiladas de una maldición. Su mirada no era la única que me vigilaba. Algunos estudiantes distraídos me contemplaban de soslayo, extrañados de que no usara la magia.

—Ordenando los libros, como me pidió —contesté, sin girarme.

Cuando coloqué el siguiente tomo en la estantería, toda la hilera tembló. Tānlan, subido en lo alto de la última balda, se inclinó ligeramente hacia mí.

—¿Por qué diablos utiliza las manos? —insistió la mujer. Su voz sonó más aguda.

Cerré durante un instante los ojos y planté el siguiente códice.

Una gota de sudor helado cayó desde mi nuca y atravesó mis omóplatos.

—Prefiero hacerlo así —contesté. Mi voz no sonó tan calmada como pretendía—. Le prometo que no tardaré.

—¿Por eso lleva tanto retraso estos días? —La señora Williams resopló. Sentí cómo más ojos se clavaban en nosotras, curiosos—. No puede perder tanto el tiempo. Utilice la magia, Shelby. Es una orden.

Respira, parecía decirme Tānlan. Levanté la cabeza, pero él no me miraba a mí. Me observaba las manos.

Le hice caso por primera vez. Tomé aire y giré la cabeza solo lo suficiente como para observar la expresión avinagrada de la mujer.

—Señora Williams, aunque usted sea mi superior, no acepto que me dé órdenes. Entiendo que me corrija si no hago mi trabajo —añadí, con los dientes apretados, cuando vi que ella separaba los labios para replicar—. Pero *estoy haciendo* mi trabajo.

La mujer dio un paso hacia mí. Casi sentía su aliento rozando mi nuca. Los dedos se me crisparon sobre el lomo del libro que sostenía.

—Claramente, no de la forma correcta. Es una Sangre Negra, utilice un hechizo. —Cruzó los brazos por encima de su pecho—. Y no me haga perder más el tiempo.

Esperó a que ejecutara alguno, pero yo apreté los dientes y continué ordenando los códices manualmente. De pronto, sus dedos se aferraron a mi muñeca y tiraron con brusquedad de ella. Yo di un giro repentino y un par de volúmenes cayeron al suelo, frente a mis pies.

—¿Qué está haciendo? —exclamé, sin molestarme en bajar la voz.

Todos los presentes en el Primer Nivel habían olvidado sus libros por completo. Los Centinelas que dormitaban cerca de sus compañeros se habían despertado. Ojos de todos los colores se hundían en nosotras dos. Sin embargo, la señora Williams parecía ajena a todo ello. Sus pupilas brillantes solo observaban mis dedos.

—¿Dónde está su Anillo de Sangre? —Hubo algo en su voz que me produjo un escalofrío.

Yo misma bajé la mirada hasta mi dedo índice, totalmente desnudo. Desde que la Piedra Filosofal se había unido a mi corazón, lo había guardado en uno de los cajones de mi escritorio. Había pensado que no tenerlo conmigo sería una barrera más para no utilizar magia.

—Sus cicatrices… no tiene ni una sola herida —murmuró la señora Williams, con la boca abierta por el asombro.

Sacudí la extremidad y, a mi espalda, todos los libros hicieron lo mismo sobre las baldas de la estantería. El sonido de las cubiertas sobre la madera se sintió como un único y potente golpe de tambor.

—He usado una poción alquímica para mejorar mi piel —mentí.

—Eso no tiene ningún sentido —murmuró ella, con el ceño profundamente fruncido. Recortó otro metro y yo retrocedí. Sentí los bordes de la estantería clavarse en mis omóplatos—. No puedo creerlo, lo que oí sobre su familia es cierto.

Fue como si una maldición me golpeara. Mi cuerpo se enervó, sentí los nervios perforando como agujas mi piel. La siguiente respiración que escapó de mis pulmones fue caliente, pesada, como la de un Demonio.

La señora Williams nunca me había tratado bien, pero siempre había creído que era por algo relacionado con su carácter. Nunca era agradable con los estudiantes que se acercaban a preguntar al mostrador, al fin y al cabo. Pero ahora me acababa de dar cuenta de que había algo más, de que siempre lo había habido. Como en la Academia Covenant.

Habían pasado tres meses, pero al parecer, daba la sensación de que no había salido todavía de ella.

—¿Mi familia? —repetí. La voz brotó ronca de mis labios; sentía la boca seca, la garganta en llamas.

—Yo no quería que trabajara en la Biblioteca una descendiente de una Sangre Roja. Me aseguraron que por sus venas corría la misma magia que por las mías, pero sabía que eso era imposible. Al fin y al cabo, su hermano no es como nosotros. Ni una sola pizca de magia corre por sus venas.

Negó con la cabeza varias veces, mientras yo sentía cómo mi corazón pesaba más y más.

—Los Miembros Superiores aprobaron hace años las uniones entre Sangre Negra y Sangre Roja. No es algo sobre lo que usted pueda o no opinar —susurré.

Tuve una sensación de *déjà vu*. Era lo que repetía siempre, cuando todavía estaba en la Academia y escuchaba los murmullos a mi espalda. Una frase que mi padre me había enseñado con solo cinco años, antes de empezar mi vida académica. Pero, en aquella ocasión, no me sentí pequeña, no me sentí humillada. Las manos me temblaban de rabia, pero también de excitación.

—Señora Williams, usted no tiene ni idea de qué es lo que corre por mis venas.

Tānlan esbozó una enorme sonrisa burlona por encima de mi cabeza.

—Pero sí sé qué clase de sangre posee su hermano.

La vista se me emborronó de golpe, el fuego que sentía en mi interior palpitó con la misma intensidad que mi corazón. Las luces de todo el Primer Nivel de la Biblioteca parpadearon. Los libros volvieron a sacudirse en la estantería.

—Su padre cometió un gran error al relacionarse con esa extranjera Sangre Roja. Ni siquiera sé cómo lo dejan ejercer en el Aquelarre como guardia.

Tānlan se puso de pie y lanzó un largo bufido de advertencia. No sabía si estaba dirigido a la señora Williams o a mí, pero ninguna de las dos lo miramos. Yo ya no era capaz de ver o escuchar apenas nada. Un zumbido intenso llenaba mis oídos, como el rugido del Támesis en su recorrido bajo el Puente de la Torre.

—Yo no puedo influir en el despido de su padre, pero sí en el suyo. Siempre he creído que no era apta para este puesto, y ahora... —Hizo un gesto con la mano, abarcándome entera—. Quítese ese uniforme, Shelby. No va a necesitarlo más.

La mujer hizo amago de tirar de mi delantal gris, pero sus dedos ni siquiera llegaron a rozarme.

Algo explotó dentro de mí. Algo oscuro, poderoso y siniestro, pero terriblemente liberador. Como si durante todo este tiempo unas manos invisibles hubiesen apretado mis pulmones entre ellas, no mucho, pero sí lo suficiente como para asfixiarme poco a poco, poco a poco, hasta dejarme sin respiración.

Cuando sus dedos se encontraron a escasos centímetros de la fea tela gris del delantal, la señora Williams salió impelida hacia atrás, con fuerza, con tanta fuerza que su cuerpo retorcido golpeó algunas estanterías y las tumbó, una tras otra. Los libros se dispararon en todas direcciones y los estantes de madera gimieron y se desmoronaron cuando el cuerpo robusto de la mujer prácticamente los atravesó.

La última estantería soportó el impacto final. Se balanceó hacia delante y hacia atrás, pero no cayó, y los libros resbalaron hasta el suelo, siguiendo el camino del cuerpo herido de la señora Williams.

Los golpes secos de los lomos al impactar contra la piedra hicieron eco en mitad del súbito silencio.

Miré a mi alrededor; sentía cómo el corazón latía con una euforia ajena a lo que me invadía. Era un tamborileo demasiado profundo, demasiado grave como para que el responsable fuera únicamente mi órgano. Durante un instante, cerré los ojos y casi pude sentir cómo los extremos de la Piedra que escondía en mi interior se expandían un poco más, y sus paredes rojas se fundían completamente con el músculo en el que estaban apoyadas.

La señora Williams tosió y un borboteo de sangre escapó de entre sus labios. Sus ojos entrecerrados no podían ver el ángulo extraño en el que se había doblado su brazo derecho.

Todos los estudiantes que se congregaban en el Primer Nivel se miraron. Aunque nadie pronunció ni una palabra, un potente zumbido vibraba en el aire. Las llamas de las velas temblaban con violencia en los cabos, a punto de extinguirse. Todos observaban con pavor mis manos, sin entender todavía lo que acababa de ocurrir. No había pronunciado ninguna maldición, ningún encantamiento, ni siquiera un hechizo.

Ninguno miraba a mi corazón.

Un par de guardias del Aquelarre que consultaban un códice junto a una de las estanterías que seguían en pie se giraron en mi dirección y avanzaron unos pasos, con cautela. Por el rabillo del ojo, vi cómo se llevaban las palmas de sus manos a los Anillos de Sangre.

La voz de Tānlan retumbó en mi cabeza.

—Y ahora es cuando todo explota.

No respondí. Simplemente, me di la vuelta y eché a correr.

16

Caos

Abandoné el Primer Nivel a trompicones, todavía con el delantal del uniforme puesto. Era una suerte que no hubiese nadie en el recibidor, porque nadie se interpuso en mi camino.

Cuando alcancé el exterior del edificio, el frío sol de septiembre me golpeó de lleno y me cegó durante un instante. No sabía si me perseguían, no escuchaba pasos a mi espalda; aunque tampoco era capaz de escuchar nada, en realidad. El rugido de la sangre en mis oídos lo llenaba todo. Pero tampoco podía quedarme allí, esperando a que vinieran a interrogarme. Porque vendrían, sin ninguna duda.

Giré la cabeza para ver cómo Tānlan aparecía tras haber atravesado el enorme arco de piedra y, acto seguido, eché a andar con rapidez. Me obligué a controlar mi forma de caminar. Avanzaba a toda prisa, sí, pero no de un modo desesperado. Así no parecía más que una simple aprendiza que llegaba tarde a alguna parte o que debía cumplir algún encargo con premura.

Pasé junto a la Capilla Real de San Pedro ad Vincula, siempre desierta, a excepción de un Vigilante que nunca abandonaba su entrada. Algo más adelante, bajé un ancho tramo de escaleras, por el que ascendían varios guardias del Aquelarre. Ninguno de ellos me prestó atención, así que yo seguí adelante, dejando a la izquierda la Torre Blanca.

Avancé por una pequeña zona de césped y me obligué a respirar hondo cuando vi la Torre Sangrienta a apenas unos metros de distancia. Solo tenía que atravesarla, girar a la derecha y continuar recto hasta llegar a las inmensas puertas de piedra que comunicaban con el foso. Después, podría perderme en Londres y pensar en qué diablos iba a hacer.

Junto a la entrada del pequeño pasadizo que cruzaba la Torre Sangrienta se apostaban varios guardias. Parecían estar en su tiempo de descanso, a juzgar por sus posturas relajadas y las risas que hacían eco en las paredes de piedra que los rodeaban. Uno de ellos alzó de pronto la mirada y sus ojos se encontraron con los míos.

Mis pies se detuvieron en seco.

Era mi padre.

—¿Liang? —Él esbozó una sonrisa a pesar de que parecía confundido al verme allí. Se separó de su grupo y caminó hasta mí. El pasadizo a su espalda estaba solo a un par de metros de distancia, pero ahora me parecía inalcanzable—. ¿Qué haces aquí?

Sonreí, aunque por la espalda me caían cascadas de sudor frío.

—He huido de la Biblioteca porque creo que acabo de matar a mi insufrible supervisora —susurró con voz aguda Tānlan.

—La señora Williams me ha pedido un favor. Tengo que ir… a Gainsford Street —mentí, antes de mirar por encima del hombro para chistar—: No he matado a nadie, imbécil.

O al menos, eso esperaba.

—¿A Gainsford Street? —repitió mi padre; su sonrisa había permanecido intacta pero su ceño se frunció un poco. Estaba segura de que se preguntaba qué diablos había en esa calle que necesitara una bibliotecaria. Yo asentí, fue lo primero que se me había venido a la mente—. Eso está al otro lado del puente. Puedo acompañarte si quieres. Tengo unos minutos para…

—No, no hace falta —lo interrumpí de inmediato—. Será rápido. Solo tengo que ir y volver. —Flexionar mis labios fue tan difícil como forzar dos trozos de hierro helado—. No desperdicies tu tiempo de descanso conmigo.

Él pareció dudar durante un instante, aunque asintió al cabo de unos segundos. Retrocedí, mientras abría la boca para despedirme, pero entonces su atención se desvió de mí a algo que se hallaba a mi espalda. Su sonrisa desapareció de golpe.

—Parece que ha ocurrido algo —murmuró.

Yo giré la cabeza a tiempo para ver cómo tres guardias descendían por las escaleras que yo había bajado hacía menos de cinco minutos. Uno de ellos me señaló con la barbilla y los otros dos clavaron una mirada en mí.

—*Oh, oh.* —La voz mordaz de Tānlan hico eco en mis oídos.

En el momento en que sentí la mano de mi padre sobre mi hombro, me aparté de un salto de él.

—¿Liang? —Su voz sonó algo crispada, alejada de su calidez habitual—. ¿Ocurre algo?

Sus compañeros habían dejado de reír y ahora me observaban de soslayo. Los otros guardias estaban cada vez más cerca.

—¿Señorita Shelby? —dijo uno de ellos, alzando la voz—. ¿Podría acompañarnos? Necesitamos hablar un instante con usted.

Di un paso atrás y la mano de mi padre se enredó en mi brazo. Esta vez no se la aparté.

—¿Qué ha pasado? —murmuró.

Hundí los dientes con fuerza en mis labios y miré a mi alrededor. Frente a mí, estaban los tres guardias del Aquelarre, que no parecían tener intención de detenerse hasta no llegar hasta mí. A la derecha, los compañeros de mi padre, también guardias, cuyas posturas se habían tensado, y a la izquierda, mi padre.

Retrocedí y vi cómo el hombre que se había dirigido a mí acercaba con sutileza su Anillo de Sangre a su índice.

Le dediqué un vistazo rápido a mi padre.

—Lo siento —musité.

Él separó los labios, quizá para preguntar algo, pero de su boca no llegó a brotar más que una exclamación cuando di un violento tirón del brazo que me sujetaba. Trastabilló y, en el momento en que acabó tras de mí, alcé la mano que tenía libre.

—*¡Impulsa!*

Los guardias salieron despedidos hacia atrás con una fuerza que no podía proceder de un simple hechizo como aquel. Como mucho, les habría hecho perder el equilibrio o retroceder un poco; sin embargo, rodaron por el suelo metros y metros, entre gritos de sorpresa y dolor. La trayectoria de algunos fue interrumpida bruscamente cuando los cuerpos chocaron contra los muros de piedra que nos rodeaban; otros cayeron escaleras abajo, en un manojo de brazos y piernas.

No podía quedarme a comprobar los daños, a cerciorarme de que estuvieran bien. Me giré y me encontré con la expresión deshecha de mi padre. Me observaba de una forma parecida a la que yo debía tener cuando veía a Kyteler en mis sueños.

Un crujido sacudió mi pecho.

—Liang… —comenzó. Había una súplica rota en su voz—. ¿Qué…?

No oí la palabra que pronunció a continuación. Le di la espalda y atravesé el pequeño pasadizo que discurría junto a la Torre Sangrienta.

En el corredor exterior que circulaba alrededor de las torres y el resto de edificios junto a los muros de la fortaleza, me topé con más guardias. Por suerte, no había Vigilantes cerca, aparte del que estaba siempre junto a la entrada de la Capilla Real de San Pedro ad Vincula, en el otro extremo del castillo.

Yo ya no corría como si fuera una aprendiza que tenía un encargo importante que realizar, lo hacía como una verdadera culpable. Eso les hizo centrar su atención en mí. Eso, y quizá los gritos que crecían a mi espalda.

Extendí los brazos y repetí el hechizo una y otra vez, una y otra vez. Los cuerpos se apartaban de mí con la ligereza con la que un soplido barre un pequeño castillo de naipes. Ni siquiera sus «Repele» funcionaban contra mi sencillo hechizo. Sus escudos se quebraban en mil pedazos y sus conjuradores salían despedidos. A mi paso, dejaba un rastro de cuerpos inconscientes. Tānlan no cesaba de reír, disfrutaba como un niño del horrible espectáculo.

Cada vez que pronunciaba el hechizo sentía la Piedra un poco más dentro de mí, más hundida en mi interior, más parte de lo que era yo.

Nadie me detuvo. Nadie *podía* detenerme. Así que abandoné la Torre de Londres sin que una sola caricia de magia rozara mi piel. No ataqué a los alabarderos de la entrada, ni ellos intentaron detenerme, sobre todo con tantos Sangre Roja cruzando frente a las puertas.

Me quedé paralizada en mitad de la calle.

Jadeaba, tenía la piel empapada en sudor, y los ojos puestos en el Puente de la Torre, que comenzaba a solo unos metros de distancia. Le había dicho a mi padre que iría a Gainsford Street, así que no podía seguir ese rumbo.

Sin pensarlo más, le di la espalda al gigantesco puente de piedra y me dirigí hacia la derecha, hacia una de las calles que rodeaba la Torre de Londres y que me conduciría a un lugar que conocía muy bien. Había gente a mi alrededor, quizás, incluso, miembros del Aquelarre camuflados entre Sangre Roja, pero no quería utilizar un encantamiento de invisibilidad. No quería utilizar más magia a menos que fuera necesario.

Incliné la cabeza y avancé con los ojos puestos en el suelo. Solo levantaba la vista lo justo para esquivar a algún peatón, pero nada más. El sol que se colaba entre las calles y caía sobre mí era débil, pálido, pero hacía que mi cuerpo sudara aún más, ya de por sí empapado por la carrera. Subí por Alie Street y seguí recto hasta el final de la calle. A mi alrededor, los edificios comenzaron a ennegrecerse y a disminuir su tamaño, mientras las calles colindantes se estrechaban progresivamente. Y, tras un tiempo, llegué a Whitechapel, el lugar perfecto para desaparecer.

Apoyé las manos en mis rodillas y me incliné sobre mí misma; luchaba por recuperar el aliento. A pesar de mi pelo húmedo y revuelto, del delantal de trabajo, de mis piernas temblorosas, nadie se detuvo a echarme nada más que un vistazo. Aquí la gente tenía sus propios problemas como para prestar atención a los de los demás. Apenas había tardado quince minutos en hacer todo el recorrido, pero parecía que había entrado en un mundo distinto. No había fortalezas, ni edificios altos y blancos. Ni un solo automóvil recorría las calles, repletas de grietas, surcos y depresiones que se habían formado durante las lluvias de la primavera pasada, y los edificios que me rodeaban no tenían nada de majestuosos. Solo casas de dos plantas, con fachadas de ladrillos sucios y sueltos. Hasta el cielo parecía más gris aquí, por culpa de las fábricas que ya no se encontraban tan lejos.

—¿Disfrutando de las vistas? —preguntó de pronto una voz junto a mi oído.

Giré la cabeza y descubrí a Aleister Vale acuclillado junto a mí, con un precioso traje de color beis que hacía palidecer todavía más sus ojos celestes. Solté una imprecación entre dientes y caí hacia atrás por culpa de la sorpresa. Sin embargo, no llegué a golpearme el trasero. Él extendió una mano y, sin tocarme, detuvo mi movimiento en el acto. No le hizo falta pronunciar ningún hechizo.

Con un gruñido, recuperé el equilibrio y me enderecé.

—De nada —dijo, incorporándose también. Extrañamente, no sonreía. Y él siempre lo hacía—. Ha ocurrido algo, ¿verdad?

—¿Cómo… cómo lo sabes? —Yo estaba sin aliento. Por la carrera y por lo que acababa de hacer.

—Tengo a muchos Sangre Negra y Sangre Roja distribuidos por todo Londres, para que sean mis ojos y mis oídos. Ellos no lo saben, claro. El encantamiento con el que los domino impide que sean conscientes de ello —añadió con burla, aunque su expresión no acompañó su tono—. El guardia que aposté en la Torre de Londres se retuerce ahora de dolor porque *alguien* lo ha lanzado contra una pared y le ha roto un par de costillas.

Se acercó un poco más a mí. Sus ojos estaban llenos de nubes de tormenta.

—Te dije lo que pasaría si llegabas a utilizar la magia con la Piedra Filosofal dentro de ti. —Sus dedos volaron hasta su propio pecho y, sin darse cuenta, acariciaron la solapa de su chaqueta—. ¿Quieres ser como yo? ¿Vivir durante decenas de años sin envejecer? ¿Siendo perseguida por unos y por otros?

Recorté la distancia que nos separaba y hundí mi índice en su pecho, aunque lo que deseaba realmente era abofetearlo. O lanzarle una maldición.

—Yo no pronuncié ni un solo hechizo. La magia escapó de mí —siseé.

Hubo un carraspeo que nos hizo bajar la vista. Entre nuestros cuerpos se había colocado Tānlan. Se lamía una pata con dedicación.

—Lo cierto es que la culpa es toda tuya, Vale —dijo, sin levantar su cabeza peluda.

—¿Perdón? —El aludido entornó la mirada, amenazador.

—Le dijiste que no utilizara la magia, que podía ser peligroso si lo hacía.

—*Lo es* —afirmó él, con los dientes apretados—. Supongo que ambos lo habéis comprobado en la Torre de Londres. Controlar el poder de la Piedra Filosofal es una labor que necesita muchos años. No quiero ni imaginar lo que podría ocurrir si pronunciaras una maldición.

—Le pediste que hiciera algo que no sabías qué consecuencias traería. —Tānlan bajó la pata y alzó la vista para mirarnos. De pronto, comprendí lo que quería decir—. Tanto poder no puede permanecer en silencio, sin más. Tú mismo lo dijiste, Vale. La Piedra está *viva*, desea ser utilizada. Su propio cuerpo nos estaba avisando. —Tragué saliva, y recordé mis manos encendidas, mi dormitorio destrozado, mi padre recitando encantamientos de protección mientras todos trataban de despertarme—. La magia se acumuló tanto en el interior de Liang que solo necesitó un instante de vacilación para que fuera liberada.

Un fuego estalló tras las pupilas de Vale. Sus rasgos delicados se crisparon tanto que pensé durante un instante que empezaría a gritar. Sin embargo, cuando volvió a hablar, su voz sonó grave, controlada.

—¿A cuántos has atacado?

No pude evitar que mis ojos bajaran hasta mis pies.

—Dos...

—Bien —me interrumpió Vale, dando una palmada con energía—. Podemos buscar una explicación creíble que...

— ... decenas —puntualicé. Él cerró la boca de golpe.

—O quizá tres —añadió Tānlan, con una sonrisa artera.

Vale se quedó durante un instante en blanco y dejó caer los párpados. Se mantuvo así durante unos segundos, mientras inhalaba y exhalaba profundamente. Después, abrió los ojos con mucha lentitud. Y, sin pronunciar palabra, se inclinó con rapidez y alzó a Tānlan del rabo. Él soltó un maullido estrangulado. Vale, ignorándolo, me tendió el brazo que tenía libre.

Elevé la mano, pero no la apoyé en la suya. Adiviné sus intenciones.

—¿A dónde vamos? — pregunté.

Había una extraña mezcla de sentimientos empapando su rostro.

—La pregunta no es *a dónde*. —Una sonrisa triste partió sus labios en dos—. Sino con *quién*.

Alargó la extremidad y envolvió sus dedos con los míos. Al instante, sentí ese potente tirón en mi estómago y mi garganta, que estuvo a punto de hacerme vomitar. Perdí el equilibrio y cerré los ojos, aferrándome con desesperación a la mano de Vale. A lo lejos escuchaba maldecir a Tānlan en un idioma desconocido para los Sangre Negra.

De pronto, caí de rodillas sobre un césped blando y bien recortado. Me obligué a abrir los ojos mientras mis entrañas volvían a su ser. A mi lado, Aleister Vale se limitó a sacudirse una pelusa imaginaria de su chaqueta. Soltó a Tānlan, que se revolcó sobre la hierba bufando.

—Hazlo de nuevo sin avisar y te arrancaré la cabeza de un mordisco —masculló, mientras escupía saliva.

Me incorporé con lentitud y di una vuelta sobre mí misma para observar a mi alrededor. Estábamos junto a la fachada principal de un edificio gigantesco, construido con piedra blanca que la luz del mediodía en el cielo hacía brillar. Había visto muchas mansiones en Londres, pero ninguna como esa. Casi parecía un palacio.

En el umbral, repleto de bajorrelieves y arcos, había una puerta de robusta madera, decorada con arabescos dorados.

El jardín que la rodeaba era fastuoso y el ambiente estaba infectado por el dulzor de las flores abiertas; por los troncos de los árboles resbalaba resina que parecía miel bajo la luz del sol. Había desde petunias violetas y caléndulas doradas hasta flores que no había visto en mi vida. Entre los tallos gruesos, las hojas y los frondosos matorrales, se escondían grillos que cantaban y llenaban el mediodía con una melodía asfixiante.

—¿Has estado antes aquí? —me preguntó Vale.

Doblé mis labios en una mueca y alcé un poco la pierna, para que pudiera ver el estado lamentable de mis viejos zapatos.

—¿Parezco alguien que visite este tipo de lugares con regularidad?

—No —contestó, sin inmutarse ante mi ceño fruncido—. Pero miras a tu alrededor como si conocieras este lugar.

Yo desvié la mirada, incómoda.

Sí, conocía ese lugar. Y sí, también había pisado esta hierba antes, durante esa primera vez que soñé con Adam Kyteler, cuando lo seguí en su huida desesperada por el jardín. La única diferencia es que en aquel sueño era de noche y las plantas estaban cubiertas de escarcha, no de resina.

Mis ojos examinaron a Vale. Creía que él era su enemigo; al fin y al cabo, casi lo había abierto en canal cuando luchó contra él para arrebatarle la Piedra Filosofal. ¿Por qué me traía entonces aquí, al hogar de ese chico que veía en sueños y del que solo quería escapar?

—¿Liang?

Alcé la barbilla y me obligué a sacudirme la inseguridad de mis miembros.

—A veces, que me trates con tanta familiaridad me da escalofríos, Vale.

Eso le arrancó una sonrisa. Me dio la espalda y me hizo un gesto para que lo siguiera a través del impecable sendero de guijarros que serpenteaba entre cuidados arbustos y desembocaba en la majestuosa puerta de entrada. Roble tallado y detalles dorados.

La misma que yo había atravesado en sentido contrario durante el sueño de días atrás.

Vale se acercó a ella y agitó con energía la vieja campanilla que colgaba junto al marco de madera. La hizo sonar durante un par de segundos y después dio un paso atrás, con una sonrisa expectante en los labios, entre Tānlan y yo.

La puerta se abrió entonces y tras ella apareció una mujer mayor; llevaba un vestido sencillo de color malva que le llegaba hasta los tobillos. Tenía el cabello blanco recogido en la nuca y unos ojos negros, enormes, que ya había visto antes.

Su vista se clavó en mí primero para después desviarse hasta Aleister Vale, que se encontraba plantado frente a ella, con su sonrisa ufana y los brazos ligeramente alzados. No sabía si era una postura defensiva o si estaba a punto de acercarse para darle un abrazo.

Su mirada denotó confusión durante un solo instante, porque después se llenó de una cólera inflamable. A Vale no le dio tiempo de soltar ninguna de sus frases ocurrentes. Antes de que llegara a abrir la boca, la anciana lo señaló y murmuró:

—*Asciende*.

El joven salió propulsado hacia arriba con una fuerza arrolladora.

Yo abrí la boca de par en par e intenté seguirlo con los ojos, pero él se perdió pronto en el cielo.

—Tú.

Levanté la mirada hacia la Sangre Negra, que ahora me apuntaba con su mano. En la otra, brillaba su Anillo de Sangre con un rubí tan rojo como la sangre.

—¿Quién eres?

Estuve a punto de musitar un «Repele», pero recordé lo que había ocurrido esa misma mañana en la Biblioteca. Así que, en vez de ello, extendí mis brazos en una postura defensiva y soporté el peso de sus ojos. En ellos no encontré nada de la ternura y del cariño que había visto en mis sueños.

De pronto, Vale cayó al suelo a mi lado de golpe, a punto de aplastar a Tānlan, como si unas manos invisibles lo hubiesen arrojado de vuelta a la tierra con brusquedad. El Demonio soltó un largo maullido y se apartó de un salto. Vale ni siquiera le prestó atención. Su sonrisa permanecía en sus labios, pero no en sus ojos. Había en ellos cautela, dolor, y algo que sabía a esperanza.

La anciana no parecía sorprendida en absoluto.

—Ha pasado mucho tiempo, señora Kyteler. Me temo… —Carraspeó y su boca se convirtió en una línea fina—. Tenemos que hablar, Eliza.

Tercera parte

KYTELER

5 SEPTIEMBRE - 7 SEPTIEMBRE.
AÑO 1940.

Academia Covenant

Principios de junio, tres meses antes

No había visto que se encaminaban a la boca del lobo. Cuando me di cuenta, ya era demasiado tarde y se encontraban entre sus dientes.

El Favorito del Infierno había estado esperando escondido en el despacho de uno de los profesores. Cuando ellas entraron en la estancia, la puerta se cerró mágicamente a su espalda, dejando al Centinela de Emma en el exterior. Este comenzó a atacar con rabia la ligera plancha de madera, una y otra vez, sin que esta se estremeciera. Una barrera mágica demasiado potente, incluso para un Demonio, la protegía.

Me dejé ver y él clavó sus ojos monstruosos en los míos.

—¿Qué haces aquí? —aulló. Sin embargo, antes de que yo contestara, añadió—: Tienes que ayudarme a sacarlas de aquí. Las matarán.

La puerta tenía un pequeño cristal desde el que podía verse el interior. Estiré la cabeza y vi a uno de ellos. Lucía la túnica color rojo sangre y la máscara negra, que cubría todo su rostro a excepción de los ojos. El cabello lo llevaba hacia atrás. Toda la piel expuesta estaba cubierta por una pintura blanca, espesa. Estaba seguro de que nadie de la Academia, profesor o alumno, lo conocía, pero, si así fuera, le sería imposible reconocerlo.

—¿¡Quién eres!? —oí cómo gritaba Liang—. ¡Déjanos salir!

Emma gritó un «¡Golpea!», pero el hombre enmascarado se limitó a rechazar el hechizo con un suave «Repele». Inclinó la cabeza en su dirección.

—Sois amigas, ¿verdad?

Liang y Emma se miraron un momento antes de retroceder y pegar la espalda a la pared. Bajo sus pies, comenzó a iluminarse un complejo círculo de invocación. No eran simples líneas que conformaban figuras geométricas. No, enlazadas entre sí, conformaban un rostro. Una cara demoníaca de grandes ojos y boca sonriente.

El Centinela de Emma golpeó con sus poderosas garras el escudo y se quedó paralizado al verlo.

—Nunca había visto un diagrama de invocación así. Esto… esto es…

Asentí.

—El rostro de Leviatán. El Dios Demonio del Infierno de la Envidia.

El Favorito se colocó en mitad del diagrama de invocación, mientras Liang no cesaba de repetir encantamiento tras hechizo tras encantamiento, desesperada, y Emma recitaba todos los hechizos de apertura posible para desbloquear la puerta.

Pero nada funcionaba.

Los labios del Sangre Negra se movieron, y unas palabras retumbaron como maldiciones en cada rincón del despacho.

Assiah arrumm goleem

—No ha pronunciado una maldición, sin más. Las maldiciones son palabras aisladas. Tampoco se trata de una invocación. —El Centinela de Emma se había quedado paralizado—.

Ha utilizado el lenguaje de los Siete Infiernos. Es imposible que un Sangre Negra haya accedido a él.

Mis ojos no se separaron del rostro dibujado de Leviatán, que empezó a resplandecer con tanta fuerza que Emma y Liang tuvieron que cubrirse los ojos con las manos.

—Por suerte o por desgracia —me oí decir—, nada es imposible.

El Favorito se apartó en el instante en que un terrible aullido, agudo y triunfal, destrozaba todos los tímpanos.

—Lo siento, *niñitas* —dijo, antes de dedicarles un guiño—. No es nada personal.

El diagrama de invocación pareció quebrarse y, de entre sus líneas, surgió una garra gruesa, de piel verdosa, repleta de escamas. El suelo se rompió bajo su peso cuando se apoyó. Tras ella apareció un cuerpo inmenso, alargado, demasiado grande para una estancia tan pequeña. Aun en cuclillas, sus largos cuernos destrozaron el techo.

Su cara era la misma que estaba trazada en el suelo.

—*¡Repele!* —gritó Liang, para evitar que los cascotes las golpearan.

Emma gritó y se cubrió la cara con los brazos, incapaz de encarar al monstruoso Demonio.

—Es… es… —El Centinela que tenía a mi lado era incapaz de reaccionar.

—Sí —contesté—. Leviatán.

El Demonio volvió su abominable rostro hacia el Favorito, y sonrió al reconocerlo.

—Si me has convocado, es que conoces el trato. —Su voz era un siseo aullante. Era un chirrido insoportable. Era un grito que nunca acababa.

El enmascarado se limitó a señalar a Liang y a Emma. Yo me estremecí.

—Una de ellas te servirá. Estoy seguro. Creo que son amigas —añadió, y una sonrisa cruel tiró de sus labios—. Y en todas las amistades hay envidia.

Leviatán soltó una carcajada terrible y se volvió hacia ellas.

—Huelo a celos —siseó. Sus garras apenas fueron un borrón verdoso—. Una desea un Centinela. Otra anhela un amor que no es correspondido.

El miedo venció a Emma, que cayó al suelo, de rodillas, y se cubrió el rostro con un grito. Liang se colocó frente a ella y gritó:

¡Ahaash!

Una maldición.

La garra que se dirigía hacia ella se detuvo y se estremeció, aunque apenas fue un arañazo lo que apareció entre los dedos monstruosos. La otra garra, sin embargo, envolvió con firmeza a Emma y tiró de ella.

—¡No! —gritó Liang, tratando de alcanzar a su amiga.

Pero era demasiado tarde.

El Centinela de Emma soltó un aullido encolerizado y golpeó las puertas cerradas, una y otra vez, una y otra vez.

—Es inútil —murmuré.

Leviatán dirigió solo una mirada al Favorito, con Emma atrapada entre sus dedos.

—Un sacrificio por la entrada a mi Infierno. —Después, le dedicó una sonrisa a la joven—. Tranquila. Apenas lo sentirás.

Y de pronto, se sumergió en el diagrama de invocación como si este fuera un estanque en calma, que no salpicaba agua cuando alguien se arrojaba a su superficie.

El Favorito desapareció con él.

Sin embargo, el cuerpo de Emma, en vez de desvanecerse junto al de ellos, cayó inmóvil sobre las líneas trazadas. Al mismo tiempo, el Centinela que tenía a mi lado se derrumbó sin proferir ni un solo sonido.

Ni siquiera lo miré.

Ya sabía que estaba muerto.

17

VIEJOS AMIGOS

La señora Kyteler miró a Aleister Vale de arriba abajo. Sus ojos oscuros, a cada centímetro que recorrían, parecían ennegrecerse más y más.

—¿Cómo…? ¿Cómo te atreves…? —Su voz se había vuelto más ronca, más grave. O quizá fuera la rabia que le estrangulaba las palabras—. No quería volver a verte en lo que me restaba de vida. Lo sabes bien.

La sonrisa falsa de Vale desapareció de golpe.

—Lo sé. No habría venido si no lo considerara importante. —Ella arqueó una ceja, desconfiada. Él pareció dudar un instante, pero finalmente añadió—: Es sobre la Piedra. Y sobre tu nieto, Adam.

Al escuchar ese nombre, su rostro se demudó. Se inclinó hacia atrás, a un lado y a otro, y nos hizo un gesto impaciente con la mano para que entráramos.

Levanté la mirada cuando los altos techos me dieron la bienvenida. Recordaba ese recibidor. Había visto a un pequeño Adam Kyteler recorrerlo entre copas de champán y faldas brillantes, con la cara arrasada por las lágrimas. En ese recuerdo, todo era brillante y lujoso. Ahora, había luces apagadas y una sombra trémula parecía crecer por los rincones.

—No deberías haber aparecido aquí, sin más. Hace solo un par de horas, la mansión estaba repleta de guardias del Aquelarre. También había un maldito Vigilante —farfulló a toda prisa. Tras un instante, agregó—: Desde que desapareció mi nieto, vienen de vez en cuando. Sin avisar, como si esperasen encontrarlo aquí. —Se le escapó una risa amarga—. Lo he repetido mil veces, pero no me creen. Adam no pisaría de nuevo este lugar.

En ese momento, de un salón anexo salió un gato blanco y negro, con las orejas inclinadas hacia atrás y la cola levantada. Su Centinela.

—Vaya, qué sorpresa —dijo en voz alta. No supe averiguar si había sarcasmo en su voz o no—. Tenemos visita.

Sus ojos dorados apenas se posaron en mí. Sí se detuvieron algo más en Tānlan, como si sintiera que había algo extraño en él. No obstante, en quien se hundieron fue en Aleister Vale. Lo miré con disimulo cuando percibí una extraña agitación. Me pareció que su voz vacilaba cuando dijo:

—Me alegro de verte, Trece.

El gato le guiñó un ojo.

—Lo sé.

Nadie dijo nada más. Atravesamos unas enormes puertas acristaladas que nos condujeron a una sala amplia, pero en cierto modo sencilla. No había papel pintado ni candelabros inmensos. Solo muebles cómodos, más modernos, y una chimenea que estaba apagada en ese momento. En una esquina de la habitación, junto a varias repisas atestadas de libros, escapaba de un gramófono una melodía clásica; un vals, quizá. Pero, con un movimiento seco de la mano y un hechizo que no logré escuchar, la música cesó, y la única persona que se encontraba en la estancia alzó la vista, sobresaltada.

—¿Eliza? —El hombre se levantó con brusquedad del sillón en el que estaba sentado. Tenía el pelo blanco, como el de la mujer, y sus ojos, que nos escudriñaron a Vale y a mí durante un instante, se escondían tras unas gafas de montura dorada—. ¿Qué... ocurre? ¿Quiénes son?

La abuela de Adam, la señora Kyteler, dejó escapar un largo suspiro, pero no respondió. Nos dedicó otra larga mirada, que yo respondí con el ceño fruncido. Vale, por el contrario, le dedicó una exagerada reverencia.

—Me alegro de volver a verte, chico dulce. Para ser un Sangre Roja la vida no te ha tratado mal —dijo, con alegría. Después, se volvió hacia mí, sonriendo, como si estuviéramos en mitad de una alegre reunión social y él fuera el anfitrión—. Querida, este es el marido de la señora Kyteler: Andrei Báthory.

Sabía quién era. Lo había visto junto a la mujer en algunas ocasiones durante el inicio y el final de curso en la Academia; siempre en un segundo plano. En mis recuerdos que Kyteler había invadido hacía días, fue quien me acarició el pelo para consolarme del gesto desagradable de su nieto.

Él, de pronto, parecía a punto de vomitar. Intercambió una larga mirada con su mujer y, más que sentarse, se derrumbó sobre el sillón que tenía a su espalda. Masculló una palabra en un idioma que no conocía.

Vale, ignorando las expresiones de los anfitriones, se separó de mí para sentarse en un sofá frente a la chimenea apagada. Alzó los brazos y apoyó los codos en el respaldo. Solo le faltaba quitarse los zapatos y apoyar los talones en la pequeña mesita de cristal que tenía frente a él.

Yo entendía que la señora Kyteler pareciera a punto de matarlo.

—Eliza, sé que nunca has sido muy seguidora de las normas sociales, pero estamos sedientos —rezongó, como un niño mimado—. ¿No tienes algo que ofrecer a nuestras gargantas secas?

La lámpara que colgaba del techo se movió, a pesar de que todas las ventanas de la estancia estaban cerradas.

—Nada de bebidas —siseó ella. Al contrario que él, no parecía tener intención de sentarse—. Has dicho que querías hablar sobre la Piedra y sobre Adam. Hazlo de una vez.

El Centinela de ojos dorados chascó la lengua y se subió al sofá. Comenzó a lamerse una pata.

—Podrías empezar por decirnos quiénes son ellos —sugirió, sin mirarnos.

—Me llamo Liang Shelby —contesté, antes de darle oportunidad a Vale de separar los labios. Miré de reojo al gato pardo que tenía a mi lado y apreté los labios—. Y este es... Tānlan.

Una arruga en el entrecejo de la señora Kyteler se unió a las que le rodeaban los ojos.

—¿Shelby? —Sus ojos se estrecharon. Parecía intentar recordar algo.

—L. S. *Opus Magnum* —intervino Vale, con una especie de alegría amarga. La anciana separó los labios y el color desapareció un poco de sus mejillas. Se dejó caer en el reposabrazos del sillón que ya ocupaba su marido—. Sí, lo sé. El mundo es retorcido, ¿no es así, Eliza? Los pecados de los mayores... esclavizando a sus descendientes.

La señora Kyteler negó con la cabeza, pero no contestó. Hubo un instante de silencio, que me pareció más pesado incluso que la Piedra que llevaba inserta en mi pecho.

—¿L. S.? —repetí, perpleja—. ¿Qué es *Opus Magnum*?

—A simple vista, un viejo cuaderno garabateado por cuatro estudiantes. —Los labios de Aleister se torcieron en una mueca sardónica—. L. S. son las iniciales de uno de sus escritores: Leonard Shelby.

Me sobresalté al escuchar ese nombre. Conocía su historia, me la habían relatado alguna vez cuando era pequeña. Leonard Shelby había sido la primera víctima de Aleister Vale.

—Fue nuestra gran obra. Participaron en su creación los maravillosos padres de mi querida Eliza, a los que posteriormente asesiné, por cierto. —Volví a enervarme y miré de reojo a la señora Kyteler, pero ella, extrañamente, ni siquiera separó los labios para maldecir a Vale—. Y yo también, por supuesto. Era extraordinaria, pero terrible.

—En ella se describía la forma de crear una Piedra Filosofal —intervino el Centinela de ojos dorados—. Entre otros encantamientos, hechizos, invocaciones y recetas de pociones alquímicas.

Tragué saliva y sentí como si algo afilado bajase por mi garganta. Yo había visto lo que era capaz de hacer un objeto mágico así, había visto lo que habían sacrificado los Sangre Negra para conseguirlo. Miré de reojo a Vale y mi cuerpo se inclinó inconscientemente hacia el lado contrario. Nunca me había puesto a pensar de dónde habían surgido las dos Piedras Filosofales, pero jamás habría podido imaginar que las hubieran creado unos simples estudiantes de la Academia.

La señora Kyteler carraspeó. Pareció haberse recompuesto un poco, aunque todavía seguía pálida. Su mano izquierda se había entrelazado con la de su marido.

—De cualquier modo, el *Opus Magnum* fue destruido hace muchos años. Serena Holford se encargó de ello.

Vale soltó un silbido por lo bajo.

—¿Confías en un Miembro Superior?

La mirada de la señora Kyteler adquirió un brillo acerado.

—Serena es mi amiga. Mi *mejor* amiga.

Aleister Vale profirió una fuerte carcajada, aunque ni una nota de alegría se desprendía de ella.

—Como si eso significara algo.

Se hizo un silencio momentáneo en la estancia. Yo contuve la respiración y lo contemplé de soslayo. No quise sentirlo. Me negaba a ello. Pero un ápice de lástima por Vale me aguijoneó el pecho.

—Por supuesto que significa. Pero alguien como tú, que no tiene ni un solo amigo, es incapaz de verlo —replicó la anciana, mientras dejaba escapar un largo suspiro.

Él no contestó y la señora Kyteler apartó la mirada para hundirla de nuevo en mí. Sus ojos no dejaban de recorrerme de arriba abajo, como si buscasen algo escondido bajo mi delantal de trabajo y mi viejo vestido. Yo todavía seguía en pie junto a Tānlan, frente a las puertas acristaladas.

—No está aquí solo por ser la descendiente de unos de los creadores de la Piedra, ¿verdad? —preguntó. Sus pupilas centelleaban.

—No, que su apellido sea Shelby es solo una maldita casualidad del destino —contestó Vale.

Sus labios se torcieron en una media sonrisa y echó la cabeza hacia atrás para mirarme por encima del sofá.

—Te presento a la portadora de la segunda Piedra Filosofal.

18

Estrella maldita

Una ráfaga atravesó el aire que embotaba la estancia y, a la vez, todos nos sobresaltamos. Yo le dirigí a Aleister una mirada de ojos muy abiertos mientras el Centinela y los abuelos de Adam Kyteler clavaban sus rostros en mí.

El silencio pesaba tanto que sentí cómo todo mi cuerpo se hundía.

—Creía que la Piedra se encontraba en manos de aquellos que atacaron la Academia Covenant —musitó la señora Kyteler, al cabo de un instante.

Mi piel se erizó de súbito. Un golpe de viento surgió sin que pudiera evitarlo de cada uno de mis poros y salió despedido por todo el lugar. Las sillas se volcaron y el gramófono de la esquina, al caer al suelo, se rompió al instante. También el disco que contenía ese vals que había llenado la estancia.

Tānlan me miró. *Tranquila*, parecía querer decirme.

—¿Usted lo sabía? —exclamé, haciendo caso omiso al Demonio.

—Sé que es una información clasificada. Pero como he dicho, Serena Holford es amiga mía… y no se me da mal la investigación —añadió la señora Kyteler, con una media sonrisa.

La postura de Vale se envaró.

—¿El Aquelarre sabe que existen dos Piedras Filosofales? —preguntó, con un susurro.

—Nunca le conté a Serena que Kate había conseguido crear una Piedra Filosofal. Creía que, cuanta menos gente lo supiera, más seguro sería. Para todos —dijo la señora Kyteler, con cautela—. Jamás te nombré. Nunca le dije que tú ya tenías en tu interior una Piedra Filosofal y que seguías vivo. Pero… —La anciana se detuvo para tomar aire. Sus ojos no estaban empañados, pero había una tristeza inmensa pendiendo de ellos como lágrimas—. Pero ahora no sé si me equivoqué. Si guardar esos secretos no ha sido lo que ha desencadenado todo esto.

El señor Báthory alargó el brazo para acariciar la mano de su mujer, pero ella no levantó la mirada de sus dos rodillas unidas. Vale suspiró y le dedicó una sonrisa tentativa, que ella no correspondió.

—No tienes la culpa de que tu nieto sea un asesino —dijo.

Ella levantó la cabeza de golpe.

—Adam no es un asesino.

—Sí que lo es —repliqué, alzando la voz, sin poder guardar silencio durante un segundo más.

Varios pares de ojos, Sangre Negra y demoníacos, cayeron sobre mí, pero no me amilané en absoluto. O hablaba, o estallaría como lo había hecho en la Biblioteca. Me volví hacia la señora Kyteler y sentí una punzada de dolor cuando las uñas se me clavaron en las palmas de las manos. Mis brazos estaban tan tensos, tan rígidos, que temblaban.

—No solo dejó entrar a los Favoritos en la Academia. Mató a Salow, uno de los profesores —siseé, antes de añadir—: Él intentó hacerlo entrar en razón, pero Kyteler no quiso escucharlo. Lo asesinó. Yo misma lo vi hacer.

La piel de la señora Kyteler se había teñido de un matiz gris. Sin embargo, fue su marido el que preguntó:

—¿Favoritos? —Se inclinó hacia delante, con la mano de su mujer todavía entre las suyas—. ¿Te refieres a los Favoritos del Infierno?

A Vale se le escapó una risita amarga.

—¿No lo sabías, Eliza? Vaya, o el Aquelarre anda muy perdido en sus investigaciones, o Serena Holford no ha sido todo lo sincera que debía contigo —canturreó.

—Cállate, Aleister —chistó Trece.

Sorprendentemente, él pareció avergonzado de pronto. Sus mejillas enrojecieron y giró la cabeza, incómodo.

La señora Kyteler se incorporó con lentitud del sofá y empezó a moverse alrededor de la estancia. Su mirada volvió a quedar fija en mí.

—Tú fuiste una de las alumnas que vivieron la Tragedia de la Academia Covenant —murmuró. No era una pregunta—. Te conozco. Te vi el primer día en que Adam entró en la Academia. Recuerdo que no fue amable contigo.

Los labios se me doblaron en una sonrisa fría.

—Sí, supongo que mis ojos no son fáciles de olvidar —contesté, aunque ella no se inmutó con la doble intención de mis palabras—. Adam… —carraspeé. Era extraño llamarlo por su nombre de pila, eso conllevaba una cercanía con la que no me sentía cómoda—. Era mi compañero de clase.

—¿Erais amigos? —preguntó el señor Báthory, con un atisbo de esperanza que me provocó una punzada de lástima.

—No —contesté de inmediato, antes de añadir—: A decir verdad, él no era amigo de nadie.

Tenía sus seguidores, por supuesto. Había despertado en muchos pasión y fascinación. Su apellido siempre había sido un imán para determinadas familias, y lo que no habían conseguido una serie de letras unidas lo había logrado él por méritos propios. Era el mejor Sangre Negra del curso. En una ocasión, se escucharon rumores de que deseaban pasarlo a un curso superior, pero se dijo que tanto él como su familia se habían negado. Nadie supo el porqué.

La señora Kyteler y el señor Báthory intercambiaron una mirada que contenía cientos de palabras en su interior, pero no despegaron los labios.

—Durante el ataque a la Academia Covenant, los Favoritos utilizaron a algunos de los alumnos y profesores como sacrificios para abrir los distintos Infiernos donde podían encontrar la Piedra Filosofal —intervino entonces Vale—. Fueros seis; para abrir el séptimo, se utilizó el asesinato de Agatha Wytte, que sucedió esa misma noche.

Trece, el Centinela de la señora Kyteler, irguió las orejas y miró a su compañera.

—Las muertes estaban conectadas como creíamos —murmuró.

—Siete Favoritos del Infierno para entrar en Siete Infiernos distintos. Y Adam fue el que encontró lo que todos estaban buscando.

La señora Kyteler se giró con brusquedad para fulminar con la mirada a Vale.

—Desde que arrojaron ese primer folleto propagandístico, he leído todo lo que proclamaban los Favoritos del Infierno. Conozco a mi nieto, y no comparte sus ideales.

—Quizá no lo conozcas tanto como crees. —Vale se encogió de hombros.

La mujer se incorporó con brusquedad, pero antes de que llegara a separar sus labios, su Centinela habló:

—Has dicho que Adam encontró la Piedra Filosofal; sin embargo... es ella quien la porta ahora. —Los ojos dorados del gato se hundieron en mí, pero yo no vacilé en devolverle la mirada.

—Supongo que fue el destino. Quizá los apellidos Kyteler, Vale y Shelby estarán vinculados por toda la eternidad. —Vale se giró en el sofá para contemplarme también—. O tal vez no fue más que una casualidad, en la que ella estuvo en el lugar y en la hora equivocados. Buscaba problemas sin saberlo. Como hacías tú, Eliza —añadió, con una risita.

Mis ojos se dirigieron hacia la abuela de Kyteler, que llevaban sin separarse de mí un buen rato. Las dos nos estudiamos en un tenso silencio, mientras el aire se movía a nuestro alrededor a pesar de las ventanas cerradas. La mujer debió de ver algo, porque de pronto sus labios se estiraron mínimamente.

—¿Y qué necesitas de mí, Liang Shelby?

Vale se levantó de un salto y caminó hasta mí para colocarme las manos sobre los hombros. Yo me las sacudí de inmediato.

—Protección —dijo.

—¿Qué? —exclamé.

—¿Protección? —repitió el señor Báthory—. El Aquelarre nos envía cada cierto tiempo guardias, e incluso Vigilantes, para investigar la mansión. Si pretendéis que la Piedra Filosofal siga en desconocimiento de vuestro gobierno, no es buena idea que se esconda aquí. Serena es una buena amiga, pero hace su trabajo. Y no es la única Miembro Superior que toma decisiones.

—Sobre todo, ahora que se ha reincorporado Anthony Graves —añadió Trece, por lo bajo.

Vale soltó un largo suspiro e ignoró mi expresión de protesta.

—El problema es que el Aquelarre ya debe estar al tanto de que algo ocurre con ella.

La señora Kyteler palideció y esa pequeña sonrisa que había esbozado al observarme desapareció por completo. Separé los labios antes de que ella tuviera la oportunidad de hacerlo.

—No pude controlarla. Llevaba demasiado tiempo sin utilizar la magia —exclamé, sin poder evitar que la imagen de la Biblioteca devastada estallase ante mis ojos—. Fue… como si no pudiera reprimirla más. Como si rebosara.

—Vale le dijo que cuanto menos usara la magia, menos se uniría la Piedra Filosofal a su corazón —intervino de pronto Tānlan, que se había mantenido en un extraño silencio—. No obstante, eso causó un efecto acumulativo. Cuando la magia explotó, ella ni siquiera llevaba puesto un Anillo de Sangre. —Los abuelos de Kyteler bajaron la mirada hasta mis manos desnudas, pero no dijeron nada—. No pronunció ningún hechizo ni tampoco sangró para realizar un encantamiento. Y, sin embargo, los efectos fueron incluso peores que si hubiese lanzado una maldición.

Trece, que había observado con atención a Tānlan mientras hablaba, desvió sus ojos dorados hasta mí.

—¿Dónde ocurrió?

Esbocé una pequeña sonrisa de disculpa y me llevé una mano a la cabeza. Clavé los ojos en la enorme chimenea apagada antes de contestar:

—En la Torre de Londres. —La señora Kyteler intercambió una mirada con Vale y se dejó caer de nuevo en el sofá, como si sus piernas hubiesen perdido las fuerzas. Yo sacudí la cabeza y avancé unos pasos para colocarme frente a todos ellos—. Sé que debería haberme controlado. Pero no fui yo la que decidió bajar a un Infierno para sacar de allí una Piedra Filosofal —añadí, furiosa.

Observé con el ceño fruncido a la señora Kyteler, aunque ella ni siquiera parecía haberme escuchado. Miraba a Vale, pero estaba perdida en sus pensamientos.

—Es inevitable que el Aquelarre sospeche algo. Pero con tu influencia sobre Serena podrías conseguir que el resto de los Miembros Superiores siguieran ignorando la existencia de Liang y de lo que lleva en su interior. Es una Shelby, al fin y al cabo. No será algo difícil. —Vale nos miró a todos, sonriente, pero nadie le devolvió el gesto. Sus ojos regresaron a la señora Kyteler—. Eliza, no conozco bien a ese Claude Osman, pero sí conozco a Anthony Graves y a los que son como él. Los Favoritos del Infierno llevan persiguiendo la Piedra para utilizarla en esta guerra. ¿No crees que algún miembro del Aquelarre se podría sentir tentado a hacer lo mismo?

Vi la batalla que se libraba en la mirada de la señora Kyteler. Y vi también qué facción había triunfado, incluso antes de que abriese la boca para decir:

—Llevo toda mi vida tratando de que esta estrella maldita permanezca escondida. Y eso no va a cambiar ahora. —Cerró los ojos durante un momento y, cuando los abrió, me miró solo a mí—: Está bien, Liang Shelby. Intentaré protegerte de la mejor forma que pueda.

Los dientes crujieron en el interior de mi boca. No quería que me protegiera nadie. Menos aún, ella, la abuela de uno de los culpables de la Tragedia de la Academia Covenant.

—Usted puede tener influencia en el Aquelarre, de acuerdo. Pero ¿qué sucederá si son los Favoritos los que vienen a por mí? —pregunté, entornando la mirada—. ¿Qué ocurrirá si es *Adam* el que viene a por mí?

El Centinela de la señora Kyteler se puso en pie de golpe y echó hacia atrás sus orejas en una clara señal de advertencia. La luz del mediodía que entraba en la estancia se reflejó en sus colmillos, demasiado grandes para pertenecer solo a un gato.

Yo no me amilané. Me había enfrentado a un Demonio mucho mayor que él, sola, en mitad de la madrugada, con un camisón empapado en sangre.

Mis manos eran dos puños temblorosos. Mi parte más furiosa, la que añoraba a Emma, culpaba a esa anciana. Adam Kyteler no quería pisar la Academia Covenant, yo misma lo había presenciado en uno de los primeros sueños. Si ella lo hubiese escuchado, todo lo que ocurrió aquella noche habría sido solo una pesadilla que desaparecería al despertar.

La mujer ni siquiera pestañeó ante mi mirada afilada.

—Adam jamás atacaría Wildgarden House —dijo, despacio—. Es un lugar demasiado importante para él.

Quería replicar, pero hubo algo en su voz, una confianza antinatural, que hizo que las palabras se me extinguieran en la garganta. Aunque a simple vista no se asemejaran demasiado, Kyteler y su abuela compartían esa seguridad arrolladora. Algo que te invitaba a entregarse a ellos, aunque fuese una verdadera locura.

Sacudí la cabeza y alejé mi mente de esos ojos negros profundos y oscuros como noches sin luna.

—Pero no puedo quedarme aquí, sin más —dije, tras una vacilación—. Mi familia…

—Ah, lo olvidaba —suspiró Vale—. Siempre es más fácil cuando los padres están muertos. No hay que dar explicaciones a nadie. —Desechó mi mirada asesina con un simple gesto de su mano—. Puedo encargarme de ellos. Confía en mí.

—No —exclamé—. La última vez que confié en ti, acabé con una Piedra Filosofal unida a mi corazón. No pienso dejar que tengas en tus manos las vidas de mis padres y de mi hermano pequeño.

Vale apretó los labios, en una mueca de exagerada decepción. Sin embargo, sí logré atisbar un brillo extraño en sus ojos antes de que apartara la mirada y la clavara en uno de los enormes ventanales.

—El Aquelarre interrogará a mi familia. Sé que no tendrán piedad.

Resoplé con fuerza. Si mis padres ocuparan algún alto cargo, o nos apellidásemos Kyteler, como Adam, quizá tendría alguna clase de esperanza. Pero mi apellido no era nada. Los Shelby nunca habíamos sido nadie. Tragué saliva. Ni siquiera me había molestado en pensar en ellos. En lo que supondría para mi hermano Zhang, para mi madre, para mi padre. Cerré los ojos durante un instante. Si el Aquelarre consideraba que no colaboraban lo suficiente con ellos, podrían expulsar incluso a mi padre de la guardia.

Al inspirar, las fosas nasales se me llenaron del recuerdo del olor a humedad que impregnaba el interior de nuestro hogar en otoño y en invierno.

—Liroy y Thomas viven a las afueras de Inverness —comentó de pronto la señora Kyteler. Me miró como si yo tuviera alguna idea de a quién diablos se refería—. La mansión es lo bastante grande como para alojar a diez familias completas.

—Les gustará tener invitados —añadió el señor Báthory—. Desde que sus hijos se marcharon, siempre nos llaman diciendo que se sienten demasiado solos.

—Es un lugar tranquilo y alejado de posibles objetivos de la guerra —dijo Vale, asintiendo para sí mismo—. Podría ser una buena opción.

—¿Qué? —exclamé, balanceando la mirada de unos a otros—. No, no. Ni siquiera sé quiénes son esas personas.

—Liroy Saint Germain es mi primo. Nos criamos juntos. —La señora Kyteler se colocó frente a mí. No había ni un asomo de vacilación en sus palabras—. Le confiaría mi vida.

Yo apreté los labios, pero no llegué a contestar.

—¿Por qué no permitimos que tus padres lo decidan? —La voz de Tānlan hizo eco de pronto en mitad del silencio.

Trece saltó del sofá al suelo. Su pelaje ya no se encontraba tan erizado y había escondido sus colmillos.

—Puedo traerlos hasta aquí. Ya he actuado de mensajero en el pasado, ¿verdad, Andrei? —Al señor Báthory se le escapó una pequeña sonrisa y miró a su mujer, antes de asentir.

El gato se quedó frente a mí, esperando una respuesta. Dejé escapar el aire de golpe y, con él, toda mi fuerza. Me desplomé en el sillón más cercano.

—Está bien —contesté.

Al fin y al cabo, no tenía ninguna alternativa.

Trece asintió a su vez y, luego de echar un vistazo rápido a Tānlan, desapareció tras las puertas acristaladas de la estancia.

—Puedo poner un encantamiento protector alrededor de la mansión. Así sabremos si el Aquelarre envía a algún guardia de incógnito para investigar —sugirió de pronto Vale, mientras se incorporaba por fin de su asiento—. Solo a modo de advertencia, claro —añadió, con esa sonrisa que nunca presagiaba nada bueno.

—¡Vale! —lo llamó la señora Kyteler, cuando echó a andar con rapidez. No obstante, él ni siquiera se inmutó. La mujer paseó la mirada por el señor Báthory, Tānlan y yo, que éramos los únicos que quedábamos en la estancia, y nos dedicó una mirada de disculpa—. Iré con él. No puedo arriesgarme a que coloque una maldición trampa que haga saltar por los aires al cartero.

Su marido asintió y yo vi con el ceño fruncido cómo recorría el mismo camino que habían seguido los demás. Después, tras una vacilación, centró su atención solo en mí.

—Pareces agotada. ¿Necesitas descansar o quizás... estar sola? —Una pequeña sonrisa se estiró por sus labios y su mano revoloteó cerca de mis hombros, como si quisiera apoyarla en ellos—. Creo que puedo imaginar lo que sientes ahora mismo. Y sé que es abrumador.

Arqueé una ceja.

—¿De verdad puede? —le pregunté.

Él alzó los ojos al techo y se le escapó una pequeña carcajada. Su mano terminó por descender y me dio un par de palmaditas en la espalda. Sin embargo, no contestó a mi pregunta.

—Si es cierto que vas a quedarte aquí durante un tiempo...
¿te gustaría que te enseñara tu habitación? Podríamos... podríamos dejarte también algo de ropa de mi hija, de nuestra Alina.
Creo que podría quedarte bien.

Puse los ojos en blanco.

—¿Es que esperaban a alguien?

El señor Báthory se limitó a encogerse de hombros y a indi-
carme con una mano el camino que debía seguir. Yo, no obstante, esperé que fuera él quien me guiase. Tānlan y yo lo
seguimos.

Subimos la majestuosa escalera principal, que bien podía
competir con la de la propia Academia Covenant, y torcimos
a la izquierda al llegar a la segunda planta. Parecía que el matrimonio se había esforzado por rebajar el lujo de la mansión,
pero los techos altos llenos de frescos, las molduras repletas de
hiedras y rosas de escayola, las gruesas y suaves alfombras, no
podían esconderse. Nos internamos en una galería ancha en
la que mi vista se perdía. Miré de reojo la larga hilera de puertas que habíamos dejado atrás y las que todavía quedaban delante.

Tānlan silbó.

—¿Todas esas puertas *son* habitaciones? —pregunté.

—Esta es el ala familiar. El dormitorio que comparto con mi
mujer se encuentra al final del pasillo —dijo, con el índice alzado—. A mi familia paterna le gustaban los palacios y castillos,
cuanto más grandes mejor.

Arqueé las cejas y volví a echar un vistazo al largo pasillo.
¿Kyteler habría corrido por aquí cuando era un niño? Yo lo habría hecho. Me habría puesto esos patines de cuatro ruedas que
siempre había pedido pero que nunca me habían podido regalar,
y me habría deslizado arriba y abajo, tropezándome, tirando cuadros y fotografías, y riendo sin parar.

Sin darme cuenta, me desplacé hacia la izquierda y estiré la mano para rozar con las yemas de los dedos el picaporte dorado, lustroso, en el que me veía deformada, con los ojos demasiado pequeños y una boca monstruosa. Solo apoyé el peso de mi mano en él, pero de pronto la manilla cedió y la puerta se abrió con un ligero crujido.

—¡No!

La mano del señor Báthory se aferró a mi hombro, esta vez sin delicadeza alguna. Me aparté con un sobresalto, con un hechizo en la punta de la lengua que pude contener a tiempo. Miré con los ojos muy abiertos al hombre, que de pronto parecía consternado.

—Lo... lo siento —dijo, con voz trémula. Con un suave tirón, cerró la puerta que yo acababa de abrir—. Es... era el dormitorio de Adam.

Había tanta aflicción en sus ojos castaños que hasta dolía contemplarlos. Incómoda, aparté la vista y me dirigí sin pensar a la siguiente puerta. Giré el picaporte, pero esta vez el señor Báthory no me detuvo. Prácticamente me abalancé al interior, con Tānlan pegado a mis talones.

—Descansa —me deseó el señor Báthory, todavía pálido—. Te avisaremos cuando llegue tu familia.

Asentí y le susurré un agradecimiento que no llegó a escuchar.

Cuando cerré la puerta, lo hice con demasiada brusquedad. Y, al apartar la vista, mis ojos volaron hacia la pared de la izquierda, tras la que estaba el dormitorio de Adam Kyteler.

19

DESPEDIDAS

Levanté la mirada. Una inmensa araña de cristal coronaba la estancia, que era casi tan grande como mi hogar en Fenchurch Street. Dejando a un lado la gigantesca lámpara y el papel pintado de las paredes, que representaba a un rosal repleto de flores y largas espinas, los muebles parecían caros, pero eran sencillos, sin ornamentaciones recargadas. La chimenea estaba apagada y los doseles de la cama matrimonial que se encontraba en uno de los extremos de la habitación, corridos. El lecho era tan alto que tendría que tomar impulso para subir.

—Si vivieras en un sitio similar a este, me despertaría mejor por las mañanas —comentó Tānlan, antes de lanzarse de un salto a la cama—. Incluso me caerías mejor.

—Nunca he estado en una habitación así —musité, por toda respuesta.

Me acerqué al lecho y pasé los dedos por la superficie.

La habitación era tan cálida, la colcha y las sábanas eran tan suaves, las almohadas tan mullidas, que me obligué a no pensar qué hacía realmente yo en un lugar así, qué significaba que yo hubiera aceptado pasar una noche... o las que fueran. Pero todo era demasiado y el pecho me pesaba como si llevase dos corazones dentro.

Me aparté con brusquedad de la cama, porque era verdad, estaba cansada como había dicho el señor Báthory, pero no quería dormir. Me acerqué arrastrando los pies a una de las enormes ventanas y miré al inmenso jardín al que daba.

Entre los matorrales cuidados y los rosales, vi las figuras de Vale y de la señora Kyteler. No parecían ocupados en realizar encantamientos de protección. Parecían discutir.

—Esto es una locura —murmuré—. No sé si debería estar aquí.

—No seas imbécil y disfruta —replicó Tānlan, completamente estirado en el centro de la cama. Estaba medio hundido en la colcha mullida, apenas veía su perfil entre los colores vivos y el encaje de las sábanas—. Puede que nunca vuelvas a dormir en un lugar parecido.

Miré a mi alrededor. Desde aquí, todo era diferente. Si alguien me viese podría decir que era una joven triste, presentada en sociedad, cansada del baile que había durado hasta el amanecer. Tras estas paredes, no parecía posible que se estuviera librando una guerra. Aunque solo estaba protegida por ladrillo y cristal, me sentía extrañamente a salvo.

—¿Por qué Kyteler abandonaría todo esto? —pregunté, casi para mí misma—. ¿Por qué arriesgar todo lo que tienes?

Tānlan soltó una larga carcajada. Vi su barriga llena de líneas pardas sacudirse rítmicamente entre los almohadones.

—¿Se lo preguntas al Demonio del Infierno de la Avaricia? —Estiró la cabeza solo lo suficiente como para poder mirarme—. Te regalaré un valioso consejo. Los Sangre Negra y los Sangre Roja comparten una característica. Nunca es suficiente. Siempre quieren más.

—Adam Kyteler no era codicioso —contesté.

Tānlan se irguió un poco más. Su mirada se profundizó.

—Suenas muy segura. Creía que era solo un compañero más de clase.

Apreté los dientes y aparté la vista. Mis ojos, sin querer, se quedaron estáticos en la pared que dividía los dormitorios.

—Y así es.

El Demonio me miró un instante más antes de darme la espalda y revolcarse de nuevo sobre el grueso colchón.

Yo arrastré con esfuerzo uno de los butacones hasta el enorme ventanal y me senté allí, para mirar a través del cristal.

Me mantuve en ese sitio, acurrucada sobre mí misma, en un ligero estado de duermevela mientras los ronquidos de Tānlan llenaban el dormitorio. No sé cuánto tiempo transcurrió, pero de pronto me pareció escuchar voces conocidas.

Me puse de pie con brusquedad y provoqué que el Demonio despertara de pronto con una imprecación. No lo esperé. Crucé la puerta y recorrí el pasillo a toda velocidad hasta llegar a la escalera principal, que bajé de dos en dos, aferrada a la gruesa balaustrada para no tropezar y caer rodando.

Llegué a la entrada de la mansión en apenas unos segundos. Y allí, con su ropa humilde, sus expresiones asustadas y confusas, vi a mi familia.

—Liang —pronunció mi madre, dando un paso en mi dirección—. *Zhōngyú jiĕtuōle...*

Me abalancé sobre ella y me escondí en su pecho, como hacía cuando era pequeña.

—Lo siento, lo siento, lo siento... —no cesaba de murmurar.

—No tienes nada por lo que disculparte —oí que decía la voz de mi padre, algo ronca, mientras su mano enorme se posaba sobre mi cabeza.

Levanté la cabeza, extrañada, en el preciso momento en que Zhang se acercaba a mí para envolverme con sus bracitos.

Trece se encontraba junto a mi padre, que trataba de esbozar una pequeña sonrisa a pesar de su palidez. Me dedicó una mirada y se dirigió hacia la señora Kyteler y el señor Báthory, que esperaban a un lado de la estancia, en silencio. Ni siquiera los había visto.

—Bienvenidos a Wildgarden House —saludó la señora Kyteler, mientras inclinaba ligeramente la cabeza—. Imagino que Trece les habrá contado por qué su hija está aquí.

—Solo vagamente —contestó el Centinela—. Lo complicado os lo dejo a vosotros.

—¿Por qué no nos acompañan? —preguntó el señor Báthory, haciendo un ademán hacia la sala de estar anexa—. He preparado un poco de té.

Mis padres se miraron un momento antes de colocarse a mi lado y acompañarme hacia la nueva estancia. Ahora que había caído la tarde, un fuego agradable ardía en la chimenea y, sobre la mesita baja, reposaba una bandeja de plata con una tetera de porcelana humeante, leche, *scones* y azúcar.

Zhang se arrojó de inmediato sobre los panecillos y robó un par. Yo tenía la sensación de que, si algo se deslizaba por mi garganta, vomitaría, así que rechacé la taza que me ofrecieron con un gesto y me limité a refugiarme entre los cuerpos de mis padres en el sofá.

La señora Kyteler, su marido y el Centinela ocuparon los asientos que había enfrente.

Mi madre no tardó en hablar.

—Cuéntanos qué ha ocurrido, Liang. Cuéntanoslo todo.

Yo solté el aire con lentitud, y lo hice.

Cuando terminé de hablar, sentía la lengua dormida y la garganta en llamas.

Mi padre tenía los ojos clavados en la tetera ya vacía, pero no parecía verla realmente. A mi madre le temblaban las manos.

Zhang se había sentado sobre mis rodillas y no parecía tener intención de abandonarme.

—Comprenderán, por tanto, por qué los hemos invitado a que se trasladasen a Inverness, junto a mi primo Liroy Saint Germain y su compañero —dijo la señora Kyteler, al ver que nadie era capaz de pronunciar la primera palabra—. Es peligroso que permanezcan en Londres. Tanto para ustedes como para Liang.

Mi madre se inclinó en mi dirección y me aferró las manos con tanta fuerza que sentí crujir los huesos.

—Sabía que algo no marchaba bien… —musitó para sí misma—. *Gāisǐ de.*

—Después de lo que acaban de contarnos, no nos puede pedir algo así —intervino mi padre, antes de ponerse en pie con brusquedad y comenzar a andar de un lado a otro—. Tiene en su interior… algo peor que una bomba Sangre Roja. Y ha explotado. ¿Y si vuelve a perder el control? ¿Y si esta vez es peor?

—No me volverá a ocurrir —repliqué de inmediato. Me deshice de la mano de mi madre con suavidad y deslicé a mi hermano pequeño a un lado del sofá. Me puse en pie para encarar a mi padre—. Usaré la magia solo cuando la necesite. Lo suficiente como para que esta no vuelva a explotar.

—Pero si la utilizas, esa… *cosa* se unirá más a tu corazón —susurró mi madre a mi espalda—. Y entonces será imposible separarte de ella.

—Da igual que la use o no —intervino de pronto la voz ronca del Centinela de la señora Kyteler—. Llegados a este punto, es como si Liang ya estuviera muerta. No tiene nada que perder.

—Gracias —mascullé. Mi hermano me miró con los ojos muy abiertos, horrorizado.

—Lo que quiere decir Trece —se apresuró a intervenir el señor Báthory mientras le dedicaba una mirada asesina al gato— es que ahora mismo su situación no cambiará, por mucho que lo deseemos.

—Sé que es difícil de aceptar lo que está ocurriendo... —comenzó a decir la señora Kyteler, pero mi padre la interrumpió.

—¿De verdad lo sabe? —Ella enarcó una ceja, como si se sintiera retada—. Me están diciendo que Liang tiene en su interior un objeto mágico que ni siquiera debería existir y del que es imposible separarse si quiere mantener su vida. Que guardemos silencio ante el Aquelarre y, por el contrario, confiemos en usted, en su familia, en la que, por cierto, ha habido y hay individuos más que cuestionables... y que lo dejemos en manos de un asesino en serie que supuestamente había muerto hace muchos años. Que, por cierto, ¿dónde está? —Mi padre miró furioso a su alrededor, como si esperase que Aleister Vale surgiera de pronto del gramófono.

—Siempre aparece y desaparece —murmuré yo.

—*Maravilloso* —resopló él, antes de dejarse caer de nuevo sobre el sofá.

Mi madre levantó la mirada entonces de sus manos unidas y hundió sus ojos en los míos, de esa forma única que solo sabía hacer ella.

—¿Qué es lo que quieres tú, Liang?

Esa era una pregunta fácil.

—Quiero que no os hagan daño. Quiero que estéis lejos de aquí mientras los Favoritos sigan buscándome —contesté, sin parpadear—. Visteis lo que hicieron en la Academia. No quiero que os lo hagan a vosotros. Y mucho menos por mi culpa.

Mis ojos se clavaron sin quererlo en Zhang, que se estremeció encogido en el asiento. Mis padres siguieron el rumbo de mis ojos y vi cómo, al instante, sus expresiones cambiaron. Y no tuve dudas de pronto de que aceptarían marcharse.

Si los Favoritos querían hacerme daño, si querían que hiciera todo lo que me pidiesen, solo tenían que atrapar a mi hermano. Y, para los Sangre Negra que habían asesinado a una Miembro Superior delante de la Torre de Londres, no sería difícil hacerse con un niño Sangre Roja.

—*Gāisǐ de* —se lamentó mi madre, incorporándose de golpe del sofá.

—Estarán bien —dijo el señor Báthory, que se puso en pie para palmear con gentileza la espalda encorvada de mi madre—. Y Liang también lo estará.

—Sí, así es. —Me esforcé por sonreír, aunque mis labios no esbozaron más que una mueca doblada—. Si vosotros estáis a salvo, yo también lo estaré.

Mi padre dejó de dar vueltas en torno a la mesa, derrotado. Y se giró para observarme.

—Sí, sé que lo estarás. Eres muy fuerte, Liang. Siempre lo has sido.

Tuvieron que abandonar pronto Wildgarden House. Había que hacer el equipaje y dejar atrás cuanto antes Londres.

El señor Báthory se ofreció a ir con ellos y conseguirles un coche. Sé que quiso pagar también el trayecto. Mi padre se negó en redondo, aunque no tenía ni idea de dónde iba a sacar el dinero.

Me obligué a no llorar mientras abrazaba con fuerzas a mis padres y a mi hermano. No sabía cuándo los volvería a ver.

Quizá nunca habría una próxima vez.

Los vi marcharse desde la puerta de la gran mansión, con la señora Kyteler a un lado y Trece a otro.

Empezó a llover.

—Tienes mucha suerte —dijo la señora Kyteler, antes de colocarme con suavidad una mano en la espalda.

—Lo sé —susurré. No pude decir nada más. Sabía que, si seguía hablando, empezaría a llorar.

Mascullé unas palabras que sonaron ininteligibles y prácticamente corrí escaleras arriba, hasta el dormitorio que ahora sería mío durante un tiempo indeterminado.

En el interior me encontré a Tānlan, que no se había movido ni un maldito centímetro.

—Ni siquiera has bajado —le escupí, pasando por su lado como una exhalación. Las lágrimas que quería derramar se transformaron en bocanadas de rabia—. Zhang quería despedirse de ti.

Él alzó una de sus patas para lamérsela con fruición.

—No me gustan las despedidas lacrimógenas. Y ya sabes que odio a ese crío —replicó, aunque su voz se rompió un poco al pronunciar la última palabra.

No le contesté. Me quedé quieta junto a la ventana, como si desde allí pudiera ver algo. Por el rabillo del ojo, capté cómo Tānlan se movía por fin y se acercaba hasta quedarse sorprendentemente cerca de mis piernas. Solo tenía que inclinar su cabeza peluda para frotarse con mis rodillas.

—Era lo correcto, Liang —dijo Tānlan. Su voz sonó menos gutural que de costumbre.

—Sí —contesté, enjugándome de un manotazo un par de lágrimas que habían escapado sin permiso—. Pero eso no hace que sea menos doloroso.

Caminé hacia la cama, sobre la que alguien había depositado algo de ropa limpia y un camisón. Aparté todo de un manotazo y mis ojos se detuvieron en la pared donde estaba apoyado el inmenso cabecero labrado. Era la pared que comunicaba con la habitación de Adam. Me acerqué a ella y, con las yemas de los dedos, rocé el papel pintado. Después, con un suspiro, subí de un salto a la cama y me metí bajo la colcha, suave y abrigada.

Apagué la luz en el momento en que la voz de Tānlan volvía a hacer eco en el dormitorio.

—No has traído contigo la poción de Vale. Si no la ingieres... soñarás con *él*.

Me quedé inmóvil, entrando lentamente en calor a pesar del frío que sentía por dentro.

—Lo sé —murmuré.

Esa noche no podía estar sola.

20

ADAM

Cuando abrí los ojos, lo primero que hice fue mirar a mi alrededor. Por primera vez, no me fijé en dónde me hallaba ni a quién pertenecía el recuerdo.

—Pensé que esta noche tampoco vendrías —dijo una voz que conocía muy bien, pegada a mi espalda.

Giré con brusquedad y me encontré frente a Adam Kyteler a menos distancia de la que esperaba. Retrocedí un paso, pero solo uno. Nada más. Y no vacilé cuando levanté la barbilla para observarlo.

Como yo, no llevaba puesta ropa de dormir. Bien ajustada a su cuerpo, portaba la túnica corta de los Favoritos del Infierno. Un escalofrío me recorrió al observar la tela roja. Sus botas gruesas estaban a solo un metro de mis pies descalzos.

—¿Cómo conseguiste evadir el sueño? —preguntó, ladeando el rostro—. ¿Y por qué has decidido aparecer ahora?

Solté una carcajada que pretendía ser sarcástica, pero sonó extrañamente débil entre las paredes del sueño.

—No pienso responderte —repliqué.

Era una contestación poco inteligente, lo sabía, pero él no comentó nada al respecto. Aprovechando su silencio, mis ojos se fijaron en lo que me rodeaba. Me sorprendí ligeramente. Parecía que no me había movido del dormitorio que me habían cedido la señora Kyteler y su marido, aunque esta estancia era algo más amplia, y la cama estaba colocada de forma opuesta a la mía. Si no existiese pared, su cabecero estaría conectado con el mío.

Era de noche, y solo la luz de la mesilla alumbraba lo suficiente como para que viera un escritorio repleto de libros, una estantería, y un pequeño caldero rodeado de frascos vacíos en un rincón. A los pies del lecho, había ropa tirada, como si alguien se hubiese desnudado a toda prisa y no hubiese tenido cuidado en guardarla.

Parecía la ropa de un niño.

—Parece que volvemos a mis recuerdos —murmuró Kyteler.

Lo miré, pero él tenía la vista perdida en la cama. Sin taparse, sentado con los brazos cruzados y cabizbajo, se encontraba él con varios años menos. No debía tener más de doce. A su lado, sentado en el borde, había una mujer a la que nunca había visto.

No debía alcanzar los cuarenta. Tenía un cabello rubio oscuro y una tez más morena que la del niño. Sus ojos, por el contrario, eran un calco idéntico de los de Adam y de los de la señora Kyteler.

Separé los labios al darme cuenta de quién se trataba. Su madre.

—Tu padre y yo hemos pedido el traslado a Londres, ya lo sabes —dijo la mujer con una sonrisa que no era correspondida.

—Pero si es así, ¿por qué os tenéis que marchar de nuevo?

Sentí cómo el Adam Kyteler del presente se agitaba de pronto. Observé de soslayo cómo palidecía, cómo tragaba saliva.

—No quiero que estés aquí —murmuró de pronto.

Yo no respondí. En vez de eso, me acerqué a la cama, donde el niño y la madre ignoraban mi presencia.

—Te prometo que será la última vez, Adam. Pero debo ir. Quiero… *necesito* cerrar un asunto.

La mujer trató de alcanzar las manos de su hijo, pero él las apartó con brusquedad.

—¿Qué asunto? —preguntó, enfurruñado. Parecía estar haciendo verdaderos esfuerzos para no llorar.

—*Impulsa.*

Me sobresalté cuando escuché el hechizo a mi espalda. Me giré, pero solo vi al Adam Kyteler del presente con la mano alzada en mi dirección. Sin embargo, nada me empujó, ni siquiera una ligera brisa.

—La magia no funciona aquí —susurré, dándome cuenta de pronto.

Él sacudió la extremidad con rabia. Sus ojos se movieron con rapidez del recuerdo de su infancia a mí. Sus labios estaban crispados cuando dijo:

—Haz que termine el sueño. —La cólera volvía su voz sepulcral. Sus ojos negros eran pozos sin fondo que parecían absorber la escasa luz del lugar—. *Ahora.*

—Ya sabes que no puedo —contesté, sin amilanarme ante la amenaza de su voz.

La mano que portaba su Anillo de Sangre osciló y se levantó, como aquella horrible noche en la Academia Covenant, en la que estuvimos uno frente a otro en nuestra antigua clase, listos para atacarnos. Sin embargo, como sucedió también entonces, sus labios no pronunciaron ningún hechizo o encantamiento.

Kyteler bajó la mirada y se quedó clavada en mi pecho. En mi corazón.

Mis brazos se tensaron. Mi respiración se volvió agitada.

La madre de Adam echó un vistazo a la habitación y sus ojos se pasearon por nuestros cuerpos en tensión, sin ser capaces de vernos.

—¿Has...? —Vaciló. Pareció pensar un instante más antes de decirle a su hijo—: ¿Has oído hablar alguna vez de la Piedra Filosofal?

Los labios se me separaron en una exclamación que nunca llegó a escapar de mi garganta. En el momento en que mis cuerdas vocales empezaron a vibrar, el Kyteler actual se abalanzó sobre mí.

Una de sus manos me sujetó por el hombro y la otra, la que llevaba su Anillo de Sangre, se posó en mi corazón. Y las sentí. No atravesaron mi cuerpo de la misma forma en que lo hacían los personajes de los recuerdos. Él era real, como yo. Y pude sentir cada uno de sus dedos sobre mí.

El empujón fue tan brusco que caí hacia atrás. Intenté pensar en algún hechizo, aunque sabía que la magia no funcionaría aquí, pero mi lengua se enredó al ver esos ojos negros tan cerca de los míos. Mi espalda debería haber golpeado el suelo, pero en vez de ello lo atravesé y, con un gruñido de frustración, dejé de ver a la madre y al hijo, para encontrarme de nuevo de pie sobre un suelo totalmente distinto.

Jadeé. Kyteler se hallaba todavía frente a mí, con una de sus manos apoyadas en mi corazón. Mi pecho se estremeció y respirar no fue tan fácil. Su tacto quemaba. Era como si la Piedra que estaba en mi corazón supiera que su antiguo dueño estaba a solo unos centímetros de distancia y quisiera despegarse de mi corazón, romperlo si fuese necesario, para regresar con él.

No lo pensé.

—¡*Golpea!*

—¡*Repele!*

Fue absurdo, porque ni una chispa de magia escapó de nosotros. Retrocedí y, de un manotazo, aparté los brazos de Kyteler. Sin sus manos sobre mí, pude respirar mejor.

—Veo que vuelves a usar la magia —comentó, con una media sonrisa.

—No vuelvas a tocarme —le advertí.

—No vuelvas a husmear en mis recuerdos —me respondió, en el mismo tono.

—Ya veremos.

Miré entonces a mi alrededor. Era extraño, porque habíamos pasado de un dormitorio a otro, aunque este era mucho más pequeño. No había grandes muebles de madera robusta y la cama de hierro que estaba situada en un rincón era pequeña.

Y era mía.

Debía ser finales de verano, porque solo una sábana blanca, limpia pero vieja, cubría mi cuerpo de no más de trece años. Al igual que el Adam del recuerdo, estaba sentada sobre el colchón con el ceño fruncido, los brazos cruzados y luchando contra mis lágrimas. Era un reflejo perfecto del Kyteler del pasado. Y ahora era mi madre quien se sentaba en el borde.

—No quiero regresar —mascullaba—. Odio la Academia. Odio a todos mis compañeros.

Noté cómo mis hombros se hundían. Recordaba esa escena. Se había repetido todos los treinta y uno de agosto de casi todos los cursos. Cuando cumplí quince, dejé de suplicar, porque sabía que nada de lo que dijera o hiciera podría salvarme de acudir a la Academia.

Miré de reojo a Kyteler. Sus labios se habían retorcido en una media sonrisa. Los ojos negros no se separaban de mi cuerpo encogido sobre la cama.

—Parece que teníamos algo en común —observó.

—Yo no tengo nada que ver con alguien como tú —repliqué de inmediato, aunque mi voz falló.

Su cuerpo volvió a crisparse tanto como antes, cuando había visto a su madre junto a la cama, tratando de alcanzar unas manos que no querían ser encontradas. No obstante, sus labios siguieron estirados en una expresión que no llegaba a ser una sonrisa completa.

—Bueno, la Piedra Filosofal ha estado junto a mí durante meses. Y ahora está unida a tu corazón. —Avanzó un paso en mi dirección, con la mirada entornada—. Si lo que dicen de ella es verdad... Si realmente está viva y se nutre de nuestras propias almas... Quieras o no, ahora tienes un trozo de la mía.

Apreté los dientes y aparté la vista de esa media sonrisa que me incomodaba. Sin embargo, verme a mí misma, triste y desesperada en la cama, no ayudó. La siguiente bocanada de aire no fue tan fácil de tragar.

—Emma está a tu lado, cariño. No estás sola —dijo mi madre, mientras pasaba una de sus manos por mi cabello negro—. Pero, aun así, tienes que aprender a defenderte por ti misma. No hacer caso de las mentiras que susurran sobre ti.

—¡Pero es que nadie miente! —grité de pronto—. Lo que dicen los alumnos de la Academia es verdad. Zhang es un Sangre Roja, como tú. También he oído cómo murmuran algunos padres. Dicen que la gente como nosotros es la que acabará con la magia.

Cuando tuvimos esa conversación ni siquiera me molesté en mirar a mi madre, tenía los ojos enterrados en mis manos unidas. Pero ahora, veo cómo su expresión se tensa, cómo sus dedos crujen al plegarse, cómo hincha el pecho para tratar de relajarse.

—Liang, los Miembros Superiores aprobaron hace años las uniones entre Sangre Negra y Sangre Roja. Es... cierto que a veces nacen personas como Zhang, sin magia, de uniones entre Sangre Negra y Sangre Roja, pero se desconoce el motivo.

Yo me mantuve cabizbaja. No respondí, pero no parecía convencida por sus palabras.

—Tu madre tiene razón —dijo entonces la voz de Kyteler, sobresaltándome.

Me giré. Otra vez se había vuelto a acercar. Demasiado. No obstante, esta vez me obligué a mantenerme en mi lugar. Odié que fuera tan malditamente alto. Tenía que levantar mucho la cabeza si quería fulminarlo con la mirada.

—No solo ahora nacen niños como tu hermano. Desde que existen registros, ha habido casos de Sangre Roja que han nacido de uniones entre Sangre Negra. Muchos proceden de *grandes* familias. —Hizo una mueca al pronunciar las últimas palabras, como si hubiera saboreado algo amargo.

—Yo no conozco a ninguno —siseé.

—Por supuesto que no. Se ocupan de mantenerlo en secreto. Y, como tienen el poder y los medios necesarios, no les es difícil. En los peores casos, destierran a esos niños, los alejan para siempre de la familia. —Sus labios volvieron a torcerse, casi llegando a crear una sonrisa—. Todo el mundo sabe que mi madre descendía de una Sangre Negra y un Sangre Roja. Pero a mí nunca me despreciaron. Ni siquiera lo mencionaban. ¿Sabes por qué?

Por supuesto que lo sabía.

—Porque tú eres un Kyteler y yo una Shelby —murmuré—. Porque a ojos de los demás, no soy nadie.

A mi espalda, escuché cómo mi yo del pasado empezaba a sollozar de impotencia, sin que las palabras de mi madre pudieran hacer nada por evitarlo. Empecé a girarme, pero la voz de Adam me paralizó:

—No para mí.

Algo tembló en mi interior. Mis ojos volvieron a los suyos, que no se habían movido de mi rostro ni un solo centímetro. Busqué desesperada un atisbo de burla, pero ya no había ni un vestigio de esa media sonrisa. Volví a su mirada y me enterré en ella. Parecía imperturbable, fría, como siempre. Pero… había algo más. Algo delicado. Sutil. Que no podía ver, pero sí *sentir*.

Y me estremecí.

—¿A cuántos asesinaste esa madrugada en la Academia Covenant? —murmuré de pronto.

Esta vez, sus labios sí se torcieron en una sonrisa sarcástica.

—¿Es esa la pregunta que me quieres hacer?

—¿A cuántos? —insistí. Mi voz se rompió con la interrogación.

Él tardó unos segundos en responder.

—Solo a Salow. Su muerte era la única que necesitaba para abrir el portal al Infierno de la Ira. —Pareció dudar un instante antes de añadir—: No asesino por placer, Liang.

—No te entiendo —mascullé. Me odié a mí misma cuando noté cómo mi voz se volvía quebradiza—. Ayudaste a entrar a los Favoritos del Infierno en la Academia Covenant. Mataste a un profesor. Pero sé que intentaste ayudarme, por eso te acercaste a mí esa noche. Querías que estuviera lejos de la Academia cuando el ataque comenzara.

El recuerdo empezaba a desvanecerse. Mis sollozos se iban apagando mientras mi madre me acariciaba el pelo. Cuando mi yo del pasado se quedase dormido, yo despertaría.

—No ayudé a entrar a los Favoritos. Ellos ya sabían de antemano cómo hacerlo —susurró él, pero pasé por alto su comentario.

—Y cuando me encontraste en el aula, pudiste atacarme. Borrarme la memoria, quizá. O dejar que el Favorito que sacrificó a Emma acabara también conmigo. —Tragué saliva con dificultad. Mis manos temblaban, pero no de miedo—. Pero no lo hiciste.

Por primera vez desde que lo conocía, sentí su incomodidad. Como si un profesor le hubiese hecho una pregunta en mitad de la clase y él no conociera la respuesta.

O sí la conociera, pero no se atreviera a pronunciarla.

Lenta, muy lentamente, apartó la mirada de mí para clavarla en las figuras borrosas de la cama. Él mismo empezaba a emborronarse, a difuminarse.

—Aquella madrugada debí haberte matado —musitó—. Pero no quería que murieras.

Avancé un paso, pero mis piernas vacilaron y me tambaleé, mareada. Él me observaba con fijeza, con la boca apretada y las pupilas muy dilatadas, como si quisiera devorarme de un bocado. Todo se había cubierto de una niebla opaca, ya no existían el suelo ni el techo. La cama era apenas una sombra grande y ancha en una esquina. El propio Adam Kyteler se había convertido en una alta sombra retorcida.

—*No quiero* que mueras.

Mi cuerpo se movió solo. Me incliné hacia delante y extendí los brazos todo lo que pude, pero mis manos, al contrario que antes, no encontraron piel ni tela. Solo aire.

—¡Espera! —exclamé.

Mi voz hizo eco en mitad del silencio.

Me desperté en el dormitorio que me habían dejado ocupar los abuelos de Adam. Debía ser muy temprano, la luz que se colaba a través de los enormes ventanales no era lo suficientemente potente para aplacar todas las sombras que proyectaban los pesados muebles. Tānlan, acurrucado a mis pies, levantó la cabeza y me dedicó una sonrisa ladina.

—¿Un sueño interesante? —Parpadeó y sus orejas se irguieron de pronto—. ¿Por qué estás llorando?

Me llevé las manos a las mejillas, sorprendida, y sentí el tacto cálido y húmedo de las lágrimas que me corrían por la piel.

—¿Otra pesadilla? —me preguntó el Demonio.

Sacudí la cabeza y me senté con brusquedad. Bajé la mirada hasta mis manos, que todavía temblaban un poco. Me alegré de que mi cabello negro resbalara por mi cara y ocultara mi expresión.

—No lo sé —me oí decir.

Mis ojos otearon a través de los mechones oscuros de mi flequillo y se quedaron quietos en la puerta de mi dormitorio un instante antes de que saltara de la cama. Un escalofrío me recorrió cuando, descalza, me dirigí hacia ella.

—¿A dónde diablos vas? —gruñó Tānlan.

—Avísame si alguien se acerca —le dije, antes de salir al pasillo.

Contestó algo, pero yo no lo escuché. La amplia galería estaba totalmente desierta. No se oía absolutamente nada. Ni un murmullo provenía de esa planta; tampoco de los pisos inferiores o superiores. Parecía que yo era la única alma despierta en Wildgarden House.

Me dirigí a la puerta que tenía a mi derecha, la que conducía al dormitorio de Adam Kyteler. Una parte de mí se preguntó qué diablos estaba haciendo, qué estaba buscando, pero, sobre todo, qué quería encontrar.

No la escuché. Sujeté el pomo con las dos manos y lo giré. Este no se movió. La puerta estaba cerrada con magia. No sabía si habían utilizado un encantamiento complejo o no, pero fuera cual fuere, no podía hacer nada contra la Piedra Filosofal que habitaba en mi interior.

—*Ábrete* —susurré.

La puerta salió despedida de mis manos y golpeó con violencia la pared. El sonido reverberó en toda la mansión. Era imposible que no hubiese despertado a nadie.

No lo pensé. Me adentré en la habitación y cerré la puerta usando mis propias manos. Me estremecí cuando descubrí la gruesa grieta en la pared que había causado el pomo. No me atreví a utilizar de nuevo la magia para arreglarla.

Con la respiración contenida, miré a mi alrededor.

Me encontraba en un dormitorio majestuoso, algo mayor que el que ahora ocupaba yo. No obstante, parecía desocupado desde hacía mucho tiempo. La señora Kyteler había dicho que los guardias del Aquelarre e incluso algún Vigilante habían husmeado por el interior de la mansión, así que este dormitorio lucía ahora completamente destripado. No estaba desordenado, pero el colchón yacía desnudo sin mantas ni sábanas. Las estanterías estaban vacías, y los libros, colocados en columnas ordenadas junto a la ventana. También había un par de calderos pequeños y decenas de frascos que alguna vez habían estado llenos de elementos alquímicos. Ahora solo eran botellas de cristal.

Suspiré. No sé qué pensaba que hallaría aquí, sobre todo, después de que el Aquelarre lo hubiera registrado.

Me acerqué a la pila de libros más cercana y pasé los dedos por las solapas gruesas. Una punzada me aguijoneó el estómago cuando vi que se trataba del códice que habíamos utilizado durante aquel curso en clase de Alquimia Avanzada. Los dedos se me crisparon ante el recuerdo, dulce y doloroso a la vez, y el libro cayó de la pila.

Me agaché y me apresuré a recogerlo. Se había quedado abierto casi por el final. Sin que pudiera evitarlo, mis ojos se deslizaron por los párrafos escritos y se quedaron quietos de pronto. Había algo que no debía estar ahí. Una palabra escrita a mano en la esquina superior.

Mis pupilas la leyeron una y otra vez.

Liang.

Mi nombre. Escrito con la letra cursiva y afilada de Adam Kyteler. Acompañado por una mancha de tinta, como si él hubiese apretado demasiado la pluma contra el papel mientras lo escribía.

Me quedé en blanco. Pasé páginas atrás y adelante, pero no hallé ninguna anotación más que tuviera que ver con mi nombre, o no.

—¿Has encontrado algo interesante? —preguntó una voz cavernosa a mi espalda.

Me sobresalté y el libro cayó al suelo. Al volverme, descubrí en el umbral de la puerta al Centinela de la señora Kyteler. Trece.

—Lo siento —dije de inmediato, al recordar la advertencia sobre no entrar allí—. No debería…

Él esbozó una sonrisa extraña.

—No me has contestado. ¿Has encontrado algo interesante?

Me mordí los labios y mis ojos se dirigieron al códice de Alquimia Avanzada.

—Sí —murmuré, al cabo de un instante—. Creo que sí.

21

INVOCACIÓN PROHIBIDA

Tānlan, por supuesto, no se había molestado en avisarme que alguien se acercaba. Al menos, salió de la cama para acompañarme cuando Trece me pidió que lo siguiera escaleras abajo. Me cambié por fin de ropa y me puse un vestido bonito, aunque algo anticuado, de color rojo. Debía haber pertenecido a Alina, la madre de Adam.

El estómago me rugía porque la noche anterior apenas había probado bocado, pero Trece no me condujo al pequeño comedor que había visitado hacía solo unas horas. En vez de eso, cuando llegamos a la planta baja, giró a la izquierda y nos internamos en la sala de estar donde el día anterior había pasado los últimos instantes con mi familia.

Sentados en lugares diferentes, con los brazos cruzados y sin hablar, se encontraban la señora Kyteler y Aleister Vale. Este, sorprendentemente, no sonreía.

El sonido de mis pasos les hizo levantar la cabeza a la vez.

Mi mirada se balanceó de nuevo entre los dos Sangre Negra de la estancia, pero mis pupilas se quedaron inmóviles cuando descubrieron un papel amarillento y arrugado entre las manos crispadas de la señora Kyteler.

Parpadeé, pero no había duda. Sabía de qué se trataba.

—¿Cómo ha llegado *eso* a sus manos? —susurré.

Los ojos de la señora Kyteler se entornaron.

—Creo que esa pregunta debería hacértela yo —contestó.

Desplegó el papel que apretaban sus dedos, y la luz débil de la mañana iluminó el fragmento amarillento de papel grueso, escrito a mano. Tānlan se acercó, como si le estuvieran ofreciendo un pedazo de carne fresca que él pudiera devorar. Todo su pelo se erizó mientras leía en voz alta algunas de las palabras que allí aparecían:

Que tu sangre sea mi sangre;
tus dientes, los míos.
Que tu piel sienta mis heridas,
que mis ojos vean con tus pupilas.

No leyó el encantamiento completo; no hacía falta, reconocía esas palabras. Eran las mismas que yo había pronunciado una noche de madrugada, sola frente a él en un largo corredor de la Academia. El encantamiento que lo había unido sin remedio a mí.

Una bocanada de rabia ascendió por mi garganta con la fuerza de un vómito. Me di la vuelta y me acerqué de dos zancadas a Trece.

—Cuando fuiste a Fenchurch Street a buscar a mi familia, hurgaste entre mis cosas —siseé.

Su hocico se torció en una sonrisa burlona.

—Así es.

La señora Kyteler se levantó de pronto. Su mirada cautelosa se deslizó de mí al papel amarillento que guardaba entre las manos.

—Yo se lo pedí. Perdóname. Con los años me he vuelto un tanto recelosa —añadió, con una media sonrisa—. ¿De dónde has sacado este encantamiento?

Aparté la mirada, incómoda, y retrocedí para dejarme caer en el sillón más cercano, próximo al que ocupaba Vale. Él no me quitaba los ojos de encima.

—Lo encontré —confesé, en voz baja. El peso de todas las miradas me aplastaba.

Vale arqueó una ceja.

—¿Lo... encontraste? ¿Así, sin más?

—Sí —dije, con los dientes apretados—. En un códice de la Biblioteca de la Academia. Lo necesitaba para la asignatura de Alquimia, hace unos años. Era una de las lecturas obligatorias, pero mis padres no habían podido comprarlo. —Una punzada de dolor me atravesó el estómago cuando recordé la expresión de mi madre al leer el precio del libro en la lista de materiales que necesitaría para el próximo curso—. Era la única que no lo tenía, así que me dejaban sacarlo de la Biblioteca sin problemas. Nunca tenía lista de espera —añadí, encogiéndome de hombros—. Encontré ese encantamiento en una de las ocasiones que lo saqué, poco después de unas vacaciones de invierno.

Trece intercambió una mirada silenciosa con la señora Kyteler, mientras Vale se incorporaba y echaba a andar con lentitud por toda la estancia.

—¿Recuerdas el *Opus Magnum*? ¿Esa obra de que la que te hablamos ayer? —Asentí—. Esa página rota forma parte de ella.

Fruncí el ceño antes de mirar a la señora Kyteler.

—Usted dijo que lo habían destruido.

—Eso *creía* —contestó, al cabo de un instante, con la voz enronquecida por el desagrado.

Vale extendió el brazo en su dirección y ella le entregó el papel arrugado. Sus ojos azules recorrieron las palabras escritas con tinta, nublados con algo que parecía nostalgia.

—Este encantamiento lo creó Marcus Kyteler. Para Leo. —Sus ojos celestes se hundieron en los míos—. Era un regalo.

—¿Un regalo? —repetí.

—Leonard Shelby era el único de nosotros cuatro que no tenía Centinela. Y como nadie acudía a su invocación, Marcus inventó otra fórmula para atar un Demonio a él.

—*Cualquier* Demonio —puntualizó Trece, con los ojos hundidos en Tānlan. Él ni siquiera pestañeó ante el escrutinio.

—No probó ese encantamiento ni una sola vez. Leo realmente no necesitaba ningún Centinela —continuó Vale—. Sé que alguna vez trató de invocar alguno, pero al no funcionar, simplemente lo olvidó.

Vale apretó los labios en una mueca y sus ojos se deslizaron hasta la señora Kyteler, que continuaba de pie, con el fragmento de papel bien apretado entre sus manos.

—La mayoría de los Sangre Negra creen que los Centinelas se unen a los que son más poderosos. Pero, con el tiempo, me he dado cuenta de que no es así. Se hacen compañeros de quienes están más solos.

Un estremecimiento me sacudió. Durante un instante, la cálida estancia desapareció y me encontré en mitad de una noche gélida, frente a un niño pequeño de ojos oscuros que abrazaba con desesperación a un Demonio.

Los ojos de Trece no se habían separado de Tānlan.

—¿Quién eres tú, entonces?

Tānlan nos dedicó a todos una sonrisa llena de dientes afilados.

—El Dios Demonio del Infierno de la Avaricia: Mammon. —Me guiñó un ojo—. Tānlan, para los amigos.

El Centinela soltó un silbido por lo bajo mientras la señora Kyteler alzaba los ojos al techo con un largo resoplido.

—Un Dios Demonio no puede caminar libremente por nuestro mundo.

Tānlan bufó y sus colmillos parecieron crecer un poco.

—Oh, sí. *Claro* que puede.

Vale se colocó entre ellos, con los brazos ligeramente alzados.

—Todos los encantamientos del *Opus Magnum* son terribles, lo sé, fuimos unos niños *muy malos* al crearlo —añadió, con una sonrisa que nadie le devolvió—. Pero creo que en esta ocasión nos es útil. Liang necesita toda la protección posible.

—Pero ¿cómo han llegado esas páginas a la Academia Covenant? —preguntó Trece—. El *Opus Magnum* fue entregado al Aquelarre hace muchos años.

—¿Claude Osman no es amigo del director Wallace? —Vale me miró de soslayo, buscando mi asentimiento, pero yo apenas lo escuchaba—. Es un Miembro Superior. Si el *Opus Magnum* no se destruyó, él podría haber tenido acceso al cuaderno.

—*Era*. El director murió durante la Tragedia de la Academia Covenant —me oí decir—. Osman solía visitarlo alguna vez durante el curso.

Cada vez que lo hacía, el director hacía todo lo posible para pasearlo por las instalaciones de la Academia y así lucirlo delante de alumnos y profesores. Sacudí la cabeza. Aunque era un Miembro Superior, no tenía sentido que hubiese sustraído esas páginas del *Opus Magnum* para esconderlas en un libro cualquiera de la Biblioteca.

Un escalofrío me recorrió.

No, no era un libro cualquiera. Era un códice de consulta que todos los alumnos de mi curso ya poseían. Solo yo lo necesitaba. Y no se trataba tampoco de cualquier encantamiento. Era uno que conseguía algo que yo había creído necesitar desesperadamente. Un Centinela. Un compañero Demonio.

Tragué saliva con dificultad.

Era como si esas páginas hubiesen estado ahí solo para mí.

Esperándome.

Con lentitud, me volví hacia la señora Kyteler.

—¿Su hija sabía algo de todo esto? —pregunté de pronto.

Fue como si un relámpago de dolor la atravesara. Se volvió hacia mí, con el ceño fruncido y una sombra pendiendo de sus ojos.

—¿Alina? —musitó—. No, por supuesto que no.

No había duda en sus palabras, pero yo sabía que aquello no era cierto. Recordaba el sueño de la noche pasada, las palabras que la madre de Adam había susurrado en mitad de la oscuridad: *¿Has oído hablar alguna vez de la Piedra Filosofal?*

—Pero trabajaba para el Aquelarre —insistí.

—Se convirtió en la Embajadora más joven de la historia —contestó ella, tras una vacilación—. A pesar de todo.

—¿A pesar de todo? —repitió Tānlan.

La señora Kyteler y su Centinela menearon la cabeza; sus expresiones se habían roto. Como si acabasen de recibir una maldición.

—Cuando Alina nació, los Saint Germain, que formaban parte de la familia materna de Eliza, no gozaban de... popularidad —dijo Trece.

—Toda la comunidad Sangre Negra nos odiaba por lo que había ocurrido con Kate, por el asesinato de los Desterrados, como si alguna vez les hubiese importado su destino —puntualizó Eliza. Las sílabas escapaban temblorosas de sus labios; no por el dolor, sino por la cólera—. Quería que pagásemos de alguna forma toda la familia, a pesar de que ninguno de nosotros tuviéramos nada que ver con el horror que creó Kate durante aquellos meses. Mi primo Liroy decidió establecer su residencia permanentemente en el campo, en Escocia, mientras que Andrei y yo estuvimos varios años viajando por Europa. Pero, cuando regresamos, ese rechazo todavía persistía. Continuó cuando tuvimos a Alina. Estuvimos tentados de elegir Báthory como su apellido, pero finalmente decidimos seguir con la tradición mágica y que ella recibiera el apellido más poderoso, más antiguo: el mío. Fue un error, porque el inicio de Alina fue duro en la Academia Covenant. —Sus ojos volaron hasta mí—. Ya sabes cuánto nos gustan las habladurías a los Sangre Negra.

Me agité, sin poder evitar que otro recuerdo de Adam me aguijonase la cabeza. Por eso él nunca había querido estudiar en la Academia. Sabía que su madre no había sido feliz allí.

—Se esforzó mucho en encajar desde el primer día en que puso un pie en ese maldito suelo. —La señora Kyteler rechinó los dientes—. Y lo consiguió. Con su persistencia y su abnegación. Así que, cuando finalizó la Academia, diferentes sectores del Aquelarre se pelearon por atraerla, para hacer que trabajara con ellos. Así que… sí. Trabajaba para el Aquelarre, pero eso no significa que estuviera en contacto con el *Opus Magnum*. —Se puso en pie de golpe, con las manos muy unidas—. Tengo que ir a la Torre de Londres. Debo hablar con Serena. Debo averiguar por qué no se destruyó ese maldito libro.

Vale se levantó a su vez.

—Permíteme que te acompañe. Me gustaría averiguar cómo va la búsqueda de Liang… y qué saben y qué no sobre ella. Además, hay un asunto pendiente que debo comprobar —añadió, con una sonrisa ladeada—. Te veré allí, pero tú no me verás a mí.

Vale me guiñó un ojo y, antes de que llegara a responderle, desapareció de la estancia, de golpe, como si nunca hubiese estado allí.

La señora Kyteler y yo pusimos los ojos en blanco e intercambiamos una expresión idéntica.

—Quédate aquí, en la mansión. Puedes moverte libremente por ella. Mi marido está arriba, pero no tardará en bajar —agregó, con un tono de voz suave—. No pasará nada. Andrei es un Sangre Roja que sabe defenderse bien, y yo estaré pronto de vuelta. Y sé que Vale... de una forma o de otra, tendrá un ojo puesto en ti.

—No tengo miedo —dije.

Ella respiró hondo y, mientras me daba la espalda para alejarse de mí junto a su Centinela, me contestó:

—Cuando tenía tu edad, yo tampoco lo tenía... hasta que lo tuve.

22

SOLEDAD

La señora Kyteler regresó a la hora del almuerzo. Estaba furiosa. Al parecer, a Serena Holford le había sido imposible recibirla. O eso era lo que le había dicho con una sonrisa Anthony Graves, que le había ofrecido ser el mensajero. Por supuesto, la señora Kyteler no le había proporcionado ningún tipo de información y había decidido volver a Wildgarden House tras haber esperado horas en un despacho vacío.

Por supuesto, no tenía ni idea de a dónde había ido Vale.

Aunque una pequeña parte de mí había albergado alguna esperanza de que Serena Holford se convirtiera en una especie de aliada, apenas sentí una ligera decepción al escuchar a la señora Kyteler. Llevaba toda la mañana con otros pensamientos llenando mi cabeza.

La única buena noticia fue la llamada de mis padres, avisando que ya habían llegado a Inverness. «A un castillo de cuento», fue lo que había chillado Zhang tras el auricular. Mi madre estaba encantada con ese tal Liroy Saint Germain y sus modales exquisitos, y mi hermano me anunció que ya le había dado una paliza jugando al *mahjong*. Me repitieron cien veces cuánto se acordaban de mí, me suplicaron otras tantas que tuviera mucho cuidado.

Hablar con ellos me alegró, pero también despertó una parte oscura en mi interior. La que los echaba terriblemente de menos.

Anne, una antigua Desterrada que llevaba toda su vida trabajando para la señora Kyteler, nos preparó un almuerzo fastuoso, pero ninguno de nosotros comió demasiado. El único que llenó su estómago bestial fue Tānlan, que no cesó de engullir hasta que su vientre se hinchó tanto que tocó el suelo. Le costaba tanto moverse cuando terminó que ni siquiera se molestó en seguirme escaleras arriba cuando me excusé para descansar un rato.

A nadie le extrañó, ni tampoco intentaron detenerme.

Cuando llegué al dormitorio que habían destinado para mí me dirigí directamente a la cama. Me tumbé sobre ella y me cubrí con la colcha hasta el pecho. Sentía las manos heladas y cómo el corazón luchaba contra mis costillas.

En mi cabeza, volví a ver mi nombre escrito en un códice de la Academia. Llevaba viéndolo toda la mañana.

Aunque Tānlan no estaba junto a mí, me pareció escuchar su voz cavernosa junto a mi oído:

—Si cruzas este umbral, Liang, no podrás dar marcha atrás. ¿Estás segura?

No, no lo estaba. Pero, aun así, cerré los ojos y esperé a que mi corazón se aquietara y el sueño me arrastrara hasta alguien a quien no debería desear ver.

Por primera vez, mis ojos recorrieron antes el rostro de Adam que el lugar en el que había aparecido.

Nunca me había sentido tan nerviosa. Ni siquiera la primera vez que habíamos compartido un sueño. Tenía los dientes tan apretados y el brazo tan rígido que sentía un dolor lancinante extenderse desde mi tensa mandíbula hasta las yemas de los dedos.

—Es una hora un tanto extraña para dormir, ¿no crees? —preguntó él, con los brazos cruzados.

Iba vestido con un traje gris y una camisa blanca. Llevaba su Anillo de Sangre puesto, pero no había rastro de la túnica roja ni la máscara que solían utilizar los Favoritos del Infierno.

—Podría decir lo mismo, ¿no crees? —repliqué. Traté de que mi voz sonara dura, pero flaqueó al final.

Una mínima sonrisa estiró sus labios. Aparté la mirada, incómoda, y me obligué a mirar a mi alrededor. Como en el último sueño, habíamos regresado a mi hogar. Apenas me llegué a vislumbrar a mí misma con varios años menos y a mis padres, reunidos en torno a la pequeña mesa de comedor. De Zhang no había ni rastro.

La voz grave de Adam volvió a atraer mi atención.

—Has sido tú la que me ha arrastrado hasta aquí. Yo no tenía intención de dormir —dijo, antes de que su entrecejo se frunciera un poco—. He debido perder la conciencia mientras caminaba.

Sentí cómo mis labios se separaban por la sorpresa.

—¿Qué? —farfullé.

—Sea lo que fuere aquello que nos une, se ha hecho más fuerte. —Sus ojos negros cayeron como un encantamiento de posesión sobre los míos—. Más intenso.

Giré la cabeza con brusquedad; sentía las mejillas acaloradas, pero no por la ira. En la mesa del comedor, mis padres reían, yo incluida. Quería mirar hacia ellos, pero la figura alta de Adam parecía llenar todo el lugar.

—Si hubiese estado con los Favoritos, al despertar tendría que haber dado explicaciones —añadió, a la vez que daba un paso en mi dirección.

—No finjas que te preocupa mi seguridad —mascullé con frialdad, apretando los puños—. Si realmente fuera así, no habrías hecho todo lo que hiciste aquella madrugada. No seguirías con ellos.

Le di la espalda para no otorgarle la oportunidad de contestar. Para no ver su expresión. Me había obligado a dormir porque quería preguntarle algo, pero ahora que estaba frente a él, era incapaz de hacerlo. En vez de eso, me obligué a contemplar la escena que se desarrollaba frente a mí.

Parecía que nos encontrábamos en mitad de la Navidad Sangre Roja. Mi familia siempre había vivido entre ellos, así que lo que en un principio se fingió celebrar se convirtió más tarde en una verdadera fiesta.

Parecía que acabábamos de cenar. Yo me reía, mientras mi madre hacía soberanos esfuerzos por levantarse de la silla. Exageraba las muecas para provocarme más carcajadas. Estaba embarazada de Zhang.

Mi padre había abandonado la sala y había regresado con un viejo violín entre sus brazos. Cuando mi madre consiguió ponerse en pie, él empezó a tocar.

No pude evitar que mis ojos se llenaran de lágrimas al ver cómo mi yo del pasado se acercaba a mi madre y la tomaba de las manos para bailar al ritmo de la desafinada melodía.

—Pareces muy feliz —dijo entonces Adam.

Sentí su voz muy cerca de mí. Volví un poco la mirada, solo lo justo para alcanzar a ver su barbilla afilada a apenas medio metro de mi hombro derecho.

—No sabes cuánto te envidio —añadió, con un susurro—. Cuánto te he envidiado siempre.

Me giré por completo para encararlo, aunque él no me miraba a mí. Sus ojos negros estaban hundidos en la niña pequeña que daba saltos alrededor de su madre, con las manos unidas a las de ella, mientras su padre tocaba una melodía un tanto desafinada. Un vals, parecía.

—Siento lo que ocurrió con tus padres. —Mi lengua se movió antes de que mi cabeza pudiera controlarla—. Debiste sentirte muy solo.

Él no respondió; su mirada seguía perdida en la pareja de baile, que no dejaba de dar vueltas y de llenar de risas toda la habitación. Sus ojos negros habían dejado de ser dos piezas de hielo, y ahora en ellos se mezclaban tantos sentimientos que hasta dolía contemplarlo.

Di un paso al frente. Estábamos tan cerca que eso lo sobresaltó. Sus labios se tensaron cuando bajó la mirada por fin hasta mí.

—Lo estoy —dijo, con una pequeña sonrisa que estaba llena de lágrimas.

Solté el aire de golpe y obligué a mis brazos a permanecer unidos a mi tronco. Parecían sentir el tonto deseo de alzarse y entrar en contacto con Adam.

—No, no lo estás —repliqué, con firmeza—. Perdiste a tus padres, pero tenías... *tienes* a tus abuelos. A Siete, tu Centinela. En la Academia, siempre estabas rodeado de gente. Todos deseaban estar cerca de ti, ser tus amigos.

—Tú también te sentías sola aunque no lo estuvieras —replicó él, aunque su voz sonó suave. Quizá por la cercanía—. Por eso deseabas desesperadamente un Centinela que nunca aparecía.

Me obligué a no separar mis pupilas de las suyas, a pesar de que sentía como me arrastraban más y más, hacia un lugar demasiado oscuro y profundo para encontrar después la salida.

—Fuiste tú quien escondió ese fragmento del *Opus Magnum* en el códice de Alquimia, ¿verdad? —musité.

Adam soltó una pequeña carcajada. Y yo sentí que me mareaba. Era la primera vez que escuchaba que un sonido así escapaba de sus labios. Apenas fueron un par de segundos, pero fue suficiente para que la oscuridad de su mirada, de alguna forma, brillara.

—Eras la única que sacaba ese libro de la Biblioteca. —Se encogió de hombros y, durante un momento, solo pareció un chico vulnerable, casi avergonzado—. No quería que te sintieras como yo.

Sentí cómo mi cabeza negaba, cómo mi ceño se fruncía. Adam Kyteler nunca había sido agradable, nunca había buscado hacer sentir bien a los demás. Siempre había sido un estirado. Pero hasta lo que ocurrió aquella madrugada en la Academia Covenant, nunca me había parecido un Sangre Negra cruel. Tampoco peligroso. Y aunque me doliera admitirlo, aunque me hiciera sangrar, me había ayudado. Más veces de las que yo había creído.

Había algo que nunca me había preguntado sobre él. ¿Qué lo había llevado a convertirse en un asesino? ¿Qué había ocurrido que le había impulsado a asesinar a un profesor y a abrir uno de los Siete Infiernos?

Apenas fui consciente de cómo mis rodillas se doblaban un poco, de cómo me inclinaban hacia él.

—*Adam* —pronuncié, y mi voz sonó rara, algo ronca, insegura, como si fuera la primera palabra que había dicho en años. Sus pupilas se dilataron, aunque era imposible discernir dónde comenzaba la pupila y dónde el iris. Todo era negro. Era un pozo sin fondo que te invitaba a saltar—. Fue tu madre la que comenzó todo esto, ¿verdad?

Sus labios gruesos se separaron un poco, pero no pronunció palabra. Había en su mirada una luz diferente, a pesar de que sus ojos fueran todo oscuridad. De soslayo, vi cómo apretaba los puños con tanta fuerza, que estos empezaron a temblar.

El vals que sonaba a nuestra espalda era apenas un susurro. Yo solo era capaz de escuchar un corazón que latía con golpes de tambor.

—Cuéntamelo. —Tragué saliva y mi voz sonó débil, casi suplicante—. Ayúdame a entenderte.

Había conflicto en su expresión. Partida por las sombras que creaba la vieja lámpara del techo, parecía dividido en dos mitades. Una dorada, cálida, como su mano cuando me había tocado aquella vez. Otra, oscura, distante, fría, como esa sensación que lo envolvía siempre.

—Adam —insistí.

Él separó los labios, pero de pronto un sonido potente, ensordecedor, agudo y grave al mismo tiempo, me llenó los oídos.

Retrocedí con brusquedad, a la vez que el recuerdo se disolvía a mi alrededor. Pero, por primera vez, no quería que terminase aún. Adam me miró, sobresaltado. Él también había escuchado ese ruido.

—¡No! —exclamé—. ¡Espera!

Otra vez ese sonido, cada vez más agudo, más penetrante, que resonaba hasta en los huesos.

—Tú también lo oyes, ¿verdad? —dijo él.

El mundo que nos envolvía se sacudió con violencia, y esta vez el ruido nos desolló los oídos. Todo se desdibujó aún más. La melodía del violín ya había desaparecido.

No supe por qué lo hice, pero alcé la mano y enredé los dedos en su muñeca. Él se quedó quieto y solo volvió la cabeza para mirarme. Parte de su flequillo caía por su cara, por lo que no era capaz de vislumbrar bien su expresión. Como ocurrió aquella vez en el primer sueño, nos mantuvimos inmóviles, unidos por el simple tacto de la yema de los dedos. Pero aquella vez duró más, mucho más.

Bajo mi mano, notaba su pulso latir lento, pero muy profundo.

Sus yemas se retrasaron un ínfimo instante de más entre mis dedos, arrancándome un potente escalofrío que me arrebató la respiración.

Y de pronto, con un último rugido ensordecedor, su mano se disolvió entre mis dedos. El sueño se terminó y yo abrí los ojos.

Me incorporé con un grito. Tānlan estaba subido en el alféizar de una de las enormes ventanas del dormitorio. Aparté la colcha de un manotazo y me abalancé sobre ella.

Parecía que un enjambre oscuro flotaba en mitad del cielo, recortado sobre un atardecer. Bajo él, los edificios de la ciudad de Londres temblaban. Una columna de humo comenzaba a ascender y pequeños resplandores estallaron antes de que otro ruido atronador nos golpeara.

Jadeé.

Estaban bombardeándonos.

Cuarta parte

BLITZ

Segunda semana de septiembre -
Inicios de octubre.
1940.

Academia Covenant
Junio, tres meses antes

Márchate.

Márchate.

¿A qué diablos estaba esperando?

El escudo protector que había sellado el aula donde el Favorito había invocado a un Dios Demonio y le había arrebatado la vida a Emma estaba roto. Liang solo tenía que empujar la puerta para marcharse. Y, sin embargo, permanecía de rodillas en un extremo de la estancia. Paralizada.

Debía estar aterrorizada por lo que había presenciado. El cadáver de su amiga solo yacía a un par de metros. El de su Centinela, enfriándose junto a mí. No podía entrar. Mis indicaciones eran claras. Ella no podía verme.

Pero debía marcharse antes de que el Favorito regresara y la encontrase. Y, aunque su sacrificio ya estaba conseguido, no estaba seguro de lo que haría cuando hallase a Liang en el mismo sitio en donde la había dejado.

El tiempo siguió pasando sin que ella alzase siquiera la cabeza. Solo podía ver sus mejillas, donde las lágrimas ya se le habían secado. A lo lejos, se oía de vez en cuando el eco de los gritos, el sonido de unas pisadas que atravesaban corredores a toda velocidad.

De pronto, el diagrama de invocación empezó a brillar.

Y Liang levantó los ojos.

Entonces lo comprendí. No es que la pena la hubiese dejado clavada en el sitio, no es que le hubiese arrebatado las fuerzas para moverse. Estaba esperando el regreso del Favorito del Infierno.

Conocía muy bien ese tipo de mirada.

Liang se puso lentamente en pie mientras una figura comenzaba a emerger del diagrama, de espaldas a ella. Y, en el momento en que el Favorito pisó el suelo, gritó:

¡Ahaash!

El Favorito apenas tuvo tiempo de formular un «¡Repele!», pero la maldición atravesó el escudo e impactó en su pierna. Esta se dobló al instante como si fuera de goma, y el hombre cayó hacia delante, entre alaridos de dolor.

La sangre empezó a manar a borbotones de la herida.

Liang jadeó, demasiado sobrecogida por lo que acababa de hacer, y tardó en darse cuenta de que el Favorito, aun herido, había extendido sus manos hacia ella.

¡Que los Demonios me guarden!

El encantamiento protector brotó de sus labios a tiempo para que la maldición «¡Lneth!» no la alcanzase de lleno, pero el escudo se rompió igualmente, y ella salió despedida hacia atrás y se golpeó contra la puerta, que se abrió a su espalda.

Me aparté de su vista cuando Liang se quedó arrodillada en mitad del pasillo, con los ojos desorbitados.

Corre, pensé. *¡Corre!*

Ella pareció escucharme, porque se incorporó de un salto y, renqueando, se alejó a toda velocidad. El Favorito la persiguió, pero en el momento en que cruzaba el umbral de la clase, me interpuse en su camino.

Él bajó los ojos hacia mí, pálido y sudoroso. Sorprendido.

—Vaya, vaya. ¿Qué haces tú aquí?

23

LA PRIMERA NOCHE

—Maldita Sangre —susurré.

—¿Para qué tener Siete Infiernos si los Sangre Roja son capaces de traerlos a este mundo? —Tānlan entornó la mirada. En sus ojos verdes se reflejaban los destellos dorados de las bombas—. Esto hará a los Favoritos imparables.

No asentí, pero sabía que tenía razón. Cuando los edificios fueran destruidos, cuando las vidas humanas se perdieran, la necesidad de responder, de atacar, sería difícil de contener. Y los Favoritos llevaban demasiado tiempo azuzando a los Sangre Negra y a los Sangre Roja entre las sombras.

Me obligué a respirar hondo. Las sirenas, las explosiones, me mareaban.

De pronto, la puerta del dormitorio se abrió de golpe. Tras ella, apareció el Centinela de la señora Kyteler, Trece. Tenía el pelaje ligeramente erizado y las pupilas dilatadas.

—Están bombardeando Londres —dijo. Su respiración era acelerada.

—Qué amable. Ha olvidado que tenemos ojos —comentó Tānlan, con la cabeza inclinada con burla.

El otro Demonio ni siquiera lo miró.

—Liang, aquí estarás a salvo. Dudo que encuentren este lugar interesante de atacar, pero… por si acaso, Eliza y Aleister cubrieron Wildgarden House de encantamientos de protección. —Sus ojos dorados volaron a través de la ventana—. Aunque los Favoritos traten de aprovechar la situación, no podrán entrar aquí. Estás en el lugar más seguro de toda Gran Bretaña.

No esperó a que yo contestara. Se dio la vuelta y echó a correr, perdiéndose en la oscuridad del pasillo.

Yo solté el aire de golpe y me volví de nuevo hacia el ventanal. Mis manos se habían convertido en dos puños convulsos. El anaranjado del atardecer se tornaba de un tono sangriento. Como si fuera una premonición.

Tānlan y yo nos mantuvimos inmóviles, mientras veíamos las figuras de los aviones cada vez más numerosas. Estábamos lejos del centro de la ciudad, pero los resplandores parecían más intensos y las explosiones más ensordecedoras.

—¿No está durando demasiado? —masculló, a pesar de que el tiempo ahora no tenía sentido para mí—. ¿Por qué no se les acaba el maldito combustible? ¿Por qué no responden los Sangre Roja?

—Quizá nadie lo esperaba —contestó Tānlan, con voz queda—. Parecen decididos a reducir la ciudad a cenizas.

Me estremecí con violencia y, de pronto, supe que no podía estar ni un segundo más bajo el techo protector de Wildgarden House. No podía permanecer a salvo mientras la gente moría frente a mis ojos. Tenía que hacer algo. Todos los que estaban allí afuera y no poseían magia ni una Piedra Filosofal con la que protegerse no valían menos que yo. No merecían vivir menos que yo.

Cuando me encontraba en la Academia, era lo que pensaba cada vez que hundía la mirada en las espaldas de aquellos alumnos estirados de esas familias de rancio abolengo. *Yo no valgo menos que tú. Merezco las mismas oportunidades.*

Ahora era yo la privilegiada. Y no podía convertirme en lo que tanto había odiado y tanto daño me había hecho durante años.

Cuando miré a Tānlan, él me sonreía, mostrando sus colmillos más que nunca.

—No soy tu Centinela, pero sé muy bien lo que estás pensando.

Clavé mis ojos en los suyos, más bestiales que nunca.

—¿Me acompañarás?

Él se lamió una pata con lentitud y, cuando la apoyó en el suelo, todo el dormitorio pareció retumbar. Sus garras ocultas tras el pelo atigrado crecieron de golpe, sus orejas se echaron hacia atrás y se pegaron a su cabeza. Ese pelo algo ralo y de color insulso comenzó a caerse y a cubrir el suelo. Tānlan se retorció y de sus fauces escapó un rugido que no podía proceder del mundo de los vivos. Tuve que retroceder cuando su cuerpo empezó a crecer a un ritmo exponencial. Crujidos de músculos y huesos llenaron toda la estancia.

Había visto alguna vez a un Centinela en su forma original. De alguna manera, eran figuras más animales. Pero Tānlan no era así. Su silueta era humanoide. Tenía piernas y brazos, aunque estos terminaban en garras tan largas como mis brazos, y tenía piel, aunque fuera de color rojizo. Su boca estaba repleta de colmillos. Los ojos no tenían iris ni pupila, eran todo oscuridad. De su cabeza brotaban unos largos cuernos retorcidos, parecidos a la cornamenta de un ciervo, aunque mucho más afilados. Y de su espalda se desplegaron cuatro enormes alas membranosas. Yo tuve que agacharme para que no me golpearan.

Era tan inmenso que, aun encogido sobre sí mismo, sus extremidades arañaban las paredes y los techos. Las garras de sus pies destrozaron la alfombra cuando intentó dar un paso hacia mí.

Sus ojos negros desafiaron los míos.

—¿Vamos? —me preguntó, con una voz que volvería loco a cualquier Sangre Roja.

En ese momento, la puerta del dormitorio volvió a abrirse, esta vez con violencia. Tānlan no se inmutó, pero yo me giré para observar la expresión horrorizada del señor Báthory.

—¿Qué…? —Sus ojos volaron de mí a la cristalera que tenía detrás—. ¡No! ¡No lo hagáis!

No podía perder más tiempo. Tānlan, como si me leyera la mente, extendió el brazo y, de un solo manotazo, destrozó la enorme ventana y la pared. La brisa de la tarde nos golpeó a todos.

—Lo siento —dije, aunque mi voz apenas fue un murmullo entre las explosiones, el viento que entraba en la habitación, y los latidos erráticos de mi corazón—. Pero tengo que hacer *algo*.

No sé si el señor Báthory dijo algo más ni si intentó acercarse a mí, porque me aferré a la enorme extremidad de Tānlan y él, de un movimiento limpio, me colocó en su espalda, por debajo del nacimiento de sus alas.

—Más vale que te agarres con fuerza —me dijo, burlón, antes de salir disparado.

Me faltaron brazos, manos y uñas para aferrarme cuando sentí el tirón en el estómago. El viento me azotó el pelo y pude ver cómo nos alejábamos de la mansión a toda velocidad.

Fruncí el ceño al contemplar la fachada destrozada. La señora Kyteler iba a matarme.

—¡Podrías haberte limitado a abrir la ventana! —grité, para que Tānlan pudiera escucharme.

No podía ver su cara, pero sí sentí cómo sus labios monstruosos se estiraban en una sonrisa.

—Entonces no habría tenido la salida triunfal que quería.

Un escalofrío me recorrió cuando vi cómo Tānlan se dirigía hacia los gigantescos aviones, que sobrevolaban Londres como buitres por encima de futuros cadáveres.

—¿Qué estás haciendo? —pregunté, a voz en grito.

—¿No quieres que los destroce a todos? —me preguntó, sorprendido—. Si quisieras, no dejaría ni una de esas máquinas entera. Con un empujoncito sería suficiente.

Con los ojos entrecerrados por el viento que me golpeaba sin piedad, fijé la mirada en los bombarderos que planeaban no tan lejos de nosotros. Me sentí tentada por las palabras del Demonio. Sería una forma sencilla de acabar con la incursión. *No se atreverían a hacerlo de nuevo*, pensé, cuando vi cómo el más cercano a nosotros dejaba caer un objeto redondeado y metálico, que estallaría en llamas y sangre cuando tocase el suelo. Alguno, quizá, nos habría visto. Tānlan era inmenso, tal vez tanto como esos aviones.

Sacudí la cabeza y me obligué a mirar hacia abajo.

—No —me oí decir, en voz alta—. Eso sería lo que querrían los Favoritos del Infierno.

—Entonces, ¿a qué hemos venido? —bufó Tānlan, decepcionado.

—*Proteger* es muy diferente a *atacar* —repliqué, aunque no sabía si él podía escucharme por el viento que bramaba a nuestro alrededor.

—Qué aburrida eres —rezongó, aunque inclinó su cuerpo hacia abajo, en dirección a la ciudad de Londres, que ahora ardía y humeaba.

Mis ojos la recorrieron. Habían atacado sobre todo a almacenes y a los puertos comerciales que se encontraban a lo largo del Támesis, pero no se habían limitado solo a eso. Muchas zonas residenciales estaban ahora dañadas, con parte de sus edificios derrumbados. Apreté los dientes con rabia y sentí cómo la magia bullía como agua hirviendo en mis venas.

Tānlan se dirigió a una zona donde parecían concentrarse ahora los bombardeos. Un escalofrío me estremeció hasta los huesos cuando la reconocí desde el cielo. Eran los alrededores de Fenchurch Street.

—No… —boqueé.

Allí estaba mi casa. El hogar de mi familia durante décadas. No podíamos perderlo. No podía permitir que lo destruyeran.

Señalé hacia la calle y Tānlan entendió mi mensaje. Agitó sus enormes alas y se inclinó hacia abajo. El cambio de orientación dio un vuelco a mi estómago y el cabello negro me azotó el rostro. Descendimos y yo parpadeé entre las lágrimas causadas por la velocidad. Por suerte, no vi a nadie en la calle. Todos los Sangre Roja debían haber buscado refugio en las estaciones de metro.

De pronto, un silbido agudo, penetrante, me hizo girar la cabeza. Apenas llegué a ver una sombra negra antes de que un halo anaranjado, brillante y doloroso, nos golpeara de lleno a Tānlan y a mí.

Mis manos se separaron de su piel fría y escuché la explosión antes de caer sobre los adoquines del suelo y dar varias vueltas sobre ellos hasta quedarme tumbada de medio lado en mitad de la calzada.

Mi visión se había emborronado. Tomar aire fue una agonía. Intenté incorporarme, pero de lo único que fui capaz fue de levantar ligeramente la cabeza solo lo suficiente como para ver uno de mis brazos, torcido en un ángulo imposible, y el borde de la falda del vestido rojo, bajo el que solo asomaban mis piernas totalmente destrozadas y un charco de sangre que crecía cada vez más.

Unos metros a mi derecha, un edificio se había convertido en escombros.

—No... —mascullé, con un gemido débil—. No, no...

De pronto, mi voz se estranguló con un grito. Sentí un crujido terrible, tan doloroso que estuvo a punto de llevarme a la inconsciencia, y mi brazo izquierdo se agitó y volvió a un ángulo natural.

Me obligué a mover los dedos. Estos me respondieron, como si esa brutal rotura nunca hubiese sucedido.

Volví a erguir la cabeza. El charco de sangre bajo mi falda había dejado de crecer.

—La Piedra —oí que una voz cavernosa decía a mi izquierda.

Giré la cabeza para ver a Tānlan. Él también estaba magullado. Varias heridas profundas cruzaban ahora su pecho y sus brazos, y una de sus alas parecía rota. Sin embargo, con el pasar de los segundos, el goteo de la sangre iba disminuyendo.

Asentí para mí misma, cerré los ojos, y empecé a recitar el primer encantamiento sanador que se me ocurrió.

Carne a la carne, sangre a la sangre.

En el momento en que esas palabras escaparon de mis labios, un calor reconfortante se extendió por mis extremidades. Repetí las palabras mágicas sin cesar, mientras los rugidos de las bombas seguían sucediéndose y el cielo se volvía cada vez más oscuro, por culpa del humo y la noche que se acercaba.

Abrí los ojos y bajé la mirada. No había rastro de mis zapatos, que habían quedado destrozados por la explosión, pero cada centímetro de piel de mis piernas y pies estaba intacto, como si nunca hubieran sufrido ni un rasguño.

Descalza, me incorporé con dificultad y encaré los monstruosos bombarderos que sobrevolaban sobre mi cabeza.

—Vamos —murmuré.

Me aproximé al edificio más cercano a mí. Me mordí con fuerza la yema del índice y, con la sangre que brotó, dibujé el signo del hierro en la puerta principal, mientras murmuraba:

Que los Demonios lo guarden.

Me deslicé hacia la izquierda, dibujando en cada portal el mismo símbolo. Tānlan volaba unos metros por encima, vigilando que ninguna de las bombas se acercase de nuevo a mí.

Estaba a punto de escribir con sangre sobre la vieja puerta de madera del número 17, el edificio que guardaba mi hogar, cuando una de las bombas golpeó el escudo mágico que había creado y estalló por encima de los tejados. Alcé la mirada y vi cómo el fuego y el humo se expandían hacia arriba y hacia los lados, pero no tocaban ni una sola piedra de los edificios que había protegido.

Se me escapó una sonrisa triunfal, a pesar de que sabía que lo que estaba haciendo repercutiría de un modo o de otro en el devenir de este ataque. Los pilotos que sobrevolaban la ciudad no entenderían qué ocurría con sus proyectiles. Solo podía esperar que sus ojos Sangre Roja no fueran lo suficientemente agudos como para ver el instante en que el escudo resplandecía cuando las bombas estallaban.

Con el corazón latiendo a mil, dibujé el símbolo alquímico de hierro sobre la puerta, y retrocedí. Y de pronto, me di cuenta de que el edificio no estaba vacío.

En la tercera planta, en la casa que se encontraba al lado de la mía, había luz. El hogar del señor Martin.

Maldita Sangre, pensé, cuando me pareció ver durante un instante su rostro asomado a la ventana.

En el preciso momento en que otra bomba estallaba en uno de los escudos, una mano firme y brusca cayó sobre mí.

—¡*Golpea!* —grité, antes de girarme.

Quien estaba junto a mí no pronunció ningún hechizo protector, aunque un escudo mágico lo amparó justo a tiempo. Levanté la mirada y contemplé la expresión furiosa de Aleister Vale.

—¡Por los Siete Infiernos! —bramó, por encima del ruido de los aviones y las explosiones más lejanas—. ¿Qué haces aquí?

Estaba despeinado y su cara, llena de polvo, lo que hacía que el brillo acerado de sus ojos resaltara todavía más. Su cabello se había vuelto blanco.

—¡No podía quedarme en esa mansión limitándome a observar! —repliqué, alzando la voz.

—Eso era precisamente lo que tenías que hacer. ¡No debes involucrarte! Además… —Miró a su alrededor, con el cuerpo crispado por la tensión—. Aquí eres un blanco fácil.

—He colocado escudos protectores por toda la calle —dije, señalando Fenchurch Street—. Ninguna bomba tocará el suelo.

Los ojos de Vale se movieron de un lado a otro, nervioso.

—No son solo las bombas las que me preocupan.

No llegué a devolverle la mirada. Apenas me dio tiempo a girar un instante la cabeza antes de que un dolor violento y atroz me arrasara.

La puerta del número 17 de Fenchurch Street estalló a mi espalda y caí sobre el recibidor helado del edificio. Me pareció oír de nuevo el terrible crujido de otro hueso roto y otra sacudida de dolor lancinante me hizo gritar.

Mi conciencia se tambaleó. Vi unos ojos que asomaban por encima de una máscara de labios sellados, rodeados de pintura blanca. Cabello peinado hacia atrás, pegado al cráneo. Una túnica rojo sangre.

Por encima del dolor, de la asfixia que de pronto me atenazaba, lo reconocí.

Había visto una mirada así antes. En la Academia Covenant. En una vieja calle de Limehouse.

Escuché a Aleister rugir, gritar mi nombre, pero él mismo desapareció de mi vista cuando otro Favorito del Infierno cayó sobre él.

Intenté respirar, pero una presión demoledora me lo impedía. Jadeé, y sentí cómo un líquido espeso y cálido, que sabía a hierro, me resbalaba de las comisuras de la boca.

—No te muevas, *niñita* —siseó el asesino de Emma.

La conciencia volvió a fallarme durante un segundo cuando bajé la mirada.

El Favorito había hundido su mano en mi pecho con alguna clase de encantamiento que yo desconocía. Lo había atravesado. Y sus largos dedos rodeaban ahora mi corazón, que luchaba por latir, desesperado.

Y con él, la Piedra Filosofal.

24

DEMOLICIÓN

Por la puerta destrozada del recibidor apareció otra figura enmascarada. A pesar de la niebla que cubría mi mirada, pude vislumbrar los labios de metal, la piel lisa y pintada de blanco, el cabello peinado hacia atrás bajo el que asomaban unos ojos Sangre Negra.

Dejé escapar un gemido entrecortado. Era otro de ellos.

Los Favoritos del Infierno estaban aquí.

—¡No la sueltes! —exclamó. Era una voz de mujer, desconocida para mí—. Así no podrá sanarse.

Y tampoco morir. Lo sentí cuando el hombre movió su enorme brazo en torno a mí y afianzó todavía más sus dedos en mi interior. Mi corazón se rendía una y otra vez, pero la Piedra le impedía claudicar.

La Favorita hizo un gesto hacia las viejas escaleras y el que había asesinado a mi única y mejor amiga obedeció. Me arrastró, siguiendo a la que parecía su compañera con rapidez.

Además de mi corazón latiendo erráticamente, escuchaba gritos y explosiones, muebles que caían y cristales que estallaban. De vez en cuando, un resplandor aguijoneaba mi mirada nublada.

Antes de llegar al rellano del segundo piso, conseguí por fin que mis manos me respondieran. Las moví solo lo suficiente como para apoyarlas sobre la frente perlada de sudor del Favorito.

Sentí su estremecimiento y cómo su cabeza se inclinaba en mi dirección.

—*Repele* —susurré.

Nos separamos con un potente resplandor, que no solo arrastró al hombre, sino también a la compañera que se hallaba a su lado. Ambos rodaron por el pasillo destrozado y atravesaron la puerta de la casa de uno de mis vecinos, mientras yo caía sin fuerzas sobre el rellano.

A pesar del inmenso mareo, de lo débil que me sentía, escuché sus voces doloridas dando la alarma, y supe que no tenía mucho tiempo. Sentí los labios duros como alambres cuando me obligué a moverlos para recitar el encantamiento de protección:

Que los Demonios me guarden.

Una cúpula casi transparente me envolvió mientras yo rodaba y me colocaba bocarriba. Jadeé y, con las yemas de los dedos rocé los bordes abiertos del monstruoso desgarro en mi pecho. Se me empaparon al instante de una sangre casi negra y caliente. Intenté incorporarme, pero el dolor se hizo insoportable y una nueva balsa de sangre escapó de mi cuerpo.

—¡Liang! ¡Liang! —Oí que bramaba Vale, seguido de más resplandores, truenos y destellos rojizos, dorados, muestras de las maldiciones que eran proferidas.

Yo no podía responder. La lucha contra mi conciencia agotaba todas mis fuerzas. Apenas logré girar la cabeza cuando escuché cómo varias pisadas ascendían por la escalera, en mi dirección.

Tres Favoritos más aparecieron en mi campo de visión. Uno de ellos se detuvo a menor distancia de mí. Tenía el cabello peinado hacia atrás y sus ojos apenas asomaban por el borde de la máscara, negros como un cielo sin luna y estrellas. Su piel pálida apenas contrastaba con la pintura blanca que la cubría.

Por encima del dolor, que poco a poco iba disminuyendo, un rayo me estremeció.

Adam.

No podía ver ni un ápice de piel limpia tras la túnica roja y los guantes del mismo color, pero estaba segura de que era él. La Piedra Filosofal que todavía seguía sujeta a mi corazón me lo susurraba.

Otro de los Favoritos del Infierno se adelantó unos pasos y se arrodilló a mi lado, a centímetros del escudo. El tercero de ellos, que se mantenía algo más alejado, dijo con voz de ultratumba:

—No te acerques más. Un escudo generado por la Piedra podría dejarte malherido si desearas traspasarlo.

—Es increíble —masculló el que se encontraba junto a mí—. El poder de la Piedra… Mirad sus heridas.

Mis ojos se deslizaron hacia Adam, que no se movió ni un ápice. No veía ese conflicto brillando en sus pupilas que había observado hacía solo un par de horas. Solo quedaba una fría oscuridad. No supe por qué, pero durante un momento el pecho me dolió aún más, a pesar de que mi visión se había aclarado y el sangrado había mermado.

—Estamos perdiendo el tiempo —contestó Adam, con una gelidez que cortaba—. Debemos romper ese escudo.

Me llevé una mano temblorosa al abdomen. Tenía parte del vestido desgarrado, pero cuando introduje los dedos entre los jirones de tela, solo sentí varios arañazos donde antes había habido una herida mortal. Moví los brazos, las piernas. Extraordinariamente, me encontraba bien, aunque todavía me sentía muy dolorida.

—Liang —dijo Adam, tras esa horrible máscara.

Me estremecí. Me había llamado por mi nombre, no se había referido a mí como «Shelby». Una parte pequeña e ilusa de mí creyó que eso debía significar *algo*.

—Baja el escudo. Puedes llevar la Piedra en tu interior, pero hemos venido todos a por ti. Los siete. —Hubo una vacilación en su voz, antes de añadir—: No queremos hacerte daño.

No contesté. El asesino de Emma y la otra Favorita del Infierno, a los que yo había hecho volar por los aires con un simple «Repele», se acercaron al rellano, jadeando.

—Necesitan ayuda con Vale y con el otro Demonio —dijo la mujer, antes de volver su máscara monstruosa en mi dirección.

Tānlan, pensé. ¿Él también estaba combatiendo? ¿Por mí?

—¿Podréis con ella?

El asesino de Emma soltó una especie de resoplido y avanzó un par de zancadas para colocarse junto a Adam.

—*Por favor* —siseó, antes de extender ambas manos en mi dirección y gritar:

¡Qhyram!

La maldición golpeó contra mi escudo y me dejó ciega durante un instante, pero mi protección ni siquiera se resquebrajó, a pesar de que un extraño olor a humo comenzó a rodearme.

Dos Favoritos del Infierno se miraron entre sí antes de seguir a la mujer.

Adam y su otro compañero avanzaron un metro más, y siguieron el ejemplo del asesino de Emma. El primer Favorito repitió sin parar la maldición «¡Lneth!». Adam solo dudó un segundo antes de imitarlo.

Usó alguna clase de maldición, pero no oía de cuál se trataba. De sus manos escapaban destellos rojizos que impactaban al igual que los otros ataques mágicos.

El escudo lo soportaba, una bola de cristal llena de colores mortales. Yo me encontraba en mitad de ella, sintiendo cómo el corazón comenzaba a arderme, cómo la respiración se me agitaba todavía más.

Poco a poco, me puse en pie. La sangre se había secado bajo mis pies, tenía manchas por todo el vestido, en mis manos y en mis rodillas, pero en mi piel no quedaba ni un rasguño, ni una cicatriz.

Sus ataques se incrementaron; escuché el crujido del escudo. Iba a romperse de un momento a otro, pero esta vez yo no iba a dejar que ningún maldito Demonio volviese a tocarme.

Esta vez iba a ser yo quien los haría sangrar.

¡Ahaash!

La maldición que pronunció Adam creó una pequeña grieta en la cúpula que me protegía. Pude sentirlo y verlo gracias al súbito resplandor sanguinolento que mostró la hendidura. Destrozaría el escudo de un momento a otro.

Adam y los dos Favoritos también la vieron, pero yo fui más rápida. Bajé los brazos con violencia, sintiendo cómo mi poder y el de la Piedra aullaban por volar libres.

Chillé tan fuerte, que mi garganta sangró.

¡Qhyram!

Cuando estudié esta maldición en la Academia durante el último curso, antes de la Tragedia, nuestra profesora nos dijo que sus efectos eran parecidos a los que podía causar una bomba creada por los Sangre Roja.

Pero la destrucción que yo produje con esa sola maldición fue mucho mayor.

Ni siquiera llegué a ver si Adam y los dos Favoritos se protegían a tiempo, porque la magia que brotó de mis manos, de mi cuerpo, de mi corazón, arrasó con parte del suelo, de las paredes, del tejado.

Una parte del número 17 de Fenchurch Street fue destruida en un suspiro, pero con un aullido atronador.

De pronto, me encontré yo sola en mitad del rellano de unas escaleras que ya no ascendían a ninguna parte, con el cielo sobre mi cabeza, en vez de los altos tejados. El pasillo que había recorrido varias veces, el hogar que había habitado desde que había nacido, ya no existía; solo quedaban de él tablones, cristal, piedras y muebles que se precipitaban por el enorme agujero que había creado.

Asomado por él, acerté a ver al señor Martin. No parecía herido, aunque su rostro se había vuelto del color de las velas. Alzó una mano temblorosa en mi dirección y movió los labios. No escuché ninguna palabra, pero sí fui capaz de leerlos: «Bruja».

Me quedé paralizada solo un instante. El tiempo que necesitaron mis oídos para escuchar gritos que provenían de las partes del edificio que todavía seguían en pie.

Tenía que encontrar a Vale y a Tānlan, y salir de allí como fuera.

Me abalancé escaleras abajo, saltando los escalones de tres en tres. Escuchaba gritos humanos, crujidos que provenían de los cimientos del edificio a punto de colapsar.

De pronto, un alarido de dolor cruzó el aire y me hizo detenerme en seco al reconocerlo.

Un gemido escapó de mis pulmones.

—¿¡Papá!? —grité, en mitad de la oscuridad y la destrucción.

Era su voz. No había duda.

Seguí el abrupto descenso y llegué al recibidor del edificio. Las puertas habían sido arrancadas y de la vieja lámpara que colgaba del techo solo quedaban cristales derramados por el suelo que pisaba.

Un crujido me hizo volverme por completo.

Era Adam. Se había retirado la máscara y ahora me observaba a través de esos ojos tan negros como el entorno que me rodeaba.

Durante un momento, solo nos miramos, y nuestras respiraciones resonaron en una súbita quietud. Me sentí de nuevo perdida en uno de nuestros sueños. Cerca, pero a la vez, terriblemente lejos.

¿Por qué no me atacaba, maldita sea? ¿Por qué no hacía más que mirarme con esos ojos partidos en dos?

—Adam —susurré. Su nombre sonó como un ultimátum.

Él dio un paso en mi dirección y alzó el brazo. Yo retrocedí, alerta, aunque había algo extraño en su postura, en la forma en que sus dedos se abrían en mi dirección. Si giraba la muñeca un poco más, si mostraba un poco más de la palma ensangrentada de su mano, no parecería una amenaza, sino una invitación.

Pero ¿a qué?

Apreté los dientes mientras su brazo quedaba extendido en el aire.

—Has visto lo que han hecho los Sangre Roja con sus bombas. Tú también has decidido intervenir —dijo, con su voz profunda y ronca—. Pero si no quieres utilizar el poder de la Piedra, lo entiendo.

—¿Lo entiendes? —repetí, con la voz rota por la incredulidad.

—Ven conmigo. Acompáñame. Ellos solo quieren la Piedra. Si… —Respiró profundamente y recortó más la distancia entre nosotros. Yo no retrocedí—. Si confías en mí, te prometo que no sufrirás ningún daño. Buscaré una forma de solucionar todo esto.

—¿Por qué hablas en singular? —murmuré.

Sus hombros se tensaron y apretó los labios.

Esta vez fui yo la que avancé hacia él y, por primera vez, fue Adam el que tuvo intención de retroceder.

—¿Por qué escribiste mi nombre en uno de tus códices? —susurré.

No esperaba esa pregunta. Pude verlo en su expresión, que se quebró por completo.

Alcé mi mano y avancé otro paso hacia su mano extendida. El aire entre nuestros dedos pareció vibrar. Arder.

Pero, de pronto, un crujido sobre mi cabeza me alertó y el extraño ambiente cálido y seguro en mitad de todo aquel caos explotó. Me encontré rodeada por dos Favoritos. Uno de ellos era el asesino de Emma y del otro solo pude ver el destello gris de sus ojos antes de que una maldición me golpeara.

—*¡Repele!*

El escudo que se creó a mi alrededor evitó que la magia me tocara, pero la fuerza del impacto me arrojó hacia atrás, y el escudo vaciló. Resbalé por el suelo de tablillas enmohecidas y alfombras apolilladas hasta golpearme de lleno con la puerta de entrada.

Mareada por el golpe, extendí la mano sin mirar a nada ni a nadie, y chillé:

¡Ahaash!

Un resplandor rojizo iluminó durante un momento la oscuridad.

Era una maldición creada para hacer daño físico, para cortar carne, pero como no encontró cuerpo alguno que destrozar, una grieta enorme recorrió parte de la escalera y los peldaños se desmoronaron junto a los pasamanos.

Una nube de polvo invadió el recibidor y yo murmuré de nuevo un rápido «Que los Demonios me guarden» para que un nuevo escudo se conformara a mi alrededor.

Esperé, resollando, con la espalda pegada a una de las paredes que todavía seguían en pie. Escuché crujidos, pisadas que se arrastraban pero no llegaban a acercarse a mí, las respiraciones enardecidas de los Favoritos. Y entonces, alguien musitó:

—*Enciende.*

Decenas de esferas de fuego aparecieron flotando a mi alrededor, aclarando a medias el polvo que todavía flotaba en el ambiente.

Entorné la mirada mientras la niebla parda caía y se posaba sobre las figuras que me encaraban.

Los siete Favoritos del Infierno se hallaban frente a mí. Los seis que habían arrebatado tantas vidas en la Academia Covenant y el que había asesinado a la Miembro Superior Agatha Wytte frente a la Torre de Londres. Aunque él no había estado en la Academia, no era la primera vez que lo veía. No había podido olvidar su imagen cuando lo había contemplado por primera vez aquella noche en Limehouse, cuando el enemigo Sangre Roja había bombardeado Londres por primera vez.

A juzgar por su máscara, distinta a las del resto, y por su posición ligeramente adelantada, adiviné que debía tratarse del líder de todos ellos.

Mis pupilas recorrieron la piel de metal, de color negro, que cubría los ojos y el cabello del portador. Los labios monstruosos estaban pintados de color rojo sangre y los cuernos eran tan largos como mis brazos, afilados como lanzas. No dejaba ni un ápice de piel al aire, ni siquiera era capaz de vislumbrar sus pupilas; esos huecos eran todo oscuridad. Tampoco su cabello escapaba bajo la superficie pulida.

No era fácil saber quiénes eran los Favoritos con sus rostros medio ocultos y sin Centinelas. Pero el de él, el del líder, era totalmente imposible.

¿Quién diablos eres?, masculló una voz en mi cabeza.

Mis ojos volaron por todas las máscaras. El rostro de Adam se había perdido entre las otras caras monstruosas.

Y de pronto, me sentí morir.

Había una octava figura entre ellos. Sujeta entre dos enmascarados, con las rodillas dobladas y el rostro inclinado hacia abajo. Tenía la ropa hecha trizas, llena de polvo.

—Papá —masculló.

Una arcada me sobrevino y sentí cómo el escudo que me protegía vacilaba. Lo sentí parpadear a mi alrededor, al mismo tiempo que mis pestañas. Lo que estaba viendo no era real. No podía ser real.

Él no debía estar aquí. Debía hallarse en Inverness, en otra mansión parecida a Wildgarden House, a salvo con la familia de la señora Kyteler. Ella me lo había prometido. Me había dicho que sería la única forma de mantenerlo a él, a mi madre y a mi hermano Zhang a salvo.

Con un gesto brusco, los dos Favoritos del Infierno que lo sujetaban lo dejaron caer hacia delante. Él se derrumbó sin oponer ningún tipo de resistencia. Su cara se estrelló de lleno contra las maderas podridas y se quedó ahí. Inmóvil.

—Esto no tendría que haber pasado —susurró el líder de los Favoritos. Dio un paso al frente, con su máscara monstruosa inclinada en mi dirección. Su voz era neutra, enrarecida por la máscara que le cubría el rostro o quizá por algún hechizo modulador de la voz. Como a los demás Favoritos, no había Centinela que los acompañase.

Traté de hallar algo en mi memoria, pero no encontré nada. Era un hombre, estaba claro, pero no había escuchado nunca ese timbre. Y ni en su estatura ni en su complexión había nada que llamase la atención.

—Tenemos también a tu madre y a tu hermano pequeño.

Ante mis ojos desorbitados, el Favorito del Infierno me mostró su mano y en ella, partida por la mitad, había una ficha de *mahjong.*

Me quedé paralizada mientras el resto de los enmascarados avanzaban hacia mí. Jadeaba sin control. Era incapaz de moverme. Mi propia Piedra ardió en el interior de mi pecho mientras todos ellos recortaban un poco más la distancia.

—Ninguno de los dos nos interesan, pero haremos lo que sea necesario hasta que decidas acompañarnos —continuó el Favorito del Infierno; su voz se suavizó. Parecía el canto de una serpiente. O de un maldito ángel—. Piénsalo. Ya ha habido demasiadas muertes. No tienes por qué provocar más.

Era consciente de que el grupo se dividía, de que estaban cada vez más cerca de mí, de que tenía una pared a mi espalda y de que me encontraba demasiado horripilada como para reaccionar.

No tenía sentido. No lo tenía, a pesar de que estaba viendo el cadáver de mi padre a menos de tres metros de distancia.

Había recibido su llamada esa mañana. Me había dicho que estaban bien.

—Conseguiremos separarte de la Piedra sin que ella o tú sufráis daños. —El susurro del Favorito del Infierno sonaba demasiado cerca. Uno de ellos estaba a solo un suspiro de mi cuerpo. Era Adam—. Estamos investigando cómo hacerlo. Solo… tienes que permanecer a nuestro lado hasta entonces.

Pero de pronto, una de las pocas paredes que quedaban en pie del recibidor, la que comunicaba con Fenchurch Street, estalló con una nube de esquirlas blancas y de madera. Y en mitad del hueco, con la ropa hecha un desastre, ensangrentados pero vivos, vi a Aleister Vale y a Tānlan.

Los ojos de ambos se abrieron con horror al descubrirme en mitad de ese semicírculo compuesto por máscaras, y después se deslizaron hasta el cadáver de mi padre, que seguía inmóvil en el suelo.

—¡Homúnculo! —chilló Vale, porque no había tiempo para más.

Mis ojos se clavaron en el cuerpo solo durante un instante y me di cuenta, de pronto, de la falta de sangre. Los Homúnculos nunca la derramaban, aunque los decapitaran, aunque los hicieran trizas. Eran meras carcasas vacías.

Y un maldito Homúnculo me había condenado. Durante un momento absurdo me pregunté si no habría sido idea de Adam, de si todo había sido un plan originado a raíz del incidente que produje en la clase de Alquimia Avanzada, en la Academia, con mi propio Homúnculo desastroso.

Giré la cabeza y hundí mis ojos en los de él, visibles tras los enormes huecos de su máscara. Estaba a solo unos centímetros. Al alcance de mis dedos.

Miré a mi alrededor. Todos los Favoritos del Infierno estaban al alcance de mis dedos.

Lo siento, Aleister, pensé, antes de recitar una de las primeras invocaciones que nos enseñaban a los Sangre Negra al comenzar el curso en la Academia.

Que el Aquelarre juzgue.

Normalmente, con esa sencilla invocación, aparecía un guardia del Aquelarre. Era trasladado mágicamente al lugar al que había sido convocado. Pero ahora mi sangre era más poderosa que nunca, y en vez de un guardia, apareció de súbito cerca de medio centenar.

Debía haberlos arrastrado desde la Torre de Londres, porque se encontraban perfectamente uniformados y alerta. Cuando aparecieron, sin embargo, miraron a su alrededor con las pupilas dilatadas por la sorpresa. Con ellos, sus Centinelas gruñían.

Los Favoritos del Infierno retrocedieron. Escuché una imprecación, pero nunca supe si había venido de ellos o de Aleister Vale.

Yo permanecí extrañamente en calma en mitad de todo aquel caos de uniformes, de negro y rojo, de máscaras y cuernos.

—Me llamo Liang Shelby. Creo que el Aquelarre me estaba buscando —dije, con una voz que hizo eco en el recibidor destrozado.

Los Favoritos retrocedieron de nuevo. Los señalé con el índice.

—Y a ellos también.

MALAS DECISIONES

En el cielo se había desatado un infierno con las bombas de los Sangre Roja; en el suelo estalló uno similar.

Aleister desapareció y los guardias del Aquelarre tardaron demasiado en reaccionar y en abalanzarse sobre los Favoritos. Estos, sin embargo, sí fueron rápidos a la hora de moverse.

Intenté sujetar a Adam, pero él escapó de mis manos y se abalanzó hacia el hueco que antes había contenido una puerta y comunicaba con la calle. Antes de que le lanzara un hechizo «Aferra», me pareció ver cómo negaba con la cabeza. Recitó un encantamiento de protección y, cuando lo seguí al exterior, ya había desaparecido.

Después de aquello, todo se aceleró.

Vi las capas negras de los Favoritos del Infierno escurrirse entre los edificios de Fenchurch Street, seguidos por los guardias, que no cesaban de recitar hechizos y encantamientos. Destellos de todos los colores, gritos y alaridos se mezclaron con el atronador sonido de las bombas, aunque estas eran cada vez menos frecuentes y sonaban más alejadas.

Parecía que los aviones enemigos comenzaban a retirarse.

—Creo que este sería el mejor momento para desaparecer —dijo Tānlan, que había vuelto a su forma de gato pardo cuando los guardias habían aparecido.

Estaba de acuerdo. Miré a un lado y a otro, pero en ese entonces nadie me prestaba atención. Retrocedí un par de pasos y comencé a recitar:

—*Que sea tan ligera como la brisa, que...*

Una mano férrea se posó en mi hombro. Las palabras se me entrecortaron en la garganta y me volví para observar los furiosos ojos verdes de Serena Holford.

—¿A dónde cree que va, señorita Shelby?

Tenía las yemas de los dedos manchadas de su propia sangre. Apenas llegué a echarles un vistazo antes de que su mano se moviera rápidamente y dibujara un símbolo alquímico en mi frente. Sus labios se movieron con la misma celeridad:

Ojos que veis, cerraos.
Que vuestro corazón no sienta.
Que vuestra memoria no recuerde.
Que el sueño lo sea todo.

No tuve tiempo de defenderme. Ni siquiera de pensar «Maldita Sangre». Mis ojos se cerraron y mi cuerpo se precipitó hacia un sueño que no fue deseado.

—¿Qué demonios estás haciendo? —Escuché la voz airada de Adam junto a mí. Parpadeé y logré apartar a medias la bruma que parecía envolverme—. Te dije que si me traías hasta aquí cuando me encontrara con los Favoritos, lo descubrirían.

Sacudí la cabeza. No me sentía bien. Quizá fuera por culpa de estar sumida en un sueño mágico, y no en uno mío. Respiré hondo y miré a mi alrededor. Sin duda, me hallaba inmersa en un recuerdo mío, porque a pesar de que todo estaba borroso, de que no se vislumbraban las figuras que nos rodeaban y las voces sonaban muy bajas, distorsionadas, reconocía que aquel era uno de los dormitorios femeninos de la Academia Covenant.

Una Liang de once años se encontraba enfurruñada en la cama, con los ojos llenos de lágrimas, mientras Emma discutía furiosa con otras compañeras de curso y de habitación. No recordaba con exactitud cuándo había sucedido, pero podía imaginar qué había pasado. Cada cierto tiempo solía repetirse. Compañeras que se burlaban de mis códices viejos, de mi madre, que no pertenecía al mundo de los Sangre Negra, y de mi hermano, que jamás había mostrado ni un solo indicio de poseer magia.

Me tambaleé y, de pronto, unos brazos cálidos, firmes, me sujetaron. Una mano aferró mi muñeca, mientras que la otra se posaba en mi cintura. Me estabilizaron, pero no se retiraron de mí.

—¿Qué ocurre? —La voz de Adam se suavizó. Y sonó tan cerca que pareció una caricia sobre mi oído—. ¿Te encuentras bien?

El estremecimiento, que no procedía del sentimiento adecuado, me hizo reaccionar por fin. Todavía algo mareada, le di un manotazo a esos brazos que me sujetaban y retrocedí todo lo que los límites del sueño me permitieron.

—¿Me preguntas si estoy bien? —troné—. ¿Me preguntas qué ocurre, después de que me has lanzado maldiciones cuando todavía estaba malherida? ¿Cuando uno de tus compañeros me ha atravesado el pecho y ha estado a punto de arrancarme el corazón?

Me llevé las manos al pecho, aunque ya no quedaba vestigio alguno del tremendo ataque que había recibido.

—No tendría que haber sido así —contestó él. Fue algo parecido al dolor lo que retorció sus rasgos—. Te he ofrecido antes mi ayuda. Quiero volver a hacerlo. —Su mano izquierda se alzó un poco, aunque no lo suficiente—. Pero no siempre será así. Esta guerra está empeorando, ya has visto lo que ha ocurrido hoy. Y el líder de los Favoritos se está impacientando.

—No quiero tu ayuda, maldita sea —escupí, con la voz ronca por la rabia—. No quiero nada que tenga que ver contigo.

Durante un instante, su rostro se contrajo en una mueca afligida. Pero apenas duró, porque de pronto la comisura izquierda de sus labios se alzó un poco, lo suficiente como para que su rostro inexpresivo y frío mostrara algo parecido a la diversión. O a la burla. No estaba muy segura.

Dio un par de zancadas en mi dirección. Yo no avancé, seguía con la espalda pegada al límite tibio y tembloroso del recuerdo que no era capaz de ver con claridad.

No me amilané. Levanté la barbilla para no cortar el contacto visual y lo maldije por ser tan malditamente alto.

—Entonces, ¿por qué he pasado a ser Adam? —canturreó—. Antes era solo «Kyteler».

Un súbito calor que no sabía de dónde procedía intentó abofetearme las mejillas, pero logré controlarlo. Apreté los dientes y no bajé ni un ápice la mirada.

Él avanzó dos zancadas. Lo hacía con lentitud, me proporcionaba el tiempo suficiente para que yo pudiera desplazarme a un lado y rodearlo. Pero no pensaba huir de él. No quería darle ese placer.

Así que permanecí inmóvil, a pesar de que la distancia entre nosotros era cada vez más alarmantemente corta. A pesar de que cada vez me costaba más soportar la cercanía de sus pupilas.

—Tú escribiste mi nombre en uno de tus códices de la Academia —susurré.

Un paso más.

—¿Acaso estamos en mitad de alguna clase de competición que desconozco?

Su voz solo fue un murmullo, pero estaba tan cerca de mí que la escuché perfectamente.

—No lo sé. Quizá —repliqué, entornando la mirada—. Aunque tú eres el que está destinado a perder.

Como si acabara de soltar una broma que solo compartíamos los dos, Adam profirió una pequeña carcajada que hubiera resultado burlona si no fuera por la amargura que se escondía en ella.

Escuché algo a mi espalda. No provenía del recuerdo. Era una voz femenina, distante, que me llamaba por mi nombre.

Adam no pareció escucharla, porque dijo en voz baja:

—Ya veremos.

La voz aumentó de volumen. La reconocí. Pertenecía a Serena Holford.

Sabía que el extraño sueño estaba a punto de acabar, quizá por eso permití que mi cuerpo se desconectara de mi cabeza y se moviera solo. Extendí la mano y dejé que mis dedos se enredasen en el cuello de la túnica roja que llevaba Adam. Sin piedad, tiré de ella y lo obligué a agacharse hasta que sus ojos quedaron a la altura de los míos.

Mi gesto lo sorprendió. Pude verlo en sus pupilas, que se dilataron de golpe. En sus labios, que se entreabrieron. En su pecho, que dejó de respirar. En sus mejillas pálidas, que se oscurecieron.

—Ya veremos —siseé.

—*Despierta.*

Abrí los ojos de golpe y me encontré sentada sobre un lujoso sillón de terciopelo verde, ligeramente inclinada hacia delante.

Eché un vistazo a mi alrededor antes de enfocar la mirada en las dos figuras plantadas frente a mí.

Estaba en un amplio y lujoso despacho, tan gigantesco como el que debía poseer el rey Jorge. Aunque dudaba que él tuviera una estantería repleta de frascos llenos de pociones alquímicas o códices tan antiguos cuyos títulos dorados se habían convertido en hilos deshilachados en los lomos. Y no, seguro que no dejaba que dos serpientes gigantescas se enredasen en torno a las piernas de los invitados. O cautivos.

No estaba muy segura de qué era yo.

Al menos, Tānlan se encontraba libre en una esquina de la estancia, bajo su forma de gato pardo y callejero. No parecía herido, lo cual me hizo sentir una inexplicable sensación de alivio.

Las llamas de las velas oscilaban, por culpa de la magia que apenas era contenida. Cada vez que temblaban, destellos dorados eran arrancados de los candelabros de la pared y de la enorme lámpara de araña que colgaba sobre mí.

Me dolía la cabeza por culpa del encantamiento de sueño. La sacudí, pero eso solo hizo que el dolor aumentara. Con los ojos fruncidos por la molestia, observé los rostros serios de Serena Holford y Claude Osman, dos de los tres Miembros Superiores del Aquelarre.

—Pueden decirles a sus Centinelas que me dejen libre. No pienso escaparme —dije, mientras observaba de soslayo las lenguas bífidas que asomaban entre los colmillos.

La mujer arqueó una ceja con desconfianza.

—Tiene la Piedra Filosofal en su interior. Comprenderá que no puedo arriesgarme a perderla.

El corazón dio un salto en mi pecho al escuchar esas palabras. Tragué saliva, e intenté que mi voz no vacilase cuando respondí:

—¿Al objeto o a mí?

—A los dos.

Claude Osman miró a su compañera, y se inclinó para susurrarle algo al oído que yo no logré escuchar. Ella pareció dudar durante un instante, pero después sacudió la cabeza y, en un momento, los dos Centinelas dejaron mis piernas libres y retrocedieron hasta situarse junto a sus compañeros.

—Gracias —farfullé, a regañadientes.

—No se las des —dijo Tānlan, desde el rincón de la estancia—. Cuando estabas inconsciente te han marcado la frente con una poción alquímica mezclada con la sangre de ambos.

—Es por seguridad —explicó Claude Osman, con calma. Me llevé los dedos a la cabeza y sentí un tacto oleoso y la ligera costra que deja un trazo de sangre cuando se seca. Fruncí los ojos ante una nueva punzada de dolor—. Imagino que comprendes el hecho de que no podemos permitirte salir de Londres. Sería un peligro para todos… y para ti misma.

—Qué considerado —gruñimos a la vez Tānlan y yo.

Serena Holford frunció el ceño y dio un paso al frente mientras Claude Osman suspiraba y se llevaba una mano a la cabeza.

—Estoy segura de que sabe que se encuentra en una situación, cuanto menos, comprometida —comentó—. Atacó a su superior en el Primer Nivel de la Biblioteca y la dejó malherida. Utilizó la magia en plena calle, sin cuidado alguno. Sabemos que no había ningún Sangre Roja en Fenchurch Street, todos estaban en los refugios antiaéreos, pero ¿qué me dice de los Sangre Roja enemigos?

Parpadeé, recordando de pronto el rostro del señor Martin asomado a una de las ventanas de su hogar. Cómo sus labios habían pronunciado «bruja». ¿Lo habría visto realmente, o habría sido solo mi imaginación?

Serena Holford no se fijó en mi expresión perpleja y continuó hablando.

—Así que espero obtener respuestas sinceras a nuestras preguntas. —Alcé los ojos al techo y mi garganta soltó un ruidito de impotencia—. ¿Dónde se hizo con la Piedra Filosofal?

—No *me hice* con ella —corregí, con los dientes apretados—. Más bien me topé con ella. Casi fue una... casualidad.

Serena Holford entrecerró los ojos, pero no replicó. Esperó a que yo continuara.

Respiré hondo e intercambié una mirada con Tānlan. Él captó el brillo de mis pupilas y se acercó a mí hasta apoyar una de sus pequeñas patas pardas en mis pies descalzos. Por primera vez, no enseñaba las garras.

—La noche que bombardearon Limehouse estuve allí —comencé.

—¿Y qué hacía una joven de madrugada en un barrio así, tan lejos de su hogar? —me interrumpió la Miembro Superior, antes de añadir nada más.

—Conozco Limehouse. Nací allí. Mi madre también —contesté; mis dientes chirriaban con cada palabra.

—Eso no explica nada —dijo Serena Holford, imperturbable.

—Necesitaba dinero. Mi familia *necesita* dinero. Así que solía hacerme pasar por una médium para conseguir clientes Sangre Roja. Allí era fácil encontrarlos.

—¿Traficaba con fantasmas para estafar a los Sangre Roja? —exclamó la mujer, con los ojos abiertos de par en par—. Eso está...

—*Serena* —la interrumpió Claude Osman. La mujer cerró la boca con un chasquido.

—Cuando cayeron aquellas bombas, vi a Adam Kyteler. —Vacilé y tragué saliva, aunque me obligué a no desviar la mirada de los dos Miembros Superiores—. Había quedado malherido. La Piedra Filosofal yacía en el suelo, entre los escombros.

—¿Qué hacía Adam Kyteler allí?

—No lo sé.

—Pero usted lo conocía —insistió Serena Holford, con el ceño fruncido. Se apartó un mechón canoso de sus ojos verdes, y su Anillo de Sangre destelló.

—Era mi compañero de curso. Claro que lo conocía.

—Entonces sabía que estaría allí.

—¿Qué? —exclamé. Una violenta corriente de aire escapó de mí y, a la vez, todas las velas se apagaron, sumiéndonos en la oscuridad. La mujer las volvió a la vida con un hastiado «Enciende»—. No, por supuesto que no lo sabía. Yo odiaba a Adam. Al ser su compañera de curso, estuve ahí esa madrugada en la Academia Covenant, ¿sabe?

—Entonces, ¿por qué no hizo nada?

—¿Nada? —repetí, atónita.

—Ha dicho que lo encontró malherido. Estoy segura de que perdió a alguien importante en esa horrible tragedia. Sabía que había colaborado con los perpetradores del ataque y, sin embargo, no hizo nada. No aprovechó su clara ventaja para acabar con él. Y no convocó al Aquelarre, como sí ha hecho ahora.

Apoyé con fuerza las manos en el reposabrazos del sillón y me incorporé con brusquedad. Esta vez, las velas no se apagaron, pero el despacho se sacudió con violencia, como si un súbito terremoto hubiese estallado bajo nuestros pies. El balanceo fue tan brusco que los Miembros Superiores estuvieron a punto de perder el equilibrio.

A mi lado, Tānlan soltó una risita.

—Cuando uno de sus guardias me interrogó la mañana siguiente a la Tragedia de la Academia Covenant, di el nombre de Adam Kyteler, dije lo que había hecho, y me prometieron que nos mantendrían al tanto de los avances en la investigación. A mi familia y a las otras afectadas. ¿Y sabe qué noticias recibimos?

¡Ninguna! —contesté, con la garganta en llamas. Cada palabra que escupía era una maldición, una llamarada—. Se me pasó por la cabeza hacerle daño, es cierto. Pero no soy una asesina. Le arrebaté la Piedra antes de saber lo que era, aunque intuí que era importante para él, por eso se la robé. ¿Me pregunta por qué no invoqué al Aquelarre entonces? ¿Por qué lo he hecho ahora? Bien. Contestaré a esa pregunta.

Claude Osman hizo amago de intervenir, pero no lo dejé. Fui más rápida. Y empecé a hablar con los ojos hundidos en esos otros verdes que tantas veces había visto ilustrados en el Hall de la Fama de la Academia Covenant.

—Creí que encontraría ayuda en ustedes. Creí que tratarían de buscar una solución, en vez de hacerme preguntas absurdas y acusarme. Estaba desesperada. Y pensé que sería lo correcto. Pero está claro que me equivoqué. —Con un manotazo, me terminé de limpiar la marca de sangre de mi frente, aunque sabía que el encantamiento de cautiverio ya estaba hecho—. Hice bien en no acudir al principio de todo esto. He hecho mal en confiar en un gobierno que se disfraza de progresista, cuando sigue anclado en los viejos valores de siempre. Que prefiere ocultar lo que sabe, en vez de explicar a las familias destrozadas a manos de quiénes y por qué murieron sus hijos esa trágica noche. Que, para compensar a los supervivientes, los coloca a dedo en puestos de trabajo o de estudio según sus apellidos. Que no deja progresar a los que valen, sino a los que tienen más. Que actúa siempre en la sombra y nunca muestra sus verdaderas intenciones.

Tomé aire de golpe. Me había quedado sin resuello. Las manos me picaban por culpa de la magia que deseaba ser liberada; por la espalda me caían ríos de sudor ardiente, a pesar de que toda la piel de mi cuerpo estaba erizada. Me parecía que mi corazón retumbaba en cada rincón de la estancia.

Claude Osman frunció el ceño y apretó la boca, incómodo, pero Serena Holford se limitó a pestañear con languidez.

—¿Ha terminado? —me preguntó, gélida.

—Podría seguir durante horas —siseé.

Ella enarcó una ceja, como si lo dudara seriamente, y dio un paso en mi dirección. No era más alta que yo, pero su presencia llenaba todo. Tuve que mantenerme erguida para no empequeñecer frente a ella.

—Ahora le haré una pregunta, señorita Shelby. —Entornó la mirada y sus ojos verdes como las manzanas prohibidas del paraíso me fulminaron—. ¿Cómo sabía que ese objeto que le robó a Adam Kyteler era la Piedra Filosofal?

El corazón se me detuvo de pronto, para después retomar su ritmo con frenesí.

—¿Qué? —pregunté, aunque conseguí controlar el temblor de mis labios.

—Para los Sangre Roja y los Sangre Negra, la Piedra Filosofal siempre ha sido un objeto legendario. Algo que no existe. Algo imposible de crear. Y, sin embargo, tengo la sensación de que usted sabía muy bien qué tenía en su poder casi desde el principio. —Había triunfo en su mirada. Sus labios gruesos se torcieron en una sonrisa altanera.

Sentí cómo Tānlan se tensaba a mi lado, cómo sus pupilas afiladas buscaban las mías. Yo no parpadeé, no me moví. Casi ni respiré.

No les había hablado de la existencia de Aleister Vale. No sabía si estaban al tanto o sospechaban que ese antiguo asesino en serie que se había convertido en un mito seguía con vida. Y con otra Piedra Filosofal en su interior.

Decenas de explicaciones se revolvieron en mi mente, pero ninguna me pareció verosímil. Podía decirle la verdad, pero algo oculto en mis entrañas rechazó la simple idea. No. No podía mencionar su nombre.

Claude Osman también dio un paso adelante. Su expresión, más suave que la de su compañera, se endureció también.

Serena Holford ladeó la cabeza mientras los Centinelas siseaban a su espalda. Volvió a hablar, y esta vez, sus palabras sonaron pesadas, anhelantes de una respuesta que tendría que proporcionarle quisiera o no.

Sonaron en mis oídos como una maldición.

—¿Cómo supo usted qué era lo que ahora lleva en su interior?

De pronto, las puertas dobles del despacho se abrieron con la violencia de un «Ábrete» y, tras ellas, acalorada, con el rostro empapado en sudor y el cabello mal recogido, apareció la señora Kyteler. Su Centinela, Trece, se encontraba junto a ella.

—Yo —respondió. Se dobló un poco sobre sí misma, para recuperar el oxígeno mientras todos la observábamos atónitos—. Yo fui la que le hablé de la Piedra Filosofal.

26

PARLAMENTO

Serena Holford tragó saliva y su expresión se enturbió.

—¿Eliza? —preguntó—. ¿Cómo has logrado llegar hasta aquí?

Ella esbozó una media sonrisa mientras se erguía.

—No es la primera vez que me cuelo en la Torre de Londres sin invitación. —Avanzó unos pasos hasta colocarse a mi lado. Sentí el peso firme y cálido de su mano sobre mi hombro—. Es una ventaja ser amiga de Ana Bolena, ella conoce todos los pasadizos de este maldito castillo.

—Y supongo que has sido también tú la que ha escondido a la familia Shelby por completo y ha creado varios Homúnculos de ella.

Saben lo de los Homúnculos de Vale, pensé, aunque la señora Kyteler no pareció sorprendida.

—Supones bien.

Serena Holford frunció el ceño y, con ese simple gesto, toda la habitación pareció oscurecerse.

—¿Es cierto que le hablaste de la Piedra Filosofal? —musitó, al cabo de unos segundos de denso silencio.

—Así es, Serena. Liang Shelby acudió a mí después de su encuentro con mi nieto —contestó la señora Kyteler, sin dudar ni un solo instante—. Estaba confundida, y sabía quién era yo. Al fin y al cabo, habíamos coincidido más de una vez en la Academia, ¿no es verdad?

Ella me miró de soslayo y yo me apresuré a asentir. No era mentira del todo, aunque solo habíamos llegado a interactuar una vez, como había visto en el recuerdo de Adam.

—¿Y no creíste que sería mejor haberla entregado al Aquelarre en vez de esconderla? —Sus ojos se fruncieron con una nota de ira y noté cómo, a mi lado, los brazos de la señora Kyteler se tensaban—. ¿O es que temías que descubriera tu secreto después de tantos años?

—No me hables de secretos, Serena.

—¡Me dijiste que aquella noche El Forense no consiguió crear ninguna Piedra Filosofal!

La señora Kyteler ni siquiera parpadeó ante el súbito grito de la Miembro Superior.

—Y tú me prometiste que el *Opus Magnum* sería destruido. —Su voz fue un susurro, pero hizo más eco que el alarido de Serena Holford—. Cuando descubriste que la Piedra Filosofal existía, podrías haber acudido a mí. Te lo habría contado todo. Pero tú también decidiste guardar silencio.

Claude Osman carraspeó, llamando la atención de las tres.

—Fui yo el que le pidió a Serena guardar el secreto sobre la Piedra. Por seguridad. —Apartó la mirada de nosotras y vaciló antes de añadir—: Sobre todo después de la muerte de Agatha Wytte.

—¿Qué tiene que ver ella con todo esto? —pregunté, consiguiendo que sus ojos oscuros se hundieran en los míos.

—Sin Agatha, Anthony Graves tuvo que ser restituido como Miembro Superior. Nos pareció apropiado reservarnos la información sobre la Piedra. De hecho —añadió, antes de que sus pupilas volvieran a mí—, no tiene conocimiento alguno de que la señorita Shelby está aquí y es la portadora de la Piedra Filosofal.

—¿Sospechan de él? —intervino Trece, mientras parecía lamerse con despreocupación una de sus patas.

—Anthony fue quien… propuso no destruir el *Opus Magnum*. Entró a formar parte de los Miembros Superiores poco después que yo. Todos lo apoyaron, por supuesto, cuando manifestó que sería una idea terrible destruir algo «tan útil».

—Una manera un tanto macabra de llamarlo —farfulló la señora Kyteler.

Serena Holford y Claude Osman se miraron y entre sus ojos volaron mil palabras.

—Varios días después la Tragedia de la Academia Covenant y del asesinato de Agatha, comenzamos a sospechar de la existencia de la Piedra Filosofal. Para nosotros era el mismo objeto de leyenda que supone para el resto de los Sangre Negra —informó la Miembro Superior, con un suspiro—. Cuando Anthony se incorporó de nuevo al Aquelarre, no tuvimos más remedio que compartir nuestras sospechas con él. Pero, sorprendentemente, ya lo sabía.

—¿Qué sabía? —repetí, con el ceño fruncido.

—De la existencia de una Piedra Filosofal. Y que los Favoritos del Infierno iban tras ella.

—¿¡Sabían lo de los Favoritos!? —grité, sin poder contenerme. Tuve que hacer un esfuerzo para que la magia no saliera despedida por cada poro de mi piel—. ¿Por qué no han dicho nada? Maldita Sangre. Las familias que perdieron a sus hijos tienen derecho a saber quiénes fueron sus asesinos.

—Las cosas no son sencillas, señorita Shelby. —Serena Holford se giró hacia mí, con sus dedos revoloteando peligrosamente cerca de su Anillo de Sangre—. Creímos que era una mejor estrategia fingir que los Favoritos del Infierno solo eran un grupo alborotador que aprovecha la guerra para enardecernos a nosotros y a los Sangre Roja.

—Pues explíquese para que pueda comprender toda esta locura —repliqué, con los dientes tan apretados que no sabía cómo no se hacían pedazos.

Ella suspiró y echó un rápido vistazo a su colega. Claude Osman negó ligeramente con la cabeza, pero ella ya parecía haber tomado una decisión.

—Usted estuvo aquella noche allí, señorita Shelby. No sé si lo sabe, pero los atacantes crearon un portal para entrar en la Academia a través del tejado. Sabían que el escudo protector era más débil en esa zona. ¿Nada le llama la atención? —Solo me concedió un par de segundos para pensar antes de separar de nuevo los labios—. El ataque empezó en las plantas intermedias.

Parpadeé, perpleja. No me había parado a pensar en ello, pero no tenía sentido ninguno. Ellos necesitaban sacrificios, y los habían tenido muy cerca. Había varios dormitorios en la última planta de la Academia que no habían sido atacados.

—La mayoría de los alumnos que fueron agredidos procedían de un… —Serena Holford se detuvo a tomar aire—. *Un estrato determinado* de nuestra sociedad.

La señora Kyteler soltó un juramento, mientras Trece y Tānlan dejaban escapar un bufido grave, amenazador. Yo solo sentí hielo atascándose en mis venas, para después hacerlas arder.

—Eso nos hace sospechar que los Favoritos ocupan un lugar elevado en nuestra sociedad —dijo Claude Osman, con voz grave, antes de añadir, con la mirada gacha y las manos hundidas en los bolsillos de su túnica—: Que pueden incluso… estar aquí, infiltrados en el Aquelarre.

—Por eso Claude y yo creemos que es mejor no poner en conocimiento de nadie nuestras sospechas sobre los Favoritos —completó Serena Holford.

Yo no respondí. Me había quedado muda. Solo sentía unos deseos insoportables de vomitar.

Tānlan, sin embargo, sí habló. Y su voz de ultratumba hizo eco por todo el despacho.

—Ni siquiera a Anthony Graves.

Claude Osman apretó los labios.

—Ni siquiera a Anthony Graves —repitió.

Jadeé y me dejé caer en el sillón en el que me había despertado. No podía ser. Sospechaban de un *maldito* Miembro Superior. De uno de nuestros propios gobernantes.

—¿Cómo es posible que él estuviera al tanto de la existencia de la Piedra? —preguntó entonces la señora Kyteler—. Solo lo conocíamos Trece, Andrei y yo. Ni siquiera… nadie más de mi familia llegó a saberlo. Ni siquiera mis tíos, con los que vivía entonces, ni tampoco Liroy.

A mi cabeza regresó la imagen de la hija de la señora Kyteler, Alina, arrodillada junto a la cama de Adam, tratando de alcanzar sus manos mientras susurraba: *¿Has oído hablar alguna vez de la Piedra Filosofal?*

Claude Osman carraspeó y sus ojos lo traicionaron cuando miró a Serena Holford. Ese vistazo no se le escapó a la señora Kyteler.

—¿Hay algo más que no me estés diciendo, Serena? —susurró.

El Centinela de la Miembro Superior silbó con advertencia, pero ella ya retrocedió y rodeó el inmenso escritorio de caoba antes de acomodarse en el asiento tras él.

—Alina lo sabía.

Casi pude escuchar cómo el alma de la señora Kyteler golpeaba el suelo.

—¿Qué? —jadeó.

—Lo siento, Eliza —farfulló Serena.

—Pero… ¿cómo…? —La señora Kyteler parecía de pronto perdida. Me miró durante un instante, como si buscara la respuesta en mí, pero yo no pude decir nada. Trece se acercó de inmediato a ella y frotó su cuerpo oscuro contra sus piernas, mientras emitía un ronroneo tranquilizador—. Creo… Andrei y yo no le hablamos de ella. Nunca. No queríamos que conociera la historia que se escondía tras la Piedra.

—Quizás os escuchó a escondidas y eso despertó su curiosidad —sugirió Claude Osman, con una sonrisa cautelosa, que la señora Kyteler ni siquiera vio.

—O puede que se topara con el *Opus Magnum*. Ella trabajó aquí, en la Torre de Londres, durante una época —añadió Serena Holford, con voz suave—. El libro estaba guardado en el Séptimo Nivel de la Biblioteca, pero tenemos constancia de que ha sido dividido en varios fragmentos.

—Lo sé —contestó la señora Kyteler, con voz hueca, perdida—. Yo tengo uno de ellos.

Serena Holford negó con la cabeza. Se levantó de su asiento y se acercó a la otra mujer. Sus rodillas crujieron un poco cuando se arrodilló frente a ella y le tomó de las manos con fuerza.

—Hemos hecho muchas cosas mal, Eliza. Lo sé. Pero te prometo que ahora no fallaré. —Sus ojos verdes se clavaron en mí durante un instante—. Arreglaremos esto.

La señora Kyteler cerró los ojos por un momento y después los abrió con un asentimiento. Todavía estaba pálida; sus hombros se encontraban hundidos, pero su mirada parecía alerta, brillante.

—¿Cómo vais a esconder a Liang?

Serena Holford esbozó una pequeña sonrisa.

—Nosotros no la vamos a esconder —dijo—. Permanecerá contigo.

Esas palabras tomaron por sorpresa a Claude Osman, porque se volvió con brusquedad.

—Serena, eso pondrá a la familia Kyteler en peligro —murmuró, con voz grave.

—Puede ser, pero si permanece aquí, Anthony Graves llegará hasta ella de una forma o de otra. Él está al tanto de lo que ocurrió en la Biblioteca. Conoce la existencia de la Piedra Filosofal. Y no sabemos en quién confiar —añadió—. Eso no significa que estaréis sin protección. Sé que harás todo lo posible por ella, Eliza. Tú y Andrei. Pero apostaré Vigilantes en la mansión.

Claude Osman no parecía muy convencido. Lo vi apretar los labios y pasear la vista entre las dos mujeres.

—Serena, sé que la solución que propones es válida, pero creo que la señorita Shelby debería quedarse con nosotros. La Torre es inmensa. Podemos buscar algún lugar para ella.

La aludida se giró en su dirección con expresión cansada. Parecía que se habían multiplicado las arrugas en su rostro.

—Claude, sabes el peso que tiene Anthony en esta organización. Muchos no estuvieron de acuerdo cuando votamos su salida como Miembro Superior para que Agatha Wytte ocupara su lugar. En casi todos los sectores del Aquelarre lo tienen en muy alta estima. Y sus decisiones, me guste o no, pesan más a ojos de la opinión pública. —Serena torció los labios y negó varias veces antes de continuar—. Para muchos de los nuestros, tú eres demasiado joven para ser Miembro Superior y yo… una mujer que ostenta demasiado poder. Él es la opción correcta. El equilibrio total entre rancio abolengo, fortuna, apellido, experiencia… y género.

El hombre cerró los ojos, pensativo. Su ceño se frunció con hastío, pero terminó sacudiendo la cabeza, derrotado.

—Tienes razón, Maldita Sangre —suspiró.

La mujer apoyó su mano, en la que relucía su Anillo de Sangre, un instante sobre el hombro de su compañero, y después se giró hacia mí.

—Mientras permanezca en Wildgarden House, es importante que pase desapercibida. Enviaré Vigilantes de confianza, pero por si acaso, no hable con ellos. ¿De acuerdo?

Dudé durante un largo instante, pero finalmente asentí.

—Entonces será mejor que os marchéis, Eliza. —Serena Holford le dedicó una pequeña y veloz sonrisa a la mujer, y se encaminó con pasos seguros a su escritorio—. Trataré de que los Vigilantes estén allí cuanto antes.

—Está bien. —Los dedos de la señora Kyteler buscaron mis hombros y los apretaron con suavidad—. Muchas gracias a ambos.

Yo les dediqué una mirada de despedida a los dos Miembros Superiores. Trece y Tānlan fueron los primeros en salir. La señora Kyteler fue la siguiente y, cuando yo estaba a punto de alcanzar el picaporte dorado, las palabras de Claude Osman llegaron hasta mí.

—Hay algo que me ha llamado la atención de lo que ha dicho antes, señorita Shelby.

Me detuve de inmediato y me giré sobre mí misma. Intenté que mi rostro no revelara la velocidad con la que me latía el corazón.

—¿Qué? —pregunté.

—Cuando ha mencionado a Adam Kyteler ha dicho que lo odiaba. En *pasado* —recalcó. Yo sentí cómo las rodillas me flaqueaban y una mezcla de hielo y brasas me azotaba las mejillas—. ¿Ya no lo hace?

Me costó mantener la barbilla erguida. De pronto, mis huesos parecían hechos de plomo.

—¿Usted qué cree? Fue uno de los culpables de la Tragedia de la Academia Covenant. —Las palabras fueron agridulces en mi lengua—. Yo no formo parte de los Favoritos, señor Osman.

Su expresión se relajó e incluso sus labios se estiraron en una pequeña sonrisa. Sin embargo, el recelo resbalaba de sus pupilas.

—Por supuesto, señorita Shelby.

Me mordí la lengua y aparté la mirada de golpe, temerosa de lo que él pudiera encontrar en ella. No fue el único que me siguió con la vista, pero yo permanecí con la cabeza girada hacia un lado, sintiendo un peso terrible en los hombros.

En Trinity Square, una plaza muy cerca de la Torre de Londres, nos esperaba al señor Báthory al volante de un lujoso automóvil negro. Abrió la boca para saludarnos, o para preguntar algo, pero al ver nuestras expresiones, decidió clavar la vista en la calzada y no hacer nada más que esbozar una sonrisa que pretendía ser tranquilizadora.

El viaje de regreso a Wildgarden House transcurrió en completo silencio. Al llegar allí, todavía no había rastro de los Vigilantes que Serena Holford había prometido enviar. Sin embargo, sí había llegado alguien que no vivía en la mansión.

La señora Kyteler ni siquiera le preguntó cómo había entrado en el edificio y qué hacía repantingado en uno de los sillones de su sala de estar. No parecía sorprendida de encontrarlo allí.

—Vale… —comencé.

—Por los Siete Infiernos, has cometido un gran error, querida —me interrumpió él. La furia hacía sus ojos más claros, más afilados. Parecían dos esquirlas de hielo—. Ahora que el Aquelarre sabe que eres la portadora de la Piedra, todo ha cambiado.

Me coloqué frente a él, con las manos temblando por el enfado.

—¡¿Y qué querías que hiciera?! —exclamé—. Cuando vi el cuerpo de mi padre, creí…

—¿Cómo pudiste dejarte engañar así? —Se puso de pie de un salto y agitó los brazos por encima de su cabeza. Un viento huracanado brotó de él y nos zarandeó a todos—. Era un Homúnculo. ¡Un maldito Homúnculo!

—Lo sé —repliqué, con voz ronca—. Pero no pude razonar. El dolor… —Meneé la cabeza y me obligué a mirarlo a los ojos, a pesar de que estos se habían convertido en un desierto helado—. El dolor que sentí me dejó en blanco.

Por primera vez, Aleister Vale pareció quedarse sin palabras. Abrió la boca y sus labios temblaron, como si estuviera en lo profundo de un mar y boqueara en busca de oxígeno. Pero de repente sacudió la cabeza y a sus ojos volvió una luz fría.

—Siempre lo he dicho. A los Shelby os arrastra demasiado el corazón. —Me dio la espalda de golpe, como si ya no soportara verme—. Y eso os convierte en los perdedores de la historia.

No añadió nada más. De pronto, desapareció, dejando como recuerdo sus palabras, que siguieron flotando en el silencio de la sala de estar durante mucho, mucho tiempo.

UNA VISITA ANUNCIADA

Cada noche, Londres era bombardeada.

Los Sangre Roja enemigos no regalaban ni un suspiro. No había rincón de la ciudad que quedara sin atacar. No solo se centraban en sitios estratégicos, como los puertos que se hallaban a lo largo del Támesis, o las fábricas. Las bombas caían sobre barrios residenciales o sobre edificios importantes. Los Sangre Roja apenas tenían tiempo de retirar los cadáveres antes de que una nueva lluvia de hierro y fuego cayera del cielo.

A la mañana siguiente de cada bombardeo, lo que llovía eran los folletos de los Favoritos del Infierno. Más incendiarios que las propias bombas. Y, aunque yo estaba aislada en esa jaula de mármol y oro, sabía que las palabras que leían los Sangre Roja y los Sangre Negra, mientras limpiaban los escombros y los cadáveres de la madrugada anterior, los empapaban como la lluvia de otoño.

El 12 de septiembre, cinco días después de que me encontrara cara a cara con Adam Kyteler, una bomba atravesó el techo de la Catedral de San Pablo y cayó sobre el altar mayor. Sorprendentemente, no estalló. Cuando Tānlan me lo contó, no pude evitar pensar en Aleister Vale y en si habría tenido algo que ver con aquello. Tampoco pude preguntarle, porque no volví a verlo desde el ataque de los Favoritos.

La única nota de esperanza la ponía mi familia con sus llamadas diarias. Siempre, después de desayunar, hablaba primero con mi madre, que pasaba del inglés al mandarín de vez en cuando, y más tarde, con mi padre, cuya voz calmada conseguía hacerme olvidar lo largas que eran las noches en Londres. Con Zhang a veces pasaban días sin que intercambiara alguna palabra, aunque por lo que sabía, adoraba al primo de la señora Kyteler y le encantaba derrotarlo cuando jugaban al *mahjong.*

Wildgarden House parecía encontrarse fuera del objetivo de las fuerzas Sangre Roja enemigas. Estaba en Londres, pero lo suficientemente aislada, a las afueras, sin nada relevante a su alrededor más que el frondoso jardín que el señor Báthory cuidaba con esmero. Además, los Vigilantes que había enviado Serena Holford patrullaban por los terrenos sin descanso. Los veía recluida desde mi ventana, con sus velos tupidos, que solo dejaban sin cubrir sus ojos, y sus túnicas negras. Vistos desde lejos, eran muy parecidos a los Favoritos del Infierno.

—¿Y si el creador de los Favoritos fue un antiguo Vigilante? —susurré una tarde, mientras veía a esas figuras oscuras pasar bajo mis ojos.

Tānlan, que dormitaba boca arriba sobre la cama con las cuatro patas estiradas, ni siquiera abrió un ojo. Aunque sí contestó.

—Podría ser. Los Favoritos parecen tener reglas parecidas a las de ellos. Uniformes similares. No se retiran las máscaras, por lo que puede que incluso ignoren la identidad de algunos de sus compañeros. —De pronto, bostezó y sacó sus garras para estirarse—. Pero si fuera así, ¿qué más da? Los Vigilantes no suelen estar muchos años en activo. Cambian de trabajo al cabo de un tiempo y, cuando lo hacen, son los propios Miembros Superiores los que se encargan de borrar sus registros. Asumen una nueva identidad. Aunque conociéramos su antiguo nombre, sería imposible de identificar.

Asentí, con el cuerpo en tensión. Mis ojos no se separaban de la figura enmascarada que se alejaba por una esquina del jardín.

—Anthony Graves no fue un Vigilante, pero fue el que los creó —recordé de pronto.

De soslayo, vi cómo Tānlan abría los ojos y los clavaba en el techo, aunque esta vez no contestó.

Me hubiese encantado hablar de ello con Aleister, pero desde nuestra discusión no había vuelto a pisar los suelos lustrosos de Wildgarden House. Quizá porque me sentía culpable, o porque no sabía cómo encarar a Adam después de todo lo que había pasado, había vuelto a tomar la poción alquímica de sueños que Aleister me había provisto.

No me había dado cuenta, pero contaba las noches desde que había dejado de soñar con él.

Aquella sería la número veinte.

Las bombas volvieron a volar sobre Londres cuando cayó la noche. A septiembre solo le faltaban tres días para acabar, pero parecía que, con la llegada de octubre, los ataques continuarían.

Todavía no me había tomado la poción alquímica que me impediría reunirme con Adam en nuestros recuerdos, y tampoco tenía ni un ápice de sueño, a pesar de que estaba cerca la medianoche.

Tānlan apenas se había movido de la cama.

—No sé por qué te quedas noche tras noche mirando a través de una ventana —comentó, cuando me oyó maldecir por décima vez—. Si realmente deseas ir, hazlo. Da igual que traten de detenerte los Vigilantes. O que estés marcada por un encantamiento de cautiverio. Tienes la Piedra. Si utilizaras maldiciones, serías imparable.

—¿Y de qué me serviría? Podría quitármelos de encima, sí. Podría usar el poder de la Piedra para proteger, pero ¿y si aparecen de nuevo los Favoritos? —farfullé, tras soltar un bufido—. He destruido parte del edificio donde la familia de mi padre llevaba viviendo muchos años. Mis padres y mi hermano se han quedado sin hogar por mi culpa. Después de lo que ocurrió… si hubiera un Sangre Roja cerca, podría salir herido. Podría morir, incluso. No quiero ser la causante de más pérdidas.

Tānlan se incorporó sobre la lujosa colcha y me devolvió la mirada, aunque no me contestó.

—¿De qué sirve tener un poder así si luego es terrible utilizarlo? La responsabilidad es demasiado alta. Haga lo que haga, alguien saldrá herido. —Giré la cabeza para mirar de nuevo al Vigilante, pero este ya había desaparecido entre los matorrales y la oscuridad—. No sé cómo Aleister ha sido capaz de cargar con algo así durante tanto tiempo.

Tānlan esbozó una media sonrisa.

—Con la Piedra, se convirtió en el Sangre Negra más poderoso de todos los tiempos. No sé si por desconocimiento o por su propio interés, utilizó la magia lo suficiente como para que la Piedra Filosofal se uniese por completo a su corazón. Ya lo has visto, no necesita sangrar para realizar un encantamiento. A veces, ni siquiera tiene que pronunciar una sola palabra. Es inmortal. Pero ¿a qué precio? Ha estado escondido desde que la Piedra se unió a él, creando Homúnculos y fingiendo existir hasta que no pudo soportar más la mentira. No puede morir, ni aunque lo desee. No sabe cómo deshacerse de un objeto que lo ha convertido en un dios y en el mayor paria de todo vuestro mundo.

Respiré hondo y mis dedos volaron hasta mi pecho. Bajo la tela del camisón que me había proporcionado la señora Kyteler, pude sentir el latido errático de mi corazón.

—Por eso hay determinados poderes que los humanos no deberían tocar. —La voz demoníaca de Tānlan retumbó por todo el dormitorio—. Si no los destruye a ellos mismos, destruirán a los demás.

Asentí. Quería contestar, pero un súbito rumor llamó mi atención. Fruncí el ceño y alcé la mirada hacia el techo que se elevaba por encima de mi cabeza.

—¿Escuchas ese ruido? —pregunté.

El Demonio se irguió. Al hacerlo, sus garras dejaron un profundo arañazo en la colcha.

—Parece... —Las orejas de Tānlan se echaron hacia atrás. Sus pupilas se estrecharon cuando se volvió hacia mí con violencia—. ¡Liang! ¡Aléjate de la...!

Sus palabras quedaron sepultadas bajo un resplandor y un rugido atronador.

Los cristales de la ventana junto a la que me encontraba no se rompieron, pero el fogonazo y la explosión tan atroz me hicieron caer de espaldas. Un agudo pitido reventó mis oídos.

Parpadeé, intentando apartar de mis ojos los miles de destellos que me habían dejado ciega durante un momento. Escuché un maullido bajo, amenazador, y acto seguido sentí el pelaje enredado de Tānlan rozarme la mano izquierda. Se colocó a mi lado, casi como si quisiera... *protegerme.*

—¿Estás bien? —lo oí gruñir.

Sacudí la cabeza y me obligué a erguirme. Entre las luces que todavía velaban mi mirada, vi cómo la cúpula mágica que cubría la mansión centelleaba durante un instante, rociada de llamas.

—¿Eso ha sido... una bomba? —mascullé.

—Eso parece. —Los ojos de Tānlan se entornaron y se desviaron hacia la ventana—. Aunque ha debido tratarse de un error. ¿Por qué el enemigo Sangre Roja…?

Sus palabras se vieron interrumpidas por otra tremenda explosión, que hizo retumbar la mansión entera. El pitido de mis oídos fue tan intenso que, aunque vi las fauces de Tānlan moverse para maldecir, no fui capaz de escuchar ni un murmullo.

Dirigí la mirada hacia la ventana. Un largo arañazo zigzagueaba de un extremo a otro. Tras el cristal dañado, podía ver cómo titilaba la cúpula que envolvía la mansión, como si fuese una vela sacudida por el viento, a punto de apagarse.

La magia se combate con magia, no con bombas, pensé, desesperada.

El escudo iba a caer.

En ese preciso momento, la puerta del dormitorio se abrió con brusquedad. Tras ella, apareció la señora Kyteler, con una bata mal puesta por encima de su camisón. A su espalda, vi pasar corriendo a su marido. Me pareció que recargaba un revólver que sujetaba entre las manos.

—¡Debemos bajar al sótano! —gritó, para que pudiera escucharla.

Yo no pude evitar observar el exterior. La cúpula protectora estaba a punto de resquebrajarse. De ella, habían resbalado llamas que habían invadido algunos de los setos cuidadosamente recortados del jardín.

El sonido del bombardero que debía estar sobrevolando el tejado no cesaba. Antes de que yo pudiera contestar, se produjo otra explosión que retumbó en el interior de la mansión. La señora Kyteler tuvo que aferrarse al marco de la puerta para no caer al suelo.

—¡Liang! —insistió—. Los Vigilantes se ocuparán del escudo. ¡Ven conmigo!

El roce de la cabeza de Tānlan contra mis piernas fue el empujón que me ayudó a ponerme en movimiento. Asentí para mí misma y eché a correr. La señora Kyteler me esperó y, cuando llegué a su lado, me agarró de un brazo y me arrastró junto a ella por la galería del tercer piso en dirección a las escaleras principales.

No había luces encendidas en el interior de la mansión, pero el resplandor anaranjado de las llamas del jardín tapizaba de un tono sangriento los lugares que atravesábamos. Parecíamos inmersas en uno de los Siete Infiernos.

En el rellano encontramos al señor Báthory. No me había equivocado. Llevaba un revólver entre las manos, aunque estas temblaban un poco al sostenerlo.

El estruendo de otra explosión nos hizo trastabillar a todos. Él tuvo que aferrarse a la baranda lustrada de la gran escalera para no caer por los peldaños.

—¡Parecen empeñados en convertir esta mansión en cenizas! —lo oí gritar, por encima del ruido.

No había forma de saber si el escudo seguía resistiendo, no había ninguna ventana cerca por la que pudiera ver, así que cuando el temblor cesó, el señor Báthory nos hizo un gesto con la mano para que lo siguiéramos. No obstante, fue Tānlan quien se adelantó y lideró el descenso.

Su cola parda, estirada, apenas se vislumbraba en medio de la oscuridad. Todas las luces de la mansión estaban apagadas. La única luz provenía de las llamas que infestaban el exterior.

El señor Báthory y la señora Kyteler caminaban delante de mí. Ella se aferraba a su brazo y él la tomaba de la mano que no sujetaba el revólver. Verlos tan juntos era como tomar una bocanada de esperanza en mitad de tanto caos.

—Tranquila, Eliza, estaremos bien. Hemos superado cosas peores —dijo él, antes de esbozar una media sonrisa—. Todavía nos quedan muchos valses que compartir.

—Eso espero, *lord Báthory* —contestó ella, con otra sonrisa, antes de pegarse un poco más a su marido.

Llegamos al último tramo de escaleras, que comunicaba con el rellano de la planta baja, sin que nuevas bombas cayeran sobre la mansión. Tānlan ya estaba sobre el suelo alfombrado, apenas a un par de metros de la puerta principal.

Tenía las orejas echadas hacia atrás y el pelaje muy erizado.

Me detuve de golpe, con el pie suspendido sobre el último escalón y los ojos clavados en el Demonio.

¡Ahaash!

De pronto, un destello dividió en dos a Tānlan.

Una salpicadura de sangre coloreó la alfombra.

—¡NO! —me oí gritar, antes de que el cuerpo partido en dos mitades perfectas del Demonio, de *mi Demonio*, cayera al suelo.

28

Hijo pródigo

Las lágrimas bloquearon mi vista. El miedo y la rabia ascendieron por mi garganta hasta dejarme sin respiración.

—Pensé que matar al Centinela serviría de algo.

Giré la cabeza, y a unos pocos metros de distancia, a las puertas de la sala de estar, mis ojos se toparon con la máscara monstruosa de un Favorito del Infierno. Conocía esa voz femenina, también. Había sido una de las que me había atacado en Fenchurch Street.

—*No* es mi Centinela —me oí decir, antes de levantar las manos.

Que el mundo caiga.

Mis labios pronunciaron el encantamiento sin pensar.

Aunque la Favorita recitó a tiempo «Que los Demonios me guarden», el escudo protector estalló en mil pedazos y la arrojó al otro extremo de la sala de estar. El encantamiento no solo impactó sobre ella. Tras el destello azulado, dos largas y profundas hendiduras quedaron marcadas en las paredes de la sala de estar.

La señora Kyteler se abalanzó sobre ella, pero antes de que pudiera llegar a separar los labios, la puerta de entrada fue arrancada de golpe de las bisagras.

Todo ocurrió muy rápido.

—¡*Repele!* —grité.

El portón labrado chocó contra el escudo que había creado y, del golpe, se partió en decenas de pedazos. Entre ellos, vi la figura de otro Favorito. A pesar de su rostro pintado, de su máscara que le llegaba hasta los ojos, el corazón me dio un vuelco al reconocerlo.

El asesino de Emma.

El señor Báthory disparó el revólver que tenía entre las manos, pero el Favorito recitó un «Repele» a tiempo. Tras él, las otra Favorita que había atacado a Tānlan alzó los brazos para volver a atacar, pero, antes de proferir ningún encantamiento o maldición, un Demonio se le echó encima. Uno enorme. Blanco y negro, de grandes alas membranosas y ojos dorados.

Supe a quién pertenecía esa mirada. Trece.

—¡Yo me ocupo de ella! —lo oí gritar con su voz gutural, antes de que el impulso los llevara a los dos al jardín en llamas.

El asesino de Emma dio un paso al frente, y yo lo imité.

La mano de la señora Kyteler se enredó en mi brazo. Yo lo sacudí.

—Liang… —murmuró.

Pero no la escuché. Todavía brillaba en mis pupilas el instante en que Tānlan había sido arrollado. En mis oídos resonaba como un eco constante el crujido que habían producido sus huesos al partirse limpiamente por la mitad.

La rabia se hundía en mi razón como una maldición afilada.

De pronto, otra terrible explosión estalló sobre nuestras cabezas. La mansión entera pareció gemir sobre sus cimientos. Pero esta vez no hubo tiempo para recuperarse.

El señor Báthory disparó de nuevo, pero un escudo mágico cubrió todo el cuerpo del asesino de Emma, haciendo que las balas rebotaran.

La señora Kyteler giró la cabeza y yo seguí su mirada.

Dos nuevos Favoritos habían aparecido por el hueco que había quedado tras la puerta arrancada. Dos máscaras a las que ya me había enfrentado.

Ninguna pertenecía al líder que se había dirigido a mí en Fenchurch Street.

Ni tampoco a Adam.

—¿Estás buscando a alguien? —preguntó uno de ellos. Su voz sonó distorsionada.

—Parad esto de una vez —fue mi respuesta. Mi voz brotó temblorosa, pero no por el miedo. Había demasiada ira en ella. No quería hablar. Me moría por gritar—. El Aquelarre lo sabe todo.

Miré hacia la monumental abertura que había quedado en la entrada después de que la puerta hubiese sido arrancada. No veía a los Vigilantes. Debían estar demasiado ocupados tratando de reforzar el escudo que protegía la totalidad del edificio. Si este caía y otra bomba llegaba, los muros no aguantarían.

Una repentina carcajada me hizo volver la cabeza de golpe.

—Menuda sorpresa —comentó el asesino de Emma, antes de recortar otro metro de distancia. No existía ni un ápice de miedo en sus palabras—. *Niñita*, sabemos que no podemos contigo. Tú tienes la Piedra, y nosotros somos unos humildes Sangre Negra. Pero necesitamos convencerte para que colabores con nosotros. Por las buenas… —La máscara se inclinó, y esos cuernos monstruosos apuntaron en dirección a los señores Kyteler—. *O por las malas.*

Extendí las manos hacia ellos en el preciso instante en que otro Favorito gritaba:

¡Ahaash!

Un escudo envolvió al matrimonio. Pero no lo había conjurado yo.

La señora Kyteler soltó una exclamación ahogada.

Me giré con violencia y la respiración se me entrecortó.

En las escaleras, unos peldaños por encima de sus abuelos, con la túnica roja pero sin ninguna máscara puesta, sin la piel matizada de blanco, se encontraba Adam Kyteler.

Respiraba acelerado y gotas de sudor resbalaban desde sus sienes.

Los rostros de los tres Favoritos ubicados a ambos lados, bloqueando todas las salidas, estaban cubiertos por las máscaras. Sin embargo, estas no pudieron ocultar la expresión de sus miradas, que se hizo pedazos.

—¿Qué estás haciendo? —susurró el asesino de Emma.

—Estas no eran nuestras órdenes —contestó Adam. Su voz sonaba tensa.

La señora Kyteler seguía mirando a su nieto, pero él se mantenía inmóvil y erguido, con los ojos clavados en sus compañeros. Entrecerré los ojos y bajé la vista. Adam tenía las manos cerradas en puños, pero entre los dedos veía caer un ligero hilo de sangre.

—La orden es conseguir la Piedra Filosofal —replicó otra de las Favoritas—. Y no dejar que los sentimientos intervengan.

Los señores Kyteler intercambiaron una mirada silenciosa, y yo no pude evitar recordar sus palabras, seguras, haciendo eco en mi mente: *Adam jamás atacaría Wildgarden House. Es un lugar demasiado importante para él.*

—Hay Vigilantes en el jardín. Están a punto de reforzar el escudo —contestó Adam, sin vacilar—. No podremos contra ellos. Debemos regresar antes de que sea tarde.

El asesino de Emma dio un paso al frente. Y con él, los demás Favoritos.

La magia llenaba tanto el aire, que este vibraba y chascaba, como un avispero a punto de llegar al suelo y hacerse pedazos.

Mis ojos seguían clavados en Adam.

Si atacan, ¿de qué lado estarás?

No compartíamos ningún recuerdo esta vez. Pero pareció que mis palabras llegaban de alguna forma hasta él, porque bajó bruscamente la mirada y sus pupilas se encontraron con las mías.

Fue un error. Porque en ese momento vi por el rabillo del ojo cómo el asesino de Emma levantaba las manos y señalaba a la señora Kyteler.

Maldita Sangre, gemí para mis adentros.

Pero entonces, antes de que nadie pudiera hacer o decir nada, ese brazo que señalaba a la anciana desapareció. Literalmente, además.

Yo parpadeé, perpleja, mientras escuchaba a mi espalda cómo el señor Báthory decía algo en un idioma que no conocía. Húngaro, ¿tal vez?

El asesino de Emma se quedó paralizado, con la máscara girada hacia el espacio que ocupaba lo que antes había sido su brazo. No tuvo tiempo de gritar. Una figura gigantesca, de largos cuernos afilados que chocaron contra el techo y arrojaron la enorme araña al suelo, sujetó su tronco con unas garras bestiales. Su boca se abrió en un ángulo imposible y esos dientes del tamaño de mandobles cercenaron su cabeza. Como si fuese el hueso de una fruta, lo escupió a mis pies.

Abrí la boca de par en par, pero de ella no brotó ni un sonido.

Tānlan sonrió. Y entre sus dientes vi algo que me gustaría no haber visto.

—Un regalo —pronunció, con su voz infernal.

Debería gritar, o rezar entre dientes, como el señor Báthory. Pero en vez de eso, le devolví la sonrisa. Duró solo un instante. El segundo que transcurrió antes de que una nueva explosión sacudiera la mansión.

Todos se movieron a la vez. Los dos Favoritos que quedaban se abalanzaron hacia delante.

Mis ojos volaron hacia Adam y lo descubrí subiendo la escalera a toda prisa mientras sus compañeros recitaban varias maldiciones al unísono. Extendí el brazo hacia atrás y grité un «Repele» que las detuvo en el acto, aunque eso no impidió que un par de paredes del recibidor se vinieran abajo.

La señora Kyteler y su marido se colocaron delante de mí. Ella, con las manos alzadas y empapadas en sangre; él, con el dedo en el gatillo del revólver.

Sus miradas lo decían todo.

—No dejes que se marche.

—No pensaba hacerlo —le prometí.

Eché a correr escaleras arriba, saltando por encima de los escombros que habían ocasionado las bombas y la batalla.

Adam solo tenía que lanzar una mano hacia atrás y pronunciar un encantamiento para hacerme retroceder. O una maldición, si quería hacerme daño. Yo solo tenía que pronunciar un simple hechizo para detenerlo. Pero ninguno de los dos separó los labios. Él siguió corriendo a toda velocidad, y yo lo seguí, jadeando, sin apartar la vista de su túnica roja que se confundía con las sombras de Wildgarden House.

Ascendió todo lo que las escaleras le permitieron, hasta llegar a la última planta, y luego atravesó corriendo un largo y estrecho pasillo que desembocaba en una puerta. La buhardilla, supuse. Apreté los dientes y el paso; los Vigilantes ocupaban todo el jardín de la mansión, así que pensaba salir por el tejado.

Mis labios se separaron para pronunciar un hechizo, pero antes de que la primera sílaba brotara de ellos, la pequeña puerta a la que Adam se dirigía estalló en mil pedazos.

Los dos nos acuclillamos y pronunciamos un «Repele» cuando una nube de mármol, madera y metal salió despedida hacia nosotros.

Tras ella, con una carcajada que haría temblar a un Sangre Negra hasta los huesos, apareció Tānlan. Su cuerpo, flexionado al máximo, ocupaba casi todo el pasillo y le cortaba el paso. No obstante, entre los huecos de sus alas, un par de metros por detrás, pude ver a otro Centinela en su forma original. En contraste con el tono rojo intenso de la piel de Tānlan, este era completamente blanco.

Siete.

Sus ojos se volvieron rendijas iracundas cuando clavó los ojos en mí. Flexionó sus largas patas, listo para saltar.

—¡No! —exclamó Adam—. Tranquilo, Siete.

Su Centinela se detuvo al instante y su postura se relajó.

Un silencio sepulcral se adueñó del corredor donde nos encontrábamos. Durante un momento, ni siquiera escuchábamos los ruidos de la batalla que debían estar produciéndose en la planta baja, ni los gritos de los Vigilantes en el jardín.

Un claro en la tormenta.

Adam se apoyó en la pared y levantó la cabeza hacia el techo cubierto por grietas, respirando ruidosamente. Yo me apoyé en mis rodillas e intenté recuperar el aliento, mientras mis ojos me desobedecían y se deslizaban hacia él. Veían cómo su pelo húmedo reflejaba un brillo casi azulado por la luz del fuego que entraba por las ventanas; advertían el sudor que corría por su cuello descubierto y hacía que su piel y ese pequeño hueco que existía entre su hombro y la clavícula relumbraran como el nácar.

Como si sintiera el peso de mis ojos, sus pupilas descendieron y se clavaron en las mías. Y de pronto, me encontré de nuevo en mitad de un sueño. Él y yo, completamente solos con nuestros recuerdos. Con nuestras mayores alegrías y las peores decepciones.

—No quería que tocaran este lugar —dijo de pronto Adam—. No deseaba involucrar a mi familia.

Sus ojos negros vagaron por los destrozos del corredor y más allá. A través de los cristales empañados de las ventanas, donde todavía quedaban algunos fuegos dispersos por el jardín.

—Todavía puedes arreglarlo, Adam —dije, con lentitud, antes de animarme a dar un paso en su dirección.

Él sacudió la cabeza y su expresión, siempre controlada, siempre marmórea como las estatuas que llenaban el cementerio de Highgate, se rompió en mil pedazos. Los labios le temblaron y las manos, sucias de sangre seca, se apretaron en dos puños convulsos.

—No lo entiendes —siseó, aunque su voz falló en la última palabra.

Ese temblor en su voz me animó a dar dos pasos más. Levanté la mano y él giró con brusquedad la cabeza en mi dirección. Sus ojos negros destellaron.

Los hombros se le tensaron, y vi cómo, tras Tānlan, Siete volvía a flexionar sus poderosas extremidades. Aun así, continué avanzando, con cautela pero sin detenerme, con el brazo levemente alzado y la mano extendida.

Lenta, muy lentamente, mis dedos rozaron poco a poco la manga de su túnica. Con la misma delicadeza que si estuviera tocando a un Demonio salvaje, fui apoyando mi mano en su brazo hasta apretarlo ligeramente, con toda la suavidad que podía imprimir en un solo gesto.

Sentí cómo se estremecía. Sus ojos volaron hasta el punto en que mis dedos se hundían en la tela.

—Explícamelo —susurré. Sus ojos volvieron a los míos y me animaron a avanzar. Detuve mis pies, mi cuerpo, aunque este parecía deseoso de avanzar más y más, de hacer desaparecer la distancia que existía entre Adam y yo—. Cuéntamelo todo para que pueda comprenderlo.

Vaciló. Sus pupilas se despegaron a duras penas de las mías y miraron a un lado y a otro. De pronto, me recordó a ese niño asustado que vi en el primer sueño que compartimos.

Ese que necesitaba un abrazo tan desesperadamente.

Di un paso más. Mi barbilla estaba a punto de acariciar su pecho.

Pero entonces, la voz de Tānlan retumbó en toda la galería.

—Cuidado.

Alcé la mirada, sobresaltada. Sin embargo, él no nos miraba a nosotros, sino a una de las ventanas. Tras ella, subido en un Centinela en su forma original, de cuerpo alargado y enormes alas, que flotaba a muchos metros de distancia de un suelo en llamas, había un Favorito del Infierno. Observándonos.

No era ninguno de los que nos habían atacado aquella noche. Aun así, reconocí su máscara. Los largos cuernos retorcidos. Las hendiduras demasiado estrechas como para ver unos ojos humanos.

Era el líder de los Favoritos. El que se había dirigido a mí en mitad del caos de Fenchurch Street.

Sus labios pronunciaron un «Ábrete», y al instante, las hojas de todas las ventanas del pasillo temblaron y lo obedecieron. La brisa nocturna, el humo y el hedor a quemado llenaron el corredor donde nos encontrábamos.

Yo retrocedí de inmediato y tensé las manos. Un murmullo amenazador brotó de la garganta de Tānlan. Adam y Siete permanecieron inmóviles.

Su Centinela lo acercó lo suficiente como para que entrase a través de una ventana, pero el Favorito no se movió. Se quedó de pie, en mitad de la noche, con la luz de las llamas envolviéndole la parte inferior del cuerpo.

Se inclinó hacia delante y giró su máscara monstruosa hacia Adam.

—¿Qué está ocurriendo aquí?

Él se enderezó de inmediato. Toda la debilidad, todo el dolor, todas las dudas habían desaparecido de golpe de su mirada. En ella solo había decisión. Y frialdad.

—He tratado de detener a los Favoritos. Han actuado sin seguir órdenes y…

—*No.* —La voz del hombre retumbó con la misma fuerza que las bombas—. Estas eran las órdenes que les di.

Adam frunció el ceño y, durante un momento, la confusión y la rabia nublaron su expresión.

—Me prometiste que no tocarías Wildgarden House… ni a quien se encontrase en ella —siseó.

—La portadora de la Piedra fue la que selló el destino de sus habitantes cuando decidió llamar a la puerta —replicó el Favorito, sin mirarme. Adam se encogió un poco y yo sentí una punzada de culpabilidad arañándome el pecho—. Sabías el precio que quizá tendrías que pagar para conseguir la Piedra Filosofal. No puedes tener todo sin perder antes algo. Tu madre lo sabía.

Los ojos de Adam se fruncieron de dolor cuando el Favorito nombró a Alina Kyteler.

—Creo que necesitas tiempo para reflexionar —continuó el Favorito, con calma. Hablaba como un padre decepcionado con su hijo—. Para recordar de qué lado reside tu lealtad.

Movió la mano tan rápido que ni siquiera nos dio tiempo a reaccionar.

¡Ahaash!

Me llevé las manos al pecho con un alarido, pero no fue mi piel la que atravesó la maldición.

Quinta parte

REDENCIÓN

Primera semana de octubre.
1940.

Academia Covenant
Junio, hace cuatro meses

Liang ascendía por la escalera principal con los ojos arrasados por las lágrimas. Yo la seguía a menos distancia de la que debía, pero estaba tan asustada, tan destrozada por lo que había pasado, que no prestaba atención a su espalda.

De pronto, varios alumnos de su curso se toparon con ella. Pálidos y con la piel perlada de sudor, no se detuvieron cuando pasaron por su lado.

—¡No subas! ¡Hay uno de ellos en los dormitorios!

—¡Esperad! —exclamó Liang, pero ellos no la escucharon—. En la planta baja están…

Su voz se diluyó cuando sus compañeros doblaron el recodo de la escalera y desaparecieron de su vista. Ella se quedó paralizada durante un momento y, tras un instante de duda, se internó en la galería que comenzaba a la derecha del rellano.

Yo la seguí y, de pronto, un estremecimiento me sacudió.

Maldita Sangre, pensé, cuando la vi avanzar.

Liang continuó andando por el pasillo a oscuras y, de repente, unas voces hicieron eco a lo lejos. Una de ellas pertenecía a Henry Salow, el profesor de Alquimia Avanzada.

Cerré los ojos durante un instante, pero me obligué a seguirla cuando ella avivó el paso.

Las palabras nos alcanzaron.

—Estás recorriendo un sendero por el que luego no podrás regresar —decía el profesor. Su voz sonaba segura, calmada—. Lo que intentáis conseguir es demasiado peligroso. Traerá consecuencias terribles.

—¡No tienes ni idea de por qué lo hago!

Liang se detuvo en seco al reconocer esa voz. La vi llevarse la mano al pecho y pegar la espalda a la pared, para avanzar en silencio. Cuando llegó a una puerta entreabierta, se detuvo. La luz que se colaba por la rendija partió en dos su cara.

Yo me acerqué tan silenciosamente que no me vio. Desde mi posición, pude ver el interior de la clase. En el suelo, dibujado, había un diagrama de invocación similar al que Liang ya había visto cuando su amiga todavía vivía. Sin embargo, este mostraba un rostro diferente. Más animal. Más furioso.

El rostro del Dios Demonio Amon, del Infierno de la Ira.

Sobre él, se encontraba Henry Salow. Con la bata mal colocada sobre su pijama. No tenía su Anillo de Sangre, aunque tenía los brazos alzados. Su gesto era más apaciguador que ofensivo.

Encarándolo, con la máscara de Favorito a los pies, se encontraba Adam Kyteler. No sabía si había sido Salow quien se la había arrebatado, o si había sido decisión suya. Si quería que el profesor viera quién iba a matarlo.

Algo cambió en el ambiente. Las manos del profesor Salow temblaron.

—*Adam* —dijo, antes de tragar saliva con dificultad. Había palidecido de golpe—. Lo que ocurrió fue una desgracia terrible y sé que nunca podré reparar ese daño. No sé quién te lo ha contado —añadió, caminando hacia el joven. Los ojos de Liang se abrían cada vez más y más—. Pero seguíamos órdenes de arriba. En aquella época, yo no podía cuestionar...

Pero daban igual sus palabras. Lo supe cuando vi la expresión de Adam Kyteler. La rabia fría le salpicaba la mirada. Su expresión solo gritaba venganza.

Así que ni siquiera dejó que el profesor Salow terminase la frase.

Set

Un agujero pequeño, pero certero, apareció en el pecho del hombre, justo sobre su corazón.

El profesor ni siquiera tuvo tiempo de susurrar algún encantamiento de curación. Cuando cayó al suelo, ya estaba muerto. Su sangre se derramó por el diagrama de invocación.

Este, al instante, comenzó a brillar con una luz sanguinolenta.

Liang no lo soportó más. Con las uñas clavadas en el rostro, jadeante, retrocedió a toda velocidad y echó a correr, mientras la invocación de Adam Kyteler para llamar al Dios Demonio del Infierno de la Ira llenaba todo el corredor.

Assiah arrumm goleem

29

EL CONSEJERO

Adam bajó la mirada hacia su túnica abierta y un riel de sangre salpicó el suelo, entre sus pies. En la buhardilla, hizo eco el golpe sordo que provocó su Centinela al caer sobre el suelo, inconsciente.

Sus ojos buscaron los míos en el momento en que sus rodillas le fallaron y cayó hacia delante.

Yo pronuncié su nombre y conseguí envolverlo con los brazos, aunque era tan alto que no pude con su cuerpo y los dos nos desplomamos. Él sobre mi pecho, inconsciente, derramando sangre sobre el camisón.

—No, no, no… —comencé a murmurar, desesperada.

No me atreví a utilizar un hechizo para movilizarlo, así que, con un rugido de esfuerzo, pude hacerlo a un lado y colocarlo bocarriba. La oscuridad había ganado terreno en el corredor. En los jardines de Wildgarden House, ya no ardían tantas llamas. Y, desde hacía tiempo, las sacudidas de las bombas no hacían temblar la mansión.

Clavé una mirada rabiosa en la inmóvil figura del líder de los Favoritos. Él seguía flotando en el aire, imperturbable. Su túnica negra ondeaba con suavidad.

La magia aullaba en mi interior. Las manos me ardían. Mis pupilas, enloquecidas, rezumaban veneno. Estaba quieta, pero mi respiración y mi corazón iban cada vez más rápido.

No pensé en el daño que ya había sufrido la mansión. En que había algo extraño en el comportamiento de ese Favorito. Solo me dejé llevar y permití que el poder de la Piedra Filosofal fluyese por mis venas como un tren a punto de descarrilar.

Alcé una mano y lo señalé con un índice tembloroso.

¡Lneth!

Era una maldición de tortura. Cuando la había estudiado en la Academia, pensé que jamás la utilizaría. Pero ahora, con Adam Kyteler sangrando a mi lado, me di cuenta de que sería capaz de destruir y de herir a todo aquel que se atreviera a hacerle daño.

Mis brazos se sacudieron cuando un trueno dorado brotó de mis manos, incapaces de soportar la energía. Caí hacia atrás y el ataque escapó desviado. Golpeó el borde de la ventana, que estalló en cientos de cristales, y el techo, del que cayeron escombros peligrosamente cerca de Adam y de mí.

Ahogué un grito de frustración y volví a alzar los brazos, pero el Favorito había desaparecido.

El calor que sentí en las rodillas me hizo bajar la mirada. A mi lado, Adam seguía con los ojos cerrados, pálido. Y, unos metros más atrás, su Centinela no se movía.

—Maldita Sangre —farfullé, antes de colocar mis manos sobre su abdomen herido.

No tendría que haber perdido el tiempo atacando a ese Favorito. Había sido una completa idiota.

Cerré los ojos e intenté controlar el temblor de mi cuerpo.

Sangre a la sangre, carne a la carne.

Al instante, la herida se cerró. Demasiado rápido. Yo emití un suspiro de alivio, pero Tānlan se acercó a nosotros, con el ceño profundamente fruncido.

Adam no despertó. Siete, tampoco. Sacudí la cabeza. No entendía nada. Tenía el poder de la Piedra Filosofal, un simple encantamiento de curación debía funcionar. Desesperada, le abrí la túnica y palpé su piel fría con mis dedos. No había ninguna herida abierta, pero sí toqué la piel en tensión. Con un gemido, Adam se sacudió.

—¿Qué ocurre? —murmuré, asustada—. Debería estar bien.

Tānlan no contestó. En vez de eso, alzó una de las largas uñas de su zarpa y, con un movimiento rápido, volvió a rasgar la piel del abdomen. Se me escapó un grito cuando un vómito de sangre me llenó las manos.

—¡¿Qué has…?!

—Has cerrado demasiado rápido la herida, pero todavía sangra —me interrumpió él—. No controlas bien el poder de la Piedra, por lo que no puedes ejecutar correctamente los encantamientos. Aunque sean sencillos, la magia de la sanación es delicada.

Sentí como si mis pulmones se llenaran de piedras, en vez de aire. Desvié la mirada de mis manos convulsas a la expresión agonizante de Adam. Quería ayudarlo, quería que dejase de sufrir, pero era incapaz de pronunciar ni un solo hechizo. No podía hacerle más daño.

De pronto, el sonido de unas pisadas nos sobresaltó. Tānlan se colocó delante de mí, con las patas flexionadas y su inmensa boca de Demonio abierta. Sin embargo, quien apareció al final del pasillo fue la señora Kyteler.

Sentí cómo una ola de alivio me empapaba por instantes. Tenía la falda del vestido desgarrada y los cabellos grises volaban alrededor de su rostro, pero no parecía herida. Sin embargo, se detuvo de golpe al ver a su nieto entre mis brazos.

—No puedo… tengo miedo de curarlo… la Piedra… —tartamudeé, mientras ella se arrodillaba a su lado.

—Yo me encargaré de él —dijo, con decisión, a pesar de que estaba mortalmente pálida—. Pero tú debes bajar. Los Vigilantes quieren cerciorarse de que estés bien.

Asentí; mis ojos volaron de nuevo hacia el rostro de Adam.

—Si se enteran de que él está aquí...

—No se enterarán —dijo ella, presionando durante un instante mi hombro antes de colocar sus manos sobre el abdomen herido de su nieto—. Ahora, ve.

Asentí, pero tardé más de lo necesario en alejarme de Adam. La señora Kyteler empezó a recitar otro encantamiento de curación y, esta vez, los tejidos de su nieto comenzaron a soldarse. Con lentitud, pero siguiendo el orden correcto.

Estuve mirando por encima del hombro hasta que doblé la esquina del corredor. Mientras caminaba a mi espalda, Tānlan volvió a convertirse en un gato pardo con poco espacio entre la piel y los huesos. Él también echó un vistazo hacia atrás.

—Sabes que se pondrá bien, ¿verdad? —comentó, con una suavidad que sonaba impropia en su voz monstruosa. Apreté los dientes y cabeceé, aunque no fui capaz de contestar—. Vale le abrió literalmente el pecho y... mira, sigue vivo. Lo tuyo no ha sido para tanto.

—Gracias, Tānlan. Ahora me siento mejor —gruñí.

—De nada. Ha sido un placer.

Descendimos por la escalera principal, rodeados de polvo y algunos escombros. En el exterior ya no ardía ningún fuego, así que era solo la luz de la luna la que alumbraba con palidez la oscuridad del interior de Wildgarden House.

Cuando llegamos a la planta baja, observé los destrozos con un estremecimiento. Los ataques no habían afectado al cableado de la casa, así que la luz eléctrica de las pocas lámparas que seguían en pie mostraba el terrible estado en el que se encontraba la entrada de la mansión.

Había cascotes por el vestíbulo y las estancias colindantes, así como trozos de maderas y cristal. La preciosa puerta de entrada ya no existía y, en su lugar, había un hueco gigantesco en la fachada por el que entraba el aire frío de la madrugada.

El señor Báthory estaba en una esquina de la estancia, gritando, más que hablando, con un par de Vigilantes. De vez en cuando, se le colaba un par de palabras en lo que parecía ser húngaro. Debió sentir mi mirada, porque calló de pronto y giró el rostro con brusquedad en mi dirección.

—¡Liang! Gracias al cielo…

Los dos Vigilantes se volvieron también y sus velos negros, tupidos, me estremecieron.

—¿Se encuentra bien, señorita Shelby? —preguntó uno de ellos.

—No gracias a ustedes, eso desde luego —contestó el señor Báthory, antes de que yo pudiera separar los labios.

Los dos Vigilantes ni siquiera se inmutaron.

—Los encantamientos que protegían la mansión no estaban preparados para el ataque de las bombas. Ninguno de nosotros lo estaba —añadió uno de ellos, con gravedad.

—¿Por qué el enemigo atacaría un lugar como este, tan alejado de la ciudad? —pregunté.

Hubo un silencio largo antes de que uno de los Vigilantes respondiera:

—No fue el enemigo.

Parpadeé y di involuntariamente un paso hacia delante. Debía haber escuchado mal.

—¿Qué?

—Fue uno de los nuestros —contestó el señor Báthory por ellos—. Sospechan que el piloto Sangre Roja estaba bajo el influjo de algún encantamiento de posesión.

La mansión volvió a sacudirse bajo mis pies, aunque en esta ocasión no por culpa de ninguna bomba.

—¿Qué? —musité.

—Como bien ha dicho el señor Báthory, se trata solo de una sospecha —intervino uno de los Vigilantes—. Cuando recuperemos el cuerpo, podremos averiguar si quedan rastros de magia en su organismo.

—¿El piloto… ha muerto? —pregunté.

—Pareció perder el control de su bombardero y se estrelló a un par de kilómetros de distancia.

—O quien lo estuviera controlando le ordenó estrellarse —siseó Tānlan, a nuestra espalda.

Los Vigilantes no respondieron. Me obligué a respirar hondo para calmarme y aproveché para mirar a mi alrededor. En una de las esquinas de la entrada, había una larga túnica oscura cubriendo algo en el suelo. Entre los pliegues arrugados atisbé algo que parecían unos dedos ensangrentados.

—Será mejor que no lo haga, señorita Shelby —dijo uno de los Vigilantes, cuando me vio acercarme—. No es una visión muy… agradable.

Lo ignoré. Sabía quién se encontraba bajo esa túnica. O más bien, lo que quedaba de él. Con Tānlan a mi lado, me arrodillé en el suelo y tiré un poco de la tela oscura. Solo lo suficiente como para ver una cabeza que no estaba unida a ningún cuerpo.

Me pareció oír cómo el señor Báthory contenía un jadeo.

De mi garganta escapó una exclamación entrecortada cuando vi por fin el rostro que se ocultaba tras la máscara del Favorito.

No sabía qué esperaba encontrar. Un rostro monstruoso, tal vez. Pero esos ojos azules que me observaban sin verme podían pertenecer a decenas, cientos de Sangre Negra. Al igual que los labios finos y ese cabello castaño. Podía ser cualquiera. Incluso un profesor de la Academia. No había nada en su rostro muerto que revelara el monstruo que verdaderamente era por dentro.

—¿Cómo… cómo se llamaba este hombre? —Mi voz escapó tan rota, que no pareció mía.

Los dos Vigilantes compartieron una mirada antes de contestar.

—Es información clasificada, señorita. No podemos…

—Por supuesto que no pueden —resopló el señor Báthory—. Hay muchas cosas que no pueden hacer, desde luego. Como capturar a los malditos Favoritos. Nos han atacado y ninguno de ustedes ha hecho nada por evitarlo. Y, de nuevo, han vuelto a escapar.

Me pareció que uno de los Vigilantes respiraba hondo tras una de sus máscaras.

—Señor Báthory, quizás usted, como Sangre Roja, no entienda la dificultad de…

—Entiendo perfectamente que el Aquelarre ha vuelto a fallar. Una vez más. —El marido de la señora Kyteler dio un paso al frente y señaló con un dedo tembloroso el cadáver que yacía a mis pies—. Ahora, aparten *eso* de mi vista.

Los Vigilantes no se molestaron en replicar. Se dirigieron al cadáver del Favorito mientras yo retrocedía y me colocaba justo al lado del iracundo señor Báthory. En silencio, observamos cómo alzaban el cuerpo y la cabeza con varios hechizos, y los conducían al exterior a través del hueco que antes había ocupado una puerta.

—¿Y mi nieto? —me murmuró entonces el señor Báthory.

—Con su mujer —contesté en el mismo tono, antes de añadir—: A salvo.

Él cabeceó y me pareció que sus ojos destellaban por culpa de unas lágrimas de alivio que se esforzaba por sujetar. Y también por algo más.

—Conocía a ese hombre.

Fruncí el ceño, sin comprenderlo.

—¿Qué?

—El Favorito muerto. Lo he visto varias veces en la Torre de Londres, trabajando. Quizá tú también te hayas cruzado varias veces con él, quién sabe. —Mis pupilas se dilataron, porque de pronto todo se volvió borroso a mi alrededor—. Se llamaba Christian Byrne. Era uno de los Consejeros de los Miembros Superiores.

30

EN TABLAS

Habían instalado a Adam en el sótano.

La señora Kyteler me explicó que lo habían construido durante la Gran Guerra, para esconderse de los posibles bombardeos. No me lo contó porque yo le preguntara sobre ello, sino porque necesitaba tener los labios ocupados.

No había luz eléctrica, así que las velas que llenaban la estancia se mantenían ardiendo con el hechizo «Enciende». Su luz dorada formaba claroscuros en los párpados cerrados de Adam, que no había recuperado la conciencia desde el ataque del Favorito, varias horas atrás.

Después de que los Vigilantes se marcharan con el cadáver de Christian Byrne y fueran sustituidos por otros, bajé al sótano y no me moví de allí. Me quedé junto a la señora Kyteler, que acariciaba la mano de su nieto una y otra vez, sin pronunciar palabra. Solo se separó de él cuando Trece bajó a informarnos de que Serena Holford había acudido para ver cómo nos encontrábamos después del bombardeo.

—No tardaré —me susurró, antes de desaparecer escaleras arriba.

Asentí y volví a mirar el rostro pálido de Adam. Siete, su Centinela, tampoco se movía. Había recuperado su forma de gato blanco y ahora descansaba a un lado de su compañero, acurrucado contra su estómago.

De pronto, escuché unos pasos que se acercaban por la escalera. Intercambié una mirada con Tānlan, apostado junto a la puerta.

—La señora Kyteler ha sido rápida —murmuré.

Él esbozó algo que parecía una media sonrisa.

—No se trata de ella.

La puerta se abrió y, tras el metal chapado, apareció el cabello rubio, alborotado, de Aleister Vale.

Me puse de pie sin darme cuenta, mientras él se acercaba apresuradamente a mí.

—Hay un Miembro Superior en la mansión —le informé con urgencia—. Si te descubre…

No pude decir nada más porque sus brazos me sepultaron. Me abrazó con tanta fuerza que mi oído, pegado a su pecho, pudo escuchar su corazón latir a toda velocidad. Debió sentir mi lividez, porque carraspeó, incómodo, y se apresuró a apartarse.

—Lo siento. Yo... me alegro de que estés bien —balbuceó. Su mirada voló de Adam a mí—. Y Eliza. Y Trece. Y Andrei. Y hasta ese terrible Demonio del Infierno —añadió, señalando a Tānlan—. No sé qué diablos tenéis los Kyteler y los Shelby ahí dentro... porque siempre acabo regresando. Una y otra vez.

Parecía de pronto agotado. Miró a su alrededor, a pesar de que no había mucho para ver. Era una estancia amplia, pero prácticamente vacía. Solo había una cama, una despensa en un rincón repleta de comida enlatada, unas mantas depositadas en un rincón y una mesa de madera desnuda con varias sillas. Aleister eligió una y se sentó con un suspiro.

—Quería alejarme de ti. Quería mandar la Piedra al diablo de una vez por todas. Subirme a un maldito barco, o a un avión, y marcharme de esta asquerosa ciudad —dijo, casi para sí mismo—.

Pero supongo que, en el fondo, soy un sentimental. —Una sonrisa amarga retorció sus labios—. Leo siempre me lo decía.

Lo observé de soslayo. Teníamos mucho de lo que hablar. De dónde se había metido todos esos días mientras bombardeaban sin cesar Londres, de la identidad del Favorito del Infierno que había muerto, de que a Adam lo hubiese atacado uno de los suyos. Pero, en vez de eso, pregunté con un murmullo:

—Leonard te importaba mucho, ¿verdad?

Él levantó la cabeza de golpe. Clavó sus ojos en mí, con una expresión imposible de descifrar. Tardó demasiado en contestar y, cuando lo hizo, sus labios se doblaron en una mueca agridulce.

—Supongo que es una forma de decirlo.

Mi mirada regresó a los párpados caídos de Adam. De pronto, era demasiado doloroso asomarse a la mirada de Vale.

—Me dijiste que visitaste en varias ocasiones mi hogar en Fenchurch Street, cuando era Leonard el que vivía allí con sus padres y su hermano —dije, con lentitud—. Imagino que eso debía significar algo.

Él sacudió la cabeza con un suspiro.

—Sí. Fui un invitado habitual de la familia Shelby. Algo de lo que luego se arrepintieron, claro.

—¿Y él? —Aleister frunció el ceño, confundido—. ¿Fue también un invitado habitual de la familia Vale?

Él se pasó las manos por el pelo, desordenándoselo todavía más, y pareció contar los segundos en silencio antes de contestar.

—No. Yo visité varias veces Fenchurch Street, pero él nunca recibió ninguna invitación para pasar unos días en Blackfern Manor. Mi hogar —aclaró, en tono neutro.

—¿Por qué?

Sus ojos se perdieron al otro lado de la estancia, donde el polvo se acumulaba entre las latas de comida. Parecía fascinado de pronto por las virutas que flotaban en el aire.

—Yo no estaba mucho tiempo en casa. Solía pasar gran parte de las vacaciones en Shadow Hill, la mansión de campo de Marcus Kyteler. Él sí me visitó en Blackfern Manor en algunas ocasiones, pero nunca Leo.

—Es cierto —murmuré, al recordar de pronto esa foto que me habían enseñado hacía un par de meses, en la que cuatro rostros sonreían a cámara—. Marcus Kyteler también era vuestro amigo.

—Y la que después se convirtió en su esposa, Sybil Saint Germain. Sí, los cuatro siempre estábamos juntos. Levantábamos muchas pasiones y envidias en la Academia Covenant —añadió con un orgullo amargo—. Aunque ya sabes que nuestra amistad no terminó muy bien.

Puse los ojos en blanco.

—Sí, algo he oído. —Me incliné hacia él, extrañada—. Si ambos eran tan importantes para ti, ¿por qué Marcus podía visitarte en Blackfern y no Leonard?

La sonrisa amarga de Aleister tembló un poco.

—Mi padre tenía una idea muy clara de la gente con la que debía relacionarme… y un Shelby no entraba dentro de sus estándares —lo dijo con ligereza, pero sus nudillos estaban blancos, cerrados en un fuerte puño.

—¿Y qué pensaba tu madre del asunto? —pregunté con cautela.

Aleister volvió a mirarme, con una expresión que no supe descifrar.

—La verdad es que nunca lo supe. Quizá tendría que haberla invocado para que me diera su opinión. —*Maldita Sangre*, pensé. Al ver mi expresión descompuesta, añadió—: Al parecer, mis padres sufrieron mucho para tener un hijo. No fue un camino fácil, y me tuvieron ya mayores. A pesar de nuestra riqueza, de nuestro apellido, de ser Sangre Negra, mi madre no sobrevivió al parto.

Los labios se me separaron con horror.

—Lo siento mucho —musité.

—Fue algo que ocurrió hace casi cien años. Nadie se acuerda de ello —dijo, aunque la mentira palpitaba entre las sílabas—. Mi padre nunca lo aceptó y supongo que… se fue perdiendo en el camino. Aunque, por lo que oía a veces de los criados, nunca fue un buen Sangre Negra con el que pasar el rato.

Aleister calló y me dirigió una mirada, como si esperase que yo hiciera algún comentario burlón sobre él. No obstante, mantuve los labios sellados. Fui incapaz de pronunciar ni una palabra.

—A medida que pasaron los años, mi padre comenzó a arruinarse. Nuestra familia era importante, pero pequeña; solo éramos él y yo. Con el tiempo, no tuvo más remedio que ir vendiendo sus propiedades hasta que finalmente solo nos quedó Blackfern Manor. El edificio era demasiado grande, demasiado difícil de mantener, y a nosotros apenas nos quedaban criados, pero nunca quiso venderla. Una vez dijo que antes prefería morir. —Lanzó un largo suspiro que flotó en el aire como un gemido antes de extinguirse—. Supongo que por eso no quería que me juntara con alguien como Leonard Shelby y me prohibía que él viniera a visitarnos. Pero con el tiempo, incluso, me alegré. No quería que Leo conociera a mi padre, ni que viera el hogar tan triste, abandonado y solitario en el que me había criado.

De pronto, soltó una pequeña carcajada y me miró, aunque yo no sentí más que un largo escalofrío.

—Eras amigo de Marcus Kyteler y de Sybil Saint Germain, pero la mirada te cambia cada vez que mencionas a Leo —dije, con el ceño fruncido—. Tú no mataste a Leonard Shelby —murmuré.

Aleister mantuvo sus ojos quietos en los míos durante más de un minuto antes de separar los labios.

—Eso no es lo que dice la versión oficial de la historia.

—Eso no significa que sea la verdad —repliqué con otro susurro.

Él respiró hondo y asintió con lentitud, con los labios temblorosos y un resplandor vidrioso en sus pupilas.

—Lo sé.

—¿Y por qué no has luchado por cambiarla? —le increpé, alzando un poco la voz.

—Lo intenté. Al menos, al principio —dijo, con su triste sonrisa intacta—. Pero nadie me creyó. Era mi palabra contra la de un Kyteler y una Saint Germain. Para ese momento, mi padre estaba en la ruina y había perdido la mayor parte de sus amistades. Además, para ser sincero, los profesores de la Academia no me adoraban particularmente y nadie habló a mi favor. Muchos años después —continuó, con calma—, cuando apareció la otra Piedra Filosofal y parte de la élite de los Sangre Negra descubrieron que Marcus Kyteler y Sybil Saint Germain no eran tan perfectos como creían, tuve otra oportunidad para contar lo que realmente ocurrió, pero… había transcurrido demasiado tiempo y yo fingía ser un preso desquiciado en la cárcel de Sacred Martyr. Contar la verdad habría supuesto revelar la identidad de otra Piedra Filosofal, de exponerla al Aquelarre, y eso era algo que no estaba dispuesto a hacer.

Separé los labios para hablar, pero Aleister no había terminado.

—La verdad no iba a cambiar las consecuencias. Leonard seguiría muerto y yo no podría volver a verlo jamás. —Se llevó una mano a la nuca, en un gesto forzado que luchaba por ser casual.

Las piernas me estallarían si seguía sentada un segundo más. Así que me puse en pie y caminé hacia él. Tragué saliva y, con renuencia, apoyé mi mano en la suya. Él se sobresaltó con el contacto, pero no apartó sus dedos, helados bajo los míos.

No pude evitar preguntarme cuánto tiempo hacía que nadie lo tocaba así.

La sonrisa triste de Aleister terminó de desgarrarse.

—Todavía no he averiguado muy bien qué ocurrió aquella noche. Por qué Leo decidió participar en la creación de la Piedra Filosofal. He intentado preguntárselo muchas veces...

—¿Lo has invocado alguna vez? —pregunté, con el aliento entrecortado.

Traer a fantasmas de entre los muertos estaba a la orden del día. Niños que estaban aburridos y querían pasar algo de miedo, Sangre Negra que fingían ser médiums Sangre Roja. Yo lo había hecho innumerables veces para ganar algo de dinero, pero nunca había realizado una invocación con un fin personal. No estaba prohibido, pero en nuestra sociedad se trataba de un tabú extraño, con peligrosas consecuencias. Muchos Sangre Negra se habían vuelto locos al no dejar ir a un ser querido, y al invocarlo una y otra vez, sin permitir su descanso, ni tampoco el suyo.

—Tantas que he perdido la cuenta —respondió Aleister—. Pero ni una sola ha acudido a mí. Es demasiado feliz en el Infierno que habita ahora o me odia tanto que no quiere volver a verme.

—Quizás haya alguna explicación —murmuré.

—Llevo buscando una desde hace setenta años, así que, si todavía no la he encontrado, no creo que exista. —Él retiró su mano de la mía con suavidad y se cruzó de brazos, con la mirada de nuevo perdida—. Ese es uno de los motivos por los que quiero destruir las Piedras Filosofales. Llevo tanto tiempo tratando de hacerlo... y por fin creo que estoy cerca. —Fruncí el ceño al escuchar sus palabras, pero lo dejé continuar. Necesitaba hablar. Necesitaba desahogarse. Quién sabía cuántos años había guardado para sí todas esas palabras—. Deseo redención. Así, creo que Leo podrá perdonarme por fin, esté donde esté.

—Lo haremos —dije con vehemencia. Mis dedos, envolviendo sus manos, las apretaron con fuerza—. Te lo prometo, *Aleister*.

Él se sobresaltó al escucharme llamarlo por su nombre, y luego se relajó lo suficiente como para apoyar durante un instante su frente en mi hombro. Apenas fue un segundo, porque de pronto se irguió, con la burla y el sarcasmo de siempre resbalando de sus ojos celestes.

—Sí, aunque sería mucho más fácil si tu *querido amigo* colaborara.

Me sobresalté y seguí el rumbo de su mirada. Al girarme, vi a Adam consciente sobre el camastro. Tenía los ojos abiertos y nos observaba en completo silencio. Su Centinela permanecía adormilado, aunque movía la larga cola blanca de un lado a otro, con lentitud.

—¿Desde cuándo estás despierto? —pregunté, mientras me acercaba a toda prisa.

—No lo creas, sin importar lo que te diga —intervino Aleister a mi espalda—. Nunca te fíes de la palabra de un Kyteler.

Adam ni siquiera parpadeó ante su comentario. Su mirada oscura viró y se clavó en mí. Yo sentí cómo mis músculos se tensaban. Habíamos estado en muchas ocasiones solos, en nuestros sueños y recuerdos, pero había algo extraño y demasiado íntimo en tenerlo bajo mis ojos, cubierto con mantas. Y casi sin ropa, además.

Apreté los dientes y mis ojos se quedaron atascados en su blanca clavícula. No fui capaz de apartarlos hasta que Aleister carraspeó y se puso en pie.

—Creo que es hora de retirarme —dijo, mientras se desperezaba con exageración—. Imagino que los dos tendréis muchas cosas de las que hablar.

Ignoré la mirada que me dedicó y su ceja enarcada. Y respondí:

—Nos veremos pronto.

Aleister me guiñó un ojo antes de darme la espalda y desaparecer tras la puerta del sótano. El silencio que siguió al crujido de esta al cerrarse hizo eco en todos los rincones de mi interior.

Adam me miraba con esos ojos negros que parecían tanto un cielo como un infierno.

Abrí la boca y después la cerré. Ni siquiera sabía cómo dirigirme a él. Apreté los puños y me arrastré hasta el borde de la cama, contemplando sus hombros, que asomaban por encima de las mantas. Nada lo cubría, ni siquiera una ligera camisa. Al inicio del pecho podía ver una gruesa cicatriz rosada. El recordatorio de la tremenda herida que le había ocasionado Aleister dos meses atrás al arrancarle la Piedra Filosofal.

—Aunque lo intentases, no podrías escapar —solté de pronto, sin aliento—. Puede que no te hayamos entregado al Aquelarre, pero tu abuela te ha marcado con una poción alquímica. No puedes abandonar Wildgarden House.

La comisura derecha de sus labios se alzó.

—Hablas como si tuviera algún lugar al que ir.

—Creo que siempre has tenido uno, aunque no hayas sido consciente de su existencia —mascullé.

Su mirada se ensombreció, y no por un ramalazo de dolor. Apretó la boca y giró la cabeza con brusquedad. Siete, a sus pies, dejó de mover la cola y abrió solo un ojo.

—No hagas *esto*.

—¿«Esto»? —repetí, incrédula.

—Tratar de que cambie. Soy un Favorito del Infierno, lo quieras o no. Soy un asesino, y eso no puedes olvidarlo. —Levantó un poco los dedos y el gato blanco estiró la cabeza para rozarlo con su pelaje largo y suave—. Cuando todo esto acabe, tendré que rendir cuentas. A los vencedores o a los perdedores. Pero tendré que hacerlo.

Volvió a mirarme de frente y yo sentí como un estremecimiento me sacudía por dentro. No supe si se trataba de lástima, rabia, o de algo a lo que no quería ponerle nombre.

—Esta historia no terminará bien para mí, Liang.

Los dientes rechinaron en el interior de mi boca.

—Pues trata de cambiarla —resoplé.

A él se le escapó algo que pareció una carcajada, aunque enseguida se transformó en una expresión de dolor. Una punzada me sacudió también, como si el líder de los Favoritos fuese a mí a quien hubiese maldito.

Sacudí la cabeza y me obligué a reponerme.

—Podrías hacer que todo esto acabara si hablases —susurré—. Solo tendrías que pronunciar unos nombres. Eso haría que los Miembros Superiores estuvieran a tu favor. Que intercedieran por ti cuando tengas que ser juzgado.

—¿«Pronunciar unos nombres»? —repitió él, antes de torcer los labios en una mueca—. No es tan fácil, Liang. No es solo que no quiera decirlo, es que *no puedo*. Cuando aceptamos entrar en los Favoritos, recibimos una maldición. Si pronunciamos el nombre de cualquiera de sus miembros, moriremos.

Abrí la boca de par en par, mientras Tānlan farfullaba algo parecido a «menudo imbécil», pero con palabras malsonantes entre medio.

—¿Y qué ocurre con el líder? —Adam frunció un poco el ceño y yo aclaré—: Uno de los Favoritos es diferente a vosotros. Lleva una máscara completa, que cubre toda su cara y su pelo. ¿Tampoco puedes pronunciar su nombre?

—Entre nosotros se hace llamar Lucifer. Al fin y al cabo, ese es el nombre del Dios Demonio del Infierno de la Soberbia, el mismo al que consiguió penetrar hace meses.

El asesino de Agatha Wytte, susurró una voz en mi cabeza.

—Pero es lo único que sabemos de él.

Me llevé las manos a la cabeza y me cubrí los ojos con ellas. Me mantuve un instante así, intentando respirar hondo. No podía hacerlo. Era como si un par de manos invisibles empujaran mi caja torácica, y los huesos de las costillas se clavaran en el corazón y en los pulmones.

Su mano se alzó trémula, casi temblorosa, como si temiese romperme en pedazos cuando me tocara. Acabó por detenerse a tan solo un suspiro de mi rostro, sin ser capaz de establecer el contacto.

—Tablas —murmuré de pronto.

Él bajó la mano de golpe y esbozó una expresión confusa.

—¿Qué?

—Tablas. Como en el ajedrez Sangre Roja —dije, mirando de reojo a Tānlan y recordando sus partidas de *mahjong* con mi hermano Zhang—. Es una situación que se produce cuando ninguno de los jugadores puede ganar o perder. —Incliné un poco el rostro y hundí mi mirada en la suya—. Como nosotros.

A Adam se le curvaron los labios en una leve sonrisa, aunque por primera vez, no había ni una nota de amargura tiñéndola.

—¿Eso crees? ¿Que nos encontramos en mitad de una especie de empate? —preguntó, con una burla que no era fría.

—Por el momento. Aunque estoy segura de que seré yo quien gane la partida —repliqué, sin poder evitar que mis labios también se estiraran con fanfarronería.

Esta vez la carcajada que se escurrió de sus labios fue verdadera. Y yo sentí cómo mi corazón se hacía trizas y luchaba contra mis músculos y mis huesos para acercarse más a él. Quizás era la Piedra Filosofal, que prefería estar apresada en su pecho, en vez de en el mío.

—Ya veremos —susurró, con la voz ronca de golpe.

—Ya veremos —me oí decir, como un eco lejano.

Él no añadió nada más, aunque en esos iris tan oscuros estalló un resplandor. Cálido e hipnotizador, que obligó a mis ojos a acercarse un poco, para perderse en ese brillo. Adam observaba con atención mi cara, abandonada de toda gota de sangre, y mis manos, que habían comenzado a temblar descontroladamente.

Me encontraba totalmente paralizada, con el aliento atragantado a medio camino de la garganta. Solo era capaz de devolverle a duras penas la mirada; estaba tan cerca que mi flequillo estaba a punto de acariciar su frente.

Sentía la garganta súbitamente seca. Sabía que los segundos seguían cayendo a nuestro alrededor como piedras y que debía aprovecharlos, aunque no supiera cómo. Había demasiadas cosas que decir, y yo ni siquiera sabía muy bien por qué no me había movido de su lado desde que había bajado a este sótano.

O sí lo sabía, y no era capaz de decirlo. Ni siquiera de pensarlo.

Me levanté con tanta brusquedad que el taburete salió volando y rodó por el suelo. Tuve que apartar los ojos y clavarlos en la puerta para poder respirar con normalidad.

—Deberías descansar. Porque, quieras o no, vas a tener que contestar a muchas preguntas. —Traté de endurecer el tono de mi voz, pero las últimas sílabas escaparon temblorosas, débiles. Y me odié por ello.

Alcé la mano para apoyarla en el picaporte dorado, pero sus palabras me dejaron congelada de pronto.

—¿Por qué atacaste al Favorito que me hirió? —Su voz seguía sonando ronca, grave. Casi a punto de quebrarse—. En tablas o no, yo también soy tu enemigo.

Giré la cabeza para observarlo, pero no fui capaz de contestarle. Notaba la boca muy seca y la mente embotada. El corazón había comenzado a latir a un ritmo renqueante y las paredes del sótano parecían bambolearse en torno a mí.

—Siempre lo he sido.

Solo fui capaz de mirarlo un segundo más. Después, sin contestar, me limité a salir a toda prisa del sótano y a cerrar la puerta tan rápidamente que estuve a punto de dejar a Tānlan dentro. No escuché su queja socarrona, y empecé a subir los peldaños a gran velocidad. Tampoco respondí a la mirada silenciosa de la señora Kyteler, con la que me topé a los pies de la escalera. Seguí caminando hasta alcanzar la última planta de Wildgarden House.

Pero ni siquiera allí, en aquel pasillo destrozado, con el cielo gris y helado asomando por el hueco de la pared, pude respirar.

31

ALINA

Fue un día agotador.

Serena Holford envió a varios guardias del Aquelarre para que ayudaran a reconstruir las zonas más dañadas de la mansión, aunque la señora Kyteler no tardó en echarlos en cuanto pudo. «Ya tengo bastante con los Vigilantes», añadió, mientras los veía patrullar por el jardín. Por supuesto, no dejó que nadie se acercara al sótano.

Ella, Trece y el señor Báthory se turnaron para estar al lado de Adam. No lo dejaban solo ni un instante. No me preguntaron si deseaba estar yo también, pero tampoco se los pedí.

—Tardaré mucho en perdonarlo por todo lo que ha hecho, pero no puedo entregarlo al Aquelarre —me dijo la señora Kyteler, durante el almuerzo, cuando estábamos las dos solas comiendo, mientras su marido se hallaba en el sótano. Sus ojos negros, tan parecidos a los de su nieto, suplicaban perdón—. Lo siento, Liang. Sé que debe ser terrible encontrarte bajo su mismo techo.

—Es… complicado —susurré, porque no había otra mejor forma de definir lo que sentía hacia él.

Sus ojos me sondearon. Pareció a punto de preguntar algo más, pero al final sacudió la cabeza y no volvió a pronunciar palabra.

Aunque los guardias del Aquelarre habían vuelto a hacer habitable el dormitorio que había ocupado durante las tres semanas anteriores, en él todavía quedaban algunos escombros, junto con una gruesa capa de polvo. Pero si había algo que a Wildgarden House no le faltaban, eran habitaciones, así que todos nos trasladamos hacia la otra ala de la mansión, donde las estancias no habían sufrido daño alguno.

Debía aprovechar para descansar; no había dormido nada la noche anterior y, tras el enorme ventanal, comenzaba a oscurecer. Sin embargo, era incapaz siquiera de sentarme. Iba de un lado a otro, con los brazos firmemente cruzados y la cabeza martilleándome al ritmo del corazón.

—Me estás mareando —declaró Tānlan, como siempre, tumbado en la cama.

—Pues deja de seguirme con la mirada —respondí, sin girar siquiera la cabeza en su dirección.

Él soltó un bostezo y rodó por encima del colchón, quedándose completamente bocarriba. Su voz se suavizó un poco cuando volvió a hablar.

—Si quieres hablar con *él* tienes dos opciones: bajar esas malditas escaleras hasta el sótano o tumbarte en la cama, dormir, y dejar que tus sueños te lleven con quién deseas.

Me paré en seco, aunque no fui capaz de mirar al Demonio de frente. Sentí la cara ardiendo. Tānlan soltó una risita entre dientes.

—No estoy pensando en cómo hablar con Adam —repliqué, con los dientes apretados.

—¿No? —El Demonio puso los ojos en blanco, de una forma que sería imposible para cualquier animal.

—No —contesté con firmeza, aunque mis mejillas seguían calientes—. Quiero hablar con Alina Kyteler.

El rabo de Tānlan, que se movía perezosamente, se quedó congelado de pronto en el aire.

—¿Su madre? ¿La muerta? —Esta vez fui yo la que puse los ojos en blanco ante su falta de delicadeza—. ¿Para qué?

—La primera vez que Adam oyó hablar de la Piedra Filosofal fue gracias a su madre. Lo vi en un sueño. Sin embargo, él no me dejó escuchar completa la conversación. —Respiré hondo y me senté en el borde de la cama, cerca de él. Sin darme apenas cuenta, alcé la mano y empecé a acariciarle el lomo. Su pelaje se tensó un poco, pero no se apartó—. Necesito saber qué fue lo que dijo. Qué relación tenía ella realmente con la Piedra Filosofal.

Tānlan asintió, pensativo.

—La señora Kyteler, sin embargo, afirma que ni ella ni su marido le hablaron jamás a su hija sobre la cuestión.

—Lo sé. Y parecía estar diciendo la verdad. Sin embargo —añadí, con el ceño fruncido—, Alina Kyteler trabajaba como embajadora para el Aquelarre. Era un alto cargo. Y, como sabemos, el *Opus Magnum* nunca fue destruido. —Mis dedos se quedaron paralizados sobre el pelaje áspero del Demonio—. Necesito saber qué y cuánto sabía ella. Por qué le interesaba la Piedra. Si lo sé, creo que podré... alcanzar a Adam. Entenderlo. Y hacer que se dé cuenta del terrible error que comete.

Tānlan asintió con energía y se estiró antes de ponerse en pie. Una expresión juguetona se instaló en sus infernales ojos verdes.

—¿Eso significa que la bruja del East End ha vuelto?

No pude evitar que se me escapase una pequeña sonrisa. Me puse en pie y miré a mi alrededor, antes de susurrar:

—Voy a necesitar unas cuantas velas.

Era la hora de la cena.

El señor y la señora Kyteler estaban abajo en el comedor, Trece se encontraba con Adam. Yo les había pedido que no me esperaran, que no me sentía bien, y que me iría a acostar temprano.

No me había dado tiempo a crear un Homúnculo, así que me había limitado a embutir los almohadones mullidos debajo de las mantas y a retorcerlos un poco para simular mi cuerpo. Le pedí a Tānlan que permaneciera allí y me avisara si alguien decidía visitarme. Aunque estaba prácticamente segura de que nadie lo haría.

Después, me dirigí hacia el ala de la mansión que había sido dañada durante el ataque, y entré en uno de los dormitorios.

El de Adam.

Era cierto que podía hacer una invocación en cualquier lugar de la mansión. Estaba surtida de lugares alejados y recónditos, pero mi instinto me decía que, si quería traer a Alina Kyteler de los Siete Infiernos, debía ser desde este lugar.

Mis ojos se quedaron quietos durante un instante sobre la cama, y a mi cabeza volvió al recuerdo de Adam, en el que su madre se inclinaba sobre él y trataba de alcanzarle las manos, mientras el niño apenas podía sujetarse las lágrimas.

Tānlan me había conseguido varias velas blancas que había sustraído de muchos de los candelabros de la mansión. Con cuidado, las coloqué en el suelo, creando un círculo.

—*Enciende* —susurré.

Al instante, los cabos prendieron, quizá con demasiada fuerza, y la luz dorada del fuego iluminó la enorme estancia.

Mi sombra, reflejada en la pared, pareció un monstruoso Demonio cuando me moví y entré en el círculo.

Para invocar a los muertos hacía falta derramar sangre. Pero, con la Piedra Filosofal, todo cambiaba.

Cerré los ojos y me concentré, con el nombre de Alina Kyteler flotando en la oscuridad de mi mente.

Yo te invoco a ti, fantasma,
que vagas por los Siete Infiernos,
para que acudas a mi llamada,
en este día, en esta noche, en este lugar.

Una brisa cálida sacudió los mechones de mi cabello negro. Respiré hondo y, cuando abrí los ojos, una mujer de cabello claro y grandes ojos oscuros me devolvió la mirada. Era alta, robusta, y hubo algo en la forma en que miró alrededor que me recordó a mi propia madre. Llevaba un vestido un tanto anticuado y un abrigo de grandes solapas. Sobre el pecho, engarzada, estaba la insignia del Aquelarre: una estrella invertida de cinco puntas.

—¿*Adam?* —murmuró. Su voz era grave, como la de su hijo, pero también dulce y aterciopelada.

—Lo siento, no soy él.

Carraspeé y la fantasma bajó la mirada hasta encontrarme. Pestañeó, extrañada, y volvió a echar un vistazo a la estancia.

—Pero este es su dormitorio. Estamos en Wildgarden House —masculló, casi para sí misma. Su ceño se frunció un poco cuando sus pupilas se detuvieron en las estanterías vacías y en los libros apelmazados en el suelo, junto al escritorio—. Parece… abandonado.

Una mirada interrogante engulló sus ojos cuando se giró para mirarme. Tragué saliva e intenté que mi voz sonara clara y firme, sin vacilación alguna.

—Siento haberla traído de vuelta. Me llamo Liang Shelby. —Estuve a punto de continuar, pero hubo algo en sus ojos que me hizo detenerme. Un brillo de reconocimiento, quizá. Aunque aquello no tenía sentido alguno. Ella había muerto antes de que Adam se convirtiera en mi compañero de curso. Aun así, me apresuré a añadir—: Estudié junto a su hijo en la Academia Covenant.

Esperé alguna mueca de sorpresa. Alguna exclamación, pero de nuevo, nada. Como si aquella información no le sorprendiera, a pesar de que sabía que ella no había querido que su hijo acudiera a la Academia. De que había sido una decisión de sus abuelos.

Solté el aire de golpe, al darme cuenta de algo.

—Adam la ha invocado más veces, ¿verdad? —susurré.

Ella esbozó una media sonrisa, una mezcla de nostalgia y alegría.

—Tantas que tuve que dejar de acudir. Por su bien… y por el mío. La última vez… —Echó un vistazo a la oscuridad que había tras los ventanales—. ¿En qué época estamos?

—Hoy es 6 de octubre de 1940.

Ella asintió, con esa mezcolanza de sentimientos sobrepasando su sonrisa y adueñándose de todo su rostro.

—Entonces hace ya dos años desde la última vez que lo vi —suspiró. De pronto, se envaró, y su cuerpo traslúcido desapareció para volver a aparecer, con más fuerza—. ¿Le ha ocurrido algo? ¿Por eso me has llamado? —El terciopelo desapareció de su voz.

Vacilé y me obligué a no bajar la cabeza, a pesar de la intensidad en la mirada de la fantasma.

—Está… vivo, si es lo que le preocupa.

Sus ojos parecieron absorber las largas sombras de la habitación.

—Eso no significa que esté bien. —Hubo un tono de amenaza en su voz.

—Lo sé —coincidí, tras soltar un pequeño suspiro. Eché un vistazo a mi alrededor. No escuchaba nada más que mi respiración, ligeramente acelerada, pero no sabía realmente de cuánto tiempo dispondría. Sacudí la cabeza y me obligué a encarar a la madre muerta de Adam—. La he invocado porque… necesito que me proporcione cierta información sobre la Piedra Filosofal.

Su piel no podía palidecer más. Era blanco hueso, como la de todos los fantasmas. Pero su cuerpo se dobló un poco sobre sí mismo, como si mis palabras la hubieran golpeado.

—¿La… Piedra Filosofal? —repitió, con voz ronca.

—Sé que le habló de ella a Adam —dije—. Y tengo que saber por qué. Qué relación la unía a ella.

Alina Kyteler parecía confusa, casi asustada. Me miraba sin pestañear, pero no parecía verme.

—¿Cómo es posible que sepas siquiera que exista?

—Porque la llevo dentro de mí —contesté, con una mano sobre el corazón.

El rostro de la fantasma se desencajó. Se llevó a su vez las manos al pecho, como si ella también la tuviera escondida en su interior.

—Eso es imposible —murmuró—. La existencia de la Piedra Filosofal nunca debería haberse revelado.

Me quedé durante un instante en blanco. No era la respuesta que esperaba recibir. Me incliné hacia ella, buscando algún indicio de engaño en sus ojos, lo que fuera, pero no hallé nada. Solo una dura desesperanza.

Sacudí la cabeza y me obligué a hablar.

—¿Cómo supo usted de su existencia?

—Durante uno de mis viajes, Anthony Graves me acompañó como representante de los Miembros Superiores del Aquelarre. Llevaba con él… un viejo cuaderno. Yo pensaba al principio que se trataba solo de un diario.

Asentí de golpe al comprender. El *Opus Magnum*.

—Me contó que dos de sus autores habían sido antepasados míos y, al sentir mi curiosidad, me habló de lo que podía encontrar entre sus páginas. De cómo algunos de los conjuros o invocaciones podrían sernos útiles como gobierno. —Alina Kyteler tomó aire y dijo con lentitud—: Fue entonces cuando me habló de la Piedra Filosofal.

Esta vez no fui capaz de asentir. Todos los músculos de mi cuerpo se habían paralizado al comprender lo que significaban sus palabras, el verdadero peso de lo que implicaban. Nuestras sospechas, todo lo que creíamos… era cierto. Anthony Graves, uno de los Miembros Superiores, estaba detrás de los Favoritos.

—Sabía que me estaba contando información confidencial. Por aquel entonces ni siquiera estaba convencida de que fuera… legal. Ninguno de los otros Miembros Superiores sabía nada de ello, pero no voy a negar que me sentí hipnotizada. De que empecé a soñar con todo lo que podríamos conseguir con ella. Hubo tantas pérdidas durante la Gran Guerra… —Sus ojos se hundieron en sus pies traslúcidos, tristes—. Con ella en nuestro poder, podríamos socorrer realmente a quienes necesitaban la ayuda del Aquelarre, y nunca la obtenían. Podríamos sepultar las diferencias entre clases. Quizás, ayudar a recuperar la magia a todos aquellos Sangre Negra que habían sido injustamente desterrados. —Ella suspiró y levantó la cabeza para mirarme—. Anthony Graves encontró en mí a una colaboradora fiel. Así que le prometí que trabajaría para él con la condición de que, cuando consiguiéramos la Piedra, yo regresaría a Reino Unido y me quedaría permanentemente trabajando en la Torre de Londres. Mi hijo… —Suspiró y se volvió hacia la cama fría de Adam, que no había sido deshecha en meses—. Mi hijo me necesitaba. Necesitaba de mi tiempo, y yo no podía dárselo.

—Por eso usted le habló de la Piedra Filosofal aquella noche —musité. Ella pestañeó, sorprendida, pero no me preguntó cómo lo sabía—. Le prometió que, cuando terminara todo lo relacionado con ella, dejaría de viajar. Empezaría a pasar tiempo con él.

—Sí, así fue —suspiró, antes de negar con la cabeza—. Anthony Graves puso todo en marcha. Averiguó que la Piedra Filosofal se encontraba en uno de los Siete Infiernos, un lugar imposible de alcanzar para cualquier Sangre Negra vivo. Como él era el encargado del Cuerpo de Vigilantes, decidió poner a sus dos mejores hombres a investigar sobre ello.

Un escalofrío me sacudió con violencia. Traté de que mi voz brotara neutra de mi garganta, sin mucho éxito.

—¿Sabe de quiénes se trataban?

La fantasma meneó la cabeza con pesar.

—No, siento decir que no. La identidad de los Vigilantes nunca es revelada. Solo en casos excepcionales podía acceder a ellas Anthony Graves, como su superior. En el desconocimiento de quiénes eran radicaba la fuerza de ese cuerpo especial.

Mis labios se torcieron en una mueca. Claro. Era fácil llevar a cabo atrocidades en el nombre del Aquelarre cuando juran no revelar jamás tu identidad.

—Me obsesioné con ella. Es la verdad. Investigué lo que hicieron mis abuelos: Marcus Kyteler y Sybil Saint Germain. La historia oficial decía que no se había creado ninguna Piedra Filosofal, pero lo que ocurrió aquella noche, en la que uno de sus amigos murió en extrañas circunstancias y Aleister Vale... —Alina meneó la cabeza con pesadumbre—. Los dos Vigilantes me ayudaron a recabar información. Pero, cuanto más averiguaba, más comprendía que todo lo que rodeaba la Piedra no eran más que mentiras.

—¿Qué fue lo que descubrió? —pregunté, con un hilo de voz.

—Nunca pude probarlo, pero estoy segura de que aquella noche en la que tu ancestro, Leonard Shelby, murió, se creó otra Piedra Filosofal. Y... no puedo asegurar quién o quiénes fueron sus asesinos.

—La historia dice que fue Aleister quien lo asesinó —murmuré.

—Sí, pero imagino que, con una Piedra Filosofal en tu interior, te habrás dado cuenta de que no todas las historias que cuentan son reales. No, no estoy segura de que él fuera quien acabara con su vida. De lo que sí lo estoy es de que él se quedó con ella.

—¿Qué? —jadeé, sorprendida.

Ella esbozó una pequeña sonrisa.

—Lo desterraron, pero aun así logró escapar de la cárcel de Sacred Martyr. Se suponía que no quedaba ni una gota de magia corriendo por sus venas y, no obstante, consiguió asesinar a dos de los mejores Sangre Negra del siglo pasado —continuó, tras un largo suspiro—. Encontré información recogida sobre lo ocurrido, aunque muy escasa. Cuando lo volvieron a atrapar, alegaron que en su ceremonia de Destierro se habían producido irregularidades, que el encantamiento no se había realizado correctamente.

No fui capaz de preguntar nada más. Sentía las palabras enredadas en mis cuerdas vocales.

—Traté de buscarlo, puse a los dos Vigilantes tras su pista, pero… aparte de algún rastro, no consiguieron nada. Yo no quería hacerle daño. Solo necesitaba que colaborara con nosotros, que compartiera el potencial del objeto que llevaba consigo. Tenía la esperanza de hacer tantas cosas…

Alina Kyteler dejó de hablar y una media sonrisa estiró sus labios delgados. Hubo algo en su expresión que me recordó a su madre.

—No estaba equivocada, ¿verdad?

Me quedé un instante en blanco, a punto de negarlo, pero no fui capaz de expresar ni un solo monosílabo. Su sonrisa se profundizó todavía más.

—Lo has llamado «Aleister». No «Vale». Lo conoces bien. —No había ni una sola nota interrogante en su voz.

Sacudí la cabeza y desvié la vista; no quería afirmarlo, pero sabía que negarlo era una estupidez. Ella lo sabía, no existía ni una duda en sus ojos fantasmales.

—¿Anthony Graves estaba al tanto de la existencia de Aleister? —logré preguntar, recuperando la voz por fin.

—Yo nunca se lo dije directamente, pero no sé si algunos de los Vigilantes se lo confesaron alguna vez. Al fin y al cabo, Anthony había sido quien había creado el cuerpo. —Su mirada se oscureció de pronto—. Con él empezó mi cambio. Una tarde, mientras conversábamos sobre la Piedra Filosofal, sobre todo lo que podíamos conseguir, empecé a darme cuenta de que los usos que deseábamos darle cada uno eran muy distintos. *Él no tenía malas intenciones* —añadió, mientras se apretaba las manos con fuerza—, pero yo veía el peligro que supondría no solo para nuestra comunidad, sino también para el mundo de los Sangre Roja.

—Déjeme adivinar —intervine, con los dientes apretados—. Quería usar la Piedra en una guerra.

—Fue un ejemplo que me puso, sí. Solo para protegernos, decía. Pero utilizar un objeto de tal poder en un conflicto armado, y donde estuvieran presentes también los Sangre Roja... *no*. Las consecuencias podían ser terribles. —Respiró hondo y me miró de frente, con sus manos apretadas en dos puños a sus costados—. No solo decidí dar marcha atrás en nuestra colaboración. Lo amenacé con contar al resto de Miembros Superiores el hecho de haber robado el *Opus Magnum* del Séptimo Nivel de la Biblioteca del Aquelarre, de haber actuado en secreto con algo tan peligroso como la Piedra.

Negué con la cabeza. Mis piernas temblaban, deseando encontrar algún tipo de soporte. Los padres de Adam no habían muerto en un accidente durante un viaje de la embajada. Los habían asesinado.

—No se lo tomó bien, por supuesto. Me amenazó de todas las formas posibles, pero sabía que yo cumpliría mi palabra, así que no tuvo más remedio que aparcar el asunto. Poco después, con la reforma de Serena Holford del número de Miembros Superiores, fue relegado de su puesto.

Los pensamientos se atropellaban en el interior de mi cabeza. Eran difíciles de controlar. Se superponían, cambiaban y se transformaban, y se entremezclaban con los recuerdos que había visto durante mis sueños compartidos con Adam.

—Poco después, tuvimos que hacer un viaje de urgencia a Francia, por un problema con el Aquelarre del país. Y entonces… —Alina Kyteler calló, y su mirada cambió, como si se hubiese quedado súbitamente en blanco.

Yo sabía lo que estaba sucediendo. Un fantasma no podía hablar de su propia muerte. Alcé la mano en su dirección, a punto de rozarla con mis dedos. Pero me mantuve dentro del círculo de velas.

—Lo siento —murmuré, consiguiendo que la conciencia volviera a su mirada.

Ella esbozó una sonrisa triste, como si supiera qué le había ocurrido. Miró mi mano extendida y una pequeña sonrisa tiró de sus labios.

—¿He sido de ayuda? —preguntó.

—Sí. Muchísimas gracias —respondí, con los ojos brillantes—. De verdad.

Sabía que era hora de terminar con el interrogatorio. Los fantasmas, aunque podían ser convocados muchas veces a lo largo de una vida, no podían estar demasiado tiempo en el mundo de los vivos. Si no, podían quedarse atrapados y no volver a su Infierno particular.

Retrocedí, con el talón pegado al círculo de velas. Pero ella volvió a hablar.

—No sé por qué tienes la Piedra Filosofal en tu interior ni qué relación tiene mi hijo con ella, pero… gracias por estar a su lado. Por ayudarlo. Porque si estás aquí, es porque él te importa. —Mis mejillas ardieron mientras una sonrisa sincera devolvía la vida a sus rasgos—. Sé que le pedí que no me invocara nunca más, pero… dile de mi parte que lo sigo queriendo. *Muchísimo.* —Sus ojos se clavaron en algún punto más allá de mí, a mi espalda—. El amor es algo que ni la muerte puede cambiar.

Asentí sin responder, porque todas las palabras se me habían atascado en la garganta. Di un paso atrás, salí del círculo de velas, y conseguí pronunciar a duras penas:

Yo te doy permiso para marcharte, fantasma,
que has acudido a mi llamada,
para que descanses en los Siete Infiernos
en este momento, en este día, para siempre.

Alina Kyteler desapareció y, en ese preciso instante, escuché un crujido detrás de mí.

—¿Tānlan?

Giré la cabeza, pero no me encontré con los ojos infernales del Demonio, sino con unos grandes y negros, cubiertos por una corona de pestañas y rodeados por unas ojeras violáceas.

Mi corazón traqueteó durante un instante.

—Adam —murmuré.

32

REDENCIÓN

Tenía la mano apoyada en el borde de la puerta entrecerrada. Me miraba, aunque no parecía verme. Parpadeó y de pronto pareció volver a la realidad. Con un empujón suave, abrió la puerta por completo y entró al que había sido su dormitorio.

—He estado a punto de echar a correr, pero entonces he recordado que no tengo ningún lugar al que ir.

Sus labios se doblaron en una sonrisa tan dolorosa que yo sentí su propio sufrimiento como veneno corroyendo mis venas. No pude evitarlo. Mi cuerpo se movió solo y mis dedos se enredaron en sus muñecas. Su piel cálida contrastó con la mía, siempre helada.

—¿Cuánto has oído? —pregunté.

—Lo suficiente —contestó. Su sonrisa seguía ahí, y yo, por primera vez, tenía ganas de arrancársela como fuese. Se le escapó una pequeña carcajada amarga, que sonó en mis oídos como una bofetada—. Para ser el mejor alumno de la Academia Covenant, soy un tremendo idiota, ¿no crees?

Negué, pero no pronuncié palabra. Sabía que era él quien tenía que hablar.

—Cuando… cuando mis padres murieron. No. Cuando fueron asesinados, quise honrar la memoria de mi madre. Deseaba terminar su asunto pendiente. Sabía que era muy importante para ella. Pensaba que sería como su… legado. No le hablé de lo que me proponía, ni de los Favoritos del Infierno, por supuesto, a pesar de que invocaba su fantasma mucho. Demasiado —añadió. Su voz grave se quebró con la última palabra, y mis manos no pudieron evitar aferrarlo con más fuerza—. No… no sabía que, al final de su vida, ella había cambiado de idea. Nunca me lo dijo, y nunca indagué sobre ello.

Bajó la mirada hasta donde mis dedos se aferraban a su piel, aunque en sus ojos parecía reflejarse algo muy distinto.

—Me he… convertido en lo opuesto a lo que mi madre deseaba. He ayudado a hacer todo lo que ella trataba de ocultar —jadeó, con las pupilas dilatadas y la piel tan pálida como la cera que se había derramado en el suelo—. Salow me advirtió, pero yo no lo escuché. Tenía tanta ira en mi interior y él estaba ahí, delante de mí… necesitaba vengarme.

—¿Salow? —repetí, con el ceño fruncido.

Mi memoria regresó a aquella terrible madrugada en la Academia Covenant, al momento justo en que vi cómo Adam asesinaba al profesor. Me obligué a recordar las palabras que el profesor había dicho.

Adam. Lo que ocurrió fue una desgracia terrible y sé que nunca podré reparar ese daño. No sé quién te lo ha contado. Pero seguíamos órdenes de arriba. En aquella época, yo no podía cuestionar…

Pero el profesor no había conseguido terminar la frase y él lo había sacrificado para realizar la invocación del Demonio del Infierno de la Ira. Yo me había sentido tan horrorizada, tan perdida, que no me había parado a analizar aquella corta conversación de la que fui testigo tras la puerta.

—¿Qué tiene que ver Salow en todo esto? —musité.

—Fue el asesino de mis padres. El que provocó el accidente en su viaje —contestó, ante mi expresión hecha pedazos—. Un antiguo Vigilante. Después de haber oído las palabras de mi madre, imagino que se trató de uno de los dos a los que Anthony Graves puso a trabajar a su disposición para que averiguasen cómo conseguir la Piedra.

Me separé de él con brusquedad. Me obligué a respirar hondo, porque mis pulmones se negaban a expandirse. Lo que acababa de escuchar se transformó en dos manos invisibles que parecían deseosas de hacerme trizas la caja torácica.

Salow había sido mi profesor favorito. No solo había sido afable y divertido; también era de los pocos que se detenían a escucharte y se preocupaba por poner las calificaciones sin mirar antes el apellido. Con su cabello ralo y sus ojos pequeños, siempre me había parecido… inofensivo. Jamás hubiese imaginado que podría haber sido un Vigilante.

—¿Estás seguro de eso? —farfullé.

—Los Favoritos tenían muchos documentos en su poder. Cuando me uní a ellos y accedí a esa información, encontré la ficha de uno de los Vigilantes que había investigado sobre la Piedra.

Sacudí la cabeza. Cada vez entendía menos, aunque todo comenzara a encajar.

—Pero las identidades de los Vigilantes son secretas, ¿cómo llegó esa ficha a las manos de los Favoritos? —repliqué—. Cuando los Vigilantes deciden dejar su puesto, sus nombres se borran de los archivos. Les dan una nueva vida.

—Sí, pero solo una persona, en casos extraordinarios, puede acceder a ellos. Y hacer lo que quiera con esa información, si es su deseo. Su superior. ¿Y quién lo ha sido hasta que lo destituyeron?

Me mordí los labios, aunque el nombre me ardía en la lengua.

—Anthony Graves.

Adam asintió. Yo me llevé las manos a la cabeza y caminé por la habitación, tratando de que el ritmo encolerizado de mi corazón se calmara. Me detuve cuando mis piernas rozaron la colcha de la antigua cama de Adam.

—Maldita Sangre —farfullé.

Él me miró durante un instante más antes de acercarse a mí y dejarse caer sobre el colchón, con los brazos extendidos. Sus dedos quedaron a centímetros de los míos.

—Creo que se lo puse en bandeja —murmuró. Giré la cara para mirarlo y él continuó—: En el funeral de mis padres, yo tenía un códice que trataba sobre objetos mágicos de leyenda. No hacía más que leer el capítulo dedicado a la Piedra Filosofal. Una y otra, y otra vez. Estaba obsesionado. Y esa obsesión impedía que llorara. —Su boca se dobló en una media sonrisa y mis dedos rozaron los suyos sin querer. Se quedó paralizado, pero no se apartó—. Cualquiera que hubiese estado allí podría haberse fijado en mí. En el huérfano que, en vez de llorar, leía con rabia y sin parar.

Lo miré de soslayo.

—Déjame adivinar. Anthony Graves estuvo presente.

Él no contestó, pero giró la cabeza en mi dirección. En sus ojos leí la respuesta.

Nos quedamos así, tumbados sobre el grueso colchón, mirándonos en mitad de un silencio que, cada vez, se hacía más y más irrespirable. Era incapaz de apartar la mirada. Sus ojos negros producían el mismo efecto sobre mí que un encantamiento de posesión. En el momento en que atrapaban los míos, mi voluntad se anulaba.

—Gracias. Por no haberte rendido. Por haber buscado una explicación. —susurró—. A pesar de que soy tu enemigo.

—No lo eres —murmuré, antes de respirar hondo—. Hace mucho que dejaste de serlo.

Solo tenía que rodar por el colchón una vez para acabar sobre su pecho, para quedarme a centímetros de sus labios. Un simple impulso. Solo tenía que apoyar la otra mano e inclinarme. Nada más.

Por su mente parecía revolotear esa misma idea. Sus rodillas se habían girado un poco y ahora rozaban las mías, que parecían desnudas, a pesar de que la fina capa del vestido las cubría.

Los dedos de él se cerraron con fuerza, aprisionando los míos, sin hacerme daño. Entrecerré los ojos, aunque apenas podía ver nada a través de ellos. Sentí que la distancia que nos separaba se acortaba a cada momento que transcurría.

Podría haberme apartado, podría haber vuelto el rostro, podría haber dicho «no» y, sin embargo, no hice nada. Permanecí sujetando aquella mano, cada vez con más fuerza.

—¿Estás segura de lo que haces, Liang?

Mi nombre siempre había sonado diferente cuando eran sus labios los que lo pronunciaban. No sabía cómo había tardado tanto tiempo en darme cuenta. Fue lo último que me susurró mi raciocinio antes de que se hiciera pedazos.

Me impulsé con un brazo tembloroso y me coloqué sobre él. Sin apartar mi mirada de la suya, apoyé la mano sobre su rostro, sintiendo su piel cálida acariciar la mía, fría.

No podía detenerme. Su corazón llamaba al mío. Era como si unos hilos se hubiesen enredado en mi cuerpo y tirasen de mí sin compasión, sin darme la oportunidad de resistirme.

Había anhelo en sus ojos, había hambre. Y, sin embargo, Adam no recortó la distancia que nos separaba. Como si quisiera esperar, darme tiempo para pensar.

Como si pudiera hacerlo.

Pero, de pronto, el sonido del pomo al moverse me hizo detenerme con brusquedad. A la vez, giramos la cabeza para ver cómo este se movía con lentitud.

En el momento en que la puerta se abrió, los dos nos separamos de golpe. Adam prácticamente se abalanzó sobre la ventana, y yo me incorporé y me quedé sentada en su cama. No podía hacer nada más. Mis piernas temblaban tanto que dudaba que lograsen darme la estabilidad que necesitaba.

Tras la puerta, apareció la señora Kyteler. No era la única que estaba allí. Entre sus pies, con el rabo acariciando el suelo, se encontraba Tānlan.

—Traidor —farfullé, entre dientes.

Él se limitó a dedicarme una sonrisa repleta de dientes afilados.

La señora Kyteler entró en el dormitorio con prisa, pero se detuvo de pronto al observarme sobre la cama, antes de seguir su recorrido por la habitación y detenerse en la espalda de su nieto. Arqueó una ceja.

—Pensé que habías tratado de escapar.

Adam se volvió con calma y caminó hacia ella, como si hubiese estado hasta ese momento limitándose a observar el paisaje nocturno, y no bajo mi pecho, con sus labios a milímetros de los míos.

—Creo recordar que colocaste un encantamiento sobre mí, abuela —dijo, con una media sonrisa—. Y que no puedo salir de esta mansión.

La señora Kyteler enarcó la otra ceja.

—Bueno, me preocupé cuando vi a Andrei en el sótano bajo un encantamiento de sueño.

Abrí la boca de par en par y me giré para encarar a Adam.

—¿Has encantado a tu propio abuelo? —le pregunté.

Su sonrisa se hizo más pronunciada.

—Soy un villano, Liang. No lo olvides.

El aire pareció arder entre nosotros. Y la señora Kyteler lo sintió. Vi cómo se removía, como si el ambiente la sofocara. Pero de pronto, sus ojos se toparon con las velas apagadas del círculo de invocación que había utilizado para traer de entre los muertos a Alina Kyteler. La vi tragar saliva.

—¿Qué estabais haciendo? —murmuró.

La media sonrisa desapareció de los labios gruesos de Adam. Miró de soslayo las velas consumidas y, de un par de zancadas, se colocó frente a su abuela.

—Necesito hablar con Serena Holford —dijo.

—¿Qué? —musitó la señora Kyteler. Me miró a mí, como si esperase que añadiese algo, pero yo me mantuve en silencio, observándolos—. ¿Por qué?

Su mirada se endureció. El negro de su iris se convirtió en ónice. Duro, brillante y frío.

—Voy a entregar a los Favoritos.

Me puse en pie y caminé hacia ellos. Fruncí el ceño mientras decía:

—Pero estás maldito. Y ni siquiera conoces a todos. Me dijiste que si pronunciabas algún nombre…

—Moriré, lo sé —asintió Adam—. Pero no me hace falta pronunciar ninguno. Hay otra forma de hacerlo.

—¿Cuál? —preguntó la señora Kyteler, entornando los ojos.

Él no vaciló.

—Revelando dónde está ubicada su guarida. El lugar donde me he estado escondiendo desde la Tragedia de la Academia Covenant.

Las bombas volvieron a caer sobre Londres aquella noche. Veía los resplandores a lo lejos, a través de los enormes ventanales del comedor en donde nos habíamos reunido todos.

No obstante, en el interior de Wildgarden House también se había producido una suerte de bombardeo cuando acudieron Serena Holford y Claude Osman y vieron a Adam junto a mí y a sus abuelos. Sin embargo, se produjo una tregua momentánea cuando él declaró que pensaba colaborar con el Aquelarre.

—Discúlpeme si no confío en usted, señor Kyteler —declaró Claude Osman, airado. Su Centinela rondaba a Siete, que permanecía tan inalterable como su compañero—. ¿Qué ha cambiado para que ahora decida colaborar con nosotros?

Adam ni siquiera parpadeó cuando contestó.

—Todo.

Serena Holford y Osman intercambiaron una mirada. Este último parecía a punto de decir algo más, pero yo me adelanté.

—No tienen nada que perder, ¿no?

Serena Holford resopló y me dedicó una mirada de hastío.

—Querida, usar tiempo y recursos del Aquelarre no es «nada».

—Sé que mi palabra no tiene valor, pero les prometo que los encontrarán allí. No a todos, por supuesto, es una organización muy extensa. Pero sí estarán los más importantes, los que abrieron los portales a los Siete Infiernos. Además de algunos documentos que quizá les parezcan interesantes. —Adam no vaciló ante las miradas recelosas de los Miembros Superiores—. No se arrepentirán.

Serena Holford respiró hondo y esta vez no miró a su compañero. Una nueva expresión se había adueñado de sus ojos. Ya parecía haber tomado una decisión.

—Enviaré un grupo de Vigilantes a donde me diga, señor Kyteler. Yo misma iré con ellos, pero Claude permanecerá aquí. Vigilándolo. *Vigilándolos* —corrigió, posando un instante sus pupilas sobre mí—. Y, como esto se trate de alguna especie de emboscada… —Intercambió una mirada con Claude, que asintió con gravedad. La señora Kyteler dio un paso adelante, airada, pero su marido (que ya había despertado del encantamiento de su nieto) la sujetó de la muñeca y le murmuró algo al oído que no pudimos escuchar.

La Miembro Superior sacudió la cabeza y ella y su Centinela, enroscado en su brazo, abandonaron el comedor a toda velocidad. A su espalda, la enorme puerta se cerró con violencia, y el sonido reverberó con fuerza en toda la estancia.

Todos nos quedamos en silencio.

—Bien, entonces será mejor que nos sentemos, ¿no creen? —comentó Claude Osman.

Arrastró él mismo una de las sillas de madera labrada y se dejó caer en ella. Tenía los brazos cruzados y sus dedos revoloteaban muy cerca de sus Anillos de Sangre. Sus ojos no se apartaban de Adam, sentado justo enfrente.

—Parece que va a ser una noche muy larga —añadió.

Su Centinela siseó y se arrastró hacia la puerta cerrada. Se aovilló frente a ella, creando un muro de escamas blancas para todo aquel que deseara salir.

Yo fui incapaz de tomar asiento.

A lo lejos, se escuchaban las bombas que destrozaban Londres una madrugada más.

33

EL AQUELARRE ENVENENADO

El ruido de las bombas a lo lejos, con el pasar de los minutos y las horas, se convirtió en una horrible letanía. Era el único sonido que se escuchaba, aparte del de nuestras respiraciones.

La serpiente de Claude Osman no se había movido de la puerta, a pesar de que nadie había intentado salir por ella. Trece descansaba en las rodillas de la señora Kyteler, con un ojo abierto y balanceando el rabo de un lado a otro. Siete se mantenía sentado, en el suelo, junto a Adam, vigilante. Y Tānlan estaba ocupado lavándose sus partes nobles. Sobre la mesa. De manera que todos pudiéramos verlo asearse. Tenía especial predilección por el Miembro Superior.

El tiempo transcurría con mucha lentitud.

Adam le había dicho a Serena que la guarida de los Favoritos se encontraba en los sótanos del Royal Albert Hall, el enorme teatro redondo y del mismo color rojo que llevaban los Favoritos, situado al sur del barrio de Kensington, junto a Hyde Park. Uno de los lugares más exclusivos de la ciudad, cerca de donde los Sangre Negra más reputados de nuestra sociedad tenían sus mansiones. Era una especie de broma de mal gusto. Un teatro. Las máscaras y las túnicas rojas. Como los actores en una ópera Sangre Roja.

En un momento dado, me di cuenta de que el murmullo de las bombas había desaparecido.

Me imaginé a los Sangre Roja, a los Desterrados, a algunos Sangre Negra saliendo poco a poco de los refugios que se habían creado a lo largo de la ciudad. De las bocas de metros, de los sótanos. Algunos mirarían con alivio sus casas, todavía enteras tras tanto fuego y metralla. Otros llorarían, al ver que sus hogares y negocios se habían transformado en una montaña de escombros.

Pensé en el señor Martin, en nuestro vecino. ¿Seguiría allí, en el número 17 de Fenchurch Street? ¿Continuaría siquiera el edificio en pie? Recordé su cara asomada a la ventana, la forma en que sus labios se movieron, triunfales, al pronunciar la palabra «bruja».

Un escalofrío me erizó la piel en el preciso momento en que los Centinelas, todos a la vez, levantaron la cabeza y dirigieron sus ojos a la puerta del comedor. La serpiente de Claude Osman se hizo a un lado.

—Están aquí —murmuró Trece.

De pronto, se oyó un brusco «¡Ábrete!» y Serena Holford entró en la estancia como un huracán. Detrás de ella, caminaban tres Vigilantes.

Miré a Adam, pero él no observaba a la Miembro Superior, sino a mí. Claude Osman se levantó de un salto y se pasó la lengua por los labios antes de preguntar:

—¿Los tenemos?

Serena Holford sacudió la cabeza como respuesta y se acercó a una silla. No se sentó, pero sus manos apretaron sin piedad el respaldo.

—Hemos encontrado a cuatro Favoritos. Además de otros colaboradores que no iban enmascarados. También hemos hallado numerosos documentos y los folletines que iban a repartir esta misma noche, después del bombardeo.

Bajó un poco la cabeza y tomó aire, mientras su Centinela se enroscaba en su brazo y se deslizaba hacia su mano convulsa.

La señora Kyteler frunció el ceño.

—Pero… eso es algo positivo, ¿no, Serena? —preguntó, con voz suave.

—Astrid Tennyson, Consejera del Aquelarre. Hoy mismo hablé con ella, durante un descanso en la mañana. Malcolm Reed, guardia del Aquelarre. —Mi exclamación ahogada hizo eco en mitad del silencio. Conocía a Malcolm. Era compañero de mi padre—. Samantha Walsh, trabajaba para nuestra embajada. Ivor Town, Vigilante. —Sus ojos verdes se clavaron fugazmente en los tres Vigilantes velados que se encontraban a su espalda—. Y la identidad ya revelada de Christian Byrne, que se desempeñaba como Consejero en la Torre de Londres.

Claude Osman se derrumbó sobre la silla, pálido y tan sudoroso como su compañera. Se produjo un silencio prolongado, en el que apenas se podía respirar. Nadie fue capaz de articular palabra.

La sangre que corría por mis venas se convirtió en hielo, y sus aristas me arañaron por dentro. Todos eran trabajadores del Aquelarre. Cargos importantes, además. Y lo que significaba era tan terrible que era incapaz de expresarlo en palabras. Los Favoritos eran criminales, sí, pero una parte de mí había pensado que se trataría de personas excluidas de nuestra sociedad, poco conformes con el sistema, Sangre Negra que, por un motivo u otro, no formaban parte de él. Pero me había equivocado por completo, ellos *eran* el sistema. Los Favoritos formaban parte del Aquelarre.

Eso significaba que esas ideas, todo lo que se había reflejado en los folletos que llovían del cielo de Londres, no eran las ideas de unos pocos. Cada uno de los Favoritos que había sido capturado conformaba un estrato del gobierno de los Sangre Negra.

Desde el más humilde, como un simple guardia, hasta los propios Consejeros, que estaban en comunicación continua con los Miembros Superiores.

Todo el Aquelarre estaba envenenado.

—Por eso pudieron asesinar a Agatha —dijo, en voz baja, Claude Osman—. Si todos trabajaban en la Torre de Londres, conocían sus horarios, sus rutinas.

Serena Holford frunció el ceño un instante antes de asentir.

—Ha pronunciado solo cinco nombres. Conmigo, serían seis.

Abrí los ojos, que ni siquiera me había dado cuenta de que había cerrado, y observé a Adam. Su voz, grave y clara, sonó como tañidos de campana por todo el comedor.

—Aunque los Favoritos tenían muchos colaboradores que no iban enmascarados, éramos siete los que ostentábamos un mayor cargo. Los que éramos responsables de las… —Calló durante un instante y apartó la vista—. De las *muertes*. Los que causamos la Tragedia de la Academia Covenant.

Asentí de pronto al comprender a qué se refería.

—Falta uno —musité.

Ni él ni yo conocíamos la identidad del líder de los Favoritos, solo el nombre por el que se hacía llamar: «Lucifer», pero algo me decía que no se encontraba entre los que había nombrado Serena Holford.

Tanto ella como Claude Osman luchaban por permanecer inalterables, pero no se me escapó la mirada desolada que él le lanzó a su compañera.

—Esto lo cambiará todo —susurró.

Serena Holford cabeceó un par de veces antes de tomar impulso y separarse de la silla en la que estaba apoyada. Un nuevo brillo decidido relumbraba en sus ojos verdes.

—Empezaremos los interrogatorios cuanto antes —dijo—. Necesitamos saber cuántos más están infiltrados en la organización.

Eliza —añadió, posando un instante la mirada sobre la señora Kyteler—, a pesar de todo lo que ha ocurrido, sé que puedo confiar en ti. Y tú debes confiar en mí. Al menos, hasta que podamos hablar con calma, hasta que consiga arreglar todo esto.

La aludida solo dudó un momento antes de asentir. Serena Holford repitió el gesto y sus labios se doblaron en una pequeña sonrisa.

—Necesito que los vigiles. A los *dos* —puntualizó, mientras sus pupilas pasaban de Adam a mí—. No hemos atrapado a todos los Favoritos, y temo que, ahora, los que quedan irán a por ellos.

—Cuenta con ello —contestó la señora Kyteler.

Ella y su marido se pusieron en pie y cada uno caminó hacia donde se encontraba su nieto, y hacia el lugar en el que estaba sentada yo. Lo único que nos separaba era la enorme mesa del comedor.

Pero entonces, Tānlan bufó. Fue un sonido bajo, amenazador, que llenó tanto el silencio como una palabra. Todos los ojos de los presentes se clavaron en su lomo erizado, pero él no nos miraba a ninguno. Sus ojos de pupilas afiladas acababan de clavarse en la puerta.

Por el rabillo del ojo, vi cómo Adam se deslizaba tras la mesa y se acercaba a mi espalda.

—¿Los Favoritos? —balbuceó el señor Báthory.

Nadie tuvo tiempo de contestar. Antes de que alguien pudiera separar los labios, unos pasos llegaron hasta nosotros. Lentos, fuertes, decididos, acompañados de otros tantos.

Una inspiración después, las puertas salieron despedidas de sus bisagras.

Solo tuve que extender las manos con un grito para que un escudo mágico nos rodeara a todos y las enormes y pesadas planchas de madera se transformaran en astillas. Jadeé, y la nube de esquirlas cayó por todos lados. Tras ella, apareció la sonrisa retorcida de Anthony Graves.

Lo acompañaban seis Vigilantes.

—Buenas noches a todos —saludó—. Vaya, qué caras más serias observo.

Pasó demasiado tiempo hasta que Serena Holford suspiró y dijo:

—Hola, Anthony.

Él inclinó la cabeza. Su cabello canoso relució cuando la luz de las velas se reflejó en él. Parecía relajado, aunque el índice lo tenía apoyado sobre el diamante afilado de su Anillo de Sangre.

—¿Por qué tienes esa expresión, Serena? —preguntó, con una más que falsa curiosidad—. Creo que tendría que ser yo el que se enfadara al descubrir que se han realizado operaciones a mis espaldas. —Sus ojos recorrieron la habitación hasta clavarse en Adam y en mí—: Y ha ocultado a activos importantes no solo para el Aquelarre, sino para toda la sociedad Sangre Negra.

Fruncí el ceño.

—Me llamo Liang —le espeté.

—Lo sé, señorita Shelby —contestó, con una fría amabilidad.

Caminó con tranquilidad por el extremo de la estancia, como si estuviera deleitándose con la decoración, cuajada de dorados y arabescos. Sin embargo, aunque sus ojos no estaban puestos en nosotros, podía sentir el peso.

—Sé quién es usted desde el principio. Y sé lo que lleva en su interior. ¿Cree que soy imbécil? —De pronto, soltó un suspiro y miró a los dos Miembros Superiores—. Era una pregunta retórica, por supuesto. Sé que mis propios compañeros consideran que lo soy al pensar que no me enteraría de algo así. —Sacudió la cabeza y su mirada inquisitiva se clavó en mí, en mi pecho—.

Llevo demasiados años detrás de la Piedra Filosofal, estudiándola, esperando hacerme con ella, como para no reconocer las señales que deja a su paso.

Serena Holford intercambió una mirada con Claude Osman, y este asintió antes de intervenir:

—Anthony, no deberías precipitarte...

—¿Precipitarme? —El hombre se llevó la mano a su barba blanca, pensativo—. No, no creo que lo esté haciendo. Llevo esperando semanas este momento. Esperando hasta tenerlo todo listo.

—¿Todo listo? —El ceño de Serena Holford se frunció profundamente.

—Oh, supongo que todos tenemos secretos. Mientras vosotros os divertíais jugando a esconderla, yo estaba tratando de averiguar cómo conseguirla.

—Ya lo sabe —repliqué, con la rabia haciéndome rechinar los dientes. No me amedrantaba Anthony Graves ni los Vigilantes que aguardaban a su espalda, inmóviles como las esculturas de Highgate—. Por eso vino después de la Tragedia de la Academia Covenant. No porque le preocupasen los alumnos, sino porque quería husmear. Quería comprobar si sus hombres habían tenido éxito.

Él ladeó la cabeza y avanzó hacia mí a la vez que Adam se aproximaba un poco más a mi espalda.

—¿De qué está hablando, señorita Shelby? —susurró.

—*Liang* —me advirtió Tānlan, con un siseo.

Anthony Graves esperó dos segundos a que yo añadiera algo, pero no lo hice, y tampoco quienes estaban a mi alrededor. No pude evitar lanzarles una mirada exasperada.

Por su culpa, el *Opus Magnum* nunca llegó a destruirse.

Fue él quien le habló por primera vez a Alina Kyteler de la Piedra Filosofal.

Había puesto a trabajar a dos de sus Vigilantes en ello.

Resultó amenazado cuando Alina Kyteler se percató del peligro que supondría un objeto de tanto poder.

Estuvo en su funeral; tuvo que ver a Adam obsesionado con la Piedra.

La propia imagen de los Favoritos. Sus máscaras, su vestimenta, casi parecía un homenaje a ese grupo de élite que él mismo había creado.

No lo soportaba más. Tenía una Piedra Filosofal en mi interior, tenía un poder absoluto, aunque no fuese capaz de controlarlo del todo. Si quería, podía destruirlo ahí mismo. Podía hacerle pagar por lo que creía que había hecho con un solo chasquido de mis dedos.

Mi mano se movió. Sentí cómo el ambiente se tensaba. En mi cabeza apareció un encantamiento. Pero entonces, cuando estuve a punto de pronunciarlo, me pareció que el Vigilante que se encontraba justo a la izquierda de Anthony Graves inclinaba un poco el rostro, negaba ligeramente con la cabeza.

Me quedé paralizada cuando los ojos celestes que asomaban por encima del tupido velo negro me devolvieron la mirada.

—¿Qué es lo que tienes preparado, Anthony? —preguntó entonces Claude Osman, con su voz tranquila, en mitad del tenso silencio.

El hombre siguió con sus ojos posados en mí, taladrándome un instante más, antes de clavarlos en el otro Miembro Superior.

—He averiguado cómo extraer la Piedra Filosofal de un cuerpo humano sin que este ni la Piedra sufran daños. —Me pareció que su boca se retorcía un poco con burla—. Al menos, no demasiados.

Retrocedí un paso y sentí los dedos de Adam apoyarse en mi hombro, con fuerza.

—¿Cómo es posible? —susurró Claude Osman, estremecido.

—Anthony, agradezco tus esfuerzos… pero no sé si eso sería de gran ayuda —intervino Serena Holford, con reserva—. Debemos acabar con la Piedra Filosofal. Que Liang Shelby la lleve en su interior, ofrece cierta protección sobre ella. Si… si la extraemos, aunque sea con éxito, antes de saber cómo destruirla, se la estaremos ofreciendo en bandeja… a quienes estén interesados en ella.

La expresión de Anthony Graves se crispó.

—Destruirla sería un error. Estamos en guerra, Serena. Supongo que no hace falta decir mucho más.

La señora Kyteler dio un paso adelante. Parecía que iba a estallar si permanecía callada un instante más.

—Si se usa como un arma, estaremos enseñando al mundo el poder más absoluto. Los otros Aquelarres se interesarán en ella, y si no consiguen el *Opus Magnum* con espías o extorsión, ellos mismos encontrarán los medios para crear nuevas. ¿Sabe lo que ocurrirá entonces? —Ella no le dejó contestar, escupía palabras como maldiciones—. Muerte, muerte y más muerte.

—Es un riesgo que debemos asumir —contestó el aludido, áspero, antes de señalar con un dedo tembloroso una de las ventanas del comedor—. ¿No escuchas las bombas cada noche? El enemigo Sangre Roja lleva ya más de un mes bombardeando Londres, y no parece que tenga intención de detenerse. ¿Y qué hacemos nosotros mientras tanto? ¿Esperar? *¿Esperar qué?*

Un escalofrío me recorrió de pies a cabeza. Casi parecía estar pronunciando las palabras de uno de los folletines que caían del cielo de los Favoritos del Infierno.

—Resistir —contesté, con la voz temblorosa.

A la vez, todos se volvieron en mi dirección. Incluso los Vigilantes que acompañaban a los Miembros Superiores.

—Resistir y defendernos. Y atacar, porque la guerra nos obliga a hacerlo. —Apreté los puños y sentí cómo la magia bullía en mi interior—. Pero debemos elegir cómo hacerlo. Saber las consecuencias que tendrá ese ataque no solo sobre nuestras conciencias, sino sobre el resto del mundo. Imagine… —Tragué saliva, porque notaba la garganta en llamas—. Imagine qué ocurriría si todos los Aquelarres tuvieran en su poder una Piedra Filosofal. Qué sucedería si decidiesen utilizarla en una guerra mundial. Destruiríamos todo.

Anthony Graves ni siquiera se tomó la molestia de meditar mis palabras. Soltó un resoplido y agitó la mano en mi dirección.

—No he venido aquí para escuchar las palabras sin sentido de una aprendiz de la Biblioteca. He venido aquí para llevarla conmigo y acabar con esta locura.

Dio un golpe con el puño cerrado sobre la mesa y, al instante, los Vigilantes se volvieron hacia donde yo estaba. Mi cuerpo se tensó y sentí cómo la mano de Adam tiraba de mí hacia atrás. Sin embargo, estaba demasiado paralizada como para moverme.

—Traédmela —ordenó.

34

EL DESCUBRIMIENTO

Antes de que nadie fuera capaz de pronunciar un simple hechizo, me encontré a uno de los Vigilantes sobre mí, con un pulgar manchado de sangre sobre mi frente, con un símbolo alquímico a medio dibujar. Murmuró un encantamiento a toda prisa:

Viento, empújame;
tierra, álzame;
agua, arrástram...

No llegó a completarlo. La última palabra la terminó con un alarido, antes de que cayera al suelo, a mis pies.

Alcé la cabeza a tiempo para ver cómo otro Vigilante bajaba la mano que acababa de levantar. Sus ojos celestes me miraron un instante antes de que se desatara el caos.

Los otros Vigilantes que acompañaban a Anthony Graves se volvieron hacia nosotros, con las manos levantadas y las yemas de los dedos empapadas de sangre. Anthony se giró hacia el enmascarado que había atacado a uno de los suyos y gritó, sin más contemplaciones:

¡Set!

La maldición atravesó al Vigilante que me había ayudado. Sin embargo, este solo trastabilló antes de colocarse junto a mí. Mientras una explosión de escudos protectores, encantamiento y hechizos estallaba a nuestro alrededor, sus ojos celestes se dirigieron durante un instante a Adam. Podía adivinar su sonrisa tras el velo tupido.

—Como en los viejos tiempos. Shelby, Kyteler y Vale unidos. —Un encantamiento de color azul rebotó contra el escudo mágico que convocó Adam con un susurro—. Solo nos falta un Saint Germain.

No respondí. En vez de eso, grité un «¡Impulsa!», que golpeó de lleno a Anthony Graves y lo lanzó por los aires hasta hacerlo atravesar las puertas del comedor.

Uno de los Vigilantes que lo acompañaba me señaló con una mano ensangrentada, pero antes de que llegase a pronunciar ninguna palabra mágica, Claude Osman lo arrojó al suelo con un furioso:

¡Que el mundo caiga!

Miré a mi alrededor. La señora Kyteler combatía escupiendo el hechizo «Asciende», que era inusualmente potente, ya que a los Vigilantes que conseguía alcanzar los arrojaba con violencia contra el techo. El señor Báthory permanecía junto a Trece, tras varias sillas altas del comedor. Él no tenía magia con la que luchar, aunque veía cómo sus dedos se cerraban en torno a un revólver.

Anthony Graves regresó al comedor, escupiendo maldiciones y fuego por los ojos. No obstante, Serena Holford y Claude Osman se interpusieron en su camino.

Los cristales de una ventana llovieron sobre mí cuando Adam utilizó un escudo para resguardarnos del ataque de otro Vigilante.

Algo me rozó la pierna de pronto, y bajé las manos, con un hechizo en la punta de la lengua. Sin embargo, me detuve en seco al ver que se trataba de Tānlan.

—Creo que es hora de marcharse —dijo—. Vendrán más.

—¿Y qué? —repliqué, echando un vistazo a Aleister, que le dedicaba una floritura al Vigilante que acababa de lanzarle un encantamiento—. Aunque trajesen a todos los guardias del Aquelarre, no podrían con nosotros.

—No se trata de quién vencerá o no —contestó él, sin vacilar. Sus ojos se detuvieron un momento en el velo que cubría el rostro de Aleister.

—No pienso abandonar a mis abuelos —intervino de repente, Adam. Sudoroso, con la mejilla arañada por culpa de los cristales rotos, me dedicó una mirada llena de decisión—. Otra vez no.

De pronto, la figura de la señora Kyteler apareció entre nosotros. Tenía el moño deshecho y las manos llenas de sangre por los encantamientos, pero lucía una curiosa expresión de satisfacción en su rostro.

—No vas a hacerlo. Pero el Demonio tiene razón. Deberíais marcharos. Los *tres* —puntualizó, fijando los ojos en el falso Vigilante que estaba a mi lado.

—Pero… —Adam vaciló en el momento en que una maldición pasaba por encima de nuestras cabezas.

—No te preocupes. Tu abuelo y yo hemos pasado por situaciones peores, ¿no es así, Andrei? —preguntó, alzando la voz para que él pudiera escucharla por encima de los hechizos y encantamientos.

El señor Báthory asomó la cabeza por encima del respaldo de una silla y sonrió con un asentimiento, antes de que tuviera que echarse al suelo para evitar que un hechizo «Aferra» lo dejase paralizado.

—Entonces está decidido, ¿verdad? —preguntó Aleister, antes de volverse en mi dirección. A toda prisa, me dibujó un símbolo alquímico en la mejilla. Tras la máscara, me guiñó un ojo antes de inclinarse hacia Tānlan—. Cúbreme, ¿quieres?

Asentí, algo confundida, pero susurré:

Que los Demonios nos guarden.

El escudo mágico se formó a nuestro alrededor, lo suficientemente potente como para resistir las maldiciones de los Vigilantes. El Demonio me miró, como si él también se percatara de que había algo extraño en las palabras de Aleister. Algo que no encajaba.

Adam nos observaba de soslayo, con el ceño muy fruncido.

Aleister se dio cuenta del escrutinio y se inclinó para susurrarle algo al oído que no llegué a captar. Una expresión de sorpresa embargó el rostro de Adam, pero Aleister se limitó a decir:

—Nos vemos allí, Kyteler.

Antes de que nadie pudiera decir nada más, Vale me aferró del brazo. Tānlan, sabiendo lo que ocurriría, saltó a los míos y yo lo sujeté contra mi pecho.

Serena Holford y Claude Osman se percataron del movimiento y se volvieron para observarnos.

—¡No! —exclamó este último—. ¡Esperad…!

Pero Aleister ya había empezado a recitar un encantamiento.

Viento, empújame;
tierra, álzame;
agua, arrástrame;
fuego, sublímame.

En el momento en que terminó de pronunciar la última palabra, sentí un tirón familiar en mi estómago. El comedor, repleto de luces y gritos, desapareció de pronto y un viento frío y oscuro me golpeó la cara, dejándome sin respiración. Una náusea me subió a la garganta, pero el viaje llegó a su fin antes de que mi estómago vomitara lo poco que había ingerido ese día.

Mis pies tocaron un suelo firme, pero las rodillas me fallaron y caí de frente. Por suerte, mis manos se toparon con una alfombra mullida y la caída no fue tan dolorosa. Tānlan aguantó en pie con elegancia, pero Aleister cayó desmadejado al suelo, sin pronunciar ni una sola palabra.

Miré a mi alrededor un instante, lo suficiente como para captar muebles caros y recargados, arañas de cristal y pesadas estanterías de roble.

—¿A dónde nos has traído esta vez? —pregunté, aunque no recibí respuesta.

—Liang… —La voz de Tānlan me sacudió.

Me arrodillé junto al inmóvil Aleister y le arranqué el velo de Vigilante de un manotazo. Bajo él, encontré unos ojos que luchaban para no cerrarse. Su piel estaba más gris y pálida que la luna que brillaba en la noche.

—¿Aleister…? —jadeé, perpleja.

Coloqué las manos sobre su estómago, pero las aparté de golpe al sentir la calidez de la sangre. Me miré las palmas, horrorizada. Aquello no tenía ningún sentido. La maldición de Anthony Graves le había golpeado, sí, pero él tenía la Piedra, sus heridas se sanaban solas, era casi inmortal.

De pronto, me di cuenta de qué era lo que me había confundido apenas un minuto atrás. Para trasladarnos, Aleister había tenido que pronunciar un encantamiento. Y jamás, desde que lo había conocido, lo había escuchado decir ninguno.

—Anthony Graves… no mentía —farfulló Aleister, entonces. Su voz nunca había sonado tan débil—. Es cierto que encontró la forma de separar la Piedra Filosofal de un cuerpo humano sin que este sufriera daño.

—¿Qué… qué estás diciendo, Aleister? —tartamudeé.

Con un gemido de dolor, se llevó la mano al interior de la túnica de Vigilante y extrajo algo que resplandecía.

—Ha funcionado, Liang.

Cuando abrió los dedos, el brillo dorado de su Piedra Filosofal me deslumbró.

Sexta parte

JUNTOS

8 DE OCTUBRE DE 1940.

Academia Covenant
Junio, cuatro meses antes

Los Favoritos se habían ido.

Solo era cuestión de tiempo para que el Aquelarre hiciera acto de presencia.

La mayoría de los alumnos habían logrado salir a los terrenos de la Academia, aunque Liang era una de los pocos que seguían todavía entre sus paredes, vagando a un lado y a otro, descubriendo estancias destrozadas, rastros de sangre, y cuerpos de alumnos, profesores y Centinelas que ya no se movían.

Había terminado mi misión. Estuve a punto de separarme por fin de ella, cuando de pronto, un escalofrío me recorrió.

Inspiré y llegó hasta mí un olor extraño. Azufre.

La respiración se me entrecortó. No podía ser.

La figura de Liang se había alejado de mí, así que di la vuelta y eché a correr. El sonido de una melodía llenó de forma absurda mis oídos. No tenía sentido, pero estaba escuchando una canción de cuna.

Duerme, bebé, duérmete ya.
O si no, Belcebú te sonreirá y después te comerá.
Duerme, bebé, duérmete ya.
O si no, Lucifer aparecerá y de él jamás podrás escapar.

Vi cómo ella giraba en una esquina a lo lejos y aceleré el paso.

Sin embargo, fui demasiado lento.

Cuando doblé el recodo, vi su cuerpo ridículamente pequeño recortado contra la gigantesca figura que se hallaba frente a ella, ocupando todo el espacio desde el suelo hasta el techo.

Liang se quedó quieta, con los labios separados por una palabra que no fue capaz de pronunciar.

A apenas un par de metros de distancia, se encontraba un Dios Demonio. Su figura descomunal, medio humana, lo demostraba. A pesar de los altos techos de la Academia, tenía la cabeza flexionada para que sus cuernos no rozaran los arcos de piedra.

Sus ojos, sin iris y sin pupilas, totalmente oscuros, se hundieron en ella.

Me quedé paralizado. No entendía qué hacía ese Demonio recorriendo las galerías de la Academia, cuando debía estar de vuelta en su Infierno.

Si decidía atacarla, yo no podría salvarle la vida. A pesar de mi promesa.

Liang también sabía lo que era.

—Eres uno de ellos —la oí susurrar—. Tú también has matado.

El Dios Demonio soltó una carcajada y dobló por completo el tronco para ponerse a su altura.

—Ah, ¿sí? ¿Sabes quién soy? —se burló él, con una voz que haría gritar de horror a los niños. Sin embargo, Liang estaba tan destrozada, tan sobrepasada por todo lo que había vivido, que apenas se inmutó—. Los vuestros cantáis canciones con mi nombre.

Duerme, bebé, duérmete ya.
O si no, Mammon se acercará y con él te llevará.

Mammon, repetí. El Dios Demonio del Infierno de la Avaricia.

—No me mires así, Sangre Negra. Yo no soy como mis compañeros, a mí no me interesan las vidas humanas. Mi precio a cambio de dejar entrar a alguien a mi hogar es la libertad. *Mi* libertad. —Sonrió y una fila de dientes afilados asomó entre sus labios—. Vivir en el mundo de los humanos, donde todo es posible, donde todo lo puedo conseguir, es un sacrificio adecuado.

Se incorporó y avanzó solo un paso. El cuerpo de Liang se interponía en su camino, a pesar de que él solo tenía que levantar una pierna y pasar por encima de ella.

—Apártate, Sangre Negra. Tengo prisa antes de que lleguen los guardias del...

—No te dejaré.

La voz que escapó de Liang fue apenas un susurro, pero hizo eco en toda la galería.

Me envaré. ¿Qué diablos estaba haciendo? ¿Acaso se había vuelto loca?

El Dios Demonio se echó a reír; no prestó atención a la joven que tenía frente a él y sacaba un viejo papel amarillento del bolsillo de su camisón.

Mis pupilas se dilataron cuando reconocieron de qué se trataba. Una página arrancada del *Opus Magnum*. Yo había estado presente cuando Adam Kyteler lo escondió hacía un par de años en el libro que ella sacaba siempre de la Biblioteca.

Liang leyó por encima las palabras allí escritas y, con un movimiento rápido, dejó la marca de su sangre en la piel del Demonio. La forma de su mano roja apenas se vislumbró en la extremidad de Mammon.

Cuando el Dios Demonio bajó la cabeza, ella ya había empezado a recitar el encantamiento.

Que tu sangre sea mi sangre;
tus dientes, los míos.
Que tu piel sienta mis heridas,
que mis ojos vean con tus pupilas.

Mammon dejó de reírse y se dio cuenta demasiado tarde de lo que estaba ocurriendo. Trató de echarse hacia atrás, de alejarse de ella, pero le fue imposible. Parecía que dos manos invisibles lo estaban encadenando a Liang.

Para siempre.

Que nuestras vidas se unan con un lazo invisible,
imposible de romper.
Que no te alejes de mí, por mucho que lo desees.
Eterno cómplice oscuro,
desde hoy hasta el último de mis días.

35

Kensington

Aleister Vale, después de tantos y tantos años, se estaba muriendo.

La maldición «Set» era parecida a la maldición «Ahaash». El daño que producía era menor, pero atravesaba siempre el cuerpo del Sangre Negra si conseguía alcanzarle. Si afectaba algún órgano vital, la víctima moría en cuestión de minutos.

No sabía si había sido así en el caso de Aleister, pero no paraba de sangrar, y su rostro se volvía cada vez más ceniciento a la luz de los candelabros que había encendido.

Quería curarlo. Quería salvarlo, pero tenía miedo de hacerle aún más daño. Todavía recordaba la herida de Adam, cómo se había retorcido de dolor, cómo su abdomen se había abultado por la sangre que se acumulaba e irritaba sus tejidos.

—Estás loco —jadeé, con mis manos sobre su abdomen, palpitando, deseando que se disipara la magia—. No deberías haber hecho esto solo.

A él se le escapó una sonrisa burlona, que se truncó cuando un estremecimiento de dolor lo arqueó.

—Bueno, no creía que me fueran a matar tan pronto —contestó, con voz ahogada.

—Todavía estás vivo —corregí, con los dientes apretados. Miré a un lado y a otro, sin fijarme realmente en nada—. Dime que, donde sea que estemos, hay Sanadores cerca.

—Me temo que no —contestó Tānlan, que se había encaramado a un sillón cercano a una de las ventanas—. Parece que veo Hyde Park.

—¿Hyde Park? —repetí. Mis ojos volaron por la estancia antes de darme cuenta con un sobresalto de dónde nos encontrábamos—. No, no estamos en Hyde Park. Lo que ves es un jardín real. —El muy imbécil estaba cada vez más pálido, pero también sonreía más—. Maldita Sangre, Aleister, ¿nos has traído al Palacio de Kensington?

—Siempre he preferido Buckingham, pero hoy estaba la familia real; habría demasiado personal y nos verían. Sabía que este lugar estaría desierto. Además —añadió, antes de que una nueva sacudida de dolor lo hiciera retorcerse—, quería morir en un lugar tan majestuoso como yo.

Tenía ganas de golpearlo. O de lanzarle un encantamiento. Pero, en vez de eso, me obligué a respirar hondo y coloqué las manos sobre su abdomen.

—No vas a morir —repliqué, fiera.

Aleister no respondió y yo cerré los ojos. Sentía las manos cada vez más húmedas y calientes por culpa de la sangre que escapaba poco a poco de él, pero me obligué a no apresurarme. Traté de imaginar la pequeña pero mortífera herida que le atravesaba el cuerpo. Los músculos agujereados, la piel rota, los vasos sanguíneos partidos en dos. En vez de pronunciarlo en voz alta, repetí el encantamiento en mi cabeza. Una y otra vez.

Carne a la carne, sangre a la sangre.
Carne a la carne, sangre a la sangre.
Carne a la car...

Seguí repitiéndolo sin cesar mientras trataba de no pensar en nada que no fuera la piel de Aleister, en su sangre. Imaginaba cómo esta, poco a poco, dejaba de manar. Cómo el río se transformaba en apenas unas gotas, mientras los vasos volvían a enhebrarse con lentitud. Los latidos erráticos de mi corazón comenzaron a calmarse, a reducirse. Me dejé llevar por una magia tranquila, que no brotaba descontrolada de mí, como había ocurrido los últimos meses. Por primera vez en mucho tiempo, la volví a sentir mía.

—Liang —susurró de pronto una voz a mi espalda.

Ahogué un grito y me volví con las manos levantadas. No obstante, mis ojos se toparon de frente con otros que conocía muy bien.

—Adam —susurré, antes de volverme de nuevo hacia Aleister, que permanecía extrañamente callado—. Tienes que ayudarme. La maldición de Anthony Graves lo alcanzó. Se está muriendo y…

—No —me interrumpió él, con voz suave. Se arrodilló a mi lado y observó el cuerpo inmóvil—. No se está muriendo, Liang.

Fruncí el ceño y me incliné hacia el abdomen de Aleister. La ropa seguía empapada, así que tiré de ella sin contemplaciones y dejé al aire su piel blanca. Noté una pequeña cicatriz redonda en el estómago, en el mismo lugar donde la maldición lo había atravesado. Pero nada más.

Cuando miré el rostro de Aleister, vi sus ojos cerrados. Aunque seguía pálido, había algo tranquilo en su expresión. Como si estuviera sumido en un sueño reparador.

—Se pondrá bien —dijo otra voz, profunda y aterciopelada. A mi lado, apareció Siete, con su pelaje deslumbrantemente blanco—. Le has salvado la vida.

Solté el aire de golpe y me eché hacia atrás, quedándome sentada sobre la gruesa alfombra del suelo. Todo el cuerpo me temblaba violentamente. Tuve que respirar varias veces antes de recuperar la voz.

—¿Cómo sabías dónde encontrarnos? —La pregunta sonó como si estuviera sin resuello.

—Vale me lo dijo antes de desaparecer junto a ti —contestó él, sin incorporarse—. Es un tanto… peculiar. Pero un buen lugar donde esconderse.

Sacudí la cabeza cuando de pronto caí en algo.

—Deberías estar ahora mismo retorcido de dolor. Tu abuela te marcó con una poción alquímica para que no pudieras escapar de Wildgarden House.

Adam apartó la vista y se llevó una mano a la cabeza, en un gesto tan inocente que mi corazón se tambaleó entre las costillas.

—Me deshice de él apenas un par de horas después de que me hubiera marcado. —Ante mi expresión de sorpresa, se apresuró a añadir—: A mi abuela… nunca se le ha dado demasiado bien la magia. Aunque eso es algo que ha compensado con su ingenio y su valentía.

—En eso tienes razón. No se parecía en nada a sus padres —dijo de pronto la voz de Aleister. Ambos nos sobresaltamos y nos reclinamos hacia él. Sus ojos celestes se habían hundido en Adam—. Aunque tú sí tienes mucho de ella en tu interior.

Arqueé las cejas por la sorpresa cuando, a pesar de la débil luminosidad que reinaba en la estancia, vi cómo las mejillas de Adam se coloreaban ligeramente por la vergüenza.

Aleister intentó incorporarse, pero sus codos le fallaron y cayó de nuevo sobre el suelo.

—¿A dónde crees que vas? —le pregunté, apoyando la mano en su pecho, que se agitaba como loco bajo mis dedos—. Tienes que descansar.

—No, debemos ir cuanto antes a la Torre de Londres —replicó él, tratando de apartarme.

No lo consiguió y tuvo que volver a tumbarse con un resoplido.

—¿A la Torre de Londres? —repetí, sin comprender.

—Debemos separarte cuanto antes de la Piedra —contestó Aleister, con vehemencia—. Con la otra en mi interior, era imposible que me hiciera cargo también de ella, pero ahora que no forma parte de mí, puedo esconderlas a las dos. Sacarlas del país y llevarlas a algún rincón donde no haya guerra. Sé que, en unos días, un barco partirá desde Southampton y…

—Espera, espera —lo interrumpí—. Lo que dices es una locura. Sería demasiado peligroso para ti.

—Bueno, después de tantos años, comprenderás que me he acostumbrado —replicó Aleister, con una mueca.

—Antes, tenías el poder de la Piedra Filosofal para defenderte. Ahora ya no —exclamé—. No pienso ir a la Torre de Londres.

Aleister puso los ojos en blanco, antes de centrar su atención en Adam.

—La única forma de mantenerla a salvo ahora es separarla de la Piedra. Lo sabes bien, Kyteler —dijo, y lo miró de una forma extraña, como si compartieran una broma oscura de la que yo no era partícipe.

—Sea una locura o no lo que propones…, no deberíamos movernos esta noche —intervino entonces Tānlan, todavía sentado en el alféizar de la ventana—. Necesitas recuperarte ahora que no posees la Piedra en tu interior. Además, todo el Aquelarre estará buscándonos. Será mejor permanecer escondidos.

—Estoy de acuerdo —dijo Adam, arrancando una mirada airada de Aleister—. Es tarde, deberíamos descansar.

—Tānlan y yo podemos hacer las guardias —dijo Siete, sin mirar al otro Demonio, que soltó un bufido por lo bajo.

—Habla por ti, Centinela de pacotilla.

Me incliné para ofrecer a Aleister mis dos manos.

—Está decidido entonces —dije, con una media sonrisa que él contestó con un gruñido.

Adam tuvo que ayudarlo también a incorporarse y, entre los dos, lo condujimos fuera de la recargada sala de estar del palacio. Miré a Tānlan al salir, pero él se mantuvo en la ventana, sin responderme con otra mirada. Siete también permaneció allí, sin moverse, aunque sus ojos dorados nos vigilaron hasta que desaparecimos por el ancho corredor.

—¿A dónde diablos vamos? —suspiré, mientras mis ojos recorrían los inmensos retratos desde los que me observaban distintos miembros de la realeza—. Esto es enorme.

—Si seguimos recto y subimos la escalera principal, llegaremos al ala oeste, donde están los dormitorios de los invitados —dijo Aleister, alzando un índice para señalar el camino—. Siempre están listos.

—¿Cómo diablos sabes todo eso? —resoplé.

Él no me contestó, aunque me dedicó una sonrisa mordaz.

Seguimos las indicaciones de Aleister y, tras un par de minutos, llegamos a un largo pasillo con puertas dobles situadas a un lado y a otro. Él señaló una cualquiera y se deshizo de nuestras manos cuando nos detuvimos frente a ella.

—No hace falta que me arropéis, gracias —dijo, aunque las piernas le temblaban—. Mañana hablaremos sin falta de lo que haremos. —Giró el pomo y estuvo a punto de entrar, pero sus ojos se balancearon un instante más entre Adam y yo—. Buenas noches.

Se internó en la oscuridad de la habitación y cerró con fuerza a su espalda. Y Adam y yo nos quedamos quietos, solos y en silencio en la penumbra de la galería.

A un suspiro de distancia.

De pronto, sentí cómo el corazón subía hasta mi garganta y se quedaba allí atrapado, asfixiándome. Mis pies se movieron, a pesar de que otra parte de mí quería quedarse quieta. Me dirigí hacia la puerta que se encontraba a la izquierda y la abrí con rapidez.

—Hasta mañana —dije, sin siquiera echar la vista atrás.

Por el rabillo del ojo, vi cómo sus labios se separaban, cómo alzaba la mano en mi dirección, pero me adentré en la estancia a toda prisa y cerré la puerta. Con la respiración contenida, apoyé mi espalda en ella y esperé.

No oí nada al otro lado. Adam no se movía.

El corazón comenzó a retumbar en mi cabeza. Qué diablos estaba haciendo. Qué me estaba pasando. No debía sentirme así después de todo lo que había ocurrido, después de todo lo que estaba *ocurriendo*. Debía centrarme en pensar qué íbamos a hacer a partir de ahora, cuál sería nuestro próximo paso. No sabía qué sucedería ahora que no me encontraba bajo el techo de Wildgarden House. Mis padres se horrorizarían cuando llamasen mañana y no fuera yo quien descolgase el teléfono. Solo esperaba que ninguno de los dos cometiera la imprudencia de regresar a Londres.

Mi cabeza, sin embargo, se negaba a obedecerme. Parecía envenenada por mi corazón. Y solo podía pensar en quien estaba tras esa enorme puerta ornamentada, sin alejarse ni un paso de mí.

De pronto, sentí cómo el pomo clavado en la parte baja de la espalda se movía. Solo un poco. Estaba frío y las muescas en el metal eran afiladas, pero yo sentí el roce como una caricia.

Quería apartarme y dejar que abriese la puerta.

Quería abrirla con violencia yo misma.

Quería que entrase en ese dormitorio.

Pero no me moví. No hablé. Y, al cabo de un par de minutos, escuché cómo las pisadas de Adam se alejaban.

Apreté las manos con tanta fuerza que las uñas dejaron marcas en mis palmas y solté el aire de golpe. *Haces lo correcto*, pensé, aunque otra voz, muy parecida a la de Tānlan, se rio de mí en el otro extremo de mi cabeza. Traté de ignorarla sin conseguirlo.

Sin siquiera encender la chimenea para calentar esa habitación helada que no me había molestado en observar, me dirigí directa a la inmensa cama con dosel y me metí bajo las sábanas.

36

LA SONRISA DE ADAM KYTELER

Sentí una punzada en el pecho cuando vi a Emma delante de mí, escribiendo algo en su cuaderno de clase, atenta. Fruncí el ceño y di una vuelta en redondo.

Me encontraba en el aula de Alquimia de la Academia. Salow escribía en la pizarra y todos los asientos estaban ocupados, menos uno. El mío.

—El recuerdo es de aquel día que faltaste.

Me estremecí al escuchar la voz de Adam, a pesar de que no me sorprendió. Me volví hacia él y lo vi apoyado en el pupitre de su yo del pasado, prácticamente idéntico al de ahora, aunque menos pálido, mejor peinado, y sin que algún que otro arañazo cubriera su cara. Luché por mantener la expresión neutra, a pesar de lo que había sentido hacía solo un rato, cuando estábamos despiertos.

—El día del Homúnculo —murmuré, sorprendida.

En ese momento, la puerta de la clase se abrió, y una copia exacta de mí entró por ella rápidamente, con la vista clavada en el suelo y los libros bien aferrados.

—Siento haberme retrasado, profesor Salow.

Era mi voz, pero a la vez no lo era. Sonó extrañamente disonante, aunque nadie notó el cambio.

Excepto Adam. Vi cómo levantaba la vista de pronto de su cuaderno y dejaba de escribir. Disimuladamente, sus ojos siguieron la figura de mi Homúnculo, que pasó por su lado sin percatarse y se sentó junto a Emma. Ella le dedicó a la copia una risita cómplice y fingió no saber nada.

Me estremecí cuando vi cómo él también alzaba un poco las comisuras de sus labios.

—Sabías que no era yo —susurré. Lo miré y él se limitó a asentir en silencio.

La clase continuó sin más sobresaltos. El profesor Salow estaba hablando sobre cuáles serían las pociones alquímicas que deberíamos repasar de cara al futuro examen, cuando mi Homúnculo empezó a derretirse.

Literalmente.

La piel de mi copia comenzó a resbalar, como si fuera cera que cae de las velas. Emma, al darse cuenta, soltó un gritito y toda la clase hundió los ojos en mí.

Me llevé las manos a la cabeza cuando vi cómo parte de mi cabellera negra caía al suelo, impregnada de una sustancia rosada y pegajosa.

El profesor Salow meneó la cabeza, aunque sonó impertérrito cuando comentó:

—Y esto, queridos alumnos, es una forma desastrosa de crear un Homúnculo.

A pesar de que yo nunca estuve presente, sentí cómo mis mejillas ardían cuando todos estallaron en carcajadas.

—Hice el ridículo —murmuré.

—No —replicó de inmediato Adam—. Fuiste maravillosa.

Me volví hacia él al escuchar esas palabras. No me miraba. Solo tenía ojos para esa extraña criatura que intentaba que su boca no se desencajara de su mandíbula. Sin mucho éxito, por cierto. A mi Homúnculo se le saltaron los ojos y cayeron al pupitre. Las manos derretidas comenzaron a buscarlos, desesperadas, pero no dieron con ellos.

Su yo del pasado también observaba al Homúnculo. Y se reía también, sí. Pero su rostro no compartía la expresión de mis antiguos compañeros. No había ni una pizca de burla, de sarcasmo. No. Se reía de verdad. Como si jamás hubiese visto nada que lo hiciese disfrutar tanto.

Y ver reírse a Adam Kyteler era un espectáculo extraordinario.

—Ese fue el día que los Favoritos atacaron la Academia. Yo... me sentía confuso, lleno de dudas, pero repleto de ira y de venganza —dijo. Su voz me venía desde muy lejos, y no me volví para observarlo. Todos mis sentidos estaban quietos en esos labios curvados, en esa expresión llena de felicidad—. Y, cuando me hiciste reír así, me olvidé de todo. De los Favoritos, de la Piedra Filosofal, de lo terriblemente de menos que echaba a mis padres. Me sentí... feliz. Muy feliz.

Los labios me temblaban. Mis ojos habían estallado en llamas, a un suspiro de derramar lágrimas. Las risas de su yo del pasado me mareaban de alguna forma porque, cuando lo volví a mirar y me encontré con su sonrisa, sentí cómo el mundo bailaba a mi alrededor.

Adam sonreía, pero no con aquel gesto turbio, amargo. No. Sonreía de verdad. Con un gesto claro y limpio, casi inocente. Algo que protegería con mi vida.

Se encogió de hombros y sus mejillas se tiñeron del mismo color que debía devorar las mías.

—Siempre ha sido así, Liang. De una manera o de otra, eras la que me sacaba de las sombras. Una y otra vez. Sin saberlo. Eras mi atracción hacia la luz.

Se colocó frente a mí y me abarcó entera con su cuerpo y su mirada. Las risas de su yo del pasado eran un manto cálido que nos envolvían a los dos, hilos invisibles que tiraban de nuestros corazones.

—Mi corazón siempre fue tuyo. Mi alma, el alma de este Sangre Negra, de este *brujo…*, siempre te perteneció.

Lo contemplé con las pupilas dilatadas, pero no fui capaz de contestarle. La respuesta era una simple frase sencilla, pero no tenía el valor para decirla en voz alta. Notaba la boca muy seca y la mente embotada. El corazón había comenzado a latir a un ritmo renqueante y los límites del sueño parecían tambalearse en torno a mí.

El recuerdo se acababa y, con él, mi oportunidad.

Permanecí quieta, mareada y confusa, sin ser capaz de respirar. Escuchaba el eco de unos latidos furiosos, pero no sabía si eran míos o de Adam. Sus carcajadas se volvían lejanas en mis oídos, un eco dulce que no quería que llegase nunca a su fin.

Pero terminó. Y, de pronto, me encontré sola en un dormitorio oscuro, con las piernas enredadas en sábanas del hilo más fino.

Cuando me había acostado, la estancia estaba helada. Ahora, ardía.

Todos los candelabros estaban encendidos y en la enorme chimenea crepitaba un fuego intenso, cuyas llamas lamían los bordes del mármol ornamentado. Un poco más, y prendería en llamas todo el Palacio de Kensington.

Me levanté de un salto de la cama.

Quizá lo haría.

Descalza, sin mirar atrás, sin dejar que mi cabeza me hablara y me detuviera, salí corriendo. Las puertas se abrieron de par en par a mi paso, sin que las tocara, sin que un hechizo brotara de mis labios.

Salí al pasillo. Nada más posar un pie desnudo sobre él, todos los candelabros, de un extremo a otro, se encendieron e iluminaron los altos techos con un brillo cobrizo, cálido.

No tenía ni idea de dónde se había metido Adam, quizá ni siquiera se había ido a dormir, pero mi instinto me guio sin que yo lo cuestionara hasta la puerta que estaba a la izquierda.

No la toqué, mi magia tampoco, pero el pomo se giró con brusquedad y la puerta se abrió con violencia. En el umbral, ruborizado, con el cabello pegado a la frente y los labios separados, me encontré con Adam Kyteler.

Nos quedamos paralizados un momento, devorándonos con la mirada, antes de precipitarnos el uno sobre el otro. Él tomó mi rostro con sus grandes manos y mis dedos se enredaron en la pechera de su camisa. Lo último que vi antes de cerrar los ojos fue la expresión consumida de sus pupilas, a medio camino entre el desvelo y la aprensión.

Sentí cómo abría sus labios sobre los míos, dejando escapar un sonido en el que se mezclaban un suspiro y un gruñido. Ladeó la cabeza y tuve un momento de cordura para sentir cómo mis pies se separaban del suelo cuando él me alzó. Apenas fue un instante. Cuando él hundió aún más su boca en la mía y sus manos apretaron sin compasión mi cintura, me dejé ahogar en aquella sensación palpitante, que parecía arrastrarme al más profundo de los infiernos.

La puerta se cerró de golpe a nuestra espalda, aunque nunca supe qué o quién lo hizo.

Con un jadeo, su boca se separó de la mía, haciéndome abrir los ojos de par en par. Adam me contemplaba con las pupilas muy dilatadas y brillantes, casi húmedas, como si estuviese reteniendo a la fuerza las lágrimas. Se inclinó sobre mí, colocando ambos brazos a los lados de mi cabeza, apresándome bajo él.

Su mirada gritaba hambre y piedad. Parecía estar muriéndose por dentro.

Tanto como yo.

—No quiero que cometas un error —masculló de pronto él, con la voz rota—. Soy un Favorito del Infierno.

Relajé las palmas de mis manos sobre su pecho y lo empujé hacia atrás, alejándolo de la puerta. Él se dejó arrastrar. Su respiración superficial acariciaba mi flequillo revuelto.

—Lo *eras* —susurré, cuando la parte trasera de sus piernas golpeó con el borde de la cama—. Ahora solo eres Adam Kyteler.

Sentí cómo se estremecía antes de que una nueva sonrisa, llena de calidez, de luz y de vida, llenara sus labios. Y, al verla de nuevo, al saber que era únicamente para mí, supe que había quedado maldita bajo una magia que ni siquiera una Piedra Filosofal podría borrar. Nunca.

Sus manos bajaron hasta mis brazos y se movió con brusquedad, haciéndome girar antes de apoyarme sobre el mullido colchón de la cama real. Sus dedos recorrieron mi nuca, arrancándome una convulsión que debió sentir él también. Con dulzura pero con firmeza, se acercó a mi boca, besándome hondamente y con una necesidad hambrienta. Demasiado profunda, demasiado intensa.

Mientras dejaba escapar un resuello ahogado, mareada y confusa, fui consciente de que me estaba arrancando el alma a la fuerza, para sorberla después a través de sus labios entreabiertos, en los que nuestras lenguas se entrelazaban con desesperación, haciéndome comprender que nunca podría recuperarla.

37

ANTES DE LA TORMENTA

Cuando abrí los ojos, sonreía.

La luz de la mañana era tan fuerte que se colaba a través de los doseles corridos de la cama. Me desperecé y estiré la mano, pero no encontré a nadie a mi lado.

Fruncí el ceño y me incorporé de pronto para descorrer el dosel. Estaba sola en el dormitorio, aunque alguien se había ocupado de mantener la chimenea encendida. Aun así, me estremecí cuando la colcha resbaló de mis hombros desnudos.

—¿Adam? —susurré, pero nadie me respondió.

Me apresuré a recoger la ropa que había quedado desperdigada por todo el suelo de la estancia, creando un sendero de la puerta a la cama. No era mucha. El camisón y la bata que había llevado puestos la noche anterior en Wildgarden House.

Me calcé y salí del dormitorio con prisa, aunque tuve que detenerme en seco para no atropellar a Tānlan, que estaba justo en el umbral, atusándose los bigotes con fricción. Lo miré con las cejas arqueadas y el pie todavía levantado.

Él se tomó su tiempo para bajar la pata y mirarme.

—Una noche agitada, ¿no?

Puse los ojos en blanco y salté por encima de él. No giré la cabeza en su dirección para que no viera mis mejillas en llamas.

Escuché sus carcajadas oscuras mientras echaba a andar tras de mí.

—Están los dos en la cocina. Esperándote.

—Gracias —mascullé, con los dientes apretados.

Tānlan parecía conocer el camino, porque se puso delante de mí y me guio primero por anchos pasillos blancos y ornamentados, para después a acceder a corredores más propios del servicios, grises y estrechos. Tras bajar varios tramos de escalera, llegamos a una cocina tan enorme como mi propia casa.

En una de las largas encimeras, de pie e inclinados uno sobre otro, se encontraban Aleister y Adam. Siete estaba junto a su compañero. Cuando me vio, lanzó un maullido que pareció tanto un saludo como una advertencia.

A la vez, los dos dejaron de hablar y se giraron para observarme. Adam, con las mejillas algo sonrosadas.

—Buenos… buenos días —contesté, antes de retomar el paso.

Por el mármol blanco había galletas y *scones*. También una tetera humeante, algo de leche y varias tazas de té, ya preparado. Adam puso una sobre mis manos en cuanto llegué hasta ellos. Estaba muy caliente, pero cuando sus dedos me rozaron, sentí un escalofrío.

Su mirada se posó durante un instante sobre la mía; la sentí como una caricia.

—Me alegra que hayáis resuelto esa… *terrible* tensión que os llevaba persiguiendo desde que os conozco. Cuando me dejasteis en el dormitorio, temí que incendiarais el palacio —comentó Aleister, mientras devoraba un *scone*.

Adam lo fulminó con la mirada mientras yo sentía que mi cuerpo se calentaba, y no solo por el té. Él, sin embargo, nos ignoró y, cuando se tragó hasta la última miga, su expresión cambió.

—He estado pensando. Y tengo un plan que quiero compartir con vosotros.

—¿Con los dos? —preguntó de pronto Tānlan, consiguiendo que todos clavaran la mirada en él. De un salto subió a la encimera. No le importó barrer varias galletas con su rabo—. Eres viejo, Vale, aunque parezcas un mocoso de diecisiete años, y, por lo tanto, no puedes ser tan imbécil como para confiar en Adam Kyteler.

Siete bufó y se subió también en la encimera de un salto. Su pelaje blanco se erizó a la vez que unos largos colmillos le asomaban entre las fauces. Tānlan ni siquiera parpadeó ante la amenaza.

—No conoces a mi compañero —siseó, con su voz gutural—. No sabes todo lo que ha arriesgado. Todo lo que ha hecho.

—Siete… —lo llamó Adam, antes de negar con la cabeza.

—No voy a meterme a juzgar las profundas y volátiles pasiones humanas —replicó el otro Demonio, con gesto aburrido—, pero este joven lleva mucho tiempo colaborando con los Favoritos. Puede que lo hayan engañado, sí, puede que se haya metido en todo esto por hacer una especie de homenaje macabro a su madre muerta… —Le lancé una mirada asesina que él ignoró—. Pero el hecho es… que es uno de ellos. Lo queramos o no. Y yo no confío en él.

Yo sí lo hacía, pero mi garganta falló cuando estuve a punto de replicar. La voz, simplemente, no me salió. Miré a Adam, torturada, pero él pareció impasible, como cada vez que, en la Academia, algún profesor le hacía una pregunta complicada de la que conocía perfectamente la respuesta.

—Lo sé. Lo entiendo —dijo, tras un instante de silencio. Y, aunque se dirigió a Tānlan, fue a mí a quien miró—. Pero te equivocas en algo, Tānlan. No soy un Favorito. Ya no. Solo soy Adam Kyteler. Lo demostraré con lo que haga a partir de ahora.

—Júralo, entonces —exigió de pronto Aleister.

Todos centramos la atención en él.

—¿Qué? —murmuré.

—Como si la palabra de un Sangre Negra tuviera algo de valor... —rezongó Tānlan.

—Para mí la tiene —dije; él se limitó a poner los ojos en blanco. Me volví hacia Adam y asentí lentamente—. Para mí la tiene —repetí.

—Os prometo que ya no formo parte de ellos. Sé que me equivoqué y que me queda mucho camino para poder arreglar solo una parte de lo que he causado. Tengo toda mi vida para ello, pero lo intentaré. *Lo haré*. Hasta las últimas consecuencias.

Me encogí cuando esas palabras finales me golpearon. No me gustó cómo sonaron. Casi parecían una despedida. Me mordí los labios, con las pupilas perdidas en las de Adam. Él me sonrió. De verdad.

—Este plan será solo el principio de todo —añadió, cortando el contacto visual para girarse hacia Aleister.

Vale asintió. No parecía dudar de sus palabras, aunque Tānlan seguía con las zarpas extendidas y las orejas inclinadas.

—El primer paso será internarnos en la Torre de Londres. Esta noche; no parece que los bombardeos contra la capital estén cerca de acabar.

—Estás loco —jadeé, boquiabierta—. Ese castillo es el último lugar de toda la ciudad que deberíamos pisar.

—Lo sé, y por eso debemos ir. Hace tiempo, cuando hablamos en la Catedral de San Pablo, te dije que estaba ocupado con algo, ¿lo recuerdas, Liang?

Hice memoria y nos volví a ver a uno sentado junto al otro, sobre un largo banco de madera mientras el enorme candelabro oscilaba por encima de nuestras cabezas, empujado por mi magia descontrolada. De aquello solo hacía poco más de un mes, pero lo sentía como si una vida completa me distanciara de ese momento.

Estoy atascado en mitad de una…. investigación. No es fácil, trato de no levantar sospechas, me había dicho.

¿Qué investigación?, le había preguntado yo.

—Me dijiste que, cuanto menos supiera, más a salvo estaría —murmuré.

Aleister asintió. Una sonrisa ufana tiraba de las comisuras de sus labios.

—Durante este tiempo, no solo me he dedicado a ir de palacio en palacio y disfrutar de las maravillosas comodidades de la realeza británica Sangre Roja. —Se inclinó hacia nosotros y su voz enronqueció—. Desde antes de que nos conociéramos incluso, Liang, estaba infiltrado entre los Vigilantes de Anthony Graves, trabajando para él.

Una exclamación ahogada escapó de mi garganta. La primera vez que me había encontrado cara a cara con Aleister Vale, algo en su rostro, su mirada, quizá, me había resultado familiar. Y no solo porque se tratara de un legendario asesino del pasado.

Ahora sabía por qué.

Ya me había cruzado con él antes incluso de aquella noche horrible, en que las primeras bombas cayeron sobre Londres. Sí, una de las mañanas en las que llegaba tarde a la Biblioteca me había cruzado con un Vigilante cuyos ojos celestes se habían detenido un instante en mí.

Maldita Sangre, había sido Aleister.

—Anthony Graves llevaba años estudiando la Piedra, es cierto, pero hasta los últimos meses no descubrió algo… verdaderamente extraordinario. —Me adelanté para preguntarle de qué se trataba, pero él continuó hablando. No podía parar—. Y hasta hace solo unos días, no halló la forma de separar sin apenas daño una Piedra Filosofal de un Sangre Negra. Era una hipótesis, pero yo tenía que probarlo. Y funcionó.

Sus manos rebuscaron en los bolsillos de la túnica de Vigilante que había llevado la noche anterior y de ella extrajo una esfera redonda y resplandeciente, de un tono tan dorado como el sol que se ocultaba tras las nubes.

Su resplandor me cegó.

—Debemos separar tu cuerpo de la Piedra Filosofal, Liang —susurró—. Y, en el momento en que lo consigamos, será cuando do iniciaremos el verdadero plan.

Nos movimos cuando cayó la noche y los bombardeos comenzaron.

Las alarmas de todo Londres empezaron a sonar pasadas las siete de la tarde, cuando el cielo ya estaba negro como la pólvora.

Las calles de la ciudad estaban desiertas. Todos los que no poseían refugios antiaéreos o que no habían tenido el suficiente dinero como para conseguir un billete de tren al campo, se escondían bajo los adoquines, en paradas de metro, rezando por que los metros de tierra que los sepultaban fuesen suficientes para protegerlos de las bombas enemigas.

Nosotros apenas éramos visibles bajo la luna. La única mota de luz que destacaba era el pelaje níveo de Siete. Muchas de las farolas que discurrían a ambos lados del Támesis estaban apagadas, bien porque estaban rotas, bien por orden de las autoridades Sangre Roja, para así esconder un poco a Londres entre las sombras.

Los uniformes negros que llevábamos puestos y los velos que ocultaban nuestros rasgos hasta el inicio de nuestro rostro nos identificaban como Vigilantes del Aquelarre. Aleister y Adam los habían conseguido esa misma tarde. Yo no había preguntado dónde, ni tampoco quería saberlo. Habían sido sorprendentemente rápidos.

—Aunque me fastidie decirlo, un Vale y un Kyteler siempre han formado un buen equipo —me había dicho Aleister al entregarme mi túnica y mi velo oscuro. Lo dijo con socarronería, pero me pareció entrever un tono de nostalgia en su voz—. Quién sabe. Puede que esto sea el inicio de una bonita amistad.

Una bomba cayó al otro lado del Támesis, y un edificio residencial, de corte majestuoso, perdió el tejado y parte de su fachada. Ninguno de nosotros se detuvo. Yo apreté los dientes y me cubrí los oídos para no escuchar el sonido de los escombros al caer.

Sin mirar atrás, los conduje por la entrada lateral, a través de la Torre Byward, que solía utilizar cuando trabajaba como asistente bibliotecaria del Aquelarre. Apostado junto a la puerta, había un alabardero distraído, que no hacía más que mirar al cielo.

Se sobresaltó cuando nos vio aparecer de pronto.

—Llegáis tarde. El turno de noche empezó ya hace media hora —gruñó.

La iluminación era ínfima. La Torre de Londres no tenía ninguna luz exterior encendida para no dar pistas a los aviones enemigos de dónde apuntar.

—Somos refuerzos —se limitó a contestar Aleister, con voz seca—. Por lo visto, ha habido rumores.

—¿Rumores? —repitió el alabardero, con la voz un tanto aguda. El silbido de un avión cruzando el cielo de la ciudad lo hizo encogerse un poco.

—Creen que la Torre de Londres podría ser un objetivo durante la noche de hoy —mintió Adam, con su voz fría y serena—. Nos han ordenado que reforzásemos el escudo en algunas zonas del castillo.

—¿Qué? Maldita Sangre, precisamente durante mi guardia.
—El alabardero meneó la cabeza y nos hizo un gesto impaciente con las manos—. Vamos, vamos. No perdáis el tiempo.

Los Vigilantes eran los únicos que no poseían identificaciones, así que el hombre se hizo a un lado y abrió la pequeña puerta por la que nos adentramos en los muros, con Siete y Tānlan pegados a nuestros talones.

«Cada Miembro Superior tiene su despacho en una torre distinta», nos había dicho aquella tarde Aleister, cuando nos preparábamos en el Palacio de Kensington, almorzando las exquisiteces que habíamos encontrado en la inmensa cocina. «Antes de que fuera sustituido por Agatha Wytte, el despacho de Anthony Graves se encontraba en la Torre Martin. Sin embargo, cuando se reincorporó, decidió instalarse en la Capilla Real de San Pedro ad Vincula».

«Nadie en su sano juicio se instalaría sobre suelo sagrado», me había sorprendido yo.

«A menos... que tengas algo que esconder», había añadido Adam con un susurro.

En el enorme patio de la Torre sí había encendidas unas pocas luces. También algunas de sus edificaciones más importantes, como la Torre Blanca, mantenían varias de sus ventanas iluminadas.

El césped estaba cubierto de escarcha y nuestras respiraciones se transformaban en nubes de vaho al brotar de nuestros labios. No había guardias del Aquelarre. En vez de ello, podía ver de vez en cuando la silueta recortada de algún Vigilante. Fingimos ignorarlos, a pesar de que nuestra presencia no podía ser esperada.

Ni un solo fantasma caminaba como un alma en pena por los terrenos. Ni siquiera vimos a los siete cuervos, pero sí pudimos escuchar sus graznidos a lo lejos.

Seguimos caminando, en dirección al pequeño edificio de piedra que avistamos en uno de los extremos, cercano a la Torre Blanca y a la Biblioteca del Aquelarre.

«Es un lugar que siempre ha estado un tanto abandonado y al que siempre hay que entrar protegido. No siempre llevamos un atado de muérdago encima», había dicho Aleister. «Así que nadie, ni Miembros Superiores, ni Consejeros o simples guardias, entra si no es necesario».

Me llevé la mano al bolsillo oculto de mi túnica para sentir las pequeñas hojas de muérdago crujir entre mis dedos.

La capilla era ya perfectamente visible. Aunque no se avistaban luces en su interior, sí había un Vigilante junto a la puerta. Su Centinela, un enorme perro de color negro, olfateó el aire con avidez. Cuando entramos en su campo de visión, vi cómo el Vigilante inclinaba ligeramente la cabeza y descruzaba los brazos.

El pelaje de Tānlan, que caminaba por delante de mí, se erizó.

—Espera —susurré de pronto.

El Demonio se detuvo y se volvió, con la mirada entornada ante el tono de mi voz. Desde que Aleister nos había contado su plan aquella mañana, había querido hablar con él. No había encontrado el momento, o quizá no me había atrevido a hacerlo, pero sabía que, una vez que pisara esa capilla, todo se precipitaría y no habría vuelta atrás.

Me acerqué a él con paso vacilante y carraspeé antes de volver a hablar.

—Si después de esta noche logro sobrevivir… te dejaré marchar. Hallaré la forma de anular el encantamiento que une tu vida a la mía.

Tānlan ladeó la cabeza.

—¿He oído bien?

—Suponiendo, claro, que siga con vida. Considéralo una especie de agradecimiento. Por todo lo que has hecho por mí. Aunque no tuvieras más remedio —añadí, con una sonrisa nerviosa que él no respondió—. Pero eres un Dios Demonio del Infierno. Vives para crear el caos, no para actuar como un Centinela. Creo que te conozco lo suficiente como para saber que, si te dejo libre, no causarás el daño que pensé que harías en un principio. O... bueno, eso me gustaría creer.

Tānlan me miró un instante más sin parpadear, con las pupilas tan dilatadas que su iris verdoso era apenas una corona luminosa que envolvía su mirada, haciéndola todavía más inquietante.

Y de pronto, contra todo pronóstico, se echó a reír.

—¿Esa es tu forma de darme las gracias? —gruñí.

—Oh, por los Siete Infiernos. Qué ingenuos sois los Sangre Negra. Incluso tú, con una Piedra Filosofal en tu corazón. —Tānlan sacudió la cabeza y su hocico adquirió una forma extraña. Tardé más de lo necesario en ver que sonreía. De verdad. Y Maldita Sangre, era lo más inquietante que había visto nunca—. Vuestra magia y la nuestra, la de los Demonios, es completamente diferente. Sí, ese encantamiento me unió a ti... pero, por favor, soy un Dios Demonio. Antes de que consiguieras la Piedra Filosofal, yo ya lo había roto.

Abrí los ojos de par en par.

—¿Qué? —Me pareció que él se removía, incómodo—. Pero... no te marchaste.

—No —contestó él, y su voz sonó como un gruñido molesto—. No estaba mal, del todo. Tu padre no hacía más que adularme porque era el primer Centinela de la familia Shelby; tu madre se quejaba mucho de mí, pero siempre se ocupaba de hacerme sentir bien, Zhang... bueno, me gustaba jugar al *mahjong* con él. Todavía tengo que averiguar cómo un mocoso Sangre Roja de su edad puede ganarme siempre. Y tú... —Esta vez giró la cabeza y la hundió en Aleister, Adam y Siete, que caminaban un par de metros por delante—. No eres una mala compañera, a pesar de todo.

—Pero... —Intenté poner en orden mis palabras, mis sentimientos—. El Infierno que gobernabas...

—Buscaré un sustituto —contestó Tānlan con una risotada—. Reinaba sobre el Infierno de la Avaricia, recuerda. Creo que encontraré más de un posible candidato para la corona que he dejado tras mi marcha.

No me permitió contestar. Echó a correr y me sobrepasó hasta casi alcanzar a los demás, ya a las puertas de la Capilla Real de San Pedro ad Vincula. Solo miró un momento por encima del lomo para añadir, con una sonrisa que solo podía provenir de un Demonio:

—Así que no intentes sobrevivir. *Sobrevive.*

38

SAN PEDRO AD VINCULA

—Estáis fuera de vuestros puestos —fue lo que escupió el Vigilante cuando nos detuvimos frente a él.

Su Centinela lanzó un gruñido tan gutural que Siete y Tānlan respondieron con un bufido.

Adam fue el primero en hablar, con su voz calmada, grave y tan helada como el aire nocturno.

—Anthony Graves nos ha encargado recoger algo de la capilla. Temen que hoy el enemigo bombardee la Torre, y desea ponerlo a salvo.

El Vigilante no se movió de su lugar.

—¿Y para eso necesita a tres Vigilantes de servicio?

—Es un objeto importante —intervino Aleister, con su tono punzante—. Más que tu vida, me temo, si no te apartas de una maldita vez.

—El alabardero de la puerta ya nos ha retrasado bastante —añadí; mi voz hueca, sin vida—. No sé si conoces la cólera de Graves cuando no consigue lo que quiere *a tiempo*.

El Vigilante giró la cabeza hacia su Centinela y me pareció que compartían algunas palabras en silencio. Yo esperé, con el corazón retumbando en mis oídos. Estábamos listos para atacarlo si realmente hacía falta, pero no queríamos llamar la atención a no ser que fuera indispensable.

Por el rabillo del ojo, vi cómo Adam se deslizaba hacia la izquierda y Aleister, hacia la derecha, para rodear al Vigilante. Sin embargo, antes de que pudieran pronunciar ningún hechizo, el Sangre Negra carraspeó y se hizo a un lado con brusquedad.

Con un chirrido, la puerta se abrió a su espalda.

—Os doy tres minutos.

Tuve que contenerme de soltar un suspiro de alivio. Ninguno de los tres contestó. Nos limitamos a pasar por su lado y a cerrar la puerta a nuestra espalda.

—*Clausura* —susurré.

Eso nos haría ganar tiempo, cuando los tres minutos se cumplieran y el Vigilante tratase de entrar.

Aleister se dirigió directamente hacia el altar mayor. Nosotros lo seguimos, mientras yo miraba a un lado y a otro. A pesar de que estaba cerca del lugar en donde había trabajado, nunca había pisado la Capilla Real que, a pesar de pertenecer al Aquelarre, seguía manteniendo algunos símbolos religiosos. La única diferencia con una iglesia Sangre Roja era que habían apartado los bancos de madera y habían dejado el espacio desierto, a excepción del enorme escritorio y las dos sillas que había junto al altar.

Pisamos varias tumbas de Sangre Roja que habían sido sentenciados a muerte en la Torre, y nos detuvimos junto al retablo de madera que se encontraba a la izquierda del que debía ser el escritorio de Anthony Graves. Desde él, santos, ángeles y una virgen llorosa nos observaban con recelo.

—*Ábrete* —murmuró Aleister.

Se escuchó un ligero crujido y el retablo entero se movió lo suficiente como para crear una rendija entre la madera y la pared de piedra. Adam hundió los dedos en ella y tiró con fuerza, produciendo un fuerte chirrido que hizo eco en los altos techos de madera.

Tras él, apareció el inicio de una estrecha escalera de caracol, que descendía hasta la negrura más absoluta.

La puerta de entrada se sacudió y los tres intercambiamos una mirada de alarma.

—¡Vamos!

Tānlan y Siete fueron los primeros en pisar los peldaños, y yo fui la siguiente. Cuando Adam pisó la escalera detrás de mí, los primeros gritos del Vigilante empezaron a hacer eco por toda la capilla.

—*Clausura* —siseó Aleister una vez que entramos.

Cuando el retablo volvió a su posición original, nos envolvió la oscuridad más absoluta. Me estremecí, pero entonces la mano de Adam se posó en mi hombro. Alcé la mía y enlacé mis dedos con los suyos durante un instante.

—*Enciende* —murmuró.

Tras la primera curva de la escalera, una luz se prendió. Y tras ella, otra y otra. Solo tuve que bajar unos pocos peldaños para observar el crepitar del fuego en las antorchas que estaban enclavadas en los muros.

—No me puedo creer que hayas estado aquí, infiltrado, todo este tiempo —murmuré, asombrada, mientras seguía descendiendo aquella escalera interminable.

—Sí, probablemente cuando me maldecías y te preguntabas qué diablos estaba haciendo —contestó Aleister, con una risotada.

—Pensaba que solo te dedicabas a allanar palacios reales y a saquear su comida y su bebida —intervino de pronto Adam.

Aleister, que caminaba entre él y yo, hizo una pausa dramática y me contempló con los ojos a punto de saltar de las órbitas.

—¡No! ¿Era una broma? ¿*Sabes bromear?* —Se me escapó una pequeña sonrisa cuando vi las mejillas de Adam ruborizarse un poco, a pesar de su mirada fulminante—. Quizá no te hayas equivocado del todo con él, Liang.

—Callaos de una vez, maldita sea —chistó Tānlan, antes de añadir por lo bajo—: Me gustabais más cuando os odiabais y desconfiabais unos de otros.

Seguimos descendiendo varios metros más, hasta que la escalera de caracol desembocó en una estancia cerrada, de techos bajos y de tamaño similar a la capilla que habíamos abandonado hacía solo unos minutos.

Hacía demasiado calor, así que de un tirón me arranqué el velo negro y lo arrojé al suelo. Adam y Aleister me imitaron.

Las antorchas arrancaban destellos plateados a los huesos que nos rodeaban. Parecía un osario de una iglesia Sangre Roja, pero entre las vitrinas que exhibían cajas torácicas, calaveras y huesos de todos los tipos y tamaños, vimos que había una serie de frescos. Había siete pinturas distintas, el mismo número que el de las vitrinas. Y todas ellas representaban a Demonios diferentes.

—Oh, vaya.

La voz de Tānlan me hizo girar la cabeza hacia él. Se había acercado a uno de los frescos, que representaba la descomunal figura rojiza de un Demonio que me resultaba tremendamente familiar. Me miró por encima del lomo, sonriente.

—No salgo nada mal, ¿verdad?

Lo comprendí de pronto con un resuello. Los siete frescos mostraban a los siete Dioses Demonios de cada Infierno.

—Maldita Sangre —farfullé, mientras me acercaba para acariciar la pintura de la pared—. Está todo tan claro que ¿cómo nadie se ha dado cuenta hasta ahora?

—A veces —contestó Siete, que se había plantado frente al Demonio que gobernaba el Infierno de la Ira—, la verdad está tan a la luz que el propio resplandor es el que nos ciega.

Me pareció que Adam se envaraba al escuchar esas palabras. Lo observé de soslayo, pero él pasó a mi lado sin mirarme para detenerse justo en el centro de la sala, donde también se encontraba Aleister.

Entre ellos dos había un sillón de madera, con cuatro grilletes en el lugar donde reposarían las extremidades. Bajo él, un enrevesado diagrama de invocación de cinco puntas dibujado con sangre seca. En cuatro de sus extremos, había dibujados cuatro órganos distintos: corazón, pulmones, bazo e hígado. Sobre la última punta estaba el sillón.

—Supongo que es ahí donde debo sentarme —musité.

Los ojos de Adam me buscaron y su cuerpo se movió hacia el mío, cubriendo momentáneamente con su imponente altura el terrible diagrama.

—¿Estás seguro de esto? —le preguntó a Aleister.

—Conmigo funcionó —respondió él, serio—. Con Liang también lo hará.

De pronto, un ruido ensordecedor sacudió el techo que se cernía sobre nosotros y los huesos traquetearon sobre las vitrinas. Una calavera cayó de su lugar y rodó hasta nuestros pies. ¿Una bomba? ¿El Vigilante, que había logrado entrar en la capilla? ¿Refuerzos?

—No tenemos tiempo —masculló.

Me dejé caer sobre el sillón y me obligué a no pensar en lo que estaba a punto de ocurrir.

Aleister se colocó frente a mí y extrajo un pequeño frasco diminuto de un bolsillo oculto de su túnica de Vigilante. En su interior, ondeaba un denso líquido de color negro.

—No voy a decirte qué lleva esta poción alquímica, porque probablemente te haría vomitar —dijo, con una de sus sonrisas—. Pero es necesario que la tomes.

Yo me limité a tragar saliva.

Por encima de nosotros, se oyeron más golpes. Y algo más. Voces.

Adam intercambió una mirada con nosotros antes de alejarse en dirección a la escalera de caracol.

—Trataré de retenerlos todo lo que pueda.

—¡Espera! —exclamé.

Él se detuvo en seco y se volvió para mirarme.

—Ten… ten cuidado.

Con sus largas piernas, recortó la distancia que nos separaba en un par de zancadas y se inclinó hacia mí sin pronunciar palabra.

Sentí algo parecido al fuego derramándose por mi garganta cuando sus labios se apoyaron sobre los míos, deslizándose con una calma y un cuidado que me desesperó. Fue apenas un roce. Su boca se hundió levemente en la mía, presionándola, acariciándola, entreabriéndose ligeramente antes de dejarla libre.

—Lo tendré —susurró.

Siete corroboró sus palabras con un maullido y desapareció con él en la escalera de caracol. Tānlan, mientras tanto, se plantó en el rellano, con el cuerpo en tensión.

—Esto no destruirá la Piedra, Liang —me recordó Aleister, en voz baja—. Pero sí conseguirá que se separe de tu corazón sin que se rompa, y sin que tú sufras ningún daño.

Asentí, a pesar de que eso ya me lo había explicado en la cocina del palacio. Notaba la boca seca, las manos me temblaban sin control, el mundo bailaba un delirante vals sin incluirme.

—Aun así, puede que después de extraerla, te sientas débil y muy mareada. No sé cuánto podrá retenerlos Adam, así que te cubriré mientras te recuperas.

Un grito ahogado atravesó el osario y otra potente sacudida nos golpeó. Yo me aferré a los reposabrazos del sillón y Aleister perdió el equilibrio. Vi el frasco salir despedido por los aires y, de un salto, logré atraparlo antes de que cayera al suelo.

Los dos nos quedamos paralizados, reflejado uno en los ojos del otro. Jadeando.

No lo dudé más. Descorché el pequeño frasco y me lo llevé a la boca en el instante en que Adam aparecía por las escaleras, con Siete en su forma original y las manos empapadas en sangre.

—Son muchos —oí que decía, aunque su voz me sonó lejana, estaba ocupada en tragar—. Y Anthony Graves los acompaña.

Tānlan y Siete retrocedieron y se colocaron frente a nosotros. El primero, todavía con su forma felina, mientras el Centinela de Adam ocultaba casi por completo la visión desde la pequeña puerta de las escaleras de caracol.

Cuando bajé el frasco, estaba vacío. Dirigí la mirada hacia Aleister, que se limitó a asentir.

—Colócate frente a ella, Adam —ordenó—. Puede que pierda el conocimiento cuando la separe de la Piedra.

Él asintió y se ubicó frente a mí, mientras Aleister permanecía a mi lado. Respiré hondo y alcé la mirada para perderme en esos ojos negros que me hipnotizaban. Antes siempre habían sido dos trozos de ónice, fríos y brillantes. Pero ahora, eran fragmentos de carbón a los que solo había que soplar para que mostraran su interior dorado, lleno de luz y calidez.

Me pareció que Adam asentía ligeramente en el momento en que Aleister comenzaba a recitar unas palabras. Yo ni siquiera era capaz de descifrarlas, de oírlas, su cadencia me mareaba; él hablaba demasiado deprisa y yo me dejaba llevar por la mirada de Adam.

Si algo iba mal, si la Piedra Filosofal se llevaba mi corazón con ella, quería que esos ojos fueran lo último que viera antes de perder la vida.

Aleister apoyó la mano en mi pecho y, de pronto, la tela de la túnica robada se rasgó. No sentí dolor, pero vi cómo tras ella era mi piel la que se abría en dos, sin dolor alguno, para después seguir la cáscara de grasa y músculo, y llegar a los huesos.

Parecía una flor ensangrentada, que abría los pétalos a toda prisa.

Las pupilas de Adam se dilataron de golpe. En ellas podía ver reflejado mi corazón, que resplandecía con un brillo sanguinolento, como un rubí bajo la luz. Un fragmento de la Piedra Filosofal estaba hundido por completo en una de esas paredes que palpitaban descontroladas. Si Aleister trataba de arrancármela de golpe, quedaría un hueco que ni la magia lograría llenar.

La vista se me cubrió de parches plateados. Me obligué a respirar.

Se escuchaban pasos. Tan solo nos quedaban unos instantes.

—La poción debería haber hecho efecto —dijo Aleister, en voz alta—. ¿Estás preparada?

—Hazlo de una maldita vez —susurré.

Entonces, su mano rozó la Piedra y yo me precipité hacia delante, sin fuerzas. Adam me envolvió en un abrazo cálido en el preciso momento en que varios Vigilantes se precipitaban al interior del osario. Entre parpadeos, con la mejilla apoyada en el pecho de Adam, escuchando rugir su corazón, vi cómo formaban una hilera ordenada por toda la estancia, rodeándonos. Tras ellos, apareció Anthony Graves, con el cabello revuelto y el cuello de la camisa doblado por las prisas.

Sus ojos, enrojecidos, se clavaron en nosotros. O, mejor dicho, en mí. Y en mi túnica rasgada, que dejaba parte de mi piel pálida al aire, cerrada de nuevo.

Mi corazón latía a toda velocidad y, de alguna manera, parecía más ligero. Más mío.

—Habéis cometido un error terrible al acudir aquí esta noche. —El Miembro Superior avanzó un paso y se colocó delante de los Vigilantes, que permanecían inmóviles tras sus máscaras doradas—. No sé muy bien qué es lo que pretendíais, pero no os ha salido bien.

Aleister movió el brazo con disimulo, pero no pudo evitar que el resplandor de lo que escondía entre sus dedos llamara la atención del hombre. Un latigazo de pánico y anhelo agitó su expresión.

—Entrégamela, joven —pronunció, muy despacio. Extendió la mano frente a sí. Esta le temblaba con violencia—. No sé quién eres, pero deberías colaborar antes de que este sinsentido condene tu vida.

Aleister esbozó una sonrisa artera y echó hacia atrás su flequillo ondulado, de forma que su cara quedase totalmente descubierta.

—¿De veras no sabe quién soy? —susurró.

Vi el cambio en sus ojos claros. En cómo su piel palidecía para después adquirir un matiz verdoso. Anthony Graves no era mucho menor que Serena Holford, así que el nombre de Aleister Vale le era conocido. Había crecido escuchando su nombre, viendo sus fotografías y sus retratos.

Por supuesto que sabía quién era.

—No… —jadeó—. No puede ser.

Aleister propinó unas palmaditas en el bolsillo de su túnica, antes de añadir con una sonrisa:

—Con esto, *todo* puede ser.

Nos miró fugazmente a Adam y a mí por encima del hombro. Era el momento de escapar y aprovechar la estupefacción de todos.

Pero, de pronto, una fuerte corriente de magia sacudió todas las velas encendidas del osario de la capilla. Unos pasos acelerados llenaron el lugar y, entonces, aparecieron dos figuras más por la escalera de caracol, acompañadas de sus Centinelas.

Serena Holford y Claude Osman.

Mis dedos se crisparon y arrugaron la túnica de Adam, mientras Aleister retrocedía y nos miraba de soslayo.

Serena Holford miró a un lado y a otro, y avanzó de inmediato para colocarse entre los dos claros bandos que dividían la estancia.

—¡Alto! —exclamó—. Todos quietos. Que nadie se atreva a pronunciar ni un maldito hechizo.

Anthony Graves logró apartar por fin la mirada de Aleister y la clavó en su compañera.

—¡Esto es ridículo, Serena! —escupió, agitando la mano en nuestra dirección—. El enemigo está destruyendo nuestra ciudad. ¿Es que no oyes las bombas? ¡Ya no solo se trata de los Sangre Roja! Se trata de nosotros, de cómo podemos hacer que esta guerra se acabe.

Dio un paso al frente y Claude Osman lo imitó, con las manos una muy cerca de la otra, listo para pronunciar cualquier hechizo.

—No voy a poner en riesgo la vida de más Sangre Negra para conseguir algo que ni siquiera debería existir —contestó ella; parecía tranquila, pero sus brazos estaban contraídos, listos para usar la magia—. Esto se acaba aquí, Anthony. Vigilantes…

Los enmascarados se miraron entre sí, dubitativos. Algunos avanzaron en dirección al Miembro Superior, pero otros no se movieron.

El hombre negó con la cabeza y golpeó la vitrina llena de huesos con el puño cerrado, una y otra vez.

Un par de huesos cayeron al suelo.

—¡No, no! Esto está lejos de terminar. —Alzó el índice y me señaló con él—. El proceso que creé *funciona*. Ellos tienen la Piedra Filosofal. He *visto* cómo la separaban de su corazón. Él la tiene.

Serena Holford giró la cabeza con brusquedad y dejó quietos sus ojos verdes en los celestes de Aleister. Parecía a punto de hablar, pero, como Anthony Graves, se quedó paralizada al observar de cerca su rostro.

Sentí cómo Adam se ponía en pie con un movimiento silencioso; era la señal para marcharnos.

Todavía mareada, busqué su mano para incorporarme. Sin embargo, él se apartó de mí sin mirarme siquiera.

—¿Adam? —susurré, confundida.

Aleister retrocedió un paso y se topó con el pecho de Adam. Volvió la cabeza, extrañado, y separó los labios.

Aunque no llegó a decir ni una sola palabra.

¡Ahaash!

La maldición salió escupida de los labios de Adam como el siseo de una serpiente.

Vi un destello rojo y una salpicadura de sangre me cubrió los ojos. Aleister ni siquiera tuvo tiempo de gritar. Apenas llegó a dedicarme una mirada de sorpresa antes de caer hacia atrás, a los pies de Anthony Graves.

39

El Favorito del Infierno

La sangre caliente escapaba sin control del pecho de Aleister mientras la mía se convertía en hielo en las venas.

Me quedé paralizada, incapaz de reaccionar, mientras Adam, con presteza, se arrodillaba a su lado, sin importarle que la sangre que cubría el suelo le manchase las rodillas.

Siete fue rápido. Sus dientes letales se clavaron en el cuello de un Tānlan que seguía manteniendo su forma felina y lo arrojaron contra una de las vitrinas llenas de huesos. El cristal se rompió, y su cuerpo desmadejado quedó enterrado bajo las calaveras que cayeron al suelo.

—*Atrae* —murmuró Adam.

Del bolsillo de la túnica de Aleister escapó la Piedra Filosofal. Y, mientras la observaba, recordé de pronto aquella escena de madrugada meses atrás. Era muy parecida a la que ahora estaba presenciando. Un chico con el pecho abierto en el suelo, moribundo. Una esfera redonda y resplandeciente, manchada con su sangre. Los mismos personajes, en distintas posiciones.

Aleister alzó las manos, confundido. Parecía desesperado por ponerse en pie, pero no podía doblar el tronco, no podía hacer nada más que no fuera mirar a un lado y a otro, a Anthony Graves y a Adam, mientras el brillo de sus ojos se iba apagando.

—No… —jadeé, aunque mi voz ni siquiera se oyó por culpa de los estruendos de las bombas que sonaban no muy lejos del osario—. No, no, no, no, no…

Adam me ignoró. Con las mismas zancadas que antes había utilizado para besarme una última vez, se plantó frente a un Miembro Superior.

Sentí que el mundo se tambaleaba. Que mi corazón se desangraba de la misma forma en que lo hacía el de Aleister.

—Es tuya.

Adam extendió la mano con la Piedra Filosofal a Claude Osman.

A Serena Holford se le escapó un gemido estrangulado a la misma vez que Anthony Graves gritaba:

—¡Maldito traid…!

¡Ahaash!

La cara del hombre se cubrió de rojo y sus brazos cayeron lánguidos, a ambos lados del tronco. La cabeza se quedó colgando de solo una tira de carne y tendón, en un ángulo extraño, y su boca, abierta en una palabra que nunca terminaría de pronunciar.

¡Lne…!

Serena Holford fue rápida, pero Claude Osman la esperaba también. La apuntó con el índice y, antes de que ella terminara de pronunciar su maldición, él pronunció otra.

Set

La mujer cayó hacia delante, con un agujero visible en la espalda de su túnica.

Grité, horrorizada, cuando vi la sangre. Sangre, sangre y más sangre. Todo estaba impregnado de ese maldito color rojo, pegajoso y caliente, que parecía adherirse a mis pulmones, a mi garganta, y me impedía respirar.

Mis ojos se volvieron, enloquecidos, hacia esa hilera de Vigilantes que no se movía ni un maldito ápice.

—¿¡Qué estáis haciendo!? —aullé—. ¡Apresadlo, Maldita Sangre!

Ellos permanecieron tan inmóviles como las estatuas de un cementerio.

Claude Osman se acuclilló para estar a mi altura, mientras Adam seguía a su lado, como un perro fiel, con la Piedra Filosofal bien aferrada entre sus dedos. Los ojos castaños del Miembro Superior, que siempre me habían parecido prudentes, ahora poseían un brillo salvaje. Su sonrisa contenida estaba ahora desbordada. Su boca parecía casi tan grande como la de un Demonio.

—Todos los Vigilantes están bajo mis órdenes —dijo, con voz suave—. Al fin y al cabo, fui uno de ellos durante varios años. Sé dónde reside su lealtad.

—¿Qué? —jadeé. La cabeza me dolía. Me iba a estallar. No necesitaba que me lanzaran ninguna maldición, ya me estaba desangrando por dentro.

Él no me contestó. Simplemente, miró a Siete, que se había acercado al cuerpo inerte de Serena Holford. Seguía de espaldas, exactamente en la misma posición en la que se había derrumbado.

—Está muerta —informó.

No podía creerlo. Por mucho que quisiera, no podía hacerlo. El mareo solo se intensificaba. El dolor nublaba mi vista. Intenté ponerme en pie, pero no pude. Así que me arrastré por ese suelo ensangrentado hasta llegar al cuerpo de Aleister. Él todavía permanecía consciente, aunque su piel tenía el color de los huesos que ahora enterraban a Tānlan.

Coloqué mis manos temblorosas sobre él.

Carne a la carne, sangre a la…

—Ya no tienes la piedra en tu interior —me interrumpió Claude Osman—. Esa herida es demasiado profunda. Con un conjuro de sanación tan básico no podrás salvarle la vida.

—¡Cállate! —grité, aunque tenía razón.

Clavé la mirada en esa esfera perfecta y brillante que los dedos de Adam sujetaban con tanta fuerza, y deseé tenerla de nuevo dentro de mí, desatar todo su poder sin control alguno. Daba igual que eso me matara, que destruyera este maldito lugar. Solo quería despedazarlo. Quería hacerlo saltar por los aires. A él y a Claude Osman. Quería asesinarlos con mis propias manos.

Pero había perdido mi oportunidad. No era una mala Sangre Negra, pero Adam había sido el mejor alumno de mi curso con creces y Osman era… un Miembro Superior. El mayor representante de la magia en nuestro mundo. No podía vencerlos. Ya no.

El Miembro Superior pisó la sangre que cubría el suelo y se volvió hacia Adam, que permanecía en silencio y un tanto apartado, como si esperase instrucciones.

—¿Cómo supiste que era yo? —Había verdadera curiosidad en su voz—. Ni a ti, ni a ninguno de los Favoritos, les mostré nunca mi rostro.

Adam no pestañeó cuando respondió. De nuevo, era el alumno perfecto ante la pregunta de su profesor.

—Usted fue uno de los Vigilantes a los que Anthony Graves ordenó averiguar el paradero de la Piedra Filosofal. El otro fue Henry Salow, ¿me equivoco?

Claude Osman no respondió inmediatamente, pero sus labios se estiraron un poco más.

—No recuerdo haberlo visto, pero debió haber venido al funeral de mis padres. Tuvo que verme leyendo aquel libro sobre objetos de leyenda —continuó Adam—. Era amigo del director de la Academia Covenant, así que la visitaba de vez en cuando. Conocía su ubicación y las formas de entrar, de día o de noche. El director Wallace era un bocazas, así que en algún momento le contó dónde el escudo que cubría la Academia era más débil. Vio el potencial que suponía un lugar así, tan lleno de las vidas que podía entregar a los Dioses del Infierno.

Las manos de Aleister apretaron sin fuerzas las mías, como si estuvieran intentando consolarme. Bajé la mirada llena de lágrimas, pero no lo vi a él. Recordé de pronto las veces que había visto a Claude Osman pasear por la Academia, al lado del director, saludando a unos y a otros. Recordé su expresión descompuesta cuando acudió al día siguiente de la Tragedia. Sus ojos rojos. Su voz temblorosa y llena de emoción cuando se dirigió a los alumnos y profesores que allí nos encontrábamos, con Anthony Graves a su espalda, prometiendo hallar a los culpables y hacerles pagar por ello.

—Debía tratarse también de alguien importante dentro del Aquelarre, ya que todos los Favoritos elegidos para abrir los Infiernos formaban parte de las esferas más altas —continuó Adam, sin vacilar—. Supongo que le fue fácil tomar desprevenida a Agatha Wytte. Como su compañero, debía conocer bien sus horarios. A qué hora entraba en la Torre de Londres, a qué hora salía. Asesinarla era un sacrificio perfecto para Lucifer, el Dios Demonio del Infierno de la Soberbia.

Porque esa era la característica que resbalaba como aceite de cada centímetro de Claude Osman. Soberbia, que había estado hasta ese momento escondida tras una capa de falsa comprensión y paternalismo.

Mis manos convulsas debían apretar demasiado las de Aleister, pero él no se quejó. No le quedaban fuerzas para ello.

—La propia vestimenta de los Favoritos es una especie de homenaje a los Vigilantes, de hecho —añadió Adam. Miró de soslayo las figuras silenciosas y cubiertas con velos, que seguían inmóviles, a la espera de instrucciones.

Claude Osman se mantuvo un momento más en silencio antes de asentir con energía y sonreír, como si a su espalda no hubiera dos cadáveres desangrados. Uno de ellos, con la cabeza prácticamente separada del cuerpo.

—Sabía que no me equivocaba contigo, Kyteler. Tu sangre te precede —dijo, con verdadera alegría, aunque luego frunció un poco el ceño para añadir—: Sentí la pérdida de tus padres. Anthony cometió un error al encargarle a Salow que los asesinara. Tomó demasiadas malas decisiones. Estaba tan obsesionado con la Piedra que no se daba cuenta de todo el rastro que dejaba tras él. Era arrogante, pero no tan inteligente para saber que conseguir algo así... —El hombre alzó la mano para que la luz de las antorchas se reflejara en la esfera brillante que sostenía entre sus dedos— requiere mucha, *muchísima* paciencia. Infiltrarse en la sociedad. Sembrar semillas en la mente de la población. Cuestionar al gobierno. Y un gran cambio. Eso es lo que representan los Favoritos, un cambio de paradigma, de pensamiento.

—¡Los Favoritos no son más que un puñado de asesinos! —escupí. Notaba las mejillas en carne viva por culpa de las lágrimas que caían por ellas.

Claude Osman inclinó la cabeza en mi dirección y me dedicó una de sus expresiones compasivas, idéntica a la que me había regalado el día posterior a la Tragedia de la Academia Covenant.

—Para lograr grandes cambios, se necesitan grandes sacrificios. Soy consciente de mi responsabilidad, pero no podía haber sido de otra forma. Sé que no es capaz de entenderlo, señorita Shelby. Pero esto iba a ocurrir tarde o temprano, yo solo he sido... como el detonador de esas bombas Sangre Roja.

Desvió la vista para dejarla quieta sobre la figura de Serena Holford y lanzó un largo suspiro.

—Este sistema está caduco. Los Sangre Negra no podemos permanecer más en silencio. Escondernos, cuando somos realmente los únicos que podríamos ser los salvadores de esta maldita guerra. Aunque no deberíamos detenernos solo aquí —añadió. Hablaba con voz calmada, como si yo fuera una alumna a la que le costara entender la fórmula de una poción alquímica—. Ha terminado el tiempo de escondernos. De estar por debajo de los Sangre Roja, de limitar nuestro aprendizaje mientras el de ellos crece exponencialmente con cada día que transcurre. Debemos convivir con ellos. Y, si no aprenden a hacerlo, combatir, y vencerlos. Enseñarles cuál podría ser su lugar.

De pronto, Aleister se echó a reír. Sus carcajadas sonaron burbujeantes y se interrumpieron de golpe cuando se encogió de dolor. Me abalancé sobre él y lo incorporé un poco, para que pudiera escupir la sangre que le llenaba la boca.

Claude Osman se giró en su dirección, con el ceño levemente fruncido por la interrupción.

—Precisamente, por Sangre Negra como tú llevamos escondidos tantos años. Esta guerra ni siquiera te importa, es solo una maldita excusa. Tú no quieres convivir. —Sonrió, a pesar de que su pecho se movía cada vez con más trabajo—. Quieres *conquistarlos.*

Negué rabiosa con la cabeza y miré a Adam, que permanecía impasible, con Siete a su espalda, como una estatua monstruosa.

—¿Cómo puedes estar bajo las órdenes de alguien así? —siseé.

Él apretó un poco los labios, pero nada más. Osman contestó en su lugar.

—Entiendo que estés furiosa. Sé lo que sientes por él. —Otra vez esa sonrisa comprensiva que me estaba provocando náuseas.

Me envaré y mis brazos se quedaron rígidos en torno a Aleister. Esta vez fui yo la que no hablé.

—Sé que puede ser decepcionante, pero no debes tomártelo como algo personal. Todo estaba orquestado así, desde el principio.

El osario se sacudió bajo mi cuerpo, pero no por culpa de ninguna bomba. Mis ojos buscaron los de Adam, pero él se mantuvo con las manos detrás de la espalda y la cabeza gacha. O no era capaz de encararme... o ni siquiera le importaba.

—Cuando él me contó que la Piedra os unía de una forma extraña, a través de los sueños... supe que había que aprovechar ese extraño vínculo. Y, cuando vi en Wildgarden House tu reacción cuando lo ataqué..., supe que confiarías en él, hasta las últimas consecuencias. Y no me equivoqué.

Los dedos de Aleister presionaron los míos con suavidad, pero yo apenas fui consciente de ellos. Todo mi cuerpo se había cubierto de escarcha. Era incapaz de moverme, de hablar, de respirar.

Todo lo que había creído saber de Adam. Todo lo que había compartido con él. Todo lo que creía que había significado... era mentira. Era total y absolutamente mentira.

—Tranquila —susurró de pronto Aleister.

Bajé la mirada hacia él, y me di cuenta del matiz grisáceo que se había adueñado de sus labios. De la languidez de sus extremidades. De su sangre, que empapaba mis piernas y se había vuelto fría.

—No te mueras —supliqué, estrechándolo contra mí—. No te mueras, por favor. No te mueras.

Aleister Vale no merecía perder la vida así, después de haber luchado tantos años para destruir la Piedra Filosofal. Sin conseguir redimirse, sin contar su verdadera historia, sin encontrar algo más que mi amistad, de la que ahora me daba cuenta de que ni siquiera había estado a la altura.

—Liang, confía en mí —pronunció él, con sus últimas fuerzas. Me incliné para colocar mi oído junto a sus labios. Su voz era apenas un murmullo a punto de extinguirse—. Cuando nosotros estamos juntos... somos capaces de hacer cosas extraordinarias.

—No, no, Aleister. No, por favor —farfullé.

Pero esta vez él no contestó, y dejé de sentir el latido en sus muñecas mientras nuevas lágrimas me resbalaban por la cara.

De soslayo, vi las botas de Claude Osman acercarse a mí. Eran apenas un borrón oscuro entre tanta sangre roja.

—Debemos llevarnos su cadáver —dijo—. Mostrarlo a todos aquellos que nieguen la existencia de la Piedra Filosofal o duden de su poder.

Adam asintió una sola vez e hizo un gesto a su Centinela. Siete se colocó junto a mí y abrió sus enormes fauces para envolver el cuerpo de Aleister entre ellas.

—¡No! —chillé—. *¡Repe...!*

—*Impulsa* —soltó Adam.

Una fuerte corriente mágica me empujó hacia el otro extremo del osario. Rodé por encima de huesos y del cadáver de Serena Holford hasta que me golpeé contra la pared. Entre resuellos, mareada, vi cómo Siete me daba la espalda y se adentraba a la fuerza por las escaleras de caracol que ascendían, destrozando las paredes a su paso.

La desolación me sepultaba. Era incapaz de moverme. Solo podía observar cómo la mano de Aleister se balanceaba sin vida de un lado a otro, antes de que las tinieblas la engulleran. Y, cuando desapareció, seguí ahí, quieta, respirando con dificultad y con la cara empapada.

Ni siquiera levanté la mirada cuando Claude Osman se plantó frente a mí.

—¡No! —oí que exclamaba Adam.

Ese grito logró que parpadeara. Me encontré con la mano del Miembro Superior a apenas unos centímetros de mi frente.

Él miró hacia Adam, al que parecía haberle vuelto algo de vida a su semblante sin emoción.

—Me prometiste que la dejarías en paz —dijo, dando un paso adelante.

—¡No quiero tu maldita piedad! —chillé, aunque él ni siquiera pestañeó.

Claude Osman torció un poco el gesto.

—No me digas que realmente sientes algo por ella. —Había hastío y decepción en sus palabras.

Yo clavé la mirada en Adam, que me la devolvió. Fría y oscura, dos piedras de ónice afiladas.

—Han muerto muchos. Quedan muchos más, pero ella no tiene por qué perder la vida. —De pronto, sacudió la cabeza y apartó la mirada con una media sonrisa socarrona—. Puede estar rabiosa, pero no es peligrosa. Su familia no tiene apoyo, poder ni riquezas. Ni siquiera sabe crear un maldito Homúnculo. —Sus ojos me apuñalaron una última vez antes de apartarse y arrancarme el corazón—. No es *nadie*.

El Miembro Superior dudó solo un instante antes de bajar la mano y girar la cabeza. Ni siquiera me consideraba peligrosa.

—Puede que tengas razón —dijo, a la vez que apoyaba la yema del dedo sobre mi frente—. Pero no quiero arrepentirme después.

Ahaash

No sentí nada.

Cuando el dolor llegó, yo ya estaba muerta.

40

EL PECADO DE LA SOBERBIA

Las palabras de un encantamiento que nunca había oído llenaban mi cabeza, me devolvían poco a poco la conciencia.

Llamo a la sangre, para que vuelva a su hogar.
Llamo a los huesos, para que se transformen en raíces.
Llamo a los tejidos, para que se conviertan en un sustento fuerte.
Llamo al corazón, para que vuelva a latir
fuerte, rápido y libre.

—Me alegra saber que el Aquelarre sabe hacer algo útil —comentó una voz conocida, ronca y desagradable.

Escuché un siseo de advertencia, pero nada más. La otra voz seguía concentrada en ese encantamiento, que repetía una y otra vez, con voz suave. No sentía dolor, solo una tibieza intensa que nacía en mi frente, llegaba hasta mis ojos y se derramaba por ellos como lágrimas hasta empapar el resto de mi cuerpo.

El calor me asfixió tanto que tuve que separar los labios para aspirar una bocanada de aire.

—Bienvenida de nuevo a la vida, Liang —saludó Tānlan.

—Creo que puedo decir lo mismo —balbuceé.

Pestañeé y tardé en enfocar la mirada. Tres borrones se inclinaban en mi dirección. El primero era Tānlan, bajo su forma felina, pero con el pelaje pardo lleno de tanta sangre seca que parecía negro. El segundo era el Centinela de Serena Holford, con sus ojos sibilinos observándome con curiosidad. Y el tercero era nada más y nada menos que su compañera que, pálida y despeinada, me dedicó una pequeña sonrisa de orgullo.

—Pensé que estaba muerta —murmuré, mientras el rostro de la mujer se iba haciendo cada vez más nítido.

—No me gusta presumir, pero soy una Sangre Negra muy poderosa, señorita Shelby. Y terriblemente inteligente, además —añadió, mientras apartaba las manos de mí—. Aunque pensé que ni siquiera un encantamiento tan poderoso de curación la salvaría.

Me llevé la mano a la cara y sentí la marca de decenas de símbolos alquímicos repartidos por toda ella. Debía tener el rostro repleto de sangre.

—No sé si tiene mucha suerte o muchos secretos —acotó, antes de levantarse con dificultad.

Su Centinela agachó la cabeza para que ella pudiese sostenerse en él e incorporarse. Tenía su túnica de Miembro Superior agujereada por culpa de la maldición, pero la piel que se veía tras la tela rasgada estaba entera.

—Espere aquí, mientras reúno toda la ayuda que pueda. Ya ha hecho más que demasiado —dijo. A cada palabra que pronunciaba, su voz sonaba más fuerte—. Están bombardeando los alrededores de la Torre de Londres, así que si lo que quiere demostrar Claude es el poder de la Piedra Filosofal, no se irá muy lejos de aquí.

Como si fuera una respuesta a sus palabras, una explosión ensordecedora llegó desde algún lugar cercano. La capilla tembló entera, y otra fila de cráneos cayó al suelo, rompiéndose en mil pedazos.

—Espere —dije. Me incorporé un poco, a pesar de las súbitas náuseas que me atacaron. Apreté los dientes y continué—: La Torre está repleta de Vigilantes que pertenecen al bando de Osman.

—Sí, gran parte de ellos están aquí, pero no todos —recalcó, con una media sonrisa—. Sé que algunos Vigilantes son leales a mí, así como los guardias, los Consejeros y el resto del personal. Los Favoritos del Infierno han envenenado al Aquelarre, cierto, pero estoy segura de que todavía quedan sectores sanos. Sangre Negra que acudirán a mi llamada.

Asentí, mientras ella hacía un gesto a su Centinela y se dirigía renqueante a las escaleras de caracol, repletas de escombros y huesos rotos. Apenas se detuvo para dirigirle una mirada al cadáver de Anthony Graves.

—Enviaré ayuda en cuanto pueda —me aseguró—. Espere y no se mueva.

Yo asentí, aunque ella ni siquiera me miró. Aceleró el paso y desapareció junto a su Centinela por los escalones medio derruidos. Apenas unos segundos después, sus pisadas desaparecieron y no quedó más que un súbito silencio.

Tānlan miró la salida del osario y después me miró a mí. Su boca, manchada de sangre, me sonrió.

—¿De verdad te vas a quedar aquí?

—Maldita Sangre, por supuesto que no.

Él aferró con sus colmillos la manga de mi túnica y tiró con sorprendente fuerza para ponerme de pie. Yo me quedé unos segundos quieta, insegura, antes de bajar la vista hacia mi compañero Demonio.

—Vamos a acabar de una vez con todo esto.

El cielo se había convertido en un avispero de metal y fuego.

El ruido de los motores nos envolvió en cuanto pisamos el patio de la Torre de Londres. Por encima de mi cabeza, podía ver las alas metálicas cortar el cielo nocturno. Claro y limpio, donde una luna alumbraba todo con un resplandor frío y plateado.

Una bomba había caído en uno de los extremos del patio, y había volado parte de una de las murallas interiores.

—¡Cuidado! —gritó de pronto Tānlan.

Seguí su mirada y vi algo enorme caer en picado hacia la Torre Blanca, seguido de un silbido mortal. Sin embargo, no llegó a tocarla. Alguien gritó un encantamiento que no pude escuchar y vi cómo la bomba se detenía en mitad del aire, para salir de pronto propulsada por encima de los muros del castillo.

Un destello anaranjado, infernal, alumbró durante un instante el lugar.

—Han eliminado el escudo mágico que protegía el castillo —dije, mientras retomaba el paso—. Para Osman sería maravilloso que la Torre de Londres quedara reducida a cenizas. Quiere que los Sangre Negra se sientan atacados. Quiere encolerizarlos lo suficiente como para que apoyen su ataque y el uso de la Piedra.

La explanada de hierba frente a mí se encontraba totalmente desierta. Ni fantasmas, ni cuervos. A lo lejos, a los pies de la Torre Sangrienta, podía ver un cúmulo de figuras apiñadas. Sus túnicas apenas resaltaban bajo la luz plateada de la luna. Vigilantes a las órdenes de Osman. Entre ellos, alas inmensas, gruesas patas y ojos bestiales, decenas de Centinelas en sus formas originales. Muchos de ellos de los propios Favoritos, que ya no tenían por qué ocultarse ahora que sus identidades habían sido descubiertas.

Solo unas pocas se agrupaban algo más alejadas, atentas al cielo y al pasar de los aviones.

De Serena Holford y los posibles aliados no había ni rastro.

—Están allí —murmuró Tānlan.

Seguí el rumbo de sus ojos verdes y conseguí vislumbrar a varias siluetas recortadas contra el cielo. Esperaba ver solo a Claude Osman, quizá también a Adam, pero había un total de cuatro más.

—El resto de los Favoritos —masculé, cuando reconocí las máscaras que les llegaban hasta los ojos—. Los ha sacado de las celdas.

Claude Osman no llevaba la suya puesta, pero era el reflejo perfecto del Dios Demonio en cuyo Infierno se había adentrado hacía meses. Aunque no podía verle la expresión por culpa de la distancia y la oscuridad, estaba segura de que estaba sonriendo.

La soberbia se demostraba con palabras. Y Claude Osman parecía listo para dar un buen discurso.

—Esta noche comenzará el cambio —dijo, con la voz modificada por el encantamiento que siempre utilizaba cuando iba enmascarado—. Demostraremos que somos necesarios en esta guerra. Que todo poder que existe debe ser utilizado por nosotros, sus creadores. Y si eso es algo que no acepta nuestra sociedad, ni la sociedad de los Sangre Roja, ambas deberán, por tanto, *cambiar*.

Otro avión pasó por encima de nuestras cabezas.

—Tenemos que llegar hasta él —susurré.

Tānlan asintió y, en apenas un parpadeo, su tamaño se multiplicó hasta adquirir su forma original, con su piel rojiza y sus largos cuernos. Me dedicó una sonrisa monstruosa cuando se arrodilló junto a mí y plegó un poco sus cuatro alas para que yo pudiera subirme a su espalda.

—Será mejor que te sujetes bien. No querrás caerte, ¿verdad?

Le gruñí por toda respuesta y repté por su piel dura como la piedra hasta envolver su grueso cuello con las manos. Los cuernos largos y retorcidos estaban cerca de mi cara. Apestaban a azufre.

Tānlan batió una sola vez sus cuatro alas, pero salimos propulsados hacia el cielo nocturno con violencia. Tuve que aferrarme con brazos y piernas para no resbalar.

Él se inclinó hacia delante y estabilizó el vuelo, unos metros por encima de la Torre Blanca, la edificación más alta del castillo. Desde donde me encontraba, podía ver perfectamente a Claude Osman sobre el tejado de la Torre Sangrienta, con los Favoritos a un lado y el cadáver de Aleister Vale al otro, todavía entre las fauces de Siete.

Tānlan sobrevoló los muros exteriores y, en silencio, aterrizó sobre la Puerta de los Traidores, en el muro más exterior de la Torre, a espaldas de donde se reunían los Favoritos.

Como habían echado abajo todas las barreras, nadie nos detectó.

Arrodillada sobre el techo de piedra, avancé hasta quedar prácticamente al borde del precipicio. Desde allí, estaba lo suficientemente cerca como para oír las palabras de Claude Osman.

—Esta es solo una de las consecuencias de los efectos de la Piedra Filosofal. —El Miembro Superior señaló con el índice el cadáver de Aleister y Siete lo dejó sobre el techo de la torre, con cuidado—. *Asciende.*

Apreté los dientes con rabia cuando vi el cuerpo de mi amigo flotar en el aire, con las extremidades meciéndose sin fuerzas y la cabeza gacha. Su cabello ondulado se columpiaba ligeramente por la brisa nocturna.

—¡Mirad su cara! ¿La reconocéis? Estoy seguro de que más de uno la ha visto en un códice de Historia.

Hubo un momento de estupor antes de que los murmullos se alzaran en la noche. Podía imaginarme las expresiones de sorpresa y fascinación tras las máscaras de los Favoritos y los velos de los Vigilantes.

—Todo el mundo creía que Aleister Vale había muerto en la cárcel de Sacred Martyr muchos años atrás, pero lo que vimos no fue más que una copia, un Homúnculo creado con el poder de la Piedra Filosofal. —Claude Osman agitó la mano y el cadáver de Aleister volvió a caer al suelo, desmadejado—. Su vida quedó congelada en el mismo momento en que la Piedra se unió a su corazón.

Más murmullos. Tragué saliva con dificultad y mis dedos se clavaron en la piedra.

—Ya tiene las voluntades bajo sus manos —susurró Tānlan, con su voz cruel—. Les ha ofrecido lo que cualquier Sangre Negra o Sangre Roja podría desear: poder ilimitado e inmortalidad.

No respondí. Solo tenía ojos para Claude Osman, que había estirado la mano en dirección a Adam. Este, sin dudar, depositó una esfera sobre sus dedos. A pesar de la distancia, y de que la Piedra era del tamaño de una nuez, su resplandor llegaba hasta nosotros. Cálido, atrayente y mortal.

Sentí cómo mi corazón golpeaba contra mis costillas.

—Es hora de que lo que nos han ocultado salga a la luz. —Claude Osman cerró su mano en torno a la Piedra Filosofal y se la llevó a los labios. Nadie se movía; todos, tras los velos y las máscaras, tenían la vista hundida en él. Incluso Adam, que observaba al líder de los Favoritos sin parpadear. Incluso Aleister, que, al caer, había quedado con la cara girada hacia Osman—. Es hora de cambiar el curso de esta guerra.

Y el momento que había estado esperando llegó. Claude Osman abrió la boca y se tragó la Piedra Filosofal de un solo bocado.

Sentí cómo Tānlan se tensaba a mi lado.

—¿Lista? —murmuró.

Yo no contesté. Si lo hacía, vomitaría mi propio corazón. Así que, en vez de separar los labios, pensé:

Enciende.

El fuego ardió de pronto en todas las antorchas, candelabros, velas y arañas de la Torre de Londres. Rodeado de una ciudad tan oscura, el castillo se convirtió en un faro en mitad de la tempestad.

Una ola de confusión sepultó a todos los presentes. Claude Osman y todos los Favoritos se agitaron y se miraron entre sí, confundidos, antes de que uno de ellos me viera de pie en la muralla, con la luz del fuego alumbrándome desde abajo.

Claude Osman me observó durante un instante, boquiabierto.

—Es imposible —lo oí farfullar.

Yo le dediqué una mirada burlona.

—Con la Piedra Filosofal, nada lo es.

En el momento en que se dio cuenta de lo que ocurría, Siete abrió las fauces y clavó sus largos colmillos en la piel escamosa del Centinela de Osman, que aulló de dolor. Adam se volvió a los Favoritos, los mismos que antes habían sido sus antiguos compañeros, y gritó:

—*¡Golpea!*

Dos fueron empujados por el hechizo y cayeron desde las alturas al duro suelo de la Torre. Los restantes fueron lo suficientemente rápidos como para conjurar un «Repele» a tiempo.

Los Vigilantes gritaron y hundieron sus Anillos de Sangre en la palma de sus manos.

—¿Kyteler? —fue lo único que alcanzó a decir Claude Osman.

Él se limitó a dedicarle una mirada oscura. Quien le contestó fue el supuesto cadáver que yacía a su izquierda, tumbado de lado, y que acababa de pestañear y sonreír.

—Kyteler —repitió Aleister, mientras apoyaba un codo para incorporarse y añadir—: Shelby y Vale. Juntos siempre hemos conseguido cosas extraordinarias.

Séptima parte

A CORAZÓN ABIERTO

SEGUNDA SEMANA DE OCTUBRE.

1940.

Terrenos de la Academia Covenant
Junio, cuatro meses antes

Me encontré con Adam al pie de uno de los acantilados de Seven Sisters. Desde allí, podía verse la Academia Covenant. Él estaba de espaldas a ella. El aire salobre lo golpeaba en la cara y sacudía su cabello negro.

Su máscara de Favorito del Infierno yacía en el suelo.

—Hola, Siete —dijo, sin mirarme.

Hablé antes de que preguntara.

—Liang está a salvo. —Adam soltó el aire de golpe, como si hubiese estado conteniéndolo toda la noche. Dudé un instante, antes de añadir—: Pero te vio. Sabe que formas parte de *ellos*.

Sus manos se cerraron en dos puños convulsos, pero solo durante un instante. Respiró hondo y se giró por completo para observar las luces encendidas de la Academia a lo lejos. Me dolió ver su expresión rota. Sus labios retorcidos en una media sonrisa desgarradora.

—No importa. Sé que no volveré a verla. —Yo suspiré y froté mi cabeza blanca contra sus piernas, tratando de reconfortarlo un poco. Bajó la mirada para dedicarme una de sus pocas sonrisas, sin que la oscuridad de su interior la estropease—. Gracias por haber permanecido junto a ella esta noche.

Se llevó la mano al pecho, a su corazón. Sus ojos seguían clavados en la Academia Covenant, aunque sabía que no era un simple edificio lo que veía.

—La has conseguido… ¿verdad? —susurré—. Puedo sentir su poder.

Adam no contestó, pero se llevó la mano al bolsillo oculto de su túnica y extrajo una esfera perfecta, del color de un rubí, resplandeciente. Y que parecía latir como su propio corazón.

—Tu madre estaría orgullosa de ti —murmuré—. Has dado fin a su tarea pendiente.

—No, no lo creo.

Él se estremeció y bajó la mirada hasta la Piedra Filosofal que tenía entre los dedos.

—Esto no es más que el principio.

COMO EN LOS VIEJOS TIEMPOS

—¡Estás loco! —le había dicho aquella mañana en la cocina del Palacio de Kensington, mientras nos tomábamos un segundo té—. Y no me digas que eres Aleister Vale. Ese comentario ya no me vale.

—Ofrecerle la Piedra Filosofal a quien está desesperado por tenerla no es una buena idea —añadió Adam, con el ceño fruncido.

—Sé que es arriesgado —suspiró Aleister, antes de subirse de un salto a la encimera—. Pero es la única manera de conseguir destruirla. Si se la arrancamos del pecho a Claude Osman, se hará pedazos. Y con ella, su corazón.

Un estremecimiento me recorrió.

—¿Osman? —jadeé.

Tenía que haber oído mal el nombre. Él jamás había mostrado más interés en la Piedra que Serena Holford, lo único que había demostrado había sido su afán por destruirla. Había sido amigo del director Wallace, que había perecido durante la Tragedia de la Academia Covenant. Maldita Sangre, había recorrido muchas veces sus pasillos. Había hablado con los alumnos. Incluso lo había hecho conmigo, al día siguiente de la Tragedia.

—¿Estás seguro? —preguntó Adam, con la mirada entornada.

Aleister ni siquiera se lo pensó antes de asentir con gravedad.

—¿Y dónde deja eso a Anthony Graves y su interés enfermizo por la Piedra? —intervino Tānlan.

—No resto ni un ápice de culpabilidad a Graves. No le quito responsabilidad por todo lo que ha hecho por conseguirla —dijo Aleister, en voz baja, mientras miraba a Adam de reojo—. Pero ha sido tan obvio… ni siquiera se ha molestado en esconderse. Y, sin embargo, nadie lo ha arrestado. Solo hay sospechas sobre él, pero ninguna evidencia.

—Serena Holford no lo ha confrontado directamente, aunque tuviera la sospecha de que él podría ser el líder de los Favoritos —intervine, recordando de pronto.

—Porque no encontró nada tangible. No porque no lo hubiera, sino porque Claude Osman se ha encargado todo este tiempo de ocultarlo. —Aleister se llevó la taza a los labios y sorbió un poco de té antes de volver a hablar. La porcelana repiqueteó un poco sobre el plato—. Una cabeza que utilizar en el caso de que alguien sospechara de él. Ha sido como un cazador que, en vez de hostigar a su presa, la ha colocado delante de las fauces de otro depredador.

Negué con la cabeza y bajé de un salto de la encimera. Empecé a caminar de un lado a otro, con las uñas apretadas en las palmas de las manos. Se me hacía difícil hablar y respirar a la vez.

—Entonces lo que propones será mucho más difícil —farfullé—. ¿Y si… y si descubre que lo hemos engañado?

—No lo hará. Por dos razones. La primera: sabrá que hemos extraído una Piedra Filosofal porque será Anthony Graves quien se lo diga. Estaremos en su guarida, él será el primero en llegar. Osman no verá nada, pero sí creerá en las palabras de su colega. Y la segunda… —Tragué saliva con dificultad y permanecí en silencio, esperando—. Fue el encargado de adentrarse en el Infierno de la Soberbia. Es su mayor pecado y su mayor debilidad. No creerá que Anthony Graves esté mintiendo, ni que nosotros seamos capaces de engañarlo.

—¿Tan seguro estás de que Graves no descubrirá el truco? —susurró Adam, al cabo de un instante.

—¿Qué truco? ¡No habrá truco! —exclamó Aleister, con una sonrisa a la que solo respondió Tānlan con una mueca—. Anthony Graves, los Vigilantes que estén allí cuando todo suceda, *todos* verán una Piedra Filosofal, pero no *tu* Piedra Filosofal. Porque *no* llegaremos a separarla de tu corazón.

Entre sus manos, mostró la esfera dorada y candente que había estado unida a su vida durante tantos años. Estaba eufórico. Solo le faltaba subirse a la encimera de la cocina y ponerse a bailar sobre ella.

A cada palabra que pronunciaba, el corazón me latía más rápido. Sabía que no habría vuelta atrás, que aquella noche sería el fin. El de ellos, o el nuestro. Para bien, o para mal.

Sentí una punzada de dolor en la mano cuando hundí aún más las uñas en la piel, y me estremecí. Adam, a mi lado, me miró de soslayo y, con suavidad, abrió mis dedos agarrotados con los suyos y sujetó su mano con la mía.

—Anthony Graves tendrá demasiados cuerpos delante cuando llegue al osario. Pero le dará igual. Porque lo que realmente le importa *sí* lo verá. Parte de tu pecho abierto y una esfera dorada, resplandeciente, llena de un poder que lo ciega, al alcance de su mano. —La sonrisa de Vale era demasiado grande para sus labios—. Pensadlo. Podemos engañarlos a los dos. Los únicos que hemos visto la Piedra Filosofal que Liang lleva en su interior somos nosotros. Solo nosotros conocemos su aspecto, su color.

Él me miró a los ojos, esperando mi aprobación. Y yo, muy lentamente, asentí.

Aleister dio una palmada con energía y se giró para alejarse de nosotros, sin dejar de parlotear.

—Cuando Osman posea la Piedra en su interior, será cuando debamos atacar. Por mucho que la haya estudiado, no será capaz de controlarla, y eso provocará el caos. De eso estoy seguro. Es cuando debemos aprovechar el momento para acercarnos a él y arrancarle su maldito corazón. Y para eso, necesito que lo ataques, Liang. Tú tendrás la Piedra Filosofal todavía en tu interior, tendrás el poder suficiente para enfrentarte a él.

Tragué saliva, a la vez que Adam apretaba con fuerza nuestras manos.

—Yo estaré contigo. Solo tendrás que decirme qué necesitas de mí —susurró.

Aleister se dio la vuelta de pronto. Su sonrisa permanecía en los labios, pero no en sus ojos. Una ira descontrolada, decisiva, ardiente, oscureció sus iris celestes.

—Un último detalle. Yo le arrancaré el corazón. *Yo* seré el que destruya la Piedra.

Su voz sonó como el silbido de una serpiente, como el rugido bajo de alguna bestia, como un grito de guerra silenciado durante muchos años.

—Es *mía*.

Osman alzó la mano en el preciso instante en que Aleister deslizaba su dedo índice por su nuevo Anillo de Sangre, con el que se había hecho después de haber separado su corazón de la Piedra Filosofal.

¡Qhyram!

Apenas tuve tiempo de horrorizarme antes de que una explosión mágica, descontrolada y gigantesca, me lanzara por los aires.

Por suerte, la onda expansiva chocó contra el escudo mágico que había creado con el conjuro «Que los Demonios me guarden», y que había grabado en mi piel y en la de todos mis compañeros con el símbolo alquímico de la sal antes de abandonar el Palacio de Kensington aquella noche.

Viento que meces, hazme flotar como una hoja,
como una pluma, como un copo de nieve.

Murmuré el encantamiento a toda prisa y, en el momento en que estaba a punto de estrellarme con el duro suelo del patio de la Torre, la caída se detuvo de súbito y mi cuerpo fue depositado suavemente sobre él.

Resollé y levanté la mirada. Se me escapó una exclamación estrangulada cuando mis ojos se perdieron en el caos que me rodeaba.

La Torre Sangrienta había desaparecido, así como la puerta de piedra a la que estaba anexada. El daño de la explosión se había extendido hacia la Puerta del Traidor, que también había sufrido daños.

Algunos Vigilantes habían logrado protegerse, pero otros no, y lo que quedaba de ellos estaba regado como carnaza para los cuervos de la Torre de Londres. Algunos de los que lograron incorporarse se miraron antes de alejarse en dirección a las salidas que todavía seguían en pie.

Los Favoritos que continuaban con vida, ahora solo tres, habían perdido sus máscaras, y ahora podía ver sus expresiones pálidas y aterrorizadas, sin pintura blanca que las ocultase, observando el enorme hueco que había quedado en el terreno como consecuencia de la explosión.

Sin embargo, apenas tuvieron tiempo de recuperar fuerzas, porque en ese momento, Siete, en su forma original, se abalanzó sobre uno de los Centinelas y Adam, a salvo, con la túnica de falso Vigilante hecha trizas, salió de entre los restos de la Torre Sangrienta, escupiendo encantamientos y hechizos.

—Estará bien —dijo una voz.

Giré la cabeza para observar a Tānlan, que se encontraba a mi izquierda, en su descomunal forma original. Las comisuras de su sonrisa llena de colmillos le llegaban hasta los ojos.

—Lo sé —asentí, tratando de sonar segura.

—Pero Aleister sí podría tener problemas —comentó, con los ojos verdes hundidos en la polvareda que llenaba ahora el lugar donde había estado la Torre Sangrienta.

Fruncí el ceño cuando me pareció ver a una figura entre los restos, tratando de ponerse en pie. Asentí y, de un salto, me subí a la espalda de Tānlan, que corrió hacia el lugar a toda velocidad.

—*Disipa* —susurré.

Al instante, todo el polvo en suspensión cayó de golpe, cubriendo las piedras y la hierba de arena gris. Bajo una capa de ella, con el cabello rubio casi blanco, apareció Aleister Vale.

—¿Estás bien? —pregunté, mientras me acercaba a él.

No había sangre a la vista en sus ropas, pero cuando intentó responderme, empezó a toser.

—¿Sabes que Osman me mató? —le dije, mientras le ayudaba a erguirse del todo.

—Bueno, era un riesgo que podía ocurrir —contestó, con la voz un tanto ahogada—. Como esto. —Su vista se perdió entre los enormes escombros que nos rodeaban—. No ha dudado en utilizar una maldición. Ni siquiera se ha contenido al pronunciarla.

—Y por eso ha acabado así —susurró Tānlan, a nuestras espaldas.

Aleister y yo nos volvimos.

Apoyado en un fragmento de roca, entre trozos de madera y tela, se encontraba Claude Osman. O más bien, lo que quedaba de él.

Había un vacío en el lugar donde debía estar su brazo izquierdo y le faltaba el pie derecho. Su cara era un cuadro de piel rota y ensangrentada. Parecía inconsciente, pero Aleister y yo sabíamos que solo sería cuestión de tiempo que recuperase la conciencia.

Solo teníamos unos segundos antes de actuar.

Aleister respiró hondo y, con él, toda la furia y el deseo resbalaron de su mirada. No quedaron más que sombras en ellas.

—Hay algo con lo que deberíamos tener mucho cuidado.

Adam y yo esperamos, con el corazón latiendo en la garganta y las manos todavía unidas. Ni siquiera Tānlan soltó uno de sus comentarios.

—Estará tan furioso por haber sido engañado que no hará más que atacar y atacar —comenzó, mientras se acercaba poco a poco a nosotros—. Pero a pesar de todo el poder que posee, llegará un momento en que lo acorralaremos, o será su propio poder el que lo haga. Quizás acabe malherido, no lo sé. Pero en el instante en que ocurra, en el segundo en que vea su integridad en peligro, debemos atacarlo. Debemos actuar. No por temor a que nos responda con más embates, sino porque decida utilizar la

Piedra Filosofal para protegerse. —Aleister caminó hasta nosotros y se detuvo, antes de mirarme solo a mí—. Él conoce encantamientos de protección que tú no dominas, Liang. Encantamientos que quizá no puedas superar, ni siquiera con una maldición. Por eso, debemos evitar a toda costa que formule ni uno solo, ¿de acuerdo?

Ni siquiera vacilamos un instante. Todos asentimos.

—De acuerdo.

No utilicé un hechizo ni un encantamiento. No había tiempo. Necesitaba algo más definitivo.

¡Ahaa…!

—¡LIANG!

La voz se me entrecortó cuando giré la cabeza para observar las fauces de un Centinela en su forma original, apenas a un metro de distancia de mí. Vi la saliva arremolinándose entre los dientes afilados, vi la lengua larga, a punto de rozarme, y vi la piel dura y roja de Tānlan antes de que lo derribara con su cuerpo.

Yo caí hacia atrás, aturdida, y vi cómo los dientes del Demonio se hundían en el cuello del Centinela que me había atacado. Oí un grito y, en la lejanía, el cuerpo de un Favorito del Infierno cayó al suelo, muerto.

Pero todavía quedaban dos, que se habían deshecho de Adam y se dirigían a toda velocidad hacia nosotros.

Me incorporé de golpe en el momento en que Aleister alzaba las manos y los señalaba a ambos. En las palmas tenía dibujado el símbolo alquímico del carbono.

¡Que el mundo caiga!

El encantamiento tumbó a uno de ellos, pero el otro siguió adelante, con su Centinela en su forma original a su lado.

Aleister me lanzó una mirada antes de cruzar frente a mí y correr hacia él.

Yo volví a observar a Claude Osman, y parpadeé cuando me di cuenta de que un pie desnudo acababa de llenar el hueco que antes existía.

Él, de pronto, abrió los ojos y me miró.

Maldita Sangre, pensé, antes de que él gritara:

¡Lneth!

—*¡Repele!* —grité, porque el encantamiento de protección anterior ya había sido roto por la maldición «Qhyram».

Sentí cómo el nuevo escudo mágico se rompía en mil pedazos, y salí propulsada hacia atrás, rodando por encima de piedras, hierba arrasada y polvo. Solté un grito de dolor, pero me obligué a levantarme en cuanto dejé de rodar. Fuese cual fuere la herida, sabía que desaparecería en cuestión de segundos.

Como la de Claude Osman. Un Favorito estaba a su lado y lo ayudaba a incorporarse. Su brazo, a medio crear, estaba levantado y su muñón ensangrentado me señalaba.

¡Ahaash!

Yo grité a la vez:

¡Que los Demonios me guarden!

—*¡Repele!* —Otra voz se unió a la mía.

465

Giré la cabeza y me encontré con Adam a escaso medio metro de distancia.

La fuerza de la maldición colisionó contra nuestros escudos y nos empujó hacia atrás, pero esta vez mi encantamiento protector, aunque se rompió, sí soportó la acometida, y no recibimos daño alguno.

Toda la calma, toda esa comprensión y piedad casi paternal que siempre había embargado la mirada de Claude Osman habían desaparecido. Una soberbia y una rabia dolorosa habían arrasado con todo.

Adam tiró de mi brazo.

—Hora de correr —murmuró.

Yo asentí, mientras por el rabillo del ojo veía cómo Tānlan y Siete se abalanzaban sobre el Centinela y el Favorito que Adam había atacado, pero que habían regresado a la pelea. Aleister seguía enfrascado en la lucha con el otro Favorito que seguía en pie y su Centinela. Me lanzó una mirada llena de significado, mientras las maldiciones y los encantamientos lo rodeaban como destellos multicolores.

Esta vez, si la magia lo mataba, sería de verdad.

¡Ahaash!

Adam y yo nos arrojamos al suelo y la maldición roja pasó por encima de nuestras cabezas y golpeó la Torre Blanca, cortando sus piedras claras como si se tratase de mantequilla.

Con los ojos como platos, observé cómo parte del edificio caía tras un corte perfecto.

El polvo y el ruido nos envolvieron, y Adam y yo aprovechamos para correr y adentrarnos en él.

Sin embargo, las maldiciones no cesaron.

¡Set!

¡Ahaash!

¡Lneth!

No quedaban ya aviones sobrevolando la Torre de Londres. No había habido más bombas, pero el castillo estaba siendo totalmente destruido por la magia. Parte de las murallas habían explotado. Desde la propia calle, cualquier Sangre Negra podía ver las luces, los fulgores y la destrucción que seguía a nuestra magia.

Aleister había calculado mal el alcance que tendría Claude Osman, lo que sería capaz de hacer, de *arrasar*. No podíamos volvernos para contrarrestar su magia demoledora. No teníamos tiempo. Las maldiciones escapaban de su boca como la misma respiración. Solo conseguíamos huir. Esperar a que algo ocurriera. Una pequeña pausa. Lo suficiente como para que fuéramos capaces de responder. Al menos, hasta que Tānlan, Siete o Aleister llegaran en nuestra ayuda.

Adam tiró de mi brazo y me arrancó de la trayectoria que recorríamos para empujarme de pronto contra una pequeña muralla escondida que los propios escombros habían conformado al caer unos sobre otros.

—¿Qué haces? —pregunté, agitada—. ¿Has visto algo, o es que...? —Callé cuando me giré hacia él. No parecía estar prestando atención a mis palabras—. ¿Qué es lo que ocurre?

No contestó. Se limitó a encararme, con los ojos ardiendo. Entornó la mirada y, sin añadir palabra, se acercó a mí en dos rápidas zancadas. No tuve tiempo para preguntar de nuevo. Sus manos se aferraron a mis brazos y me empujaron hacia atrás. Habría tropezado de no haber sido por la fuerza con la que me sujetaba. Casi sentí los pies separarse del suelo.

Mi espalda se estrelló contra las rocas caídas. Intenté decir algo, aunque lo olvidé en el instante en que Adam hundió su boca en la mía, entreabriendo los labios, besándome como nunca lo había hecho.

Se llevó mi aliento con ese beso, mientras se adentraba una y otra vez, sin descanso, apretándose contra mí, abrazándome con esa necesidad en la que nos habíamos dejado arrastrar la noche anterior. Me besaba con un anhelo insano, desesperado, con las manos sujetas a mi nuca, acariciándola con una mezcla de rudeza y dulzura solo propias de él.

Apenas logré responder, su boca parecía en mitad de una batalla contra mi lengua.

Cuando por fin se separó de mí, lo hizo con ímpetu, retrocediendo un par de pasos. Jadeaba profundamente, con las mejillas enrojecidas y los labios inflamados.

Me observó con consternación un momento antes de acercarse de nuevo a mí. Me tensé, aún sin resuello y con las manos temblando. En mi turbulenta cabeza, una palabra hizo eco una y otra vez, sin descanso, aunque fuera imposible en la situación en la que estábamos.

Más. Más. Más.

Jamás habría pensado que unos labios pudiesen acariciar de aquella manera.

—Estás loco —acerté a decir, sin aliento y con una sonrisa rota—. Este no es un buen momento para hacer algo así.

—Te equivocas —contestó—. Es el más adecuado.

Sonreía. Adam estaba sonriendo. No con aquel gesto suyo, repleto de sarcasmo y rabia. Sonreía de verdad. Con un gesto claro y limpio, casi inocente.

Casi fue una ilusión. Porque, de súbito, la oscuridad y la cólera volvieron a su mirada y a su boca. Miró alrededor y me empujó abruptamente hacia atrás en el preciso momento en que un destello de color rojo golpeaba contra el muro en el que habíamos estado apoyados y lo hacía saltar por los aires.

—¡Rodeémoslo! —chistó Adam, antes de desaparecer de mi vista.

Yo me quedé quieta durante un instante, oculta entre los escombros. Dejé de respirar cuando, por mi derecha, escuché pasar a toda velocidad a Osman. No me llegó a ver. Con cuidado, me incorporé y estuve a punto de seguirlo. Pero entonces oí otro siseo arrastrarse hacia mí, para después alejarse. Con mucho cuidado, asomé los ojos tras las enormes piedras y vi al Centinela de Osman en su forma original seguir el camino que había recorrido Adam. Era tan enorme como un basilisco, pero se movía tan silenciosamente que no levantaba más que un murmullo.

Me quedé paralizada.

Adam estaba acuclillado, con la mano ensangrentada, listo para atacar a Osman, que se encontraba de espaldas a él a un par de metros, escudriñando el horizonte con ojos ávidos. Estaba tan concentrado en la figura del Favorito que no veía ese enorme cuerpo níveo arrastrarse hacia él.

Mi cuerpo se movió solo. Y lo hizo con demasiada brusquedad, porque un par de piedrecillas cayeron entre otras y rompieron el silencio que nos había envuelto.

¡Ahaash!

La maldición cortó por la mitad al Centinela. Este ni siquiera emitió un solo chillido. Simplemente, su largo cuerpo se dividió en dos partes y cayó al suelo.

Adam se volvió hacia mí, y leí su agradecimiento un instante antes de darme cuenta de que Claude Osman también me estaba mirando.

Cuando un Sangre Negra asesinaba a un Centinela, su compañero también moría. Pero Claude Osman tenía dentro de sí la Piedra. No podía morir. Aunque sí sentir la terrible pérdida.

Se plegó sobre sí mismo, como si estuviera a punto de perder el conocimiento. Sin embargo, consiguió mantenerse en pie y, con las manos aferradas a las rodillas, resollando, alzó de nuevo la mirada.

Y la hundió en Adam.

Separé los labios, pero Osman fue más rápido.

¡Set!

Adam gritó un «¡Repele!» a tiempo, pero un escudo creado por un simple hechizo no podía hacer nada contra una maldición. Sobre todo, contra una maldición llena del poder de la Piedra Filosofal.

Con un grito atrapado en mi garganta, vi cómo la maldición rompía el escudo, entraba por la sien izquierda de Adam y salía por la derecha, limpiamente, dejando una herida pequeña, casi invisible, pero mortal.

—¡ADAM! —grité.

Esta vez, él no me contestó. Las piernas le fallaron y cayó al suelo en el preciso instante en que yo me abalanzaba sobre su cuerpo.

Sus ojos estaban todavía abiertos cuando sujeté sus manos.

Una parte lejana de mi cabeza me advirtió de Osman, de su posición, a solo unos metros de mí. Me atacaría en cualquier momento, pero yo era incapaz de ver nada que no fueran los ojos de Adam, que se hacían más y más opacos.

Alguien gritó a lo lejos mi nombre, pero no me molesté en girar la cabeza.

—Saldrás de esta —jadeé, con mi frente apoyada en la suya. Mis lágrimas mojaron su piel—. Te lo prometo.

En sus pupilas apenas quedaba una mota de luz.

Sonrió y sus manos apretaron las mías por última vez.

Estaban heladas.

—Ya veremos —susurró.

42

Un corazón roto

Apenas fui consciente del borrón que pasó junto a mí, gritando mi nombre, sin que pudiese reaccionar. Tampoco lo fui de los resplandores de las maldiciones y los encantamientos, que sobrevolaron mi cabeza y estallaron a mi alrededor, destrozando aún más el patio de la Torre de Londres.

Me quedé quieta, junto a él, sosteniéndole unas manos que ya no se aferraban a las mías. Que caerían si las soltaba. Giré un poco la cabeza y encontré a Siete, a poco más de un metro de distancia, en su forma de gato blanco, tumbado de medio lado. Sin moverse.

De alguna absurda manera, esperaba que Adam abriese de nuevo los ojos. Que me volviera a dedicar otra de esas sonrisas eternas. Pero esto no formaba parte del plan. Esta vez no era una muerte planeada.

Por encima del ruido de los gritos y las explosiones, me pareció que alguien me llamaba por mi nombre. Una y otra vez, sin descanso. Pero estaba lejos, muy lejos. No, era yo la que me encontraba perdida en las profundidades del mundo, demasiado escondida para que nadie pudiera llegar hasta mí.

Pero entonces la enorme garra de Tānlan se posó en mi hombro. Y ese simple gesto, de golpe, me devolvió a la realidad. A una realidad en la que la noche era acuchillada con los colores de la magia y la sangre derramada.

—Tienes que moverte, Liang —susurró—. Aleister necesita tu ayuda. *Todos* necesitamos tu ayuda.

Giré la cabeza y tuve que parpadear para que las lágrimas dejasen de cubrir mi visión. Vi a Aleister recorrer las murallas de la Torre de Londres que todavía seguían en pie, huyendo de Osman. Pero no eran los únicos que corrían. Había nuevas figuras que antes no estaban. Uniformes de guardias del Aquelarre. Túnicas corrientes. Incluso Sangre Negra en pijama. Todos trataban de alcanzar a Claude Osman.

Serena Holford había llegado por fin con la ayuda.

Miré durante un instante más el rostro de Adam. Sus ojos cerrados y los labios relajados que no sonreirían nunca más. Y entonces, solté sus manos suavemente, dejándolas quietas sobre la hierba fría del patio. Y me puse en pie.

Tānlan asintió cuando me volví hacia él.

—Vamos —susurré—. Acabemos de una maldita vez con esto.

Él se inclinó para que pudiera trepar por su espalda y rodear su cuello con mis brazos.

—Necesito que me acerques a Serena Holford.

—A sus órdenes.

Tānlan salió disparado y atravesó el patio de la Torre de Londres hasta llevarme junto a lo que quedaba de la Torre Sangrienta, junto a la que estaba Serena Holford, organizando el ataque. Su ceño se frunció con fiereza cuando me vio acercarme.

—¿Qué hace aquí, por los Siete Infiernos? Le dije que...

—Necesito que lo detenga. Solo eso —la interrumpí—. No quiero que lo ataque, que él pueda sentirse acorralado. El hechizo «Aferra» podría funcionar.

—Un hechizo contra el poder de una Piedra Filosofal... —empezó ella, aunque yo la volví a interrumpir.

—No será solo un hechizo. Serán decenas de ellos —repliqué—. Es la única forma. Confíe en mí.

Tuvo que ver algo en mi mirada que la convenció porque, tras un instante de duda, asintió profundamente. Sus ojos se dirigieron hacia las dos figuras que corrían por las murallas de la Torre, envueltas en las luces que provocaban los hechizos y los encantamientos.

—¿Quién es el otro joven? —susurró—. El que está luchando contra él. Pensé que había muerto en el osario.

Palmeé el hombro de Tānlan, para indicar que se pusiera en movimiento. Esbocé una sonrisa débil, a pesar de que todavía sentía el sabor de las lágrimas en mis labios.

—Un amigo. Un buen amigo.

Tānlan batió las cuatro alas con energía y los dos salimos propulsados hacia el cielo nocturno, para después dar un quiebro brusco y dirigirnos hacia el lugar donde Aleister, a duras penas, trataba de escapar de Osman.

—Estaré cerca, listo para intervenir —me dijo Tānlan, antes de que yo saltara de su espalda al borde de la muralla.

Caí con estabilidad sobre mis dos piernas, entre Aleister y Osman, que se quedaron paralizados al verme aparecer de pronto. El líder de los Favoritos apenas estaba despeinado, aunque sus ropas estaban destrozadas, mientras que Aleister parecía al borde del desmayo. Cortes y heridas cubrían su cuerpo y su cara.

Apenas le dediqué una mirada antes de que atacásemos los dos juntos con un:

—¡*Golpea!*

Claude Osman recitó un «¡Repele!» y evitó que nuestros hechizos lo tocaran. Pero, cuando se dio la vuelta, se encontró con cientos de resplandores dorados que se dirigían hacia él como una lluvia.

En el patio y en el otro extremo de la muralla, cortando su camino, estaban los trabajadores del Aquelarre que Serena había convocado. Decenas de Sangre Negra que repetían sin parar «Aferra».

Como bien había dicho ella, se trataba solo de un hechizo, pero eran demasiados. Y Osman no pudo avanzar; se quedó quieto durante un momento, dudando qué hacer.

La mano de Aleister sujetó la mía con fuerza. Lo miré de soslayo.

—Leo y yo fuimos los que nos opusimos a la creación de la Piedra —murmuró—. Era el destino que fuésemos tú y yo quienes nos encargáramos de destruirla.

Asentí, antes de soltar su mano con suavidad y dirigirla hacia Osman, que ya había separado los labios para proferir otra maldición.

¡Lne..!

—*¡Aferra!*

Esta vez fui yo más rápida, y mi hechizo lo golpeó. Su cuerpo se quedó inmóvil, aunque sus ojos se movieron, enloquecidos, detectando el súbito peligro.

—*¡Aferra!* —gritaron decenas de voces a nuestra espalda.

Aleister se abalanzó hacia delante. Tānlan bajó en picado hacia Osman.

¡Ahaash!

—*¡Repele!* —logró articular con dificultad Osman.

Su escudo soportó sin problemas la maldición de Aleister, pero se empezó a quebrar cuando nuevos hechizos del Aquelarre lo golpearon. El mío terminó de destrozarlo.

—*¡Aferra!*

¡Ahaash!

Esta vez, la maldición de Aleister lo alcanzó, y una salpicadura de sangre fresca manchó el suelo bajo nuestros pies. Era un triunfo breve, sin embargo, porque la carne, de inmediato, empezó a unirse de nuevo.

¡Ahaash!

—*¡Aferra!* —grité yo, avanzando otro paso.
—*¡Aferra!* —gritaron los miembros del Aquelarre.

Claude Osman consiguió repelerlos a duras penas, pero retrocedió. Se estaba poniendo nervioso. Lo veía en sus pupilas, que comenzaban a mirar a un lado y a otro, enloquecidas.

Volvió a conjurar un hechizo «Repele» cuando Aleister avanzó y aulló la misma maldición. De nuevo, la evitó, pero yo estaba lista para contraatacar.

—*¡Golpea!* —grité, haciendo pedazos el escudo—. *¡Aferra!*

Mi hechizo lo sacudió de lleno. Tānlan, que sobrevolaba la escena, cayó en picado y aterrizó sobre sus dos inmensas piernas. Con sus largos brazos, agarró las extremidades de Osman y lo dejó inmovilizado durante un momento. Y Aleister lo aprovechó.

¡Ahaash!
¡Ahaash!
¡Ahaash!

Con cada maldición, avanzó hasta quedarse prácticamente a medio metro de distancia del Favorito. A pesar de que la Piedra hacía que su cuerpo se recuperase de las heridas, su pecho había quedado convertido en un desastre de piel y huesos rotos.

—¡Rep... Repele! —logró articular Osman, con esfuerzo. El dolor, el miedo, nublaban su juicio.

El escudo mágico envolvió a Osman y Tānlan salió despedido. Sin embargo, agitó sus alas en el aire y volvió a abalanzarse sobre él. La barrera mágica lo protegía, pero él sacó sus inmensas zarpas y empezó a golpearlo, una y otra vez.

—¡Aferra! —gritaban sin cesar los miembros del Aquelarre.

—¡Golpea! —grité yo, avanzando tras Aleister.

Parecía como si la propia Piedra Filosofal de Osman supiera que deseábamos destruirla. Que realmente estábamos muy cerca de hacerlo, porque cada paso hacia él costaba sangre y sudor. Era como si el aire que nos separaba escondiese un muro invisible y pesado contra el que debíamos empujar. Una y otra, y otra vez.

Aleister volvió a gritar, con las dos manos extendidas.

¡Ahaash!

Me coloqué a su espalda y apoyé las palmas en ella, empujándolo con todo el peso de mi cuerpo. Él apenas se movió.

—¡Aferra! —continué gritando yo, con las pupilas apuñalando a Osman—. ¡Aferra! ¡Aferra! ¡AFERRA!

Él había empezado a murmurar «Disipa» para deshacerse de mi hechizo, pero estaba perdiendo la concentración. Podía ser inmortal, pero el dolor que tenía que estar sintiendo debía ser insoportable. Su mirada se desorbitaba cada vez más. Sus pupilas se dilataron, al ver las manos de Aleister cada vez más cerca.

—¡Aferra! —gritaron de nuevo todos juntos los miembros del Aquelarre.

—¡Disipa! —repetía sin cesar Osman, mirando a un bando y a otro, mientras su pecho se abría más y más—. ¡Repele!

Sus piernas fallaron y cayó de rodillas al suelo. Tānlan aprovechó la oportunidad para abalanzarse sobre él y sujetarle los brazos.

—¡*Aferra!* ¡*Aferra!*—Los hechizos que provenían del patio comenzaban a sentirse como una oración, como una dulce letanía.

Osman intentó huir de Tānlan, sacudirse sus miembros.

—¡*Rep...!*

—¡*AFERRA!*—bramé yo. Mis pies resbalaban sobre el suelo, pero yo no dejaba de empujar contra la espalda de Aleister.

Él también aulló:

¡*AHAASH!*

Las pupilas de Osman estaban tan dilatadas, que ya no quedaba un ápice de ese iris que antaño me había parecido tibio y amable, y ahora no era más que madera consumida.

El corazón de Osman quedó a la vista. Deslumbrante. Bombeando sin control. Envuelto en un brillo dorado por culpa de la Piedra Filosofal que estaba inserta en él.

—¡*Aferra!*

La mano de Aleister se introdujo entre sus costillas.

Sus dedos acariciaron las paredes latientes.

—¡*Repel...!*

—¡*AFERRA!*—Con todas mis fuerzas, clavé el hombro en la espalda de mi amigo y volví a gritar—: ¡*IMPULSA!*

Salimos despedidos hacia delante con un grito y los dedos de Aleister, por fin, rodearon la Piedra Filosofal en el corazón del líder de los Favoritos del Infierno.

Entre jadeos de esfuerzo, lo vi sonreír mientras los labios de Osman se separaban en una mueca de absoluto horror.

—Y así es como termina esta historia —susurró, antes de arrancarle el corazón.

43

EL FANTASMA QUE NUNCA SE FUE

Esperé que hubiese una explosión. Que la Piedra se rompiese en mil pedazos, pero de pronto el tiempo parecía haberse detenido.

Yo estaba apoyada en la espalda de Aleister, sin fuerzas, y observaba con los ojos desorbitados la Piedra Filosofal que él tenía entre sus manos, repleta de grietas y empapada de sangre. Pero todavía resplandeciente, con un brillo débil, agónico.

—¿Qué está ocurriendo? —murmuré.

Miramos a nuestro alrededor. Claude Osman estaba frente a nosotros, con un hueco en su corazón y un grito mudo y desesperado en sus labios. Parecía que se derrumbaba, pero lo hacía con demasiada lentitud. Tānlan, tras él, hacía amago de apartarse, pero era como si sus brazos no se decidieran a bajar.

Sus pechos no se movían, o lo hacían con tanta lentitud que mis ojos no lo captaban, a pesar de que los dos parecían encontrarse en mitad de un resuello.

—Cuando un fantasma está a punto de abandonar por fin el mundo de los vivos, todo se vuelve mucho más lento —dijo de pronto una voz detrás de nosotros. Una voz que no había escuchado nunca—. Es como si el propio tiempo te regalara parte de él para que logres acostumbrarte a lo que será la eternidad de los Siete Infiernos.

Aleister y yo nos volvimos con brusquedad. Al instante, sentí cómo él se agitaba, con la misma brusquedad que si una maldición lo hubiese atravesado.

Frente a nosotros, con una suave tonalidad gris perla que lo empapaba de pies a cabeza, se encontraba un joven que debía tener una edad similar a la nuestra. Vestía con una versión anticuada del uniforme de la Academia Covenant y había algo en los rizos de su cabello, en su sonrisa, que me recordó inexplicablemente a mi padre.

Era un fantasma.

Aleister avanzó hacia él, como hipnotizado, con los brazos algo alzados como si quisiera abrazarlo, pero se detuvo de pronto.

—Leo. —Fue lo que dijo, aunque esa sola palabra contenía muchas otras, que ardían y le quemaban.

—Hola, Aleister —contestó el fantasma, y sus labios se estiraron en una sonrisa contrita. Después, sus ojos se volvieron hacia mí—. Hola, Liang.

Me llevé las manos a la boca al comprenderlo de pronto.

—Leonard Shelby —murmuré—. Eres tú, ¿verdad?

Él se llevó una mano a su cabeza gris, en un gesto inocente que golpeó a Aleister como si fuera una bofetada.

—Me temo que así es.

Recordaba lo que Aleister me había dicho sobre Leo. Todo lo que había sentido por él. Todo lo que sentía todavía, por lo que era capaz de observar, porque de pronto, que tuviera una Piedra Filosofal fragmentándose entre sus dedos no importaba. Solo podía verlo a *él*.

—Te invoqué muchas veces —musitó, con la voz ronca. Iba a estallar si permanecía un segundo más en silencio—. Pero nunca apareciste.

—No puedes invocar a un fantasma que sigue atado al mundo de los vivos —contestó Leo; sus ojos se desviaron hacia un lado, con timidez.

Ninguno de los dos pudo hablar. Solo fuimos capaces de observarlo, mientras una emoción asfixiante empapaba la única palabra que fue capaz de articular Aleister.

—¿Qué?

—No podía descender a ninguno de los Siete Infiernos hasta que mi asunto pendiente no se solucionara.

—¿La Piedra? —susurró con debilidad.

—Tú.

Aleister bajó la cabeza, agitó los brazos con brusquedad, con la esfera rota en la mano, mientras a nuestra espalda la escena de la Torre de Londres seguía medio paralizada.

—Pero… jamás me dejaste verte. —Era capaz de sentir su frustración. Veía como Aleister deseaba decirle muchas más cosas, gritar y abrazarlo y besarlo, y también golpearlo, quizá, pero solo podía dar vueltas a su alrededor, solo podía dejar escapar unas pocas palabras de todas las que tenía guardadas—. Si has estado a mi lado todo este tiempo, sabes que te llamé, que te supliqué que volvieras conmigo. He necesitado estar contigo muchas veces. *Muchísimas.*

La expresión dulce y triste de Leo se mortificó, aunque no leí ni un asomo de arrepentimiento en ella.

—Si hubiese estado cada vez que me hubieras llamado, no habrías podido seguir con tu vida. —Bajó la cabeza y murmuró—: Y yo quería que vivieras.

A Aleister se le escapó una carcajada terrible.

—¿Cómo podía vivir después de que hubieses muerto?

—Lo siento —susurró—. Fue un error. Un gran error.

—Por supuesto que es un gran error pensar que…

—No —me interrumpió con brusquedad. En sus pupilas apagadas, me pareció ver un resplandor vivo—. Yo cometí un gran error. No puedo recordar apenas nada, pero la noche en que morí…

—Querrás decir en la que te asesinaron. —Esta vez fui yo la que le corté.

Leo guardó silencio durante un instante, aunque, a nuestro alrededor, pareció transcurrir una eternidad.

—Marcus y Sybil no me obligaron a invocar la Piedra, Aleister.

Vi cómo él se tambaleaba, como abofeteado por esa súbita información. Le puse una mano en el hombro, pero Aleister ni siquiera la sintió.

—Pero te engañaron para que lo hicieras —replicó con fiereza.

—Supongo que me manipularon, sí —contestó Leo, con una calma exasperante—. Pero bueno, eran Marcus y Sybil. No era tan extraño, ¿no? Estaba en su naturaleza.

Sus ojos vagaron por la escena que se desplegaba frente a nosotros y se quedaron fijos en Claude Osman. En sus labios separados de los que escapaban unos últimos jadeos, en el hueco que había en su pecho, en el corazón destrozado que yacía frente a sus rodillas.

Su pecho ya no se movía con tanta lentitud.

—Ninguno sospechaba que el responsable de invocar la Piedra moriría —continuó Leo, tras su súbito silencio—. Quizá Marcus y Sybil pensaban que sufrirían algún tipo de daño, y por eso me convencieron para invocarla, pero no creo que creyeran que eso supondría mi muerte.

—Incluso muerto eres idiota. —Aleister bufó—. Solo tú podrías defender a tus asesinos.

Leo se rio con suavidad y se encogió de hombros.

—¿Sabes por qué decidí invocar la Piedra Filosofal? —Sus pupilas grises se hundieron en la esfera titilante que Aleister sostenía con fuerza entre sus dedos—. Me dijeron que con ella podría conseguir todo lo que desease.

—Eso lo sabías desde el momento en que comenzamos a trabajar en la invocación —replicó Aleister, confundido—. Tú no estabas loco de poder como Marcus, nunca fuiste avaricioso.

—Sybil me habló de mi futuro, de en qué me convertiría. Y no me gustó. En nuestro mundo, en esa época, el apellido te colocaba una corona o unos grilletes. Y yo no quería vivir encadenado. Yo no quería separarme de vosotros. Sabía que, por mucho que me esforzase, una vez que saliéramos de la Academia no volvería a pertenecer a vuestro círculo.

—A mí me hubieses tenido siempre —soltó Aleister a bocajarro.

Sus palabras sonaron firmes, parecieron hacer eco en esa extraña escena paralizada en la que todo el mundo, menos nosotros, permanecía prácticamente inmóvil.

—Tu apellido es Vale. Eras inteligente, encantador. Y eras el mejor amigo de Marcus Kyteler. —Aleister estuvo a punto de replicar, pero él continuó con calma, sin detenerse, sin respirar—. Siempre has adorado el lujo, el dinero, las propiedades. Eras vanidoso, a veces incluso superficial. Con el paso de los años… nos habríamos separado.

Vi el dolor en mi amigo. Sentí su conflicto. Sabía que tenía ganas de vomitar ciertas palabras, de escupírselas en la cara, pero no era capaz. Por mucho que le doliera, tenía razón. Yo lo sabía muy bien, había sufrido las consecuencias cada día de mi vida de no pertenecer a una familia de rancio abolengo o de gran legado.

—Crear la Piedra Filosofal conllevaba mucha muerte, mucho sacrificio. Pero, cuando pude ver el brillante futuro que me esperaba junto a ti si la conseguía, dejé de dudar. Dejé de tener miedo —añadió Leo, con un ronco susurro.

—Jamás me habría imaginado que pudieses decir algo así —contestó Aleister, con un murmullo—. Nunca habría podido pensar que aceptarías ser cómplice de crímenes tan terribles solo para estar a mi lado.

Leo volvió a encogerse de hombros antes de esbozar una sonrisa triste.

—Quizá me querías demasiado como para ver mi cara oculta —continuó, en un murmullo bajo—. O puede que, al final, tú fueras el mejor de todos nosotros.

Aleister bajó la cabeza y negó, antes de alzarla de nuevo con lágrimas en los ojos.

—Y... ¿a qué nos lleva todo esto?

Leo suspiró, y sus ojos grises se deslizaron de Aleister a mí.

—Al final... y al principio. Tú eras mi asunto pendiente en este mundo. No porque quería que destruyeras la Piedra, como finalmente has hecho. —Una sonrisa dulce estiró sus labios y se acercó a Aleister hasta detenerse a un solo palmo de distancia—. Sino porque quería que tuvieras la oportunidad de disfrutar de la vida que te mereces. Una vida en la que fueras feliz y te olvidaras de esta carga eterna y de mí. Una vida en la que todos te quisieran y valoraran por lo que eres. Por ser simplemente Aleister Vale.

Miré a mi amigo, que había perdido completamente el habla. Cada palabra que quería decir escapaba de sus ojos en forma de lágrimas.

—Mi tiempo está a punto de acabar, y el vuestro está a punto de empezar. Os recomendaría que usarais algún hechizo de protección —añadió, mientras se volvía fugazmente hacia mí para guiñarme un ojo.

A nuestro alrededor, todo parecía acelerarse de pronto. Claude Osman cayó finalmente al suelo, muerto. Tānlan se separó de su cadáver. Los miembros del Aquelarre se arremolinaron bajo las murallas que nos rodeaban.

—Me alegro mucho de haberte conocido, Liang —dijo Leo, antes de sonreír una última vez a Aleister—. Nos volveremos a encontrar. Lo sé. Pero espero que sea dentro de muchos, muchísimos años.

Un súbito crujido me hizo bajar la mirada. La Piedra Filosofal, entre los dedos de Aleister, tembló de pronto y volvió a crujir. Emitió un poderoso resplandor final, antes de romperse en mil pedazos. La luz creció tanto que devoró la sonrisa de Leo y cubrió de color perla el cuerpo de Tānlan antes de que él se abalanzara hacia mí y me envolviera con sus brazos.

Apenas llegué a escuchar cómo Aleister pronunciaba un encantamiento de protección antes de que una explosión de magia, intensa, cegadora, nos lanzara por los aires.

Caí de espaldas al patio de la Torre de Londres, envuelta en el cuerpo de Tānlan, que gimió por el impacto. Mareada, dolorida, me volví para comprobar si estaba bien. Él me dedicó una sonrisa retorcida.

—No estoy herido, Liang. No hace falta que te eches a llorar de alivio —comentó, antes de guiñarme un ojo.

Yo suspiré y me dejé caer en la hierba quemada de la Torre de Londres, con una sonrisa agotada en los labios. De pronto, escuché unos pasos apresurados que se dirigían a mí. Cuando me volví, vi a Serena Holford arrodillarse a mi lado.

—Señorita Shelby, ¿se encuentra bien?

Miré a mi alrededor. A la muralla, donde varios guardias del Aquelarre rodeaban el cadáver de Claude Osman. Al patio, donde veía las figuras inertes de los Centinelas muertos de los Favoritos del Infierno. A apenas unos metros de distancia, donde el cuerpo de Adam seguía en la misma posición en la que yo lo había dejado. No volvió la cabeza para sonreírme. Sus ojos no se abrieron.

De Aleister no había ni rastro.

A lo lejos, escuché el graznido de los cuervos de la Torre de Londres.

Parpadeé y no me limpié las lágrimas que me resbalaron por las mejillas.

—No, no estoy bien —susurré, antes de tomar impulso e incorporarme—. Pero… estoy viva.

Me llevé la mano al pecho y sentí que mi corazón latía con fuerza bajo ella.

—Estoy viva.

Ruinas

Durante el día siguiente, recordé muchas veces las palabras que había pronunciado Adam aquella vez, en el sótano de Wildgarden House.

Esa historia no había tenido un final feliz para él.

Pero se había equivocado. No había tenido un final feliz para *nadie*.

Cuando amaneció, el sol me halló en una esquina del despacho de Serena Holford, una de las pocas dependencias que habían salido indemnes de los bombardeos y el ataque. Envuelta en una manta y junto a la chimenea, que ardía con fuerza, no conseguía entrar en calor. Ni siquiera después de que Tānlan, por primera vez en su vida, trepara a mis rodillas y se aovillara sobre ellas.

Así me encontraron el señor Báthory y la señora Kyteler, junto a Trece, cuando irrumpieron en la estancia, con la Miembro Superior a sus espaldas. No dijimos nada. Solo nos miramos y la señora Kyteler abrazó a su marido, entre lágrimas, para después abrazarme a mí. Yo también lloré aferrada a ella.

—Lo siento —jadeé, con un hilo de voz.

—No ha sido culpa tuya. Sé que siempre trataste de mantenerlo a salvo y sé… —Sus ojos húmedos me miraron con calidez durante un momento—. Sé lo que sentías por él.

Yo negué con la cabeza, frotando mi frente contra su hombro. Sus brazos no se separaron de los míos. Su Centinela, a mis pies, frotó ligeramente su hocico con mis rodillas temblorosas.

—Eso ahora no tiene ningún valor —masculé.

—Oh, no, querida —contestó ella, en mi oído—. Lo tiene. Claro que lo tiene.

Los Sangre Negra teníamos por tradición incinerar a nuestros muertos, pero el señor Báthory se negó a ello y dijo a Serena Holford que deseaba que su nieto fuese enterrado como un Sangre Roja. Pero no aquí, en Londres, donde había muerto.

—Iremos a Inverness, con Liroy —dijo la señora Kyteler, con la voz rota por la tristeza—. Allí descansará él. Y nosotros —añadió, ante de estirar las manos y sujetar las mías—: Tu familia sigue allí, y podrá seguir todo el tiempo que desee. Ven con nosotros, Liang. Acompáñanos.

Yo asentí, porque alejarme de Londres era lo que más deseaba en el mundo. Porque necesitaba con desesperación el abrazo de mi madre después de todo lo que había ocurrido. Porque quería escuchar las palabras de mi padre, que seguro me proporcionarían consuelo. Porque quería volver a reír mientras observaba a mi hermano Zhang y a Tānlan jugar al *mahjong*.

No obstante, aunque el señor Báthory y la señora Kyteler querían partir cuanto antes, Serena Holford intervino:

—Voy a necesitar a Liang aquí. Al menos, durante el día de hoy. Mañana, yo misma le proporcionaré un coche y un chófer para que la lleve a Inverness. —Apoyó una mano en el hombro de su amiga, que asintió con cierta renuencia—. Necesito entender lo que ha ocurrido.

Así que, desde una de las ventanas de la Torre Blanca, vi cómo unos guardias del Aquelarre portaban el cuerpo de Adam en una camilla cubierta por una sábana negra y sus abuelos lo seguían cabizbajos, apoyados entre sí y con las manos unidas.

Me prepararon un improvisado camastro en el despacho para que descansara, pero rechacé la idea cuando lo vi.

—Le contaré lo que necesite saber para reconstruir todo —le dije a Serena Holford, que insistía en que descansara por lo menos un par de horas—. Solo quiero marcharme de aquí.

Ella asintió y se dejó caer en el sillón de su escritorio, mientras yo tomaba asiento frente a ella. Su Centinela se colocó junto a sus pies, mientras Tānlan se estiraba en mi regazo y cambiaba de posición para estar más cómodo.

Yo hablé. Hablé sin cesar hasta que el sol alcanzó su cénit en el cielo.

Le hablé sobre cómo habíamos descubierto la verdadera identidad del líder de los Favoritos del Infierno. Le hablé del plan que elaboramos escondidos en el Palacio de Kensington. Le hablé de cómo Adam fingió seguir el plan que había trazado junto a él antes de que cambiara de bando, y de por qué dejamos que Osman se adueñara de la Piedra Filosofal.

—Era la única forma de destruirla a ella y destruirlo a él —dije con vehemencia—. Yo sabía cómo funcionaba la Piedra, sabía lo difícil que era controlarla. Aunque él no lo supiera, era una desventaja. Y los dos sabíamos que debíamos aprovecharla.

—Solo menciona a Adam Kyteler y a sí misma. Pero había alguien más. Les ayudó cuando Anthony Graves intentó atacaros. Estaba también en la Capilla Real de San Pedro ad Vincula. También esta noche, luchando contra Osman. Usted lo llamó «amigo». —Serena Holford me miró, inquisitiva, pero yo, a pesar del cansancio, a pesar del dolor, ni siquiera pestañeé—. Apenas pude ver bien su cara, pero quiero saber quién es.

Sonreí con tristeza.

Por supuesto, no le había hablado nunca de Aleister Vale.

Y no pensaba hacerlo ahora, cuando su vida estaba libre por fin de la carga de la Piedra Filosofal.

—A mí también me gustaría—suspiré. Y continué hablando, sin que el peso de su mirada hiciera temblar mi voz—. Solo sé que era un Vigilante que trabajaba para Anthony Graves y que no estaba de acuerdo con su política. Que también investigaba sobre la Piedra Filosofal y que estaba horrorizado por lo que podría ocurrir con ella. Y que nos ofreció su ayuda.

Suspiré y volví la cabeza para mirar a través de la ventana, al exterior, donde los guardias del Aquelarre trataban de arreglar parte de los desperfectos causados por la batalla.

—Ojalá pudiera volver a verlo para darle las gracias.

Serena Holford siguió mi mirada y se recostó con cansancio sobre su sillón. Estuvo unos segundos en silencio, en los cuales no se oyó más que los chasquidos de la madera en la chimenea.

—Hace muchos años, ayudé a interrogar a Eliza Kyteler después de los asesinatos de El Forense. Y ella habló mucho, como usted. Proporcionó una información muy útil. Pero… siempre tuve la sensación de que se había guardado algo para sí. Y, aunque es mi amiga, creo que nunca terminó de ser sincera conmigo en ese aspecto. —Se inclinó hacia delante, con las manos unidas y sus ojos verdes clavados en mí—. El caso es que hoy tengo la misma sensación.

La lengua de su Centinela asomó, sibilante, entre sus largos colmillos, pero Tānlan apenas se inmutó sobre mis rodillas. Se limitó a dedicarle un bostezo aburrido y a cerrar de nuevo los ojos.

Me crucé de brazos y enarqué una ceja.

—Sé que el Aquelarre dispone de pociones alquímicas que podrían hacerme decir la verdad. No tengo miedo, así que puede hacerme beber una.

Ella apretó los labios, decepcionada, y volvió a echarse hacia atrás.

—No quiero hacerla pasar por ello, señorita Shelby. Quiero confiar en usted —suspiró—. Así que dejaré que se marche a

Inverness, con su familia. Si recapacita y decide contarme algo más, llámeme. Yo la escucharé.

Asentí y observé a la mujer de soslayo, su expresión agotada, las líneas que le cruzaban su bello rostro y que parecían haberse profundizado durante aquella noche.

—¿Y usted? —pregunté, consiguiendo que alzara de golpe la cabeza—. ¿Qué va a hacer usted?

—¿Yo? Permaneceré en Londres, por supuesto. —Soltó una pequeña risa amarga, antes de levantarse del sillón y acercarse a la chimenea—. Luché mucho para conseguir este puesto, y sé que lo ocuparé hasta que muera. Todavía queda mucho, demasiado, por hacer. Sé que los bombardeos en Londres no han terminado, que a esta horrible guerra Sangre Roja todavía le quedan varios años… y tengo la sensación de que ahora se ha creado una brecha muy profunda en la sociedad Sangre Negra.

—Pero Claude Osman ya no está —musité.

—Es verdad. Él ya no está. Pero su legado sí. Toda esa propaganda que caía del cielo hizo mucho daño a los nuestros. Envenenó al propio Aquelarre. Y, al demostrar la existencia de la Piedra Filosofal a unos pocos, señaló lo que se puede hacer al detentar un poder absoluto. Sé que la mayoría de sus adeptos se asustaron y huyeron, y que otros murieron sepultados tras ese poder —añadió, antes de sacudir la cabeza con pesadumbre—. Pero no sé hasta dónde pudo haber calado el mensaje de los Favoritos del Infierno. Para eso necesitaré meses de investigación, para descubrir quiénes son fieles a nuestro gobierno. Y me temo que, haga lo que haga, habrá consecuencias. *Muchas* consecuencias.

No fui capaz de contestar. Volví la cabeza y miré a través de la ventana del despacho el patio de la Torre de Londres, donde los fragmentos del majestuoso castillo se derramaban por los suelos y la hierba como piezas de un complicado puzle que ya nunca podría volver a armarse.

Pasé el resto de la jornada caminando junto a Serena Holford, reviviendo el ataque de la noche anterior y respondiendo a sus últimas preguntas. Cuando comenzó a atardecer, tenía la boca seca y la garganta en llamas, y un dolor de cabeza insoportable.

Como cada noche, las alarmas volvieron a sonar.

Los Vigilantes que no habían huido y que todavía eran leales al Aquelarre crearon de nuevo un escudo protector sobre la Torre de Londres, aunque lo cierto era que poco quedaba ya que proteger.

Yo permanecí en la improvisada cama que habían montado en el despacho de Serena Holford, con Tānlan a mi lado, mientras ella se quedaba sentada frente al escritorio, en vela. No sabía si tenía familia, o si simplemente yo le daba lástima y no quería dejarme sola. Pero las veces que desperté por culpa del ruido de las bombas, la vi despierta, examinando una pila de cartas y papeles que no parecía tener fin.

Como prometió, a primera hora de la mañana, un coche con un chófer me esperaba junto a la destrozada Puerta del Traidor. Ella y su Centinela nos acompañaron a Tānlan y a mí.

—Espero que volvamos a hablar pronto, señorita Shelby —me dijo, mientras yo me dejaba caer en uno de los asientos traseros—. Mientras tanto, buena suerte. Que tenga un buen viaje a Escocia.

Yo asentí con una pequeña sonrisa.

Serena Holford cerró la puerta por mí y se marchó antes de que el conductor arrancara.

La seguí con la mirada, hasta que el vehículo dobló en una esquina y la Torre de Londres desapareció con ella.

—Esa Sangre Negra podría hacer cosas grandiosas, pero vuestro mundo está demasiado viciado —comentó Tānlan—. Lo que ha ocurrido no ha hecho más que agudizarlo.

—Hasta que todo explote —murmuré, observando los edificios destrozados por las bombas al otro lado del Támesis.

De pronto, me incliné hacia el conductor. No podía verle bien el rostro, porque llevaba una boina calada prácticamente hasta los ojos. Debía ser un guardia del Aquelarre camuflado de Sangre Roja.

—¿Podríamos detenernos un momento en el número 17 de Fenchurch Street? —pregunté.

Esperaba que el hombre vacilara, pero él se limitó a sacudir la cabeza y a corregir el rumbo.

En silencio, solo interrumpido por el ruido del motor, atravesamos parte de la ciudad de Londres. En muchas ocasiones, nos encontramos ante calles cerradas por culpa de los derrumbamientos, y tuvimos que dar varios rodeos para retomar el camino.

Era extraño, porque, aunque parecíamos atravesar una ciudad en ruinas, las calles estaban llenas de gente. Sangre Roja, Sangre Negra quizá, que se ayudaban para retirar los escombros; que acudían a comprar la poca comida que hubiese llegado a las tiendas, que incluso jugaban con los más pequeños, corriendo tras una pelota o un aro de plástico. El sol iluminaba todo con una fuerza inusual para el mes de octubre. La luz era demasiado cálida, demasiado limpia para todo lo que estaba ocurriendo. Casi olía a esperanza.

Al cabo de unos minutos, el coche se detuvo frente a un montón de ruinas.

Yo me quedé desconcertada durante un momento, pero reconocí los adoquines que cubrían el suelo, los edificios que todavía estaban en pie al final de la calle. Pero no el mío. El número 17 ya no existía.

Salí del automóvil y me quedé helada en la acera, observando los muebles destrozados, las paredes caídas, las puertas partidas en dos, el tejado desplomado. Tānlan permaneció a mi lado, con la cabeza rozando mis piernas.

Mi hogar había desaparecido por completo.

De pronto, vi a una figura moviéndose entre los escombros. Me puse de puntillas y mis labios se doblaron inexplicablemente en una sonrisa al reconocerlo.

—¿Señor Martin?

Mi antiguo vecino levantó la vista. Parecía hurgar entre los desechos. Quizá buscaba algo perdido de su casa. Sin embargo, no separó los labios. Simplemente se me quedó mirando, en un silencio que me provocó un escalofrío.

—Señor Martin, soy yo, Liang Shelby. Su vecina de enfrente, ¿no me recuerda? —insistí, mientras mi sonrisa se desvanecía.

Pero él siguió sin contestar.

—¿Vas a quedarte todo el día tratando de entablar una conversación con ese Sangre Roja tan simpático? —me preguntó de pronto una voz conocida.

Me volví en redondo, con un grito en la garganta, y observé con los ojos muy abiertos a Aleister Vale. En el asiento del conductor, con la boina levantada, me contemplaba con una media sonrisa en los labios.

—¿Eras… eras tú? —farfullé, sin poder creerlo.

—Con un pequeño encantamiento para disimular un tanto mis rasgos, pero pensé que me reconocerías. Aunque me equivocaba, estabas demasiado ensimismada en ti misma —añadió, con un pequeño mohín.

Se me escapó de los labios una risa estrangulada antes de que me echara hacia delante y metiera mi cuerpo por la ventanilla. Lo abracé con toda la fuerza que pude.

—Los Shelby siempre habéis sido demasiado pegajosos —dijo, mientras trataba de zafarse de mis brazos—. Vamos, dile a tu horrible Demonio que suba también. Eliza y Andrei nos están esperando.

—¿Esperando? —repetí, con voz ronca—. ¿Para qué?

Creía que ya debían haber llegado a Inverness.

Él me dedicó una de esas sonrisas que solo podían pertenecer al maravilloso Aleister Vale.

45

Ad mortem

Wildgarden House se encontraba sumergido en un silencio denso. El jardín estaba desierto. Por fin, no había ningún Vigilante o guardia del Aquelarre escondido tras los matorrales, acechando.

Las paredes blancas tenían un matiz perlado por culpa del brillante sol que iluminaba desde un cielo limpio de nubes.

La puerta de entrada se abrió con un suave «Ábrete», que Aleister recitó. En el umbral, sujetos de las manos, ya nos esperaban la señora Kyteler y el señor Báthory. Ambos pálidos y llenos de miedo. Trece, sentado sobre el primer peldaño de la escalera, tenía el pelo un tanto erizado.

—Has venido —susurró el abuelo de Adam.

—No tienes por qué hacerlo —dijo la señora Kyteler, aunque en sus ojos veía la súplica de que hiciera todo lo contrario.

Sacudí la cabeza con decisión.

—No, quiero hacerlo.

La mano de Aleister se apoyó con suavidad en mi espalda mientras Tānlan daba un ligero empujón a mis piernas.

—¿Dónde está? —pregunté. La voz se me quebró con la última palabra.

—En su dormitorio —contestó la señora Kyteler. Extendió el brazo y me señaló el camino hasta las escaleras principales.

Comencé a subir los peldaños, sintiendo las rodillas más temblorosas a cada escalón que ascendía. Con cada paso, mi corazón retumbaba con la fuerza de una campanada.

La conversación que había tenido con Aleister en el coche se repetía en mi cabeza, una y otra vez.

—Anthony Graves llevaba prácticamente toda su vida estudiando la Piedra Filosofal. Y al final, antes de dar con la forma de separar limpiamente a un Sangre Negra de una Piedra Filosofal, descubrió algo más. Sin embargo, lo desechó porque no era lo que le interesaba.

—¿El qué? —había mascullado, perpleja.

—Estuve a punto de contártelo aquel día, en el sótano de esta misma mansión, después del ataque de los Favoritos. Te dije que por fin sentía que estaba cerca de destruir la Piedra Filosofal. Y así era, porque Graves descubrió un uso especial que podría tener. Una utilidad tan enorme que el simple hecho de ponerla en práctica la fundiría por completo. La haría desaparecer. Algo que a él no le interesaba… pero a mí sí.

Me había inclinado bruscamente hacia el asiento del conductor, con la mano apoyada en mi pecho, que de pronto parecía a punto de estallar.

—¿Cuál? —había susurrado.

—¿No lo adivinas? —Su sonrisa era tan amplia como diabólica—. Una Piedra Filosofal es, al final, la esencia de un Sangre Negra. Su alma, su estrella más maldita.

Ver de nuevo el cadáver de Adam estuvo a punto de hacerme caer de rodillas. Le habían limpiado la sangre de la cara y habían lavado y peinado su cabello negro, que ahora brillaba como el terciopelo más suave. Tenía las manos a ambos lados del tronco, abiertas, y los ojos cerrados. Las espesas pestañas creaban sombras en sus mejillas.

Casi parecía estar sumido en un sueño profundo.

Una parte dolorosa de mí supo que habían debido usar algún encantamiento para evitar la descomposición de su cuerpo, ya que llevaba algo más de veinticuatro horas muerto.

Junto a la chimenea encendida, habían colocado un cómodo sillón. Bajo él, estaba dibujado el mismo diagrama de invocación que había visto en el osario de la Capilla Real de San Pedro ad Vincula, con la diferencia de que esta vez Aleister no había emborronado sutilmente ninguna parte para que el encantamiento no surtiera efecto.

—¿Estás preparada? —me susurró Tānlan.

Asentí, porque en ese momento no era capaz de pronunciar ni una sola palabra. Prácticamente, me derrumbé sin fuerzas sobre el asiento.

Estaba muerta de miedo, no podía negarlo. No solo porque esta vez lo que me haría Aleister no sería un simple teatro. Esta vez, sí separaría la Piedra Filosofal de mi corazón. No tenía miedo de lo que podría ocurrir en el proceso. Lo que verdaderamente me aterrorizaba era lo que ocurriría después con esa Piedra. Lo que haríamos con ella.

Apoyé los brazos y mis dedos se clavaron en la madera. Solo necesité mirar a Aleister para que él comprendiera lo que quería decirle. Del bolsillo de su traje extrajo un pequeño frasco de cristal con una poción alquímica en el interior, de un denso negro.

No lo pensé mucho. Descorché la pequeña botella y esta vez, en vez de arrojarlo disimuladamente encima de mi ropa, me tragué el contenido de un trago.

Era tan amargo y pegajoso que una arcada me dobló. Apreté los dientes y me obligué a respirar hondo para controlar las náuseas.

En cuanto pude respirar con cierta normalidad, le hice una señal a Aleister.

Él se puso delante de mí y apoyó sus dos manos en mi pecho. Y entonces, empezó a recitar el encantamiento que yo apenas había escuchado la noche anterior.

Esta vez sí lo oí.

> *Cinco elementos componen a un Sangre Negra,*
> *como una estrella maldita.*
> *Cinco llaves ocultas*
> *que cierran puertas secretas.*
>
> *La melancolía dividida en bilis y tierra.*
> *La cólera, pura grasa al fuego.*
> *La calma, flema que se hunde en el agua.*
> *La pasión, cuerpo y aire que se unen en el infinito.*
> *La magia, sangre y éter equilibrados en un enlace eterno.*

Abrí los ojos, que había cerrado sin darme cuenta. Entre resuellos, miré hacia abajo y vi mi pecho completamente abierto. La piel partida limpiamente en dos, mis costillas desplegadas como un abanico. Y tras ellas, latiendo errático, con la Piedra resplandeciente, se encontraba mi corazón.

En los ojos de Aleister se reflejaba el palpitante destello rubí. Sus dedos estaban a un suspiro de mi interior.

Ahogué un grito y volví a dejar caer los párpados. Una extraña e intensa laxitud se estaba adueñando de mi cuerpo. Un mareo leve, que cada vez iba a más.

Apreté los dientes y me aferré con más fuerza al reposabrazos del sillón para soportar las últimas palabras del encantamiento sin desmayarme.

> *Que todo vuelva a unirse.*
> *Que la tierra, el fuego,*

el agua, el aire y el éter vuelvan a su lugar.
Para siempre.

Mi conciencia falló en el momento en que Aleister se echó bruscamente hacia atrás, con algo bien protegido entre sus manos.

Tānlan subió a mis rodillas y apoyó su cabeza sobre mi pecho, que se había cerrado como si alguien hubiese plegado con brusquedad las páginas de un libro. Fue mi soporte para no caer al suelo, derrumbada.

Oí cómo los abuelos de Adam y Trece contenían la respiración a mi espalda. Yo no dejaba de jadear cuando miré a Aleister.

Él, con la piel perlada de sudor, sonrió y abrió los dedos. Y entre ellos, vi la misma Piedra Filosofal con la que me había tropezado hacía meses en las calles abandonadas de Limehouse. Palpitante. Húmeda por la sangre. Resplandeciente. Y terriblemente peligrosa.

De mis labios se derramó una sonrisa mezclada con un sollozo. Me llevé las manos al pecho y sentí el palpitar rápido. Pero, por primera vez en mucho tiempo, lo sentí totalmente mío.

Volvía a ser yo. Liang Shelby. Una mestiza de razas, sangre y magia. Una antigua alumna de la Academia Covenant que no sabía hacer Homúnculos en condiciones.

Aleister, con la Piedra entre las manos, se acercó al cuerpo inmóvil de Adam. Pero entonces se detuvo, con el ceño fruncido.

—Podría… ser egoísta. Podría desaparecer con esta Piedra y dejaros aquí —musitó, para sí mismo—. Podría utilizarla para recuperar lo que un Kyteler y una Saint Germain me arrebataron.

Me incorporé con tanta rapidez que las piernas me fallaron y tuve que aferrarme a los reposabrazos para no perder el equilibrio. La señora Kyteler se estremeció mientras su marido separaba los labios, incapaz de articular palabra. Tānlan y Trece permanecieron quietos, alertas.

Aleister pestañeó, como si estuviese despertándose de un sueño muy profundo, y bajó la mirada para observar la esfera roja que sujetaban sus manos.

—Pero mi oportunidad ya pasó. Si no hubiese estado tan lleno de rabia, con tantos deseos de venganza contra Marcus y Sybil…, quizá podría haber devuelto a Leo a la vida. Pero jamás pensé en la Piedra Filosofal como un objeto para crear, sino para destruir. Y ese fue mi mayor error. —Despegó por fin la mirada de ese resplandor tan magnético y me sonrió—. Ya es tiempo de que deje marchar a Leo. Y de que complete de una maldita vez por todas mi venganza: viviendo… libre.

Dio un par de zancadas y me colocó de vuelta la Piedra Filosofal en mis manos convulsas.

—Así que esto te pertenece a ti, que elegiste *crear*, antes que *destruir*.

Yo la sostuve con todas mis fuerzas.

—Alguien debería contar tu historia, Aleister —musitó la señora Kyteler, a mi espalda.

Él inclinó la cabeza y le guiñó un ojo.

—Alguien lo hará.

Respiré hondo y conseguí ponerme en pie y dirigirme hacia la cama. Cuando llegué junto a ella, coloqué esa esfera rojo sangre, que tanto mal y tanto bien me había traído, sobre los labios pálidos de Adam.

En el momento en que la Piedra tocó la piel fría, la boca de Adam se abrió como un resorte, violento, y la esfera se deslizó en su interior.

Alguien soltó una exclamación a mis espaldas, y yo caí hacia atrás, para incorporarme de nuevo a toda prisa y arrastrarme hacia el borde de la cama. Mis dedos aferraron con fuerza la mano de Adam, helada como nunca lo había estado en vida.

Esperé.

Esperamos.

Pero no ocurrió nada.

—Por favor, *por favor…* —supliqué.

Nada.

Escuché la respiración ahogada del señor Báthory, el sollozo entrecortado de la señora Kyteler, el silencio demoledor de Trece.

Aleister soltó un juramento entre dientes y Tānlan ronroneó cuando frotó su cabeza contra mis piernas temblorosas.

Apoyé la barbilla sobre el colchón, con los labios muy cerca del oído de Adam. Mis manos apretaron la suya con más fuerza.

—Como no despiertes… Como no abras los ojos, te juro que te buscaré en mis sueños y volveré a matarte, Kyteler.

De pronto, me di cuenta de que su piel no estaba tan fría.

Levanté la cabeza, con la respiración atragantada y el corazón escupiendo todas las palabras y las emociones que yo era incapaz de expresar.

Y lo miré.

Una lágrima se iba formando poco a poco en el borde de una de sus pestañas.

Cuando resbaló por su mejilla, Adam abrió los ojos y me sonrió.

—Ya veremos —susurró.

EPÍLOGO

Cementerio de Highgate,
Londres. 11 de octubre de 1940.

Amanecía cuando atravesé la Avenida Egipcia.

Pasé decidido junto a los mausoleos magníficos de piedra y mármol, con decenas de nombres ilustres inscritos en ellos. Mientras los leía de pasada, me pregunté si alguna de esas personas habría conocido la verdad antes de morir.

O si, por el contrario, formarían parte de los *otros*.

Me detuve al terminar la curva. Había llegado tarde a propósito, para darles la oportunidad de acudir a todos aquellos con los que había hablado. Contándome a mí, no éramos más de siete.

Pero ese no era un mal número. Al fin y al cabo, era el total de sus malditos infiernos, ¿no?

No conocía bien a nadie de los presentes. Con algunos había compartido refugio en las paradas de metro, bajo tierra, cuando los bombarderos asolaban la ciudad y destruían nuestros hogares. Otros, como yo, habían sido testigos de lo que había ocurrido hacía un par de noches en la Torre de Londres. Había desde personas de clase baja, pasando por comerciantes, hasta llegar a un hombre con aspecto de banquero. Incluso llevaba un maletín en la mano.

Él fue el primero que habló.

—Ni siquiera sé muy bien qué estoy haciendo aquí, señor Martin. No debería haber venido. Esto es… una maldita locura.

Hizo amago de marcharse, pero yo fui más rápido y me interpuse en su camino. A ambos lados, me flanqueaban los mausoleos, cuyas ventanas oscuras nos observaban como ojos muertos.

—Si ha venido, es porque usted también tiene una ligera sospecha de lo que ocurre —repliqué, sin amilanarme. Con mis ojos miopes, recorrí el resto de las miradas que me contemplaban con cierta incomodidad, pero también con anhelo—. Les he dicho que he encontrado pruebas, y estoy aquí para mostrárselas. Para enseñarle al mundo, a *nuestro* mundo, por fin, que llevamos viviendo engañados durante cientos de años.

Hurgué en el bolsillo de mi abrigo y extraje un viejo anillo dorado, con una piedra descomunalmente grande insertada en él, de aspecto afilado.

—Esta joya recibe el nombre de «Anillo de Sangre». Mediante él, ellos pueden utilizar la magia.

—¿*Ellos?* —repitió una mujer, aunque sabía perfectamente a lo que me refería. Si no, no estaría aquí.

—Brujos y brujas.

Mis labios se doblaron en una sonrisa.

—Aunque se hacen llamar «Sangre Negra».

Nota de la autora

El alma del brujo se encuentra ubicado en un periodo de tiempo concreto correspondiente a la Segunda Guerra Mundial que, como bien recordaréis, se desarrolló entre 1939 y 1945. Y, aunque algunos de los hechos históricos que aquí se narran ocurrieron de verdad, otros han sido cambiados en pos de la historia. Espero que me perdonéis.

Es cierto que durante una incursión de algunos bombarderos alemanes el 24 de agosto de 1940, se lanzaron por error bombas sobre la ciudad de Londres que produjeron víctimas civiles. Pese a que el gobierno del Tercer Reich se disculpó, los británicos atacaron Berlín a la noche siguiente. Estos dos terribles incidentes fueron los que precipitaron el Blitz. Así se conoce al ataque continuo de la Alemania Nazi a Reino Unido entre el 7 de septiembre de 1940 al 21 de mayo de 1941. Me quise centrar, sin embargo, en el asedio constante que sufrió Londres, en el que fue bombardeado durante cincuenta y siete noches consecutivas. Así que sí, aunque Liang y Adam abandonaron Londres, la ciudad siguió siendo asediada muchos días más.

En esos momentos tan duros y decisivos, la propaganda fue un instrumento muy importante y que influía mucho en los civiles. Yo, sin embargo, la he transformado en esta historia con esos folletos que llovían del cielo de los Favoritos del Infierno.

Es cierto que el 12 de septiembre de 1940 una bomba cayó sobre la Catedral de San Pablo y no explotó, aunque no sé si Aleister Vale tuvo que ver algo con ello. Quién sabe si algún día lo averiguaremos.

La Torre de Londres fue un símbolo muy importante de la resistencia durante la guerra. Hace años, cuando estuve allí de visita, el guía nos contó orgulloso que ni siquiera durante los bombardeos del Blitz, los cuervos salieron huyendo de allí. Aunque claro, no nos recordó que les cortaban las alas para que no pudieran volar.

Aunque parezca un tanto... extraño, han circulado leyendas urbanas (y no tan leyendas) sobre la búsqueda de alguna fuente de magia durante la Segunda Guerra Mundial. Hay quien dice que Hitler estaba obsesionado con el hallazgo de ciertos elementos... paranormales, por decirlo de alguna manera. Aun así, no se hizo uso de ningún objeto mágico a lo largo de esta guerra (Liang, Adam y Aleister se encargaron de ello), pero los Sangre Roja sí utilizaron su propia Piedra Filosofal al arrojar no una, sino dos bombas atómicas.

Como último apunte, no sé si recordáis que, cuando Liang pisa por primera vez la mansión de Wildgarden House, hay un gramófono en un rincón que reproduce música. Un vals, parece. Así que sí, os lo confirmo, era el Vals número 2, opus 64, de Chopin. A Eliza y a Andrei les gusta escucharlo de vez en cuando. Y a Adam, que se ha criado con ellos, también. Estoy segura de que, algún día, le enseñará a Liang cómo bailar un vals.

Agradecimientos

Escribir *El alma del brujo* ha sido un poco como pronunciar un encantamiento. Ha requerido mucho aprendizaje, mucho tiempo y mucha sangre. Así que, en este caso, dar las gracias es todavía más importante que en cualquier otro libro que haya publicado antes.

En primer lugar, mil gracias a mamá y a Jero, porque sin ellos no habría tenido tiempo para dedicarle a esta historia. Cada segundo que me habéis regalado lo guardo como un tesoro que nunca olvidaré. Si algún lector o lectora llega hasta aquí y os ha gustado la historia, no me deis las gracias a mí, sino a ellos.

Gracias también, Victorilla, papá, suegris, que me habéis echado una mano cuando más lo requería. Y ánimo y aliento. Porque lo he necesitado más que nunca. Victoria, en esta historia no has podido ser la primera lectora, pero espero como siempre tu opinión que tanto me ayuda a mejorar.

Fuji, tú también debes estar en los agradecimientos, porque cada gato que creo en mis historias tiene algo tuyo. Eres mi compañero de escritura eterno, mi Centinela. Al fin y al cabo, abres puertas como si utilizaras el hechizo «Ábrete».

Ay, Leo, mil gracias por haber tenido tanta paciencia conmigo. Por cuidarme cuando dudaba de mí misma y animarme; eres un editor excepcional. Sé que no ha sido fácil este camino, pero tú eres uno de los culpables de que haya llegado hasta aquí.

Siempre lo repito en cada libro, y en este no va a ser menos: qué suerte tengo.

Muchas gracias a todos los trabajadores de Puck que habéis logrado poner tan bonito *El alma del brujo*, y que trabajáis en su promoción y difusión. Perdón, Romina, por los mil fallos que habrás encontrado. Y extiendo mi más sincera disculpa a todos los correctores: vuestro trabajo es indispensable. Luis, como viene siendo habitual, me has dejado boquiabierta con la portada.

Y, como siempre, nunca tengo palabras suficientes de agradecimiento para ti, que has llegado hasta estas últimas páginas. Gracias por los mensajes en redes, por las ilustraciones, por el *hype*, por los *reels*, por las reseñas, por los deseos de continuación. Has llevado el mundo de los Sangre Negra muy alto. Y yo todavía no me lo creo. Espero que hayas disfrutado de esta aventura bélica acompañando a Liang por este Londres gris y decadente. Si lo has hecho, bueno, puedes despedirte con un «hasta luego» en vez de que con un «adiós». Porque… ya lo habrás adivinado.

Todo está a punto de cambiar.

¿TE GUSTÓ
ESTE LIBRO?

Escríbenos a

puck@edicionesurano.com

y cuéntanos tu opinión.

ESPAÑA /MundoPuck /Puck_Ed /Puck.Ed

LATINOAMÉRICA  /PuckLatam

 /PuckEditorial

¡Gracias por vivir otra
#EXPERIENCIAPUCK!